# DIE RETTUNG VON WENDY

Die Rettung von Wendy (Die Delta Force Heroes, Buch Acht)

## SUSAN STOKER

Besuchen Sie Susan im Netz!
www.stokeraces.com
facebook.com/authorsusanstoker
twitter.com/Susan_Stoker
bookbub.com/authors/susan-stoker
instagram.com/authorsusanstoker
Email: Susan@StokerAces.com

## KAPITEL EINS

Aspen »Blade« Carlisle starrte ungeduldig sein Telefon an. Es war wirklich fast lächerlich, wie sehr er sich darauf freute, dass Wendy ihn anrief. Natürlich konnte er jederzeit *sie* anrufen, aber er kannte ihren Zeitplan nicht und wollte sie nicht bei irgendetwas unterbrechen.

Er hatte sie vor ein paar Monaten kennengelernt, als sie ihn angerufen hatte, um ihm eine Lebensversicherung anzudrehen. Natürlich brauchte er keine, doch er war darüber überrascht gewesen, wie sehr er ihr kurzes Gespräch genossen hatte. Er hatte ihr gesagt, sie könnte ihn jederzeit wieder anrufen, und das hatte sie getan.

Anfangs hatte Wendy ihn ein paarmal in der Woche angerufen, doch mittlerweile hatten sie ihre Handynummern ausgetauscht. Sie rief ihn immer noch manchmal an, wenn sie arbeitete, doch sie schrieben einander auch SMS und telefonierten, wenn sie nicht gerade arbeitete.

Blade mochte so ziemlich alles an Wendy, was er bis jetzt von ihr erfahren hatte.

Als sie ihn nach *seinem* Job gefragt hatte, war er ehrlich

gewesen und hatte ihr gesagt, dass er ihr nicht viel darüber erzählen durfte, und sie hatte nicht nachgehakt.

Er bewunderte sie dafür, wie sie sich der Herausforderung gestellt und ihren kleinen Bruder großgezogen hatte, nachdem ihre Eltern bei einem schlimmen Autounfall ums Leben gekommen waren. Jack war erst sechs Jahre alt gewesen, als sie starben. Blade wusste nicht genau, wie alt der Junge jetzt war, nur, dass er mittlerweile ein Teenager war, aber Wendy war sicher selbst gerade erst volljährig gewesen, als sie anfing, sich um ihren kleinen Bruder zu kümmern.

Blade mochte es, dass Wendy ihn immer fragte, wie sein Tag lief und wie es ihm ging. Er hatte ein paar Freundinnen gehabt, die immer nur über sich selbst reden wollten oder über das, was in ihrem eigenen Leben los war. Sie waren so mit sich selbst beschäftigt gewesen, und das hatte ihn gestört, und zwar sehr. Wendy hingegen tat alles, um herauszufinden, wie es seinen Freunden ging, wie er sich fühlte, ob er einen guten Tag hatte, und sie schien sich auch nicht zu langweilen, wenn er das Gesprächsthema aussuchte.

Er respektierte sie umso mehr, weil sie es sich zur Aufgabe gemacht hatte, als Hilfskraft in einer Einrichtung für betreutes Wohnen zu arbeiten. Manchmal war sie etwas selbstkritisch, dass sie nicht mehr tat, dass sie keine Krankenschwester war, aber die meiste Zeit über mochte sie ihre Arbeit wirklich und sie sprach über die älteren Männer und Frauen, die in der Einrichtung lebten, als wären sie so etwas wie ihre Großeltern.

Blade störte nur, dass Wendy nicht sehr viel Selbstvertrauen zu haben schien. Sie wich ständig allen Komplimenten aus und bemühte sich, das Gespräch von sich und ihrem Bruder auf ihn zu lenken.

Sie hatten keine Fotos voneinander ausgetauscht. Es war bisher nicht zur Sprache gekommen und Blade genoss es, Wendy ohne den Druck, der normalerweise bei einer Verabredung herrschte, besser kennenzulernen. Aber je mehr er sie kennenlernte, desto neugieriger wurde er und umso mehr wollte er wissen, ob sie sich persönlich ebenso gut verstanden wie am Telefon. Eines Abends hatten sie tatsächlich mal kurz darüber gesprochen, wie sie aussahen, und nachdem er ihr eine kurze Beschreibung von sich gegeben hatte, sagte sie über sich selbst nur, dass sie »durchschnittlich groß und durchschnittlich schwer wäre und durchschnittlich braunes Haar hätte«. Er hatte sich beschwert, dass er mehr wissen wollte, aber sie hatte das Thema gewechselt.

Dann klingelte sein Handy, das schrille Geräusch hallte durch seine gesamte Wohnung. Blades Schwester Casey hatte ihm vor Monaten bei der Auswahl des dreistöckigen Apartments geholfen und er hatte es noch immer nicht vollständig eingerichtet. Es war zu groß, aber er hatte nicht widerstehen können und sie gekauft und renoviert. Es gab keine Teppiche, die die schönen dunklen Hartholzböden bedeckten, und eine Couch und ein Fernseher waren alles, was er in dem großen offenen Wohnraum hatte. Mehr brauchte er nicht, und er hatte sich auch nicht die Mühe gemacht, es gemütlich einzurichten.

Casey beschwerte sich darüber, dass seine Wohnung wie eine Junggesellenbude aussah, und Blade erwiderte, das läge wohl daran, dass es eine Junggesellenbude *war*. Seine Schwester hatte die Augen verdreht, es aber nicht mehr angesprochen.

»Hey, Wen«, begrüßte Blade sie, nachdem er sich versichert hatte, dass es sich auch tatsächlich um Wendy und niemand anderen aus dem Callcenter handelte.

»Hi, Aspen. Hast du gerade Zeit zu reden?«

Er lächelte. Es gefiel ihm, dass sie ihn bei seinem richtigen Namen nannte, anstatt seinen Spitznamen zu benutzen. Bei ihrem ersten Gespräch hatte er ihr seinen Namen gesagt und sie hatte geantwortet, dass es ihr gefiel, wie einzigartig er klang. Es gefiel ihm außerdem, dass sie jedes Mal nachfragte, ob sie ihn bei etwas unterbrach oder ihn störte, wenn sie anrief. Blade versicherte ihr: »Ja, habe ich. Du kannst mich jederzeit anrufen. Und wie schon gesagt, wenn ich wirklich keine Zeit habe, gehe ich einfach nicht ans Handy.«

»Ich weiß, ich wollte nur ganz sichergehen. Wie war dein Tag?«

Blade lächelte. Und wieder stellte sie nur Fragen über ihn. »Nicht schlecht. Meine Freunde und ich hatten heute Morgen Training, dann musste ich mich um etwas Papierkram kümmern, es gab zwei Besprechungen, bei denen ich anwesend sein musste, und dann waren wir am Schießstand. Ich bin schon mit dem Abendessen fertig und sitze jetzt auf meiner Couch und rede mit dir.«

»Hört sich an, als hättest du viel zu tun gehabt«, stellte Wendy fest.

»Ja. Und was ist mit dir? Wie war *dein* Tag, wie geht es Mr. Clark?«

Sie seufzte und Blade erstarrte. Sie hatte ihm vor ein paar Tagen von dem einundneunzigjährigen Mann erzählt, der in der Einrichtung für betreutes Wohnen lebte. Sie hatte gesagt, dass sie sich große Sorgen um ihn machte, da er in letzter Zeit gesundheitlich ziemlich abgebaut hatte. Sie war bestürzt darüber gewesen, dass seine beiden Kinder es nicht für nötig gehalten hatten vorbeizukommen, als sie über seinen Gesundheitszustand informiert worden waren, obwohl sie noch nicht einmal besonders weit entfernt, nämlich in Fort Worth lebten.

»Er ist heute gestorben«, sagte Wendy leise und ihre sonst so fröhliche Stimme klang betreten und traurig.

»Oh, Süße, das tut mir leid«, erklärte Blade ihr. Er wünschte, er könnte sie in den Arm nehmen, um sie zu trösten.

»Ist schon okay«, versicherte Wendy ihm. »Es war an der Zeit. Er wusste nicht mal mehr, wer wer war, und vor ein paar Tagen hat er mir sogar gesagt, dass er bereit sei zu sterben. Er war großartig, Aspen. Ich wünschte, du hättest ihn kennengelernt. Er hat im Zweiten Weltkrieg gekämpft, und seine Geschichten über die Dinge, die er dort getan hat, waren einfach unglaublich.«

»Ich wünschte auch, ich hätte ihn kennengelernt.« Und das tat er wirklich. Blade hatte früher als Freiwilliger im Veteranenheim gearbeitet, war aber schon länger nicht mehr dort gewesen. Er erinnerte sich selbst daran, bald wieder damit anzufangen.

»Ich bin heute Morgen früher zur Arbeit gegangen, weil ich ein ungutes Gefühl hatte. Die Nachtschwester hatte mir gesagt, dass ihm wohl nicht mehr viel Zeit bliebe. Und seine blöden Kinder hatten sich immer noch nicht die Mühe gemacht vorbeizukommen, obwohl ich sie gestern beide extra angerufen habe, um ihnen Bescheid zu sagen, dass es nicht mehr lange dauern würde, bis ihr Vater starb. Ich saß an seinem Bett und hielt seine Hand und glaubte nicht, dass ihm überhaupt klar war, dass ich dort war, doch nach einer Stunde oder so öffnete er die Augen. Er hielt mich für seine Frau – die bereits seit zehn Jahren tot ist – und fing an, über seine schönsten Erinnerungen mit ihr zu sprechen.

Er sprach über ihre Flitterwochen und wie viel Glück er gehabt hatte, dass sie ihn geheiratet hatte. Er erinnerte sich daran, wie ihre Kinder auf die Welt gekommen waren und wie glücklich er damals gewesen war. Er hatte sogar eine Erinnerung daran, wie die beiden sich einmal in einer Dachgeschosswohnung in Paris geliebt hatten, während vor ihnen die Lichter des Eiffelturms blinkten.«

Blade konnte den Schmerz und die Trauer in ihrer Stimme hören.

»Ich habe ihn einfach reden lassen. Ich habe ihm nicht gesagt, dass ich nicht seine geliebte Frau war. Nach einer Weile hörte er auf zu sprechen und wir saßen einfach schweigend da. Irgendwann wurde seine Atmung langsamer und hörte dann ganz auf. Es war schön und trotzdem so traurig, Aspen. Am liebsten hätte ich seine Hand nie wieder losgelassen. Ich wünschte mir, er würde wieder aufwachen, um mir noch mehr Geschichten zu erzählen. Davon zu sprechen, wie stolz er darauf war, seinem Land gedient zu haben. Aber irgendwann musste ich aufstehen und mit meiner Arbeit weitermachen.«

»Sind seine Kinder noch irgendwann aufgetaucht?«, wollte Blade wissen.

»Ja«, entgegnete Wendy verbittert, »ungefähr fünf Stunden später. Und als ihnen gesagt wurde, dass er schon gestorben sei, hörte ich, wie der Sohn sich darüber beschwerte, dass er den ganzen Weg von Fort Worth *umsonst* gemacht hatte. Seine Tochter blickte nur auf die Uhr und erklärte ihrem Bruder, dass sie dem Anwalt eine E-Mail schreiben sollten, um herauszufinden, wann das Testament vollstreckt wurde. Es war wirklich schrecklich. Eigentlich wollte ich ihnen die wunderschönen Geschichten erzählen, die Mr. Clark mir erzählt hatte, doch als ich hörte, wie wenig sie sich um ihn scherten, beschloss ich, sie für mich zu behalten.«

»Ich bin froh, dass du für ihn da warst«, stellte Blade fest.

»Ich auch.«

»Ist mit dir alles in Ordnung?«, wollte er wissen.

»Eigentlich nicht«, entgegnete Wendy. »Ich meine, ich sehe die ganze Zeit Leute sterben. Irgendwie ist das Teil meines Jobs in der Einrichtung für betreutes Wohnen. Aber aus irgendeinem Grund ist der Tod von Mr. Clark mir besonders nahegegangen.«

»Weil du ein guter Mensch bist«, stellte Blade fest. »Du kannst einen alten Mann, der einfach nur in Frieden sterben möchte, genauso wenig nicht beachten wie einen hungrigen Hund auf der Straße.«

Nachdem er das gesagt hatte, schwieg sie einen Moment lang und Blade befürchtete schon, zu weit gegangen zu sein. Ja, sie telefonierten jetzt schon seit ein paar Monaten miteinander und hatten die Phase der Standardantworten auf die Frage »Wie war dein Tag?« längst hinter sich gebracht, aber er hatte seine Bewunderung für sie noch nie so offensichtlich zum Ausdruck gebracht.

»Das stimmt«, erklärte Wendy ihm schließlich. »Aber es tut trotzdem weh.«

»Und du wärst nicht der Mensch, der du bist, wenn es das nicht tun würde. Du bist mitfühlend, fleißig, ehrlich und manchmal vielleicht ein wenig zu nachgiebig. Ich hätte seinen Kindern etwas erzählt, wenn ich dort gewesen wäre.«

Sie lachte leise. »Das kann ich mir total gut vorstellen. Aber das hätte Mr. Clark auch nicht zurückgebracht oder etwas an der Tatsache geändert, dass seine Kinder ihn nicht zu schätzen wussten. Es hätte nur dafür gesorgt, dass sich alle unbehaglich fühlen. Ich würde alles dafür tun, meinen Vater zurückzuhaben«, bemerkte Wendy leise. »Er ist nicht immer der beste Vater gewesen, er hat zu viel gearbeitet und war nicht oft zu Hause, aber er hat Jack und mich geliebt.«

»Fällt es dir schwer, über das zu reden, was mit deinen

Eltern geschehen ist?« Blade hatte sie das noch nie gefragt. Er wusste, dass ihre Eltern ums Leben gekommen waren, als sie noch ein Teenager war, aber mehr wusste er darüber nicht. Er hatte noch nicht das Gefühl gehabt, dass ihre Freundschaft schon so weit fortgeschritten war, dass es angemessen wäre, sie das zu fragen. Aber sie schien heute Abend darüber reden zu müssen.

Sie seufzte und erneut wünschte sich Blade, sie würde neben ihm sitzen, damit er sie persönlich trösten konnte.

»Mein Vater arbeitete in der Computerbranche und war viel unterwegs. Meistens war er die ganze Woche über von montags bis donnerstags auf Reisen. Er reiste von einer Firma zur anderen und half den Mitarbeitern dort, die Software zu installieren und auf ihre Bedürfnisse abzustimmen. Es war an einem Samstag und meine Mutter fühlte sich nicht gut. Mein Vater führte sie aus. Ich passte auf Jack auf, als ein betrunkener Fahrer ihren Wagen rammte.«

»Verdammt, Wen, das ist schrecklich.«

»Ich habe den Polizeibericht gelesen und anscheinend haben die Polizisten meine Eltern gefunden, wie sie im Wrack ihres Wagens Händchen hielten. Sie waren beide tot, aber der Autopsiebericht besagte, dass mein Vater den ursprünglichen Aufprall überlebt hatte. Meine Mutter war auf der Stelle gestorben. Er starb erst, nachdem die Sanitäter eingetroffen waren. Er hielt die ganze Zeit die Hand meiner Mutter und weigerte sich, sie loszulassen.«

Blade wusste nicht, was er sagen sollte. Er machte buchstäblich den Mund auf und es kam nichts heraus. Er konnte sich nicht Schrecklicheres vorstellen.

Aber da Wendy eben Wendy war, überging sie sein peinliches Schweigen, als hätte ihn das, was sie gerade gesagt hatte, nicht völlig erschüttert.

»Und seitdem versuche ich, mein Leben so zu leben,

dass meine Eltern stolz auf mich gewesen wären. Ich habe natürlich auf dem Weg Fehler gemacht, aber ich habe mein Bestes getan, damit Jack nie vergisst, wie wundervoll unsere Eltern waren.«

»Wo ist dein Bruder jetzt?«, fragte Blade, da er sich davon überzeugen wollte, dass Wendy nach ihrem schrecklichen Tag nicht alleine war.

»Er ist in seinem Zimmer. Ich habe vorhin versucht, ihm bei den Hausaufgaben zu helfen, was wirklich ein Witz ist, da er viel schlauer ist, als ich es jemals sein werde. Dann haben wir ein bisschen ferngesehen und jetzt telefoniert er mit einem seiner Freunde.«

»Hast du ihm erzählt, dass du einen schweren Tag hattest?«, wollte Blade wissen.

»Nein.«

»Warum nicht? Ich bin mir sicher, dass er versucht hätte, dich aufzumuntern.«

»Aber ich möchte ihn nicht mit runterziehen. Er hatte es für ein paar Jahre ziemlich schwer in der Schule. Er wurde gehänselt, aber Gott sei Dank wurde er nicht drogensüchtig oder hat die Schule geschmissen. Jetzt liebt er die Highschool. Das zweite Jahr an der Highschool ist für ihn so viel besser als sein erstes.«

»Wen, du solltest die Dinge nicht in dich hineinfressen«, schalt Blade sie. »Er ist dein Bruder und ich bin sicher, dass er wissen will, wenn du eine schwere Zeit hast.«

»Ich habe doch gar nichts in mich hineingefressen«, sagte sie leise. »Ich habe es *dir* erzählt.«

Blade blinzelte und starrte einen Moment lang auf den auf leise geschalteten Fernseher. Es lief gerade eine Werbung, in der sich eine halb nackte Frau mit einer Creme einschmierte, aber im Moment konzentrierte Blade sich nur auf Wendys Worte und er interessierte sich einen Scheiß für alles andere.

»Das hast du«, sagte er nach einer Weile. »Vielen Dank.«

»Wofür?«

»Dafür, dass du deine wahren Gefühle mit mir geteilt hast. Du hast ja keine Ahnung, wie viel mir dein Vertrauen bedeutet.«

»Jetzt haben wir genug über mich geredet«, erklärte Wendy und man konnte ihr die Verlegenheit in der Stimme anhören. »Was macht ihr normalerweise beim Training?«

Blade ließ zu, dass sie das Thema wechselte. Das Gespräch wurde wieder locker und etwas oberflächlich, aber er wusste, dass sich etwas geändert hatte, zumindest für ihn. Sie hatte sich geöffnet. Sie hatte ihm einige äußerst emotionale und persönliche Dinge über sich erzählt. Natürlich hatte er eine Million Fragen zu dem, was sie *nicht* gesagt hatte.

Warum war Jack gehänselt worden? Was geschah mit ihr und ihrem Bruder nach dem Tod ihrer Eltern? Warum machte sie sich immer selbst schlecht ... wie die Bemerkung, sie wäre nicht so klug wie ihr Bruder?

Es war das erste Mal, dass Blade sich darüber ärgerte, weil er merkte, dass sie sich zurückhielt ... als hätte sie ein tiefes, dunkles Geheimnis. Und er vermutete, dass es einen Grund dafür gab, dass sie so vorsichtig war. Die Tatsache, dass sie ihm von ihren Eltern und von Mr. Clark erzählt hatte, war jedoch ein erster Schritt in die richtige Richtung.

Aber *wohin* führte dieser Schritt?

Und plötzlich wurde ihm mit einem Schlag klar, genau wie die Kugel, die mit schlafwandlerischer Sicherheit das Ziel traf, das er anvisiert hatte, dass die Tatsache, dass sie ihm vertraute und sich ihm öffnete, ein erster Schritt dazu war, aus ihrer Freundschaft mehr zu machen als nur etwas Telefonisches. Dass aus ihnen mehr wurde als nur Freunde.

Er wollte sie kennenlernen.

Er wollte sie von Angesicht zu Angesicht sehen, wenn sie nach seinem Tag fragte.

Er wollte wissen, ob ihre Stimme für ihn live genauso beruhigend war wie am Telefon.

»Ich möchte mich mit dir treffen«, platzte Blade heraus und unterbrach sie dabei mitten im Satz.

Es entstand eine lange Pause, bevor sie fragte: »Warum?«

»Warum?«, entgegnete Blade. »Weil ich dich mag. Weil du mich zum Lachen bringst. Weil ich Interesse an dir habe.«

»Du hast Interesse an mir?«

Blade lächelte. Sie war so süß, wenn sie aufgeregt war. »Ja, Wen, das habe ich. Wir sprechen jetzt schon seit zwei Monaten am Telefon miteinander. Ich glaube, dass du mich auch magst, zumindest ein bisschen, sonst würdest du nicht immer wieder mit mir reden. Komm, wir treffen uns.«

»Ich weiß nicht, ob das so eine gute Idee ist«, sagte Wendy schließlich.

»Warum?« Diesmal war es an ihm, die Fragen zu stellen.

»Weil ich ziemlich viel zu tun habe, und du auch. Wir kennen einander nicht wirklich. Mal im Ernst, ich könnte eine Serienmörderin sein oder so was. Hast du nicht die ganzen Fernsehsendungen darüber gesehen? Zum Beispiel *Durchgeknallt* oder *Eiskalte Mörderinnen*? Ich könnte dich in mein Netz locken, weil ich dir wehtun will.«

»Ist das denn der Fall?«

»Darum geht es doch gar nicht«, sagte sie aufgebracht.

Blades Lächeln wurde breiter. »Ich finde, es geht genau darum.«

»Ich halte es eben nur für keine besonders gute Idee«,

wiederholte sie halbherzig. »Ich ... ich bin nicht besonders hübsch.«

»Wendy«, schalt Blade sie, »ich mag dich, wie du bist, und nicht wegen deines Aussehens. Und außerdem habe ich das Gefühl, dass du dein Licht unter den Scheffel stellst. Dazu neigst du nämlich. Wenn du möchtest, können wir uns gegenseitig Fotos schicken, bevor wir uns treffen. Und wenn du mich dann für einen Troll hältst, kannst du irgendeine Ausrede erfinden, um dich nicht mit mir zu treffen.«

»Ich möchte keine Bilder austauschen. Und du bist kein Troll«, sagte sie aufgebracht.

»Woher willst du das wissen? Vielleicht habe ich einen Buckel und meine Augen sind verschieden groß und immer zusammengekniffen. Oder mein Gesicht sieht immer garstig aus, selbst wenn ich entspannt bin«, neckte er sie.

Wendy kicherte. »So ein Blödsinn.«

»Verabreden wir uns«, bat Blade. »Als Freunde. Vorläufig erst mal ganz unverbindlich und ohne Druck. Ich kann mir nicht vorstellen, dass ich dich dann weniger mag, als ich es jetzt schon tue. Und ich glaube, dass unsere Freundschaft nur wächst, wenn wir uns persönlich kennenlernen.«

»Da bin ich mir nicht so sicher ...«, erwiderte Wendy.

»An diesem Wochenende«, sprach Blade schnell weiter. »Freitagabend, nach deiner Schicht in der Einrichtung für betreutes Wohnen. Du hast mir bereits erzählt, dass du an dem Abend nicht für das Telemarketing-Unternehmen arbeiten musst. Wir können uns direkt nach der Arbeit treffen und irgendwo ganz ungezwungen zu Abend essen. Wie wäre es mit dieser neuen, coolen Sportbar in Temple?«

Er hielt den Atem an, während Wendy über seinen Vorschlag nachdachte.

»Ich mag dich, Aspen. Sehr sogar. Und ich habe Angst,

dass unsere Beziehung sich verändert, wenn wir uns persönlich kennenlernen.«

»Das wird nicht der Fall sein.«

»Das kannst du nicht garantieren«, widersprach sie.

»Wendy, unsere Beziehung zueinander wird sich nur ändern, wenn wir es zulassen. Wir werden uns immer noch die ganze Zeit unterhalten. Du wirst mich immer noch anrufen und so tun, als würdest du versuchen, mir etwas zu verkaufen, nur um eine freundliche Stimme zu hören, während du im Telemarketing arbeitest. Und ich werde immer noch mit angehaltenem Atem darauf warten, dass du mich anrufst, wenn du es mir versprochen hast. Und ich werde immer noch jedes Mal lachen, wenn du mir eine lustige SMS schreibst. So wie ich das sehe, können die Dinge von jetzt an nur besser werden. Ja, es könnte sein, dass unsere Beziehung sich verändert, und um ehrlich zu sein, hoffe ich gerade, *dass* sie es tut. Ich fühle mich dir näher als jeder anderen Frau seit sehr langer Zeit. Weißt du, worüber ich nachgedacht habe, bevor du angerufen hast?«

»Worüber?«, fragte Wendy.

»Wie sehr ich mir wünschen würde, darauf zu warten, dass du tatsächlich hier auftauchst, anstatt nur auf deinen Anruf zu warten. Ich würde wirklich gern Zeit mit dir verbringen. Einen Film schauen. Reden. Essen. Ich fühle mich in deiner Gegenwart wohl und es gibt nicht viele Frauen, von denen ich das behaupten kann. Du hast etwas an dir, das dafür sorgt, dass ich mich gehen lassen kann.«

»Mir geht es mit dir genauso«, entgegnete Wendy leise, »aber ich habe Angst.«

»Wovor? Doch hoffentlich nicht vor mir?«, fragte Blade.

»Ja und nein.«

»Ich würde dir niemals wehtun, Wen. Niemals.«

»Das ist es doch gar nicht«, erwiderte sie sofort.

»Was ist es denn dann?«

»Es ist nur ...«

Blade hörte, wie sie tief durchatmete, bevor sie weitersprach.

»Es gibt da ein paar Dinge, die du nicht von mir weißt. Dinge, die ich in der Vergangenheit getan habe. Dinge, die ich niemals jemandem erzählt habe.«

Blade biss die Zähne zusammen und spürte, wie er seine freie Hand zur Faust ballte. »Hat dir jemand etwas angetan?«

»Was? Nein.«

»Hat jemand dir aufgelauert? Hast du einen Ex-Freund, der dich nicht in Ruhe lässt?«

»Aspen, nein, es ist nichts in der Art.«

Blade atmete erleichtert auf. »Was es auch sein mag, es wird mir nichts ausmachen.«

Sie lachte leise. »So bist du eben.«

Als sie nicht weitersprach, hakte Blade nach: »Wie bin ich?«

»Du bist immer so optimistisch. Machst dir so viele Gedanken über andere. Das ist nicht normal ... aber es gefällt mir.«

»Wenn mehr Leute optimistisch wären, gäbe es vielleicht weniger Stress, Depressionen und Übellaunigkeit auf der Welt.«

»Das stimmt«, erwiderte sie.

»Also?«, fragte Blade. »Treffen wir uns am Freitag?«

»Bist du sicher, dass du das willst?«

»Ich bin mir sicher.«

»Na dann, okay.«

Sie schien davon nicht gerade begeistert zu sein und plötzlich war Blade enttäuscht. »Hör zu, wenn du dich wirklich nicht mit mir treffen möchtest, ist das auch okay. Ich möchte dich zu nichts drängen, zu dem du nicht bereit bist. Ich weiß, dass *ich* mich darauf freue, dich zu treffen, aber wenn das etwas ist, das dir nicht gefällt oder das du wirklich nicht tun möchtest, lassen wir es einfach.«

»Aber ich will mich mit dir treffen«, widersprach Wendy ihm sofort. »Wie schon gesagt, ich bin nur nervös. Du bist seit langer Zeit der erste Mensch, mit dem ich mich wirklich verbunden fühle, und ich will es nicht vermasseln. Ich möchte auf keinen Fall, dass du enttäuscht bist. Ich wäre zu Tode betrübt, wenn wir uns treffen und du dich dann dazu entscheidest, dass ich nicht so bin, wie du es dir vorgestellt hast, oder dass du dann nicht mehr möchtest, dass ich anrufe.«

»Deine Anrufe sind das Beste an meinem ganzen Tag, Süße«, erklärte Blade ihr offen. »Wenn du dich nicht komplett betrinkst und dann auf dem Tisch tanzt, werde ich nicht enttäuscht sein, und ich will auf jeden Fall danach auch noch mit dir reden, okay?«

»Okay. Und woher weiß ich, wer du bist? Vielleicht sollten wir doch Bilder austauschen«, entgegnete Wendy jetzt schon ein wenig fröhlicher.

»Irgendwie gefällt mir der Gedanke, dich am Freitagabend zum ersten Mal zu sehen«, erwiderte Blade.

»Wie bei einem echten Blind Date«, stellte Wendy kichernd fest. Dann wurde sie schnell wieder ernst und fügte hinzu: »Nicht dass es eine Verabredung oder so was wäre, ich wollte damit nur sagen –«

»Oh, und wie es eine Verabredung ist«, unterbrach Blade sie. »Und ja, es ist wirklich ein Blind Date. Aber damit du mich erkennen kannst: Ich trage Jeans, ein schwarzes T-Shirt und bringe dir Schokoladenpralinen mit, weil ich weiß, wie sehr du sie magst.«

»Oh ... das ist doch nicht nötig«, protestierte sie.

»Das weiß ich, aber ich werde sie trotzdem mitbringen«, erklärte Blade ihr. »Und was hast du an, damit ich dich erkenne?«

»Äh ... normalerweise trage ich einen Pflegerinnenkittel, aber am Freitag werde ich stattdessen Jeans anziehen. Und ... oh Mann ... Wie kannst du mich am Dienstag fragen, was ich am Freitag anziehe?«, neckte sie ihn. »Schließlich bin ich eine Frau. Ich werde meinen gesamten Schrank ausräumen, den Inhalt überprüfen und dann mindestens ein halbes Dutzend Mal meine Meinung ändern.«

Blade lachte leise. »Verstanden. Wie wäre es, wenn du es mich einfach vor Freitagabend wissen lässt, damit ich Bescheid weiß?«

»Das geht.«

»Super. Dann haben wir eine Verabredung.«

»Aspen?«

»Ja, Süße?«

»Vielen Dank.«

»Wofür?«

»Dafür, dass du so toll bist. Dass es so leicht ist, mit dir zu reden. Dafür, dass du bei meinem ersten Anruf nicht aufgelegt hast, als ich versucht habe, dir eine Lebensversicherung zu verkaufen. Einfach nur ... danke.«

»Du musst dich nicht bei mir bedanken, Wendy. Ich bin nur froh darüber, dass du mich damals angerufen hast. Und für deinen dritten und den vierten Anruf. Und dafür, dass du mir genug vertraut hast, um mir deine Handynummer zu geben. Und dafür, dass du mich nach all dieser Zeit endlich persönlich treffen möchtest. Ich bin derjenige, der sich bei *dir* bedanken sollte. Oh, und deinen Bruder möchte ich auch irgendwann kennenlernen. Natürlich nur wenn das für dich okay ist.«

»Er würde dich auch gern kennenlernen.«

»Du hast ihm von mir erzählt?«

»Ja, Aspen. Er weiß, dass es dich gibt«, erklärte sie ihm.

Blade musste schlucken. Wendy war vielleicht nervös, doch er war froh darüber, dass sie es anscheinend so ernst meinte, dass sie bereits mit ihrem Bruder über ihn gesprochen hatte. »Ich würde gern mehr über ihn erfahren ... wenn du mir von ihm erzählen möchtest.«

»Natürlich. Am Freitag?«

»Gern. Ich warte an der Bar auf dich«, erklärte Blade ihr. »Sagen wir, so um fünf?«

»Fünf ist perfekt.«

»Ich werde jetzt auflegen, Wen, aber eins solltest du wissen.«

»Und das wäre?«, fragte sie.

»Ich hatte schon seit Jahren keine Verabredung mehr. Das ist nichts, was ich normalerweise tue. Aber du hast etwas an dir, dem ich nicht widerstehen kann und dem ich auch nicht widerstehen möchte. Am Freitag beginnt etwas zwischen uns. Und außer wir finden heraus, dass wir einander nicht ausstehen können, was ich für ausgesprochen unwahrscheinlich halte, möchte ich nicht, dass wir uns auch noch mit anderen Leuten treffen.«

»Ich möchte mich auch gar nicht mit jemand anderem treffen«, sagte Wendy leise. »Um ehrlich zu sein, zwischen meinen beiden Jobs und der Tatsache, dass ich Jack großziehe, hatte ich auch nicht viel Zeit für Verabredungen.«

Blade konnte nicht umhin, eine gewisse Freude zu spüren, als sie das sagte. »Okay, Süße. Ich lege jetzt auf. Ich freue mich schon auf unsere Verabredung. Darauf, dich endlich persönlich kennenzulernen.«

»Darauf freue ich mich auch.«

»Schlaf schön. Tschüss.«

»Tschüss.«

Blade legte auf und konnte einfach nicht aufhören, fröhlich zu grinsen. Am liebsten hätte er Casey angerufen, um ihr zu erzählen, dass er endlich die Frau kennenlernen würde, an die er ständig denken musste. Natürlich hatte er seiner Schwester alles über Wendy erzählt und sie hatte sich für ihn gefreut.

Vielleicht deshalb, weil Casey momentan geradezu ekelhaft glücklich mit seinem Teamkollegen und Freund Beatle war, aber Blade wusste, dass ihr etwas daran lag, dass auch *er* glücklich war. Er stand seiner Schwester sehr nahe und er wusste, dass er und seine Schwester alles getan hätten, um füreinander da zu sein, wäre ihren Eltern jemals etwas zugestoßen.

Blade saß lange auf der Couch und starrte den Fernseher an, bevor er schließlich aufstand und nach oben in sein Schlafzimmer ging. Am liebsten hätte er Wendy gleich heute Abend kennengelernt. Oder morgen, aber er wusste, dass sie arbeiten musste. Und er wusste auch, dass der Rest der Woche zweifelsohne ausgesprochen langsam vergehen würde. Er konnte kaum erwarten, dass es endlich Freitag war.

# KAPITEL ZWEI

Wendy Tucker öffnete die Tür der neuen Sportbar und ging langsam hinein. Sie war pünktlich für ihre Verabredung mit Aspen, aber er hatte ihr vor ein paar Minuten eine SMS geschrieben, um ihr mitzuteilen, dass er sich verspätete. Er sagte, er würde es ihr erklären, wenn er dort ankäme, aber es hätte mit seinem Job zu tun.

Sie war nicht begeistert, allein in der Kneipe zu sitzen und auf ihn zu warten – gesellig zu sein war wirklich nicht ihr Ding. Jackson machte sich immer über sie lustig, weil sie ihre Lebensgeschichte völlig Fremden erzählte, wenn sie nervös war, und bei gesellschaftlichen Anlässen war sie normalerweise nervös. Sie hatte immer Angst davor, der falschen Person das Falsche zu sagen und dass die Strafverfolgungsbehörden ihr daraufhin die Tür einrennen würden.

Sie hatte versucht, sich zu ändern – um vorsichtiger mit dem zu sein, was sie ausplauderte –, aber sie schien immer einfach draufloszureden, wenn sie unsicher war. Sie war überrascht, dass sie noch nicht erwischt worden war, da sie in der Vergangenheit bereits viel zu viel ausgeplaudert hatte.

Mittlerweile begann Wendy zu glauben, dass sie nach all den Jahren einfach aus dem Schneider sein könnte.

Sie hatte geplant, mindestens zehn Minuten früher in der Kneipe zu erscheinen, aber sie war nun etwas später dran, weil sie sich umziehen musste, nachdem ein Bewohner der Einrichtung für betreutes Wohnen sich übergeben hatte. Wendy hatte einer Krankenschwester dabei geholfen, ihn von seinem Bett auf einen Stuhl zu heben, damit sie seine Bettwäsche wechseln konnten, als er buchstäblich sein ganzes Mittagessen auf ihr Hemd gekotzt hatte, und es war ihr vom Körper heruntergetropft und hatte ihre Jeans durchnässt. Als sie ihn endlich auf den Stuhl gehoben hatten, konnte sie sogar die klebrige, ekelhafte Schweinerei auf ihrer Haut unter ihrer Kleidung spüren.

Nach dem Duschen hatte sie außer einem Schwestern-kittel keine anderen Kleider zum Wechseln gehabt. Sie hatte gehofft, bei ihrem ersten Treffen mit Aspen etwas Weibli-cheres zu tragen, aber zwischen dem Ende ihrer Schicht und dem Zeitpunkt, an dem sie ihn in der Kneipe treffen sollte, hatte sie keine Zeit mehr, nach Hause zu fahren.

An jenem Morgen hatte sie ihm eine SMS geschickt, um ihn wissen zu lassen, dass sie eine Jeans und eine niedliche schwarze Bluse tragen würde, die sie ihrer Meinung nach schlanker erscheinen ließ und ein bisschen Haut zeigte, ohne nuttig zu sein, aber dieses Outfit lag derzeit in einem Waschbecken in der Einrichtung für betreutes Wohnen und sie hoffte, dass es gerettet werden konnte. Wendy wollte Aspen eine SMS schreiben und ihn über ihr neues Outfit informieren, aber sie dachte, sie würde es ihm einfach sagen, wenn er dort ankam. Ihm zu erklären, warum sie ihre Meinung geändert hatte und was passiert war, war eine lange Geschichte, und sie freute sich eigentlich darauf, sie ihm persönlich zu erzählen. Sie wusste, dass er angemessen entsetzt und gleichzeitig amüsiert sein würde. Und sie wusste, wer er war, weil er ihr Schokolade mitbringen wollte, sodass sie ihn einfach ansprechen musste, wenn er ankam, anstatt darauf zu warten, dass er sie erkannte.

Sie ging hinüber zum Hauptbereich und setzte sich am Ende der langen Theke auf einen Barhocker. Von hier aus hatte sie immer noch einen Blick auf den Eingang, sodass sie Aspen sehen konnte, wenn er ankam.

»Guten Abend«, sagte die hübsche Frau hinter der Bar, nachdem Wendy sich gesetzt hatte. »Was kann ich Ihnen bringen?«

»Ein Mineralwasser bitte«, entgegnete Wendy.

»Kommt sofort«, erklärte die Barkeeperin nickend und wandte sich ab, um ihr Getränk zu holen.

»Ein Mineralwasser?«, fragte da plötzlich eine dunkelhaarige Frau. »An einem Freitagabend wollen Sie doch sicher etwas Stärkeres trinken.«

Wendy drehte sich zu der Frau um, die auf dem Barhocker neben ihr saß. Sie schien allein zu sein, aber sie lächelte strahlend und wirkte ziemlich freundlich. Sie war groß und schlank, trug einen kurzen Rock und eine schwarze Bluse mit extrem tiefem Ausschnitt. Der Push-up-BH, den die Frau trug, machte mehr als deutlich, dass sie dem, was Gott ihr geschenkt hatte, ein wenig nachgeholfen hatte. Sie hatte langes braunes Haar, das in Locken über ihren Brüsten lag und erfolgreich die Aufmerksamkeit auf sie lenkte. Ihr Make-up war kräftig, aber geschmackvoll. Sie hatte die Beine übereinandergeschlagen und ließ eines hin- und herschwingen, sodass Wendy ihre knallroten hohen Schuhe mit den fünfzehn Zentimeter hohen Absätzen an ihren Füßen sehen konnte.

Sie sah aus, als wäre sie bereit, es heute Abend richtig

krachen zu lassen, und Wendy fühlte sich neben ihr in ihrem einfachen Baumwollkittel extrem altbacken.

Wendy dachte daran, was die Frau zu der Wahl ihres Getränks gesagt hatte, und fühlte sich ein wenig angegriffen, versuchte aber, sich die Worte der Frau nicht zu Herzen zu nehmen.

»Ich könnte wahrscheinlich etwas Stärkeres gebrauchen, denn ich treffe mich heute zum ersten Mal mit einem Mann, aber ich möchte sicherstellen, dass ich nicht angetrunken bin, wenn er auftaucht.«

»Ich bin Christine«, stellte die andere Frau sich vor und streckte ihr die Hand hin.

Wendy schüttelte sie. »Wendy.«

»Du hast also ein Blind Date, was?«, fragte Christine.

»So könnte man es nennen. Wir haben uns schon ausgiebig am Telefon unterhalten, uns aber noch nie persönlich getroffen. Und das werden wir heute Abend nachholen. Wenn der Abend allerdings so verläuft wie mein heutiger Tag, könnte es böse enden.«

»Ich habe mir schon gedacht, dass etwas geschehen sein muss, denn mit dem Ding, das du da trägst, würde ich mich nie in der Öffentlichkeit sehen lassen ... Und auf eine Verabredung mit einem Mann würde ich so schon gar nicht gehen, besonders nicht auf eine erste Verabredung.«

Wendy zog die Nase kraus. Sie hätte Christine am liebsten gesagt, sie sollte sich verpissen und dass nicht jeder von Geburt an mit guten Genen, wie sie sie offensichtlich hatte, gesegnet war. Aber es war einfacher, das Ganze einfach zu übergehen, anstatt sich auf eine Diskussion einzulassen.

»Ja, also, bei der Arbeit hat sich jemand auf mich übergeben, sodass mir nichts anderes übrig blieb.«

»Ekelhaft«, entgegnete Christine. »Du armes Ding. Wo arbeitest du denn?«

»Cottonwood Estates. In der Einrichtung für Senioren. Wir bieten unabhängiges Wohnen für diejenigen an, die immer noch auf sich allein gestellt sein können, aber entweder einen Platz bei Gleichaltrigen suchen, mit denen sie zusammen sein können, oder die ein wenig Hilfe beim Hausputz und vielleicht eine Mahlzeit am Tag benötigen. Wir bieten auch Gedächtnistraining, Pflege zu Hause, betreutes Wohnen und sogar Reha an.«

»Also arbeitest du mit alten Menschen«, entgegnete Christine mit ernstem Gesicht.

Wendy musste sich beherrschen, damit man ihr ihre Gefühle nicht ansehen konnte. Sie mochte die Frau neben sich nicht besonders, hatte aber noch nie gern eine Szene gemacht. Sie hatte schon vor langer Zeit gelernt, dass es besser war, freundlich zu bleiben und sich unauffällig zu benehmen, anstatt sich aufzuregen und die Aufmerksamkeit auf sich zu ziehen.

»Mit Senioren, ja.«

Die Barkeeperin kam wieder rüber, brachte ihr das Mineralwasser und stellte es lächelnd auf einer Serviette vor Wendy ab. Wendy hob das Getränk an und nahm einen großen Schluck, als Christine fragte: »Also wurdest du heute vollgekotzt und musstest dich umziehen. Hast du das dem Typen gesagt, mit dem du dich triffst? Wie hieß er noch mal?«

»Aspen, und nein, ich dachte, ich erzähle ihm alles, wenn er da ist«, erklärte Wendy Christine.

»Aspen? Was ist das denn für ein Name?«, fragte die andere Frau.

Wendy biss die Zähne zusammen. Aspens Name hatte ihr sofort gefallen, als sie ihn gehört hatte.

»Ein englischer Name.«

»Ist das nicht ein Skiresort drüben in Colorado?«, fragte Christine.

»Ja, und es ist auch das englische Wort für eine Espe.«

»Hmmm. Und was macht er beruflich?«

»Wer, Aspen?«

»Ja.«

Wendy nahm noch einmal einen großen Schluck von ihrem Mineralwasser und wünschte sich, dass Aspen endlich durch die Tür kommen und sie vor Christines neugierigen Fragen retten würde. Sie wäre am liebsten aufgestanden und hätte sich woanders hingesetzt, doch das war so unglaublich unhöflich und sie wollte keine Szene machen. Sie hasste Auseinandersetzungen und sie wollte sich nun wirklich nicht mit Christine anlegen. »Er ist bei der Armee.«

»Ah, beim Militär. Ich wette, er ist muskulös, was?«

Wendy zuckte mit den Achseln. »Kann schon sein. Er trainiert ziemlich viel. Er erzählt mir immer davon, wie er zusammen mit seinen Freunden trainiert.«

»Und wann soll er hier sein?«

Wendy schaute auf die Uhr, dachte bei sich: *je eher, desto besser,* sagte jedoch stattdessen: »Wir wollten uns eigentlich um fünf treffen, doch er hat mir eine SMS geschrieben, um mir Bescheid zu sagen, dass er spät dran ist. Er sollte eigentlich gleich hier sein.«

»Woran erkennst du ihn? Ich meine, du hast schließlich gesagt, dass ihr euch noch nie persönlich gesehen habt. Lass mich raten, er hat eine rote Rose dabei, richtig? Das ist so romantisch!«

»Nein, eine Tüte Schokobonbons. Während eines unserer Telefonate habe ich ihm erzählt, wie sehr ich die mag.«

Christine verdrehte die Augen und betrachtete Wendy abschätzig. »Ja, das ist ziemlich offensichtlich.«

Wendy starrte sie mit offenem Mund an. Sie war nicht gerade mager wie ein Model, aber dass die blöde Kuh sie darauf aufmerksam machte, war völlig inakzeptabel und kein bisschen lustig. Was war schon dabei, wenn sie nicht stockdürr war? Aber nun, da Christine es angesprochen hatte, fühlte Wendy sich plötzlich unwohl. Sie hatte Aspen doch gesagt, dass sie nicht dünn war ... oder nicht? Plötzlich erinnerte sie sich nicht mehr daran. Was, wenn er eine große, schlanke Frau erwartete? Sie hatte ihm erzählt, dass sie wohl nett war, aber das war's auch schon. Mist.

»Hey, du hast da was zwischen den Zähnen«, sagte Christine.

Wendy hielt sich sofort die Hand vor den Mund. »Wirklich?«

»Ja, irgendetwas Schwarzes. Vielleicht solltest du schnell zur Toilette gehen und dich darum kümmern, bevor Aspen eintrifft, was meinst du?«

Wendy stellte ihr Glas ab und nickte. »Ja, das werde ich machen. Vielen Dank, dass du mich darauf hingewiesen hast.« Plötzlich fühlte sie sich schuldig, weil sie schlechte Dinge über Christine gedacht hatte. So schlimm konnte sie gar nicht sein, wenn sie ihr die Blamage bei ihrer ersten Verabredung ersparte.

»Kein Problem.« Die andere Frau winkte ab. »Wir Frauen müssen schließlich zusammenhalten.«

Wendy sprang vom Barhocker und ging auf die Rückseite der Kneipe zu. Als sie dort ankam, musste sie sich hinter drei anderen Frauen anstellen, die darauf warteten, die Toilette zu benutzen. Selbstverständlich. Es war nur ein einziger Raum und es konnte jeweils nur eine Frau eintreten und die Toilette benutzen. Sogar während der kurzen Zeit, in der sie sich mit Christine unterhalten hatte, hatte die Kneipe sich gefüllt. Anscheinend war sie bei den Angestellten in der Gegend sehr beliebt.

Nach einigen Minuten war Wendy schließlich an der Reihe. Sie schloss und verriegelte die Tür hinter sich und lehnte sich über das kleine Waschbecken. Sie öffnete die Lippen, fletschte die Zähne und suchte nach etwas, was dazwischensteckte. Sie drehte den Kopf hin und her, konnte aber nichts sehen.

Sie stellte das Wasser trotzdem an, schöpfte etwas davon in den Mund und gurgelte. Nachdem sie das Wasser ausgespuckt hatte, fletschte sie wieder die Zähne. Immer noch nichts. Als Wendy mit der Zunge über ihre Zähne fuhr, konnte sie auch nichts spüren. Gott sei Dank hatte sich das, was auch immer zwischen ihren Zähnen gewesen war, anscheinend von selbst gelöst.

Sie trat einen Schritt zurück und sah sich selbst an. Sie hatte nach der Arbeit Wimperntusche aufgetragen und etwas Rouge aufgelegt. Sie trug glänzenden Lipgloss und hatte ihre Haare hochgesteckt. Sie hatte es den ganzen Tag zum Pferdeschwanz gebunden getragen und konnte es nicht offen lassen, weil es einen seltsamen Knick hatte, also hatte sie es stattdessen einfach zu einem unordentlichen, hoffentlich kunstvollen Dutt hochgesteckt.

Seufzend betrachtete Wendy sich im Spiegelbild. Sie war keine Schönheit, aber sie war auch nicht hässlich. Sie hatte hohe Wangenknochen und wirklich lange Wimpern. Sie erinnerte sich daran, dass ihre Mutter ihr Komplimente darüber gemacht hatte, wie hübsch ihre dunkelbraunen Augen waren. Ihr Haar war dicht und gehorchte ihr im Allgemeinen nicht, aber Wendy liebte es trotzdem. Sie weigerte sich, es kurz schneiden zu lassen, und hatte es immer über Schulterlänge getragen.

Ja, der Schwesternkittel war nicht gerade der Höhepunkt der Mode, aber Aspen wusste, wo sie arbeitete. Er wusste, dass sie mit älteren Menschen zu tun hatte. Sie hatte das Gefühl, dass er ihre Geschichte urkomisch finden würde. Zumindest hoffte sie das. Dem Mann, den sie vom Telefon kannte, wäre es egal, dass sie Kittel statt modischer Jeans und einer schönen Bluse trug.

Mit einem letzten Blick auf ihr Spiegelbild atmete Wendy tief durch, verließ die Toilette und ging zurück in die Kneipe.

Zuerst war Wendy sehr erleichtert, als sie sah, dass Christine nicht mehr auf dem Sitz neben Wendy saß. Sie blickte sich um, als sie zu ihrem Hocker zurückging, und sah, dass die andere Frau nun am anderen Ende der Theke saß.

Aber sie war nicht allein.

Ein Mann war bei ihr.

Er stand mit dem Rücken zu Wendy, sodass sie sein Gesicht nicht sehen konnte – aber er trug ein schwarzes T-Shirt und eine Jeans. Sie sah auch ein Paar Cowboystiefel an seinen Füßen.

Christine hatte die Beine übereinandergeschlagen und den Barhocker so herumgedreht, dass ihre Beine die Beine des Mannes fast berührten. Sie lächelte und lachte, und gelegentlich streckte sie eine Hand aus und berührte das Knie des Mannes. Sie saßen dicht beieinander, die Köpfe zueinander gebeugt.

In den zehn Minuten, die Wendy weg gewesen war, war es in der Kneipe noch voller geworden. Am Ende des Raumes lief ein Fußballspiel auf dem Fernseher. Das Gerede war laut und überall, wohin sie blickte, sah sie Paare, die lachten und sich gegenseitig anlächelten.

Wendy wurde flau im Magen. Sie fühlte sich äußerst

fehl am Platz und stellte sich neben ihren Barhocker und zog ihr Telefon heraus, um nachzusehen, ob Aspen ihr eine SMS geschickt hatte. Das hatte er.

Vor elf Minuten.

Sie hatte die Vibrationen verpasst, die sie über die Nachricht informierten, bevor sie zur Toilette gegangen war.

*Aspen: Ich bin jeden Moment da. Ich kann es kaum erwarten, dich kennenzulernen.*

Das flaue Gefühl in Wendys Magen wurde nur noch stärker. Aspen war hier ... irgendwo. Sie wollte nicht, dass er dachte, sie hätte ihn sitzen lassen. Das war ihr einmal passiert, und es war das schlimmste Gefühl der Welt.

Je mehr Wendy über Christine nachdachte und die Tatsache, dass sie behauptet hatte, Wendy hätte etwas zwischen den Zähnen, und zwar genau zu dem Zeitpunkt, als Aspen ihr geschrieben hatte, umso misstrauischer wurde sie.

Aber das hatte die andere Frau nicht wissen können, oder?

Jackson erklärte Wendy ständig, dass sie sich besser durchsetzen musste. Dass sie nicht immer zulassen durfte, dass die Leute sie respektlos behandelten. In Restaurants beschwerte sie sich nie, wenn das Essen schlecht war. Wenn sie online etwas bestellt hatte, das ihr nicht passte, schickte sie es nie zurück. Und nie, *niemals,* machte sie öffentlich eine Szene.

Aber dies schien ein guter Zeitpunkt zu sein, um sich mehr durchzusetzen.

Sie schob einen Zehndollarschein unter ihr halb ausgetrunkenes Glas Mineralwasser, genug um das Getränk zu bezahlen und ein anständiges Trinkgeld zu hinterlassen – Wendy hatte nämlich selbst auch schon als Bedienung gearbeitet und wusste, wie schwer die Arbeit und wie wichtig das Trinkgeld war –, und atmete tief durch.

Sie ging auf Christine und den Mann zu und hoffte, dass es nicht Aspen war, der da vor der anderen Frau saß. Sie musste sich ihren Weg durch die Menschenmenge bahnen, die vor der Theke stand, und als sie näher zu dem Paar kam, sah sie die transparente Plastiktüte, die zwischen den beiden auf dem Tresen stand. Sie war mit einer rosa Schleife zugebunden worden und Wendy sah ganz genau die Schokobonbons in der Tüte.

*Diese blöde Kuh.*

Christine hatte ganz genau gewusst, dass Wendy auf Aspen wartete.

Natürlich hatte sie das – Wendy hatte ihr ja schließlich auch alles über ihre Verabredung ganz genau erzählt. Dass sie sich noch nie gesehen hatten. Dass sie nicht wusste, wie er aussieht, und er nicht wusste, wie sie aussieht. Wahrscheinlich hatte Christine sie innerlich die ganze Zeit ausgelacht, während sie sie ausgefragt hatte.

Christine hatte keinerlei Interesse daran, wo Wendy arbeitete. Stattdessen hatte sie so viele Informationen wie möglich aus ihr herauslocken wollen, um sich vor Aspen als Wendy auszugeben.

Sie nahm sich einen Moment Zeit und sprach sich Mut zu – und außerdem versuchte sie, sich zu beruhigen, da sie wusste, dass sie die verlogene Schlampe damit konfrontieren musste – doch dann hörte Wendy ein leises, männliches Lachen, das von dem Mann vor Christine stammte. Sie hob den Blick und sah, dass er die andere Frau anlächelte.

Ihr wurde das Herz schwer.

Er sah aus, als hätte er einen Haufen Spaß.

Christine hatte immer wieder andeutungsvoll sein Knie

berührt und Aspen hatte seine Hand auf ihre auf seinem Bein gelegt.

Wendy entschied, dass sie näher heranmusste, um einen besseren Blick auf ihn werfen zu können. Wenn sie nämlich Christine konfrontierte, nur um dann festzustellen, dass der Mann vor ihr nicht Aspen war, würde sie sich wie eine Idiotin fühlen.

Natürlich wäre es der Zufall des Jahrhunderts, wenn der Typ, mit dem Christine verabredet war, *ebenfalls* zufällig eine Tüte Schokobonbons für sie dabeihatte, aber ganz ausschließen konnte Wendy es nicht.

Sie zwängte sich an einigen Menschen vor der Theke vorbei, die sich amüsierten, bis sie das Gesicht des Mannes, der bei Christine saß, sehen konnte.

Wendy hätte ihn fast mit offenem Mund angestarrt.

Er war wunderschön.

Er hatte dunkles Haar und einen typischen Militärhaarschnitt. Kurz rasierte Seiten und oben ein wenig länger. Sein T-Shirt war nicht eng, außer am Bizeps. Seine Arme wurden davon abgeschnürt und waren muskulöser als die der meisten Militärangehörigen, die sie gesehen hatte. Aber es waren seine Unterarme, die Wendys Knie weich werden ließen. Sie konnte die Adern in seinen Armen deutlich sehen. Irgendetwas an diesen Adern, bedeckt von feinen, dunklen Haaren, fand sie ausgesprochen sexy.

Er hatte große Hände und war nicht rasiert. Er hatte ihr einmal gesagt, dass er es hasste, wie schnell sein Bart wuchs ... dass er sich in der Grundausbildung zweimal täglich rasieren musste, weil seine Ausbilder ihn beschimpften, unrasiert zu sein, wenn er es nicht tat.

Für Wendy waren die Stoppeln in seinem Gesicht unwiderstehlich und sie fand sie attraktiv ... nichts, worüber er sich jemals Sorgen machen müsste. Seine Vorderzähne waren leicht schief, sie konnte sie wegen des breiten Lächelns auf seinem Gesicht deutlich sehen.

Je länger sie ihn anstarrte, desto mehr verflog ihre Wut – ebenso wie ihr Wille, ihn hinsichtlich der Identität der Frau, die vor ihm saß, zu korrigieren.

Er sah glücklich aus. Er starrte Christine an, als wäre sie die schönste Frau im Raum ... und das war sie auch.

Wendy blickte auf ihren eigenen hellgrünen Kittel hinunter, dann wieder hoch zu Christines tief ausgeschnittener Bluse. Auf ihre langen Beine, die in dem kurzen Rock perfekt zur Schau gestellt wurden. Damit konnte Wendy nicht mithalten. Sie *wollte* nicht mithalten.

Als sie sich noch einmal nach Aspen umblickte, wünschte Wendy sich zum tausendsten Mal, dass ihr Leben anders wäre. Dass ihre Eltern nicht gestorben wären. Dass sie nicht Ersatzmutter für ihren Bruder geworden wäre. Dass sie hätte aufs College gehen können wie die meisten anderen Frauen ihres Alters. Dass sie nicht ein Leben hätte führen müssen, bei dem sie immer auf der Hut sein musste.

Wenn ihr Leben anders verlaufen wäre, könnte sie vielleicht die Art von Frau sein, die das Selbstvertrauen hätte, mutig zu Christine zu gehen und ihr die Stirn zu bieten. Um Aspen zu sagen, dass er getäuscht worden war. Dass *sie* die Frau war, mit der er sich treffen wollte.

Aber sie war nicht diese Frau und sie hatte nicht das Selbstvertrauen, irgendetwas davon zu tun.

Wendy erlaubte sich einen seltenen Moment des Selbstmitleids und starrte Aspen an.

Offensichtlich hatte sie ihn schon zu lange angeschaut, denn plötzlich löste sich sein Blick von der Frau vor ihm und traf auf den ihren.

Er zog einen Moment lang die Augenbrauen hoch, als er sie mit seinen schönen braunen Augen von Kopf bis Fuß musterte. Er öffnete den Mund, als wollte er etwas sagen, aber gerade dann legte Christine ihre kunstvoll manikürten Finger an seine Wange und er blickte von Wendy weg, um zu sehen, was sie wollte.

Wendy nutzte die Ablenkung, duckte sich hinter eine Gruppe von Leuten und ging auf die Tür zu. Warum sollte er *sie* ein zweites Mal anschauen, wenn er Christine hatte? Sie sollte froh sein, dass er glücklich war. Aber nur ein Mal wollte sie, dass ein Mann sie so ansah, wie Aspen Christine ansah.

Sie schnaubte fast verächtlich. Als könnte das jemals der Fall sein.

Es war Zeit, in ihr richtiges Leben zurückzukehren. Aspen war eine nette Ablenkung gewesen, aber Jackson hatte noch zwei weitere Jahre Highschool vor sich. Vielleicht könnte sie nach seinem Abschluss noch einmal versuchen, sich zu verabreden ... wenn sie weniger zu verlieren hatte.

## KAPITEL DREI

Blade zerrte an seinem Hemd und holte tief Luft, bevor er die Tür zur Kneipe öffnete. Er hatte vorgehabt, früh dort zu sein und einen guten Platz zu bekommen. Er wusste, dass die Kneipe beliebt war und voll werden würde, wenn die Leute von der Arbeit kamen, und er wollte einen Platz in der Ecke finden und ein wenig Privatsphäre haben, um Wendy besser kennenzulernen.

Aber es hatte einen Zwischenfall auf dem Stützpunkt gegeben und sein Kommandant hatte ihn und die anderen Deltas gebeten, sich für alle Fälle in Bereitschaft zu halten. Es hatte sich als nichts Wichtiges herausgestellt und das Team wurde nicht gebraucht, aber dadurch war er jetzt zu spät. Er musste erst nach Hause fahren, um sich umzuziehen und die Tüte mit Schokoladenbonbons für Wendy zu holen, bevor er zu seiner Verabredung gehen konnte.

Er hatte ihr eine SMS geschickt, in der er ihr mitteilte, dass er sich verspätet hatte, und sie hatte kurz geantwortet, dass das in Ordnung wäre, weil sie gerade erst angekommen war.

Blade ging in die Kneipe und sah sich um. Er hielt die

Tüte mit der Schokolade so, dass man sie gut sehen konnte, und versuchte herauszufinden, welche der Frauen, die an der Theke saßen, Wendy war.

»Hi. Aspen?«

Er drehte sich um und sah eine schöne Frau vor sich stehen. Sie biss sich nervös auf die Lippe, als sie zu ihm aufblickte.

Einen Moment lang konnte Blade nur starren. Sie sah keineswegs so aus, wie er sie sich in seinem Kopf vorgestellt hatte. Sie hatte braunes Haar, wie sie ihm gesagt hatte, aber sonst passte nichts. Sie hatte hochhackige Schuhe an, sodass sie mit seinen ein Meter neunzig fast auf gleicher Höhe war. Er konnte sich nicht erinnern, ob Wendy ihm jemals erzählt hatte, wie groß sie war, war aber abgelenkt, als die Frau ihm die Hand reichte.

Ihre Fingernägel waren rot lackiert und sahen manikürt aus. Sie trug einen kurzen Rock, der lange, schlanke Beine zur Schau stellte, und die schwarze Bluse, die sie trug, war tief ausgeschnitten. Es war mehr als offensichtlich, dass sie eine Art Push-up-BH trug, denn ihre üppigen Brüste waren nach oben gedrückt, was ihm einen erstaunlichen Blick auf ihr Dekolleté ermöglichte.

»Wendy?«, fragte er verwirrt.

»Höchstpersönlich«, antwortete die Frau strahlend. »Schön, dich kennenzulernen.« Und damit trat sie nahe an ihn heran und umarmte ihn.

Ganz automatisch legte Blade die Arme um sie. Sie roch gut, irgendwie nach Blumen. Sie hielt ihn ein wenig länger fest, als es schicklich gewesen wäre, hätten sie nicht schon so oft miteinander telefoniert und sich schon seit mehreren Monaten gekannt.

»Ich freue mich so, dich endlich kennenzulernen«, erklärte Blade ihr, als er sich aus ihrer Umarmung löste.

»Die hier habe ich dir mitgebracht«, sagte er und hielt die Tüte mit den Schokoladenbonbons hoch.

»Vielen Dank. Sollen wir uns einen Moment lang an die Theke setzen?«

Blade sah sich um und musste feststellen, dass alle Tische besetzt waren. Er seufzte. Die Tatsache, dass er zu spät war, sorgte dafür, dass er seine eigentlichen Pläne ändern musste. »Ja, das hört sich gut an«, erwiderte er.

Wendy griff nach seiner Hand und begann, ihn zum hinteren Ende der Theke zu ziehen. Blade versuchte, nicht verärgert zu sein, konnte sich aber nicht gegen die Enttäuschung wehren, die er aufgrund ihrer Selbstsicherheit empfand. Es machte ihm nichts aus, ihre Hand zu halten, und es war nicht so, dass er ein Problem damit hatte, hinter ihr herzulaufen. Verdammt, ihr Arsch in diesem Rock und die Art und Weise, wie ihre hohen Schuhe ihre wohlgeformten Waden betonten, als sie zur Theke stolzierte, hätten dafür sorgen sollen, dass er sofort einen Ständer bekam. Aber er hatte sie sich ... fügsamer vorgestellt.

Das war nicht gerade das Wort, nach dem er gesucht hatte. Unsicherer vielleicht? Er war davon ausgegangen, dass er die Führung übernehmen musste, damit sie sich wohlfühlte, und als sie ihn dann kennenlernte, würde sie sich ihm immer mehr öffnen.

Aber diese selbstbewusste, souveräne Wendy warf ihn aus der Bahn.

Als sie an der Theke ankamen, legte Blade ihr eine Hand an den Ellbogen und half ihr auf den Hocker. Sie strahlte ihn an, als er sich auf dem Hocker neben ihrem niederließ. Wendy stützte ihren Ellbogen auf den Tresen und lehnte sich zu ihm, als sie ihn fragte: »Sehe ich okay aus?«

Blade blinzelte und versuchte, nicht allzu offensichtlich

auf ihre Möpse zu starren, die so aussahen, als würden sie jeden Moment aus ihrem Oberteil herausplatzen. In der Kneipe war es laut und er konnte sie kaum verstehen. Deswegen sprach er laut, als er sagte: »Du siehst gut aus.«

Sie lächelte und richtete sich auf ihrem Barhocker auf. »Danke.«

»Was ist denn aus der Jeans und der Bluse geworden?«, fragte er.

Wendy verdrehte die Augen. »Ich habe beschlossen, mich etwas schicker anzuziehen, um dich kennenzulernen. Um so gut wie möglich für dich auszusehen.« Sie ließ ihre Hand über ihren Rock gleiten, sodass er gar nicht anders konnte, als erneut ihre Beine anzusehen.

»Wie war es bei der Arbeit?«, wollte Blade wissen und es gefiel ihm überhaupt nicht, dass sich alles so merkwürdig entwickelte. Selbst beim allerersten Mal, als er am Telefon mit Wendy gesprochen hatte, hatte es sich nicht so komisch angefühlt. Vielleicht hatte sie recht und es war keine gute Idee gewesen, sich persönlich kennenzulernen. Er hatte ihr versichert, dass es nichts an ihrer Beziehung ändern würde, aber vielleicht war das voreilig gewesen.

»Du wirst nicht glauben, was passiert ist«, erklärte Wendy.

»Dann sag es mir«, drängte Blade. Je mehr er sie ansah, desto klarer wurde ihm, wie hübsch sie eigentlich war. Ihr Make-up betonte noch, wie groß ihre Augen waren. Ihr Lächeln war hübsch und es gefiel ihm, wie ihr die Locken über die Schultern fielen und bis hinunter zu ihren runden Brüsten reichten.

Er erwiderte ihr Lächeln und ermutigte sie, über ihren Tag zu sprechen. Es war das erste Mal seit Langem, dass sie nicht sofort gefragt hatte, wie sein Tag gewesen wäre, bevor er sie über ihren befragen konnte.

»Ich habe diesem alten Typen geholfen, aus dem Bett aufzustehen, um sich in einen Stuhl zu setzen, und er hat mich vollgekotzt«, rief Wendy und verzog angewidert das Gesicht. Sie rümpfte ihre kleine Nase, als sie die Geschichte erzählte. »Ich konnte gerade noch so ausweichen, bevor er mich erwischt hat. Kannst du dir das vorstellen? Bäh, Kotze ist echt das Schlimmste. Jedenfalls hat er den ganzen Boden vollgereihert und ich habe versucht, den fliegenden Stückchen auszuweichen, ohne ihn loszulassen, und ihn dann in den Stuhl zu setzen, ohne in die Kotze zu treten, und als mir das gelungen war, sah der alte Knacker zu mir hoch und sagte: ›Verdammt, Mädchen, du bist viel zu schnell. Ich hatte auf einen Wet-T-Shirt-Contest gehofft. Du weißt doch, wie leicht es ist, mich in Stimmung zu bringen.‹«

Blade lachte. Dann spürte er Wendys Hand auf seinem Knie und sah hinab. Ohne nachzudenken, legte er die Hand auf ihre, als sie versuchte, weiter an seinem Oberschenkel hinaufzugleiten. Er hatte angenommen, es würde ein Funke überspringen, wenn er sie berührte. Dass es prickeln würde, er Lust empfand oder wenigstens *irgendwas*. Doch er spürte nur das Gewicht ihrer Hände auf seinem Bein.

Wendy strahlte ihn an und wenn Blade sich nicht irrte, hatte sie irgendwie ihren Barhocker näher an seinen geschoben. »Das hört sich nach einem ausgesprochen anstrengenden Tag an.«

»Oh ja, das war er auch. Aber das Beste kommt ja hoffentlich noch.«

Da es Blade nicht gefiel, wie Wendy ihn ansah, nämlich so, als wäre er ein Eis am Stiel und als würde sie ihn am liebsten von Kopf bis Fuß ablecken, wandte er den Blick ab und ließ ihn durch die jetzt volle Kneipe schweifen. Die Leute waren auf die unterschiedlichsten Arten gekleidet. Manche trugen Anzug und Krawatte, andere ganz offensichtlich ihre Arbeitskleidung und wieder andere Jeans und T-Shirt.

Auf der anderen Seite der Kneipe ertönte ein Schrei von einer Gruppe, die das Fußballspiel im Fernsehen verfolgte, und Blade begann, seinen Kopf zu drehen, um zu sehen, was vor sich ging. Doch in letzter Sekunde wurde sein Blick von einer Frau eingefangen, die nicht allzu weit von ihm und Wendy entfernt stand.

Sie trug einen hellgrünen Kittel, der eher für ein Krankenhaus oder eine Arztpraxis geeignet war als für eine geschäftige Kneipe nach der Arbeit. Sie trug ein Paar weiße Tennisschuhe und hielt eine Handtasche vor sich.

Ihr dunkles Haar war auf ihrem Kopf in einem unordentlichen Dutt aufgetürmt, den Blade plötzlich am liebsten geöffnet hätte. Sie war nicht klein, aber sie war auch nicht gerade groß. Ihr Körper war kurvenreich, und die Art und Weise, wie das Material ihrer Kleidung die Details ihres Körpers seiner Fantasie überließ, ließ in ihm den Wunsch aufkommen, ihr eine Hand ans Kreuz zu drücken und sie in sich hineinzuziehen, damit er selbst sehen konnte, wie sie sich anfühlte.

Die Zeit schien stillzustehen, als sie sich gegenseitig anstarrten. Er ließ den Blick zu ihren Zehen hinunterwandern, glitt über ihren Körper und wieder zu ihrem Gesicht. Blade fühlte sich, als würde er die Frau kennen, obwohl er sie noch nie zuvor gesehen hatte.

Er öffnete den Mund, um nach ihr zu rufen, sie einzuladen, sich zu ihm zu setzen, als Wendys Finger auf seinem Gesicht den seltsamen Zauber brachen, in dem er sich befunden hatte.

»Wo schaust du denn hin?«, fragte sie.

Blade spürte, wie sie die Finger auf seinem Bein bewegte und dann ihre langen, rot lackierten Fingernägel dazu benutzte, über die Innenseite seines Oberschenkels zu fahren. Sie ließ die Hand, die sie ihm an die Wange gelegt hatte, über seine Schulter streifen und fuhr dann mit ihren Nägeln seinen Arm hinunter.

Mit einer Klarheit, die er eigentlich schon zehn Minuten vorher hätte haben sollen, wusste Blade auf einmal ohne den geringsten Zweifel, dass die Frau, die vor ihm saß, nicht Wendy war.

Er wusste nicht, wer sie war, aber die Wendy, die er kannte, würde keinen der älteren Männer in dem Heim, in dem sie arbeitete, »alte Knacker« nennen. Sie wäre auch nicht so forsch wie diese Frau. Und nicht nur das, sie hatte ihn auch noch nicht gefragt, wie sein Tag gewesen war. Und in jeder einzelnen Unterhaltung, die er vorher mit Wendy geführt hatte, hatte sie ihn immer gleich als Erstes gefragt, wie sein Tag war, bevor er überhaupt etwas sagen konnte.

Diese Frau mochte vielleicht vorgeben, Wendy zu sein, doch zwischen ihr und der Frau, die er als Wendy kennengelernt hatte, lagen Welten.

Blade war von sich selbst enttäuscht, dass er sich so leicht hatte hinters Licht führen lassen. Er war schon ein toller Soldat der Spezialeinheit.

Fragte sich nur noch ... wer war *diese* Frau und wo steckte Wendy?

Blade redete normalerweise nicht lange um den heißen Brei herum. Er hatte keine Zeit für Spielchen, doch er wollte diese falsche Wendy erst mal ein wenig ins Schwitzen bringen. »Und wie geht es Josh?«, fragte er.

»Josh?«, entgegnete die Frau eine Oktave höher. »Es geht ihm gut.«

»Gefällt ihm die fünfte Klasse?«

»Sofern das denn möglich ist. Hey, was hältst du davon,

wenn wir von hier abhauen und irgendwo hingehen, wo wir uns besser kennenlernen können?«

Blade kniff misstrauisch die Augen zusammen. Mit jedem Wort, das aus ihrem Mund kam, bestätigten sich seine Vermutungen. »Wohin willst du denn gehen?«, fragte er und beugte sich zu ihr, als würde er sie ermutigen.

Sie fing erneut an, die Hand auf seinem Oberschenkel zu bewegen, und diesmal strich sie mit den Fingern über seinen Schwanz. Da er dicke Jeans trug, spürte er die sanfte Berührung nicht, doch selbst wenn er sie gespürt hätte, hätte er nicht reagiert. Er war so wütend auf die unbekannte Frau, dass er keinen Ständer bekommen hätte, selbst wenn sein Leben davon abhinge.

»Es gibt hier ganz in der Nähe ein Hotel. Dort könnten wir hingehen.«

Blade drückte die Hand, die auf seinem Schwanz lag, und zwar fest. »Wie viel?«, fuhr er sie an und gab sich nicht mehr die Mühe, so zu tun, als würde er immer noch glauben, dass sie seine Verabredung war.

»Wie bitte?« Überrascht sah ihn die Frau an.

»Wie viel verlangst du?«, fragte Blade erneut.

»Aber ... wir haben doch ein Blind Date«, stammelte sie und versuchte, ihre Hand aus seinem Griff zu lösen, doch Blade ließ nicht los.

»Hör mit dem Blödsinn auf. Es ist offensichtlich, dass du nicht Wendy bist. Und außerdem heißt er Jack, nicht Josh, und ganz bestimmt ist er nicht in der fünften Klasse. Du bist angezogen wie eine Nutte und machst mich so hart an, dass es fast verzweifelt wirkt, also bist du mit Sicherheit eine Prostituierte. Wahrscheinlich hast du gedacht, du könntest mich erst mal in ein Hotel locken, mich dort heißmachen, mir vielleicht ein wenig den Schwanz lutschen und mir deine Titten zeigen – die dir sowieso gleich aus dem Oberteil fallen – und mir dann deinen Preis verraten. Also wollte ich einfach so wissen, wie viel eine falsche, betrügerische Schlampe wie du heutzutage verlangt.«

Daraufhin ließ sie ihre Maske fallen und zeigte ihr wahres Gesicht. Sie mochte ihm zuvor hübsch erschienen sein, doch jetzt konnte man deutlich sehen, wie hässlich sie tatsächlich war. Sie verzog die Lippen. »Das unscheinbare Mauerblümchen hätte dich keine Sekunde lang befriedigt«, zischte sie. »Warum solltest du dich mit jemandem abgeben, der so ahnungslos und naiv ist wie sie? Die dumme Kuh hat es mir fast zu leicht gemacht, dich abzufangen. Und wer trägt ein verdammtes *Nachthemd* zu einem Blind Date?«

Bei ihren Worten war Blade plötzlich klar, dass die Frau, an der sein Blick hängengeblieben war, die echte Wendy gewesen war. *Seine* Wendy.

Ihm war klar, dass er die Hure loswerden musste, um die Frau zu finden, mit der er tatsächlich verabredet war, also stieß er ihre Hand weg und stand auf. Dann beugte er sich zu ihr, strich mit einem Finger über ihr Dekolleté, das sich hob und senkte, weil sie so aufgeregt war, und sagte leise: »Ich würde Wendy in diesem Nachthemd jeden Tag vögeln und am Sonntag zweimal, bevor ich auch nur *in Betracht* ziehen würde, meinen Schwanz in dich reinzustecken.«

»Arschloch!«, fuhr die Frau ihn an.

»Du solltest jetzt besser gehen, denn ich werde dafür sorgen, dass sowohl die Barkeeperin als auch der Besitzer wissen, wer du bist und dass du versuchst, in ihrem Etablissement unbedarfte Männer abzuschleppen«, drohte Blade ihr. »Schließlich ist das hier eine anständige Kneipe und kein Bordell.«

»Fick dich«, sagte die Frau, aber sie legte sich den Riemen ihrer Handtasche über die Schulter und marschierte von ihm weg in Richtung Tür.

Blade hatte die Prostituierte vergessen, kaum dass sie ihm den Rücken zugedreht hatte, und sah sich in der Kneipe verzweifelt nach der Frau in dem grünen Kittel um. Nach zwei Runden in dem überfüllten Raum wurde ihm klar, dass sie weg war.

Blade fuhr sich mit der Hand übers Gesicht und fluchte leise. Sie hatte ihn mit der Hure gesehen und hatte offensichtlich einen falschen Eindruck bekommen. Nicht dass er ihr wirklich einen Vorwurf machen könnte. Blade holte sein Telefon heraus und überprüfte es auf Nachrichten. Nichts.

Nicht einmal ein »Fick dich«, was ihn nicht überrascht hätte. Er presste die Lippen zusammen und schickte eine kurze SMS.

*Ruf mich an, Wen.*

Er wartete fünf Minuten und als Wendy sich nicht meldete, seufzte er frustriert. Dann schrieb er erneut. Und erneut. Und noch mal.

*Ich dachte, sie wäre du.*

*Bitte melde dich.*

*Geht es dir gut?*

*Wo steckst du?*

*Sag wenigstens Bescheid, ob du gut nach Hause gekommen bist.*

Sie reagierte auf keine seiner SMS und soweit er feststellen konnte, hatte sie sie nicht einmal gelesen. Da sie seine Texte ignorierte, versuchte er, sie anzurufen.

Aber sie nahm nicht ab. Er hinterließ eine Nachricht.

Dann rief er wieder an und hinterließ eine weitere.

Alles in allem hinterließ Blade fünf Nachrichten für Wendy, wobei er sich zunehmend Sorgen machte. Er war auch leicht irritiert.

Er war derjenige, der überlistet worden war. Warum sollte sie wütend auf ihn sein? Sie hatten keine Bilder ausgetauscht, deshalb wusste er nicht, wie sie aussah. Er hatte die Schokoladenbonbons dabeigehabt, sie hätte zu ihm kommen sollen. Und warum stand sie einfach da und starrte ihn mit der Hure an? Warum war sie nicht auf ihn zugekommen und hatte ihm gesagt, dass sie die Frau war, mit der er sich dort treffen wollte?

Sie hätte nur zu ihm kommen müssen und er hätte es gewusst. Aber das hatte sie nicht getan. Sie hatte sich zurückgehalten, ihn beobachtet und war dann gegangen. Einfach gegangen, verdammt noch mal.

Blade schlug mit der Faust auf das Lenkrad seines Jeeps. Das war dumm. Sie war diejenige, die im Unrecht war. Warum verbrachte er so viel Zeit damit, sich über das Geschehene zu ärgern?

Weil er sich schon lange auf diese Verabredung gefreut hatte. Weil er sich noch nie einer Frau so verbunden gefühlt hatte wie ihr.

---

Wendy schloss die Tür zu ihrer Wohnung, so leise sie konnte. Falls Jackson in seinem Zimmer war, wollte sie ihn nicht darauf aufmerksam machen, dass sie schon so früh wieder zu Hause war. Sie hätte noch ein wenig länger herumfahren sollen, aber Benzin war teuer und sie wollte einfach nur noch ins Bett kriechen und weinen.

Aber natürlich hatte sie kein Glück und ihr Bruder war nicht in seinem Zimmer. Nein. Stattdessen saß er am Esstisch.

»Du bist aber früh zurück«, stellte er unnötigerweise fest.

»Ja.«

»Ist es nicht so gut gelaufen?«, fragte er.

»Eigentlich nicht.«

»Was soll das heißen, eigentlich nicht? Entweder ist es gut gelaufen oder nicht«, erwiderte Jackson leicht genervt.

Wendy stellte ihre Tasche auf den Tisch und ging in die kleine Küche. Dort goss sie sich ein Glas Wasser ein, trank es auf einen Zug aus und lehnte sich an die Kücheninsel. Sie vermied es, Jackson anzusehen, und blieb stattdessen einfach in der Küche und versuchte, das Unvermeidliche aufzuschieben.

»Was hat er gemacht?«, wollte ihr Bruder wissen. Er war aufgestanden und lehnte in der Tür, die in die Küche führte. Er hatte die Arme über der Brust verschränkt und starrte sie an.

Überrascht betrachtete Wendy ihren Bruder. Manchmal verschlug sein bloßer Anblick ihr den Atem. Er sah ihrem Vater so ähnlich, dass es fast schon unheimlich war. Er hatte dunkles Haar und Augen genau wie sie, aber seine Gesichtszüge ähnelten mehr denen ihres Vaters. Volle Lippen, markanter Kiefer, und selbst jetzt konnte sie noch die Stoppeln seines Bartes sehen. Ihr Vater hatte ihr einmal erzählt, dass er es so satthatte, sich zu rasieren, dass er sich einen Bart wachsen ließ, nur um sich eine Pause davon zu gönnen.

Wendy hatte seinen Bart geliebt und sie konnte sich gut vorstellen, dass ihr Bruder einen Bart trug, genau wie ihr Vater.

Aber sie hatte nicht lange Zeit, die Ähnlichkeiten zwischen ihrem Bruder und ihrem Vater zu begutachten, denn Jackson war offensichtlich ungeduldig. Er stellte sich gerade hin und blickte sie weiterhin an. Jackson war normalerweise ausgesprochen unbekümmert. So wie sie, war auch er nicht leicht zu verärgern. Aber im Gegensatz zu ihr reagierte er darauf, sobald er einmal verärgert war. Es war schon eine Weile her, dass Wendy in die Schule gerufen worden war, um sich mit den Folgen einer körperlichen Auseinandersetzung zu befassen, aber es war oft genug geschehen, sodass sie wusste, dass ihr Bruder keine Angst davor hatte, sich einzumischen und zu kämpfen, wenn es nötig war.

Und im Moment sah es so aus, als wollte er gegen Aspen kämpfen, was immer er ihr auch angetan haben mochte.

»Er hat nichts gemacht«, erklärte Wendy seufzend. »Das war ich.«

»Komm schon«, sagte Jackson, nahm seine Schwester beim Ellbogen und steuerte sie auf den Tisch zu. Er zog einen Stuhl für sie heraus und half ihr dabei, sich hinzusetzen. Dann nahm er sich selbst wieder den Stuhl, auf dem er gesessen hatte, als sie nach Hause gekommen war, und drehte ihn um. Er setzte sich falsch rum darauf und lehnte seine Ellbogen auf die Lehne. »Fang an zu reden, Schwesterherz«, befahl er ihr.

Wendy sah hinab zu ihren Händen, die sie im Schoß gefaltet hatte. Sie betrachtete ihren grünen Arbeitskittel und fühlte sich erneut erniedrigt. Ohne irgendwelche Vorbehalte erzählte sie ihrem Bruder, dass sich bei der Arbeit jemand auf sie übergeben hatte und dass sie außer ihrem Schwesternkittel nichts zum Anziehen hatte. Sie erzählte von ihrer Begegnung mit Christine und wie dumm sie gewesen war, weil sie ihr alle möglichen Sachen über Aspen erzählt hatte.

»Dann hat sie behauptet, ich hätte etwas zwischen den Zähnen, und wie das dumme, kleine Mädchen, das ich bin, bin ich zur Toilette gegangen, um nachzusehen. Wahrscheinlich hat sie da Aspen schon draußen gesehen oder so was, denn als ich von der Toilette zurückkam, saß sie bereits mit ihm an der Theke.«

»Wie bitte? Im Ernst?«, fragte Jackson und ballte die

Hände zu Fäusten. »Und was hat Aspen gesagt, als du die beiden darauf angesprochen hast?«

Wendy wandte den Blick von ihrem Bruder ab und studierte stattdessen die alte, verblichene Tapete, als hielte sie die Antworten auf all ihre Fragen bereit.

»Du hast sie überhaupt nicht darauf angesprochen«, stellte Jackson fest. »Oh, Schwesterchen ... echt?«

Wendy sah ihren Bruder an. »Du verstehst das nicht.«

»Dann erklär es mir«, bat er sie. »Du hast dich so darauf gefreut. Du redest seit Monaten mit Aspen. Ich kann dir an der Stimme anhören, wenn du mir etwas erzählst, was er gesagt hat. Du magst diesen Typen. Du magst ihn *wirklich*. Du hast ihm sogar von unseren Eltern erzählt und ich glaube, du hast seit unserem Umzug mit niemandem darüber gesprochen. Ich fasse es einfach nicht, dass du zugelassen hast, dass diese Schlampe ihn dir vor der Nase wegschnappt, und dann noch, ohne einzugreifen.«

»Das konnte ich einfach nicht«, erklärte Wendy ihm.

»Blödsinn«, erwiderte Jackson. »Ich predige dir seit Jahren, dass du dich besser durchsetzen musst, aber du tust es einfach nicht. Und jetzt sieh nur, was passiert ist.«

»Aber er sah glücklich aus«, platzte Wendy heraus. Sie konnte den traurigen Gesichtsausdruck ihres Bruders nicht mehr ertragen und wandte sich ab. »Ich wollte eigentlich zu den beiden gehen. Das schwöre ich. Ich stand da und sammelte gerade meinen Mut zusammen, und als ich sie beobachtete, lachte er über irgendetwas, das sie gesagt hatte. Er strahlte so sehr, dass es mich fast geblendet hätte. Jackson, es war offensichtlich, dass er zufrieden mit ihr war. Sie haben sogar praktisch Händchen gehalten. Ja, sie war eine Schlampe und hat ihn abgefangen, während ich auf der Toilette war, aber letztendlich war es doch so, dass

Aspen ausgesprochen zufrieden zu sein schien, mit *ihr* dort zu sein.«

»Aber nur, weil sie so getan hat, als wäre sie *du*.«

»Ich weiß. Aber Jackson, was wäre gewesen, wenn ich zu ihm hingegangen wäre und ihm gesagt hätte, dass ich Wendy bin und nicht sie ... Und wenn er daraufhin enttäuscht gewesen wäre? Das hätte ich nicht ertragen können. Und du hast die andere Frau nicht gesehen. Sie war wunderschön. Kurzer Rock, der Busen so.« Wendy fuchtelte mit den Händen vor sich herum, um zu zeigen, wie groß Christines Brüste waren. »Und ich wollte auf keinen Fall, dass sein glückliches Strahlen sich in Enttäuschung verwandelte, weil die Frau, mit der er sich unterhielt, nicht diejenige war, mit der er sich treffen wollte. Ich wollte einfach nicht zweite Wahl sein ... und ich bin *immer* zweite Wahl.«

»Aber was, wenn er *nicht* enttäuscht gewesen wäre?«, fragte Jackson. »Schließlich bist *du* es, die er kennengelernt hat, und nicht sie.«

»Ich weiß, dass du mein Bruder bist und dass du mich deswegen verteidigen musst, egal in welcher Situation, aber mal ganz im Ernst, Jackson, lass es gut sein.«

Der Teenager schüttelte den Kopf. »Ich fasse es einfach nicht, Schwesterherz. Im Ernst, ich liebe dich abgöttisch, aber heute Abend warst du im Unrecht.«

Wendy starrte ihren Bruder an. Ihr gefiel der verärgerte Ausdruck auf seinem Gesicht überhaupt nicht, besonders wenn es ihretwegen war. Fast sein gesamtes Leben lang waren sie immer nur zu zweit gewesen. Sie hatten ein paar ziemlich heftige Sachen zusammen durchgestanden und sie ertrug seinen enttäuschten Gesichtsausdruck einfach nicht.

»Wenn ich Aspen wäre, wäre ich jetzt ziemlich sauer«, stellte er fest.

»Aber er glaubt, dass er mit mir zusammen ist«, erklärte Wendy und zog verwirrt die Stirn in Falten.

»Ich würde wetten, dass er ziemlich schnell herausgefunden hat, dass diese blöde Kuh nicht du warst«, entgegnete Jackson im Brustton der Überzeugung.

»Aber warum?«

»Du hast gesagt, dass du dich ungefähr fünf Minuten mit ihr unterhalten hast, bevor du zur Toilette gegangen bist. Mit Aspen hast du während der letzten Monate stundenlang gesprochen. Hältst du ihn wirklich für so dumm, nicht zu merken, dass sie sich nur für dich ausgibt?«

»Er ist überhaupt nicht dumm«, verteidigte Wendy ihn sofort. »Und ja, ich habe schon vermutet, dass es ihm früher oder später klar werden würde, aber ich habe einfach angenommen, dass es ihm dann auch schon egal wäre.«

»Nein, Wen. Ich wette, dass du gesehen hättest, wie er sie fallen lässt, wenn du nur ein bisschen länger geblieben wärst. Und weil du gegangen bist, konnte er dich nicht finden. Wahrscheinlich hat er sich Sorgen gemacht. Und dann war er sauer, weil du ihn stehen gelassen hast.«

»Aber ich habe ihn doch gar nicht stehen gelassen«, protestierte Wendy schwach. »Tatsächlich hat er mir voll ins Gesicht geschaut und sich dann wieder *ihr* zugewandt.« Wendy wusste auch nicht, wie ihr Bruder plötzlich so erwachsen geworden war. Schließlich war er erst im zweiten Highschool-Jahr. Dabei war er in Wirklichkeit schon siebzehn, auch wenn die Schule dachte, er wäre ein Jahr jünger. Dieser kleine Betrug war nötig gewesen, nachdem ihre Eltern gestorben waren und sie die Stadt verlassen hatten. Aber meistens sah sie ihn trotzdem immer noch als ihren kleinen Bruder.

Und plötzlich stellte sie fest, dass er schon fast ein Mann

war. Dass er tatsächlich schon älter war, als sie es gewesen war, als sich plötzlich ihr ganzes Leben verändert hatte.

»Er hat dich angesehen?«, fragte Jackson.

Wendy nickte.

»Verdammt, Wen. Dann ist er bestimmt *erst recht* sauer, dass du nicht zu ihm gegangen bist. Nicht geblieben bist. Das war wirklich ziemlich scheiße von dir.«

Wendy hätte eigentlich wütend werden müssen, aber sie war viel zu erschöpft und enttäuscht. Und ihr war klar, dass Jackson recht hatte, aber sie wusste nicht, was sie jetzt noch daran ändern sollte. »Ich gehe ins Bett«, informierte sie ihren Bruder. »Vergiss nicht, alles abzusperren, und mach deine Hausaufgaben.«

»Wendy –«, begann Jackson, aber sie hielt eine Hand hoch, um ihm Einhalt zu gebieten.

»Ich kann das jetzt gerade nicht«, erklärte sie ihm. »Bitte.«

»Und was willst du ihm sagen, wenn du ihn das nächste Mal anrufst?«

»Das werde ich nicht tun.«

»Wen-«, begann er erneut, doch sie fiel ihm wieder ins Wort.

»Ich kann es nicht. Du hast recht. Ich habe ihn stehen lassen. Ich bin einfach gegangen und habe ihm nicht gesagt, dass er es mit der falschen Frau zu tun hatte. Er ist wahrscheinlich sauer. Verdammt, vielleicht ist er sogar mit der blöden Kuh im Bett. Ich könnte es nicht ertragen, erneut mit ihm zu sprechen. Zu hören, wie er mich anschreit. Das Ganze ist mir peinlich und ich bin nicht gerade stolz auf mich selbst, und wenn es umgekehrt wäre, würde ich nicht mehr mit *ihm* reden wollen. Ich bin mir sicher, dass er ebenso empfindet.«

»Aber er hat eine Erklärung verdient«, beharrte Jackson.

Wendy zuckte mit den Achseln. Sie wusste, dass ihr Bruder recht hatte, wollte aber im Moment nicht daran denken. »Bis morgen.« Und dann wandte sie sich ab und ging den kurzen Flur hinunter zu den Schlafzimmern. Es gab nur drei Türen ... Zwei führten zu Schlafzimmern und eine zum Bad. Die Wohnung war klein, aber sie war günstig und mehr konnte Wendy sich nicht leisten, selbst mit zwei Jobs.

Sie hätte am liebsten frustriert die Tür zugeknallt, hielt sich aber zurück. Es war nicht Jacksons Schuld, dass sie zu vertrauensselig war. Dass sie naiv war. Und es war nicht seine Schuld, dass sie so am Boden zerstört war, dass Aspen mit einer anderen Frau glücklich aussah.

Ohne sich umzuziehen – was machte es schon, wenn sie in dem verdammten Kittel schlief? –, kroch Wendy ins Bett und drückte sich ihr zusätzliches Kissen an die Brust. Sie zog die Knie hoch, rollte sich zu einer Kugel zusammen und weinte.

---

Jackson Tucker starrte seiner Schwester nach, als sie den Flur entlang in Richtung ihres Zimmers ging. Er liebte sie, aber sie war manchmal so planlos. Er wusste, warum sie keine Konflikte mochte, warum sie das Bedürfnis hatte, nicht aufzufallen, aber es frustrierte ihn trotzdem. Sie hätte einfach nur zu Aspen gehen und ihm sagen sollen, dass *sie* Wendy war, und alles wäre in Ordnung gewesen.

Er hatte viel über Aspen Carlisle gehört und war sich zu neunundneunzig Prozent sicher zu wissen, was für ein Mann er war. Seine Schwester schwärmte jedes Mal, wenn sie mit ihm gesprochen hatte. Er wusste, dass Aspen in der Armee war, eine Schwester hatte, die kürzlich etwas

Schreckliches durchgemacht hatte, obwohl Wendy ihm nicht sagte, was es gewesen war ... er war sich nicht einmal sicher, ob sie es wusste. Jackson hatte sogar eines Abends mit Aspen gesprochen. Wendy hatte ihr Telefon vergessen und er war rangegangen, als Aspen angerufen hatte, damit er sich keine Sorgen um seine Schwester machen musste.

Sie hatten sich etwa zehn Minuten unterhalten. Über nichts Bestimmtes, aber die Tatsache, dass Wendy nicht ausflippte, als er ihr von ihrem Gespräch erzählt hatte, sagte viel aus. Normalerweise war Wendy sehr besorgt um ihn. Nicht dass sie sich oft mit Männern verabredet hätte, aber in der Vergangenheit hatte sie einem Mann mindestens bis zur fünften Verabredung nicht erzählt, dass sie ihren kleinen Bruder großzog.

Und selbst nach diesem kurzen Gespräch mit Aspen hatte Jackson das Gefühl, dass der Mann ziemlich sauer wäre, wenn er herausfand, dass die Frau, mit der er gesprochen hatte, *nicht* Wendy war.

In diesem Moment begann das Telefon in Wendys Handtasche zu vibrieren.

Jackson schaute in den Flur und sah, dass die Tür seiner Schwester immer noch geschlossen war.

Sie wäre wütend auf ihn, weil er sich einmischte, aber er konnte das nicht ruhen lassen. Nicht nachdem er die Traurigkeit in den Augen seiner Schwester gesehen hatte. Wenn Aspen herausfand, dass die Frau, mit der er sprach, nicht Wendy war, und es ihm egal war, musste Jackson es jetzt wissen. Aspen wäre nicht der Mann für seine Schwester, wenn er das getan hätte.

Jackson griff rüber und zog Wendys alte, abgewetzte schwarze Handtasche näher heran. Er öffnete den Reißverschluss und griff hinein, um ihr Handy herauszuholen. Es war nicht das neueste Modell und seines sah genauso aus wie ihres, doch er wusste, dass sie sich nicht mehr leisten konnte, und er hatte sich nie beschwert.

Als er es herauszog, vibrierte es in seiner Hand und jagte ihm eine Heidenangst ein. Er gab das Passwort ein – Wendy bestand darauf, dass sie beide Zugang zum Telefon des anderen hatten, nur für den Fall – und klickte auf das Nachrichtensymbol.

Wie erwartet hatte sie mehrere ungelesene SMS, alle von Aspen. Alle sechs Nachrichten schienen ziemlich friedlich zu sein. Er machte sich Sorgen um sie.

Jackson blickte finster drein. Zumindest hätte seine Schwester ihn wissen lassen können, dass sie gut nach Hause gekommen war.

Dann sah er, dass sie auch mindestens eine Sprachnachricht hatte.

Ihre Texte zu lesen war eine Sache, ihre Voicemail abzuhören etwas ganz anderes ...

Gerade als er beschlossen hatte, dass es in ihrem besten Interesse wäre, dass er sie sich anhörte, vibrierte das Telefon mit einem eingehenden Anruf.

Jackson sah, dass es Aspen war, und traf im Bruchteil einer Sekunde eine Entscheidung. Er stand auf und ging in den kleinen Flur der Wohnung. Wendy könnte ihn vielleicht noch hören, aber hier war die Chance geringer, als wenn er am Tisch saß.

»Hallo?«, sagte er leise, nachdem er den Anruf angenommen hatte.

Am anderen Ende der Leitung entstand eine Pause, bevor eine männliche Stimme fragte: »Könnte ich bitte mit Wendy sprechen?«

»Du bist Aspen, stimmt's?«, fragte Jackson. Er hatte den Namen auf dem Display gelesen, bevor er den Anruf angenommen hatte, doch er wollte sichergehen.

»Ja. Jack? Geht es deiner Schwester gut? Sie ist doch sicher nach Hause gekommen, oder?«

Und als er diese Frage stellte, entspannte Jackson sich sofort. Er konnte an der Stimme hören, dass Aspen aufgebracht war, aber die Tatsache, dass er zuerst nach Wendy fragte und wissen wollte, ob sie sicher zu Hause angekommen war, versicherte ihm, dass er dabei war, das Richtige zu tun. »Ja, sie ist zu Hause. Aber ich kann nicht behaupten, dass es ihr gut geht.«

»Hat sie mit dir gesprochen?«

»Ja. Sie hat mir erzählt, was geschehen ist.«

»Ich schwöre bei Gott, ich wusste nicht, dass diese blöde Kuh nicht Wendy ist. Sie hat sich als deine Schwester vorgestellt.«

»Das habe ich mir schon gedacht.«

»Ich muss wirklich mit Wendy reden«, sagte Aspen und seine Stimme hörte sich nicht mehr so ruhig an.

»Heute Abend nicht mehr«, erklärte Jackson ihm.

»Das geht nur sie und mich etwas an«, erwiderte Aspen.

»Und da liegst du falsch. Alles, was mir passiert, bespreche ich mit ihr, und alles was *ihr* passiert, bespricht sie mit *mir*. Wir haben keine Geheimnisse voreinander und ich will mich erst davon überzeugen, dass du sie nicht im Stich lässt, bevor ich zulasse, dass du noch einmal mit ihr sprichst.«

Jackson hörte, wie Aspen am anderen Ende der Leitung atmete, aber er sagte lange nichts. Und schließlich meinte er: »Ich verstehe einfach nicht, warum sie der blöden Kuh nicht die Stirn geboten hat.«

»Wendy mag keine Konflikte«, erklärte Jackson.

»Ich weiß.«

»Nein, das glaube ich nicht. Sie mag *wirklich* keine Konflikte. Sie tut alles, um sie um jeden Preis zu vermeiden.

Selbst wenn es bedeutet, dass sie dann den Kürzeren zieht. Sie streitet sich nicht mal gern mit *mir*, und wir stehen uns so nahe, wie nur Geschwister es können. Und als sie dich also mit der anderen Frau gesehen hat, der Frau, der sie kurz zuvor *alles* über dich und ihr Blind Date erzählt hatte und darüber, wie nervös sie war, konnte sie euch einfach nicht mehr unterbrechen. Die Schlampe hat behauptet, Wendy hätte etwas zwischen den Zähnen, also ist sie zur Toilette gegangen, um nachzusehen. Und in dem Moment bist du gekommen und sie hat dich abgefangen.«

»Ich habe sie gesehen«, erklärte Aspen niedergeschlagen. »Wir haben einander angesehen und ich hatte das Gefühl, dass sie es ist. Sie hätte nicht mal etwas sagen müssen. Wenn sie zu uns gekommen wäre, hätte ich es sofort gewusst.«

»Sie hat gesagt, du hättest glücklich ausgesehen«, entgegnete Jackson.

»Was?«

»Meine Schwester. Sie hat mir erzählt, dass sie dabei war, ihren Mut zu sammeln, um zu euch zu gehen und ihr Unbehagen gegen Szenen in der Öffentlichkeit zu überwinden, aber dann hast du gelacht und hast mit der anderen Frau Händchen gehalten und glücklich ausgesehen. Wendy war gewillt, ihre Chance bei dir aufzugeben, weil sie nicht sehen wollte, wie das Glück aus deinem Blick verschwindet oder das Lächeln von deinem Gesicht.«

»Verdammt noch mal«, fluchte Aspen. »Die dumme Kuh hat mir eine Geschichte darüber erzählt, was heute Abend in der Einrichtung für betreutes Wohnen geschehen sein soll. Es war witzig. Mehr nicht.«

»Ich wette, Wendy hat ihr diese Geschichte erzählt, während sie auf dich gewartet hat«, erklärte Jackson.

»Da bin ich mir sogar ganz sicher. Allerdings habe ich so

das Gefühl, dass der ältere Mann in Wendys Geschichte um einiges besser weggekommen wäre als in der Erzählung der falschen Wendy.«

»Pass mal auf, hier ist das Problem. Meine Schwester ist wirklich durch den Wind. Die ganze Sache ist ihr peinlich und sie hat nicht vor, sich jemals wieder mit dir in Verbindung zu setzen.«

»Nein«, sagte Aspen sofort, »das kommt gar nicht infrage.«

Jackson lächelte. Wäre Aspen schwach oder ein anderer Mann, hätte er es einfach dabei belassen, aber Jackson konnte Menschen ziemlich gut einschätzen und er hatte das Gefühl, dass Aspen sich nicht so einfach von seiner Schwester abwimmeln lassen würde. »Also willst du dich auch weiterhin mit Wendy treffen?«

»Nein.«

Jackson wurde flau im Magen. Damit hatte er nicht gerechnet.

»Ich möchte mich nicht nur mit ihr treffen«, erklärte Aspen weiter. »Ich will, dass sie meine Freundin wird. Ich will sie besser kennenlernen. An ihrer Seite sein, wenn die Leute ihr Probleme bereiten. Wenn sie sich selbst nicht verteidigen kann, werde ich es für sie tun. Ich weiß nicht, was dazu geführt hat, dass sie Konflikte scheut, aber ich werde mein Bestes geben, um ihr zu zeigen, dass es in Ordnung ist, seine Meinung zu äußern.«

Das gefiel Jackson. Er hätte es nicht für möglich gehalten, aber ihm gefiel der Gedanke, dass jemand seiner Schwester zur Seite stand. Denn Gott wusste, dass er nicht immer für sie da sein konnte, um dafür zu sorgen, dass sie nicht ausgenutzt wurde. »Ich werde dir nicht sagen, wo wir wohnen«, warnte er.

»Darum würde ich dich auch nie bitten. Das ist viel zu gefährlich.«

»Genau. Allerdings habe ich nichts dagegen, dich wissen zu lassen, dass sie am Montagmorgen in der Einrichtung für betreutes Wohnen arbeitet. Am Montag übernimmt sie die Frühschicht und danach geht sie zum Telemarketing.«

»Sprich weiter«, ermutigte Aspen ihn.

»Ich verrate dir den Namen der Einrichtung unter einer Bedingung«, erklärte Jackson.

»Und die wäre?«

»Du darfst sie nicht verarschen.«

»Abgemacht«, erwiderte Aspen sofort.

»Ich meine es ernst«, warnte Jackson ihn. »Wir reden über alles. Ich werde alles über eure Verabredungen erfahren. Wohin ihr geht, was ihr tut, ob du sie geküsst hast. Was du zum Abendessen gegessen hast und was du zu ihr gesagt hast. Wenn du irgendetwas tust, das sie traurig macht oder sie zum Weinen bringt, trete ich dir in den Hintern. Oder zumindest werde ich es versuchen. Meine Schwester hat die Hölle durchgemacht und hat mir zuliebe auf vieles verzichtet. Sie hat meine Sicherheit und mein Wohlergehen immer vor ihre eigenen Bedürfnisse gestellt und ich werde niemals tatenlos dabei zusehen, wie man sie ausnutzt oder ihr wehtut, verstanden?«

Jackson war sich nicht sicher, ob Aspen etwas dazu sagen würde, weil ein langes, ungemütliches Schweigen entstand. Als Aspen schließlich sprach, sagte er etwas, das Jackson nicht erwartet hätte.

»Sie hat deine Sicherheit vor ihre eigene gestellt?«

»Ja. Das tut sie immer noch.«

»Du kennst mich nicht, Jack, aber ich werde dir etwas sagen, das deine Schwester eigentlich zuerst von mir hören sollte. Ich mochte Wendy vom ersten Augenblick, als sie mich anrief. Etwas an ihr hat dafür gesorgt, dass ich sie besser kennenlernen wollte. Aber als ich sie heute Abend mitten in einer überfüllten Kneipe in ihrem Kittel gesehen habe, wollte ich sie einfach nur an mich ziehen und sie vor der ganzen Welt beschützen. Ich habe keinen Zweifel daran, dass sie verdammt stark ist und mir in den Arsch treten würde, sollte ich versuchen, etwas zu tun, das ihr nicht gefällt, aber dieses Bedürfnis, sie zu beschützen, ist immer noch da. Wenn ich es verhindern kann, wird sie sich nie wieder in Gefahr begeben müssen, weder für dich noch für jemand anderen. Ich werde alles dafür tun, dass sie alles hat, was sie braucht, um sich sicher zu fühlen, um sicher zu sein und um dafür zu sorgen, dass *du* in Sicherheit bist.«

»Und wenn sie das nicht braucht oder möchte?«, hakte Jackson nach. »Sie mag vielleicht keine Konflikte, aber sie mag es auch nicht, wenn *ich* sie beschütze. Ich kann mir nicht vorstellen, dass sie zulässt, dass jemand anderes sie behandelt, als sei sie schwach.«

»Sie ist nicht schwach. Und ich habe das Gefühl, dass ich nur einen Bruchteil ihrer Geschichte, eurer Geschichte, kenne. Ich weiß, dass sie eine unglaubliche Frau ist, und ich möchte sie besser kennenlernen. In meinem Umfeld gibt es eine Gruppe von Männern, deren Frauen und Freundinnen zu den stärksten Menschen gehören, die ich jemals kennengelernt habe ... aber das bedeutet längst nicht, dass die Männer nicht alles in ihrer Macht Stehende tun würden, damit ihre Frauen nicht stark sein *müssen*. Ergibt das einen Sinn für dich?«

Erstaunlicherweise tat es das tatsächlich. »Ja. Die Einrichtung, in der sie arbeitet, heißt Cottonwood Estates. Es ist dieses riesige Seniorenheim im Süden der Stadt. Kennst du es?«

»Ja.«

»Sie arbeitet bis zwei, dann kommt sie nach Hause, um mich zu sehen und dafür zu sorgen, dass ich etwas zu essen bekomme, bevor sie um halb sieben zu ihrem anderen Job geht. Es wird ihr nicht gefallen, wenn du gleich am Anfang ihrer Schicht dort auftauchst, weil sie immer das Gefühl hat, so schnell wie möglich hineingehen zu müssen, um bei den allmorgendlichen Vorbereitungen der Bewohner mitzuhelfen, aber wenn du so um halb zwei dort auftauchst, erwischst du sie vielleicht, wenn sie gerade geht.«

»Vielen Dank«, sagte Aspen.

»Tu ihr nicht weh.«

»Niemals. Jack?«

»Ja?«

»Hat sie wirklich gesagt, dass sie nicht rübergekommen ist, weil sie dachte, dass ich glücklich aussah?«

»Genau das hat sie gesagt.«

»Damit hatte sie nicht recht. Ich fühlte mich überhaupt nicht wohl und ärgerte mich darüber, weil die Wendy, die da vor mir saß, so ganz anders war als die Frau, die ich am Telefon kennengelernt hatte. Ich mag zwar gelacht haben, aber glücklich war ich verdammt noch mal nicht.«

»*Mich* musst du davon nicht überzeugen«, erklärte Jackson ihm. »Du musst meine Schwester überzeugen.«

»Das werde ich. Und du hast etwas bei mir gut.«

»Nein, habe ich nicht«, konterte Jackson. »Schließlich tue ich das nicht für dich. Ich tue es für meine Schwester.«

»Sie kann sich glücklich schätzen, dass sie dich hat.«

»Nein, *ich* kann mich glücklich schätzen, *sie* zu haben. Ich hoffe, dass wir uns irgendwann mal kennenlernen«, sagte Jackson.

»Das werden wir«, erwiderte Aspen. »Du bist ein verdammt guter Mann und es wäre mir eine Ehre, dich als Freund zu haben. Jeder, der so schlau und seiner Familie gegenüber loyal ist, ist jemand, den ich gern kennenlernen würde.«

Bei diesen Worten spürte Jackson, dass er sich geschmeichelt fühlte. Er hatte nicht versucht, Aspen zu beeindrucken, doch es fühlte sich trotzdem gut an, was er gesagt hatte.

»Tust du mir einen Gefallen?«, bat Aspen.

»Vielleicht.«

Aspen lachte leise. »Sehr schlau von dir, nicht zuzustimmen, ohne zu wissen, worum es geht. Könntest du bitte die Sprachnachrichten löschen, die ich Wendy geschickt habe?«

Jackson erstarrte. »Wie bitte?«

»Du kannst sie dir ruhig anhören«, erklärte Aspen und schien kein bisschen nervös zu sein. »Ich möchte sie am Montag überraschen. Ich möchte ihr keinen Grund geben zu denken, dass ich sie aufsuchen könnte.«

»Warum sollte sie das denken?«

»Weil ich ihr unmissverständlich gesagt habe, dass sie träumt, wenn sie denkt, sie könnte mich abblitzen lassen, jetzt, da ich gesehen habe, wie bezaubernd sie in ihrem Kittel aussieht. Ich habe gesagt, dass ich sie mit oder ohne ihre Hilfe aufspüren und dass sie mich bald sehen würde.«

Jackson lachte leise. »Könntest du das tatsächlich? Ich meine, wenn ich dir nicht gesagt hätte, wo sie arbeitet, hättest du es dann trotzdem irgendwie selbst herausgefunden?«

»Ja. Als Soldat habe ich ein paar Verbindungen, mit deren Hilfe ich sie innerhalb von Sekunden aufgespürt hätte.«

Jackson schluckte. Verdammt, das war das Letzte, was sie gebrauchen konnten. »Aber jetzt brauchst du das ja nicht mehr zu machen, richtig?«

»Gibt es denn einen Grund dafür, dass ich es nicht tun sollte?«

Jackson versuchte, unbedarft zu klingen. »Ist doch egal. Nun, da du die Information hast, brauchst du niemandem mehr Bescheid zu sagen.«

»Das stimmt. Danke noch mal, Jack.«

»Gern geschehen.«

»Bis dann.«

»Bis dann.«

Jackson legte auf und drückte sofort den Knopf für die Sprachnachrichten. Er wollte selbst hören, was Aspen seiner Schwester zu sagen hatte. Falls es nichts Nettes war, würde er seiner Schwester beichten, was er getan hatte, damit sie früher von der Arbeit abhauen konnte, um Aspen aus dem Weg zu gehen.

Ein paar Minuten später steckte Jackson das Handy seiner Schwester wieder in ihre Tasche. Die Sprachmitteilungen waren genau so, wie Aspen sie beschrieben hatte. Er konnte hören, dass der andere Mann aufgebracht darüber war, dass sie einfach abgehauen war, aber trotzdem war er ruhig und beherrscht und hatte ihr versichert, dass er sie nicht entkommen lassen würde, nun, da er sie gesehen hatte.

Der Teenager lächelte. Er hatte nicht gern Geheimnisse vor Wendy und wahrscheinlich würde er ihr von seinem Gespräch mit Aspen erzählen ... aber erst *nachdem* sie sich persönlich mit ihm getroffen hatte und sie sich wieder versöhnt hatten.

Er setzte sich wieder an den Tisch, um seine Hausaufgaben zu beenden, und lächelte. Er hat das Gefühl, dass Aspen Carlisle seiner Schwester guttun würde.

# KAPITEL VIER

Drei Tage später saß Blade in seinem Wagen und wartete darauf, dass die Zeit verging, damit er Cottonwood Estates betreten und endlich Wendy kennenlernen konnte. Es war beschissen gewesen, das Wochenende verstreichen zu lassen, ohne sie anzurufen oder ihre Stimme zu hören, aber er hatte die Zeit abgewartet, damit sie persönlich über das Geschehene sprechen konnten.

Er war früh in der Einrichtung angekommen und für einen Mann, der während eines Einsatzes stundenlang in der Hitze oder Kälte sitzen und auf den perfekten Moment warten konnte, um zuzuschlagen, war er außerordentlich ungeduldig, dass die Zeit endlich verging. Er hatte in den letzten zehn Minuten mindestens zwanzigmal auf die Uhr geschaut ... was die Zeit auch nicht schneller vergehen ließ.

Schließlich stieg er von sich selbst genervt aus seinem Jeep und machte sich auf den Weg zur Vordertür. Er hatte dieselbe Tüte Schokolade wie am Freitagabend bei sich und hoffte wider aller Erwartungen, dass Wendy nicht ausflippen würde, wenn sie ihn sah.

Blade hielt die Tür für eine ältere Dame auf, die neben

einer jüngeren Frau einherging, die ihre Tochter sein musste, und betrat dann die Einrichtung. Er wusste nicht, was er erwartet hatte, aber sicher nicht den gemütlichen, komfortablen Wartebereich, den er jetzt betrat. Zugegeben, er war noch nicht in vielen Pflegeheimen gewesen, aber er hatte erwartet, es würde nach Krankenhaus riechen und Plastikstühle und Sofas für die Wartenden geben.

Aber stattdessen lag der Duft von Eukalyptus in der Luft, und der Plüschteppich und die Ledersessel ließen den Bereich wie ein Wohnzimmer und nicht wie ein Wartezimmer wirken. Er ging auf die Dame zu, die hinter einem Glasfenster an einem Schreibtisch saß und ein Namensschild trug, auf dem stand »Carol«.

»Guten Tag«, sagte sie fröhlich. »Wie kann ich Ihnen helfen?«

»Ich suche Wendy Tucker«, erklärte Blade.

Die Rezeptionistin sah ihn einen Moment lang von oben bis unten an und dann sagte sie mit ehrlichem Bedauern in der Stimme: »Es tut mir leid, aber ich kann Ihnen keine Informationen über unsere Bewohner oder Angestellten geben.«

Mit jeder Minute, die verstrich, gefiel ihm die Einrichtung besser, und er war froh darüber, dass die Sicherheit der Angestellten und Bewohner hier ernst genommen wurde. Also sagte Blade: »Das verstehe ich. Sie ist eine Freundin von mir und weiß nicht, dass ich hier bin. Wir haben einander lange nicht mehr gesehen und ich bin hier, um sie zu überraschen.« Er zog seine Brieftasche raus und legte seinen Militärausweis auf die Theke. »Ich bin nicht hier, um ihr irgendetwas anzutun, das schwöre ich. Ich will mich nur mit ihr treffen.«

Er ließ seinen Charme sogar noch mehr sprühen und schämte sich nicht zu tun, was nötig war, um die Frau dazu zu bringen, ihm zu helfen. Er legte die Packung mit den Schokoladenbonbons auf die Theke und lehnte sich zu ihr. »Wenn das in Ordnung wäre, würde ich einfach hier sitzen und warten, bis sie mit der Arbeit fertig ist. Aber ich will sie nicht verpassen ... wenn sie zum Beispiel durch eine andere Tür weggeht. Glauben Sie, Sie könnten dafür sorgen, dass sie diese Tür nimmt? Dann können Sie uns ja beobachten, wenn wir uns wiedersehen, und sich selbst davon überzeugen, dass ich ihr nichts Böses will. Ich würde ihr *niemals* etwas Böses tun.«

Einen Moment lang dachte Blade, sein Charme würde bei ihr nicht funktionieren, doch nach einem Moment, der ihm wie eine Ewigkeit vorkam, während die Frau seinen Ausweis betrachtete und dann ihn ansah und dann wieder seinen Ausweis – dann schrieb sie seinen Namen auf ein Stück Papier vor sich –, schließlich nahm die Frau seinen Ausweis und gab ihn ihm zurück. »Ja, ich glaube, ich kann das machen. Manchmal ist sie allerdings ziemlich spät dran. Wenn sie gerade mit einem der Bewohner beschäftigt ist, geht sie nicht einfach ... im Gegensatz zu so manch anderen.«

Das Letzte murmelte sie ziemlich leise, aber Blade hatte es trotzdem gehört. Es überraschte ihn nicht, dass Wendy nicht jemand war, der die Minuten zählte. »Vielen Dank«, sagte er und steckte seinen Ausweis wieder ein. »Das bedeutet mir sehr viel.«

Die Rezeptionistin nickte, und Blade machte sich auf den Weg zur Ecke des Raumes und setzte sich in einen der überdimensionalen Ledersessel. Er tat sein Bestes, nicht zu zappeln, während er darauf wartete, einen ersten Blick auf Wendy zu erhaschen.

Zwanzig Minuten später hörte er, wie die Empfangsdame hinter dem Glas, das ihren Arbeitsplatz vom Warteraum trennte, mit jemandem sprach, und als diejenige, mit der sie sprach, antwortete, stand er auf. Er erkannte Wendys Stimme sofort, was ihm wieder einmal klarmachte, wie idiotisch er sich am Freitagabend verhalten hatte. Auch wenn es laut war, hätte er von der Sekunde an, in der die Hure den Mund öffnete, wissen müssen, dass sie nicht Wendy war.

Er hielt die Tüte mit der Schokolade in der Hand und wartete, bis Wendy auftauchte.

Sie kam durch die Tür, blickte aber zu der Empfangsdame zurück. Sie lächelte und Blade labte sich an ihrem Anblick. Sie trug heute Jeans und ein weiteres Kitteloberteil. Auf diesem waren überall kleine Zeichentrick-Hunde und Feuerhydranten zu sehen. Sie hatte die Hände voll – in der einen hatte sie eine Tasche, in der anderen einen kleinen Blumentopf.

Sie verabschiedete sich von der anderen Frau und drehte sich um, um durch die Eingangshalle zu gehen. Aber als sie ihn vor sich sah, blieb sie wie angewurzelt stehen.

»Hi, Wendy«, begrüßte Blade sie leise.

Ihr Mund blieb offen stehen, sodass es fast komisch wirkte, und sie stand einfach nur da und sah ihn schockiert an.

»Dein Freund hat gesagt, er würde dich überraschen wollen«, sagte die Rezeptionistin und lehnte sich durch das Fenster der Empfangstheke. »Und, bist du überrascht?«

Wendy leckte sich die Lippen und ohne den Blick von ihm abzuwenden, sagte sie: »Ja, Carol, ich bin allerdings überrascht.«

»Juchu!«, rief Carol und klatschte aufgeregt in die Hände.

»Hi, Wen«, sagte Blade erneut.

»Äh ... hi«, erwiderte sie.

Blade erinnerte sich an die Art und Weise, wie die

Schlampe sich in seine Arme geworfen und ihn umarmt hatte, und versetzte sich erneut einen mentalen Tritt. Wendy würde so was nicht tun ... tat das nicht. Sie war zurückhaltend und vorsichtig, und er hatte das Gefühl, dass dies nur zum Teil auf das zurückzuführen war, was in der Kneipe passiert war. Größtenteils war sie eben einfach so ... sie selbst.

Er trat auf sie zu und nutzte die Tatsache aus, dass ihre Hände voll waren, lehnte sich zu ihr und küsste sie sanft auf die Wange. Sie roch nicht nach Blumen. Nein, sie trug keinen künstlichen Duft. Er konnte Kokosnuss riechen, wahrscheinlich von ihrem Shampoo, und den Geruch von frittiertem Essen. Blade lächelte, als er zurücktrat. Er war so seltsam ... wie konnte ihm der Geruch von Essen an ihr gefallen?

Weil es Wendy war, deshalb.

Ihre dunkelbraunen Augen waren riesig in ihrem Gesicht und er ließ sich ausgiebig Zeit, sie zu betrachten. Ihr braunes Haar war wieder einmal in einem unordentlichen Dutt auf ihrem Kopf aufgetürmt, nur dass heute ein paar lose Strähnen ihr Gesicht und ihren Hals umrahmten. Das Oberteil, das sie trug, hatte einen V-Ausschnitt, aber sie trug darunter ein Hemd, sodass er absolut keine Anzeichen von Dekolleté oder überschüssiger Haut entdeckte. Nicht dass es eine Rolle gespielt hätte. Irgendwie war die Tatsache, dass sie nicht so viel Haut zeigte, sexyer. Eine Verlockung. Auf eine gute Art und Weise.

Die Jeans, die sie trug, war ziemlich eng, und ihm gefielen ihre hübschen Beine. Sie hatte das gleiche Paar weiße Turnschuhe an, das sie in der Kneipe getragen hatte. Sie wirkte bodenständig und freundlich, und Blade erkannte, dass dies einer der Gründe war, warum er sich so zu ihr hingezogen fühlte. Er wollte keine anspruchsvolle Frau. Eine, die Stunden brauchen würde, nur um sich für einen einfachen Ort wie den Lebensmittelladen fertig zu machen.

Er wollte das Gefühl haben, dass er seine Frau durcheinanderbringen konnte, ohne dass sie ausflippte. Er wollte in der Lage sein, mit ihr wandern zu gehen und sie in teure Restaurants auszuführen. Aus seinen Gesprächen mit Wendy wusste er, dass sie gern zeltete und andere Aktivitäten im Freien unternahm, mit ihrem Bruder zu Hause rumhing und gelegentlich schick essen ging.

»Was machst du hier?«, fragte sie, sah zu ihm hoch und biss sich dabei unsicher auf die Unterlippe.

»Ich habe am Freitag Mist gebaut«, erklärte Blade ihr. »Ich bin hier, um meinen Fehler wiedergutzumachen.«

Sofort schüttelte sie den Kopf. »Nein, du hast nichts falsch gemacht. Ich hätte –«

»Wie wäre es, wenn wir das bei einem späten Mittagessen besprechen?«, unterbrach Blade sie.

Sie zog die Augenbrauen hoch und sah verwirrt aus. »Aber es ist zwei Uhr nachmittags.«

Blade lächelte. »Das stimmt. Wenn du keinen Hunger hast, können wir auch etwas anderes machen. Heute ist es nicht zu heiß. Wir können uns in den schattigen Innenhof setzen, den ich an der Seite des Gebäudes gesehen habe, falls dir das lieber ist.«

Er sah die Unentschlossenheit in ihren Augen. Und Furcht. Vielleicht hatte sie Angst davor, dass er ihr Vorwürfe darüber machen würde, dass sie am Freitag einfach abgehauen war. Um ihr die Angst zu nehmen, streckte Blade langsam die Hand aus und legte sie ihr sanft an den Hals. Mit dem Daumen streichelte er die Haut bei ihrem Ohr und dann lehnte er sich zu ihr und sagte leise: »Du hast nichts zu befürchten, Wen. Ich bin nicht sauer wegen Freitagabend.«

»Bist du nicht?«

Er schüttelte den Kopf. »Nein, Süße. Ich bin sauer auf die dumme Kuh, die sich für dich ausgegeben hat, aber auf *dich* bin ich nicht sauer.«

»Ich hätte etwas sagen sollen.«

Bei ihren Worten glitten die Vorbehalte, von denen Blade nicht einmal gewusst hatte, dass er sie noch mit sich herumschleppte, wie ein Seidenhemd von ihm ab. »Ich verstehe, warum du es nicht getan hast ... nun ja, zumindest teilweise. Sollen wir uns hinsetzen und reden?«

Sie hob ihre langen Wimpern und sah ihn an. »Ja. Das würde mir gefallen.«

Er strahlte und streckte dann die Hand aus, um ihr den Blumentopf abzunehmen. »Hast du immer Blumen dabei, wenn du von der Arbeit kommst?«

Sie kicherte. »Nein. Aber Mrs. Epson ist hier ziemlich beliebt. Sehr viele Männer mögen sie und sie bekommt jede Woche mindestens drei oder vier Blumensträuße. Diesem kleinen Pflänzchen hier ging es allerdings nicht allzu gut, also hat sie mich gebeten, es mit nach Hause zu nehmen, um es wiederzubeleben.«

»Ich wusste gar nicht, dass du einen grünen Daumen hast«, stellte Blade fest, als er mit ihr auf die Tür zusteuerte.

»Habe ich auch nicht. Ich töte alle Blumen, die es wagen, die Schwelle zu meiner Wohnung zu überqueren.«

Blade sah einen Moment lang verwirrt zu ihr hinab, dann zuckten seine Mundwinkel. »Blumenmörderin. Verstanden. Ich versuche, mich daran zu erinnern. Also soll ich dir die roten Rosen nicht schicken, wie ich es eigentlich heute vorhatte, was?«

Sie sah ihn schockiert an. »Warum um alles in der Welt solltest du mir Rosen schicken? Im Ernst, die sind teuer!«

Blade dachte erst, sie würde scherzen, stellte dann aber fest, dass sie es ernst meinte. »Hat dir noch nie jemand Blumen geschenkt, Süße?«

»Nein, aber darum geht es nicht. Sie sind unpraktisch und –«

Blade legte ihr einen Finger auf die Lippen, um sie zum Schweigen zu bringen. »Das mag schon sein, aber jede Frau hat es verdient, sich als etwas Besonderes zu fühlen, indem der Mann ihr Blumen mitbringt.«

Daraufhin sagte sie nichts, sondern starrte ihn einfach nur mit ihren großen, unschuldigen Augen an.

»Viel Spaß!«, rief ihnen die Rezeptionistin nach, als sie den Empfangsbereich verließen.

Blade nickte ihr zu und hielt dann Wendy die Tür auf.

Als sie zu dem schattigen Plätzchen gingen, das Blade auf dem Weg hierher gesehen hatte, fragte sie: »Wie war dein Tag?«

Da war sie, die Frage, wie sein Tag war. Blade lächelte. »Jetzt, da ich bei dir bin, hat er sich stark verbessert.«

Sie verdrehte die Augen. »Zu kitschig«, beschwerte sie sich.

»Im Ernst«, widersprach Blade, »ich konnte mich heute Morgen gar nicht aufs Training konzentrieren und mein Kommandant hat mich das spüren lassen und anschließend hat Ghost mich angesprochen und mich dazu gebracht, ihm zu sagen, was los ist. Ich habe ihm von dir erzählt und was ich für einen Mist gebaut habe. Dann habe ich ihm gesagt, dass ich hierherkommen würde, um mich mit dir zu treffen, und er hat mir erlaubt, mir den Nachmittag freizunehmen. Ich habe ein wenig Papierkram erledigt und meine Schwester angerufen, dann bin ich nach Hause gefahren, um mich umzuziehen, und vor ungefähr einer Stunde bin ich hier eingetroffen. Ich war so nervös, dass ich ungefähr drei von deinen Schokoladenbonbons gegessen habe, und dann habe ich es nicht mehr ausgehalten und bin vor etwa zwanzig Minuten ins Gebäude gegangen.«

»*Du* warst nervös? Warum?«

»Ist das dein Ernst?«, fragte Blade sie.

Sie nickte, als sie sich auf die Betonbank unter einem großen Baum setzten. Es wehte zwar keine Brise, aber die Blätter boten den beiden einen schönen, schattigen Zufluchtsort. Blade setzte sich neben sie auf die Bank und freute sich darüber, dass sie, als er sein Bein gegen ihres drückte, nicht von ihm wegrutschte.

Sie beugte sich vor und stellte ihre Tasche auf den Boden, und er tat dasselbe mit dem Blumentopf. Die Schokobonbons legte er auf die Bank neben sich. Jetzt, da er die Hände frei hatte, griff er nach ihr und nahm eine ihrer Hände in seine. Er legte sie zwischen seine Handflächen und hielt sie einfach sanft fest.

»Wendy, seit Monaten reden wir miteinander. Und jetzt treffen wir uns zum ersten Mal und unterhalten uns persönlich. Warum sollte ich *nicht* nervös sein?«

»Weil du im Umkreis von hundert Kilometern jede Frau haben könntest?«, fragte sie rhetorisch.

»Die Damen in der unmittelbaren Umgebung, Anwesende einmal ausgeschlossen, sind nicht mein Stil«, neckte er sie. »Sie sind mir ein bisschen zu alt.« Dann wurde er ernst. »Ich möchte mit niemand anderem zusammen sein als mit dir. Ich hatte ziemlich lange keine Freundin, weil ich durch meine Freunde weiß, wie wahre Liebe aussieht. Und ich will genau das haben, was sie haben. Und mit irgendeinem Mädchen anzubandeln, das ich in einer Kneipe getroffen habe, halte ich inzwischen nicht mehr für sonderlich erstrebenswert. Ich habe dich am Freitagabend gesehen, weißt du.«

Bei seinen letzten Worten versuchte sie sofort, ihm ihre Hand zu entziehen, doch er weigerte sich, sie loszulassen.

»Um dir die Wahrheit zu sagen, ich habe später an diesem Abend auch noch mit Jack gesprochen, als ich dich angerufen habe«, erklärte Blade ihr.

Falls das überhaupt möglich war, wurden ihre Augen jetzt noch größer. »Tatsächlich?«, flüsterte sie.

»Ja. Ich habe dir eine SMS geschrieben und dich angerufen, aber du bist nicht rangegangen. Nachdem ich dich siebenundachtzigmal angerufen hatte, ist er rangegangen.« Er lächelte, damit sie wusste, dass er übertrieb ... wenn auch nur ein wenig. »Er hat mir verraten, wo du arbeitest und wann deine Schicht zu Ende ist.«

»Der Verräter«, sagte Wendy leise.

»Ich war nicht glücklich, Wen«, entgegnete Blade.

»Was?«

»Du hast ihm erzählt, du seist nicht an die Theke gekommen, weil du den Eindruck hattest, ich sähe glücklich aus. Das war nicht der Fall. Die blöde Kuh hat mir eine Geschichte über etwas erzählt, was hier in der Einrichtung geschehen sein soll, und ich habe gelacht, weil es sich nach etwas anhörte, was du mir erzählt hättest ... aber eben nicht ganz. Ich habe aus Höflichkeit gelacht.«

»Du hast deine Hand auf ihre gelegt«, konterte Wendy.

»Aber nur, um sie davon abzuhalten, mich unsittlich anzufassen.«

Wendy machte große Augen und runzelte die Stirn. »Das hat sie getan?«

Blade lächelte und drückte sanft ihre Hand. »Sie hat es versucht. Ich meine, du hast Jack erzählt, du hättest uns nicht unterbrochen, weil du dachtest, ich sei glücklich, das war aber nicht der Fall. Ich möchte, dass du dir nie wieder merkwürdig vorkommst, weil du mich unterbrichst. Mir ist es ganz egal, wo wir sind oder was ich tue. Außerdem zähle ich auf dich, wenn eine andere Frau versucht, mich unsittlich anzufassen. Dann musst du mich nämlich retten.«

»Sie war hübsch«, entgegnete Wendy und sah auf ihre Hände hinab.

Blade war ein wenig frustriert. Er verstand, warum sie unsicher war. Er hatte tatsächlich die falsche Wendy angelächelt, und wäre er an ihrer Stelle gewesen, wäre er ebenfalls sauer gewesen. Aber er wollte ihr unbedingt seinen Standpunkt klarmachen, einschließlich der Tatsache, dass *sie* diejenige war, die er mochte. »Schönheit ist nur oberflächlich, kennst du dieses Sprichwort?«, fragte Blade.

Als Wendy nickte, legte er ihr einen Finger unter das Kinn und drehte ihr Gesicht zu sich, sodass sie ihn ansehen musste. »Sie war vielleicht äußerlich schön, doch innerlich war sie verdorben. Jeder, der jemanden wie dich ausnutzt, der uns beide absichtlich hintergeht, ist ein hässlicher Troll.«

Ihre Mundwinkel zuckten.

Blade sprach weiter. »Ich war in dieser Kneipe, um mich mit der Frau zu treffen, von der ich schon fasziniert bin, seit sie mich das erste Mal angerufen hat, um mir eine Lebensversicherung zu verkaufen. Ich hatte keine großen Erwartungen an dein Aussehen, aber das, was ich jetzt vor mir sehe, haut mich um.«

Sie senkte den Blick, doch er ließ ihr Kinn nicht los.

»Jemand, der sich in seiner eigenen Haut wohlfühlt, und jemand, der sich mehr um die Gefühle anderer als um seine eigenen kümmert. Du riechst nach Brathähnchen, was du wahrscheinlich für peinlich hältst, aber für mich bedeutet es, dass du dich genug kümmerst, um mit den Bewohnern zusammenzusitzen, während sie ihr Mittagessen zu sich nehmen. Das erinnert mich an zu Hause und bringt mich dazu, dich am liebsten fressen zu wollen. Du hast alle meine Erwartungen übertroffen, Wendy.«

Sie hob den Blick und sah ihn an. Dann atmete sie tief durch und sagte: »Es tut mir leid, dass ich nicht zu dir an den Tresen gekommen bin.«

»Entschuldigung angenommen«, entgegnete er sofort. Bei seinen Worten sah Blade, wie die Anspannung aus ihrem Körper wich. »Wärst du noch fünf Minuten länger geblieben, hättest du gesehen, wie ich sie habe auffliegen lassen.«

»Tatsächlich?«

»Ja. Sie war eine Prostituierte, weißt du.«

»Oh mein Gott, wirklich?«, fragte Wendy.

Blade ließ widerstrebend ihr Kinn los und nahm erneut ihre Hand. »Ja. Sie hat gerade so genügend Informationen von dir bekommen, um mich eine Zeit lang an der Nase herumzuführen, aber ich war eigentlich von Anfang an ihr gegenüber misstrauisch. Und dann hat sie sich ihr eigenes Grab geschaufelt, als ich sie über ›Josh‹ befragt habe und wie ihm die fünfte Klasse gefällt.«

Wendy kicherte. »Ja, ich habe ihr nichts über meinen Bruder erzählt.«

»Ganz offensichtlich nicht. Aber selbst davor war mir eigentlich von Anfang an klar, dass da irgendetwas nicht stimmte.«

»Und woher wusstest du es?«

»Sie hat mich nicht gefragt, wie mein Tag war.«

Wendy legte den Kopf schräg. »Was meinst du damit?«

»Du bist ziemlich gut darin, das Thema von dir abzulenken, Wendy. Und die erste Frage, die du mir immer stellst, ist, wie mein Tag war. Und als sie das nicht getan hat, war ich sofort stutzig.«

»Oh.«

»Dann hat sie in dieser Kneipe versucht, mir in den Schritt zu fassen, und ich wusste, dass du *so etwas* nie tun würdest.«

»Oh mein Gott, auf keinen Fall!«, rief Wendy bestürzt.

Blade lachte leise. »Jedenfalls habe ich sie auf ihren Betrug angesprochen, und glaub mir, innerhalb von zwei Sekunden wurde aus der süßen Maus eine blöde Schlampe.«

»Also bist du einfach gegangen?«, fragte Wendy.

»Erst habe ich noch mit dem Besitzer der Kneipe gesprochen und dafür gesorgt, dass sie lebenslang Hausverbot bekommt, damit sie so etwas nicht noch einmal tun kann. Und dann habe ich den ganzen Laden nach dir durchsucht ... und obwohl ich es besser wusste, gehofft, dass du noch da bist. Und *dann* bin ich gegangen.«

»Ich konnte einfach nicht bleiben«, sagte Wendy kleinlaut.

»Ich weiß. Hättest du mich wirklich nie wieder kontaktiert?«, wollte Blade wissen.

»Verdammt, Jackson«, murmelte Wendy und zuckte dann mit den Achseln. »So ein Plappermaul. Nein, ich dachte, du hättest entweder Spaß mit der anderen Frau oder seist auf mich sauer.«

»Dann ist es ja wirklich gut, dass ich so stur bin, oder?«, meinte Blade.

Wendy nickte einfach.

Eine Stunde später saßen sie immer noch auf der Bank unter dem Baum und unterhielten sich. Blade warf einen Blick auf die Uhr und war erstaunt, wie viel Zeit vergangen war. Noch nie hatte er sich bei einer Frau so wohl gefühlt wie bei Wendy. Ihr Gespräch kam nie ins Stocken und er hatte noch nie so viel gelacht wie mit ihr.

Sie hatte ihm erklärt, was am Freitag bei der Arbeit passiert war und warum sie in ihrem Kittel in der Kneipe aufgetaucht war. Die Geschichte ähnelte zwar der, die ihm die Schlampe in der Kneipe erzählt hatte, aber Wendys hatte viel mehr Sinn ergeben. Die Tatsache, dass sie die Sicherheit des Bewohners über ihre Bequemlichkeit stellte und zugelassen hatte, dass er sie vollkotzte, statt zu riskieren, dass er stürzte, verfestigte Blades Meinung über ihr Mitgefühl.

Es war ihm nicht entgangen, wie sie ihren Bruder »Jackson« und nicht »Jack« genannt hatte. Und dabei hatte sie Blade ursprünglich erzählt, sein Name wäre Jack, aber er äußerte sich nicht dazu. Vielleicht hatte es nichts zu bedeuten. Jack war offensichtlich ein Spitzname ... aber etwas an der Art und Weise, wie sie seinen vollen Namen sagte, ließ ihn denken, dass mehr dahintersteckte.

Sie sprachen über ihren Arbeitsplan, einige Possen der Bewohner und über ihren Telemarketing-Job. Er erzählte mehr über seine Freunde und darüber, dass sie sich so nahestanden wie Brüder. Blade erzählte ihr viel über seine Schwester Casey und ging sogar noch etwas ausführlicher auf ihre Entführung in Costa Rica ein.

Schließlich schaute Wendy auf die Uhr und sagte: »Ich muss jetzt aber wirklich los. Jack wird bald zu Hause sein. Er –«

»Wann kann ich dich wiedersehen?«, wollte Blade wissen und strich mit den Daumen über ihren Handrücken, der unter seiner Hand auf seinem Oberschenkel lag.

»Äh, also ... Ich weiß nicht.«

»Morgen?«

Sie errötete und biss sich auf die Lippe.

»Was ist? Musst du arbeiten?«

»Nein, aber am nächsten Morgen ist Schule.«

Er lächelte. Manchmal war sie wirklich zu süß. »Das verstehe ich.« Und das tat er wirklich. Auf keinen Fall wollte er den Ablauf zwischen ihr und ihrem Bruder stören.

»Aber ... am Nachmittag ist er bei irgendeiner Schulveranstaltung und kommt erst zum Abendessen nach Hause. Vielleicht könnten wir dann etwas unternehmen? Natürlich nur, wenn du Lust hast.«

»Ich habe Lust«, erklärte Blade lächelnd. Er hob ihre Hand an seinen Mund, küsste ihren Handrücken und erfreute sich daran, wie ihre Wangen sich röteten. »Nur für den Fall, dass es nicht offensichtlich ist, ich mag dich, Wendy Tucker.«

»Ich mag dich auch.«

»Sollen wir uns dann irgendwo treffen?«, fragte er.

»Du könntest ... äh ... zu mir kommen, wenn du möchtest.«

Dieses Angebot überraschte Blade, aber er ließ es sich nicht anmerken.

»Es ist nichts Besonderes, aber ich wollte schon lange dieses neue Rezept für grüne Bohnen ausprobieren. Ich mache natürlich noch etwas anderes dazu, aber ich dachte halt, du könntest am Nachmittag rüberkommen und dann könnten wir zusammen zu Abend essen. Du kannst Jack kennenlernen ... Aber wenn es dir lieber ist, können wir auch ausgehen. Ich weiß ja nicht, wann dein Chef ... oder wie sich das bei dir nennt ... dich gehen lässt.«

Blade hätte nie gedacht, dass sie ihn so früh zu sich einlud, mal ganz abgesehen davon, dass sie ihm ihren Bruder vorstellen wollte. Und er wusste aus ihren Gesprächen, dass ihr Bruder ihr viel bedeutete, es hieß also einiges, dass sie anbot, Jack kennenzulernen. »Mein Kommandant wird mich ein wenig früher weglassen. Ich würde gern zu dir kommen, Süße. Wenn du dir sicher bist, dass das in Ordnung ist.«

»Ich habe so das Gefühl, dass Jack sowieso darauf bestehen wird, dich so früh wie möglich kennenzulernen, sobald ich ihm von dem heutigen Tag erzählt habe. Und gewöhn dich bloß nicht daran, dich mit ihm hinter meinem Rücken zu verbünden«, warnte sie ihn, hatte dabei aber ein amüsiertes Glitzern im Auge.

Blade lächelte. »Auf keinen Fall.«

»Warum glaube ich dir das nicht?«

Er lächelte. »Weil du schlau bist. Und jetzt komm, ich bringe dich zu deinem Wagen.«

Damit stand Blade auf und half Wendy auf die Beine. Er griff nach der Pflanze und den Schokoküsschen, und sie hob die Tasche auf, die sie getragen hatte. Sie gingen zu ihrem schon etwas älteren Chevy Equinox. Der kleine schwarze Geländewagen hatte schon bessere Tage gesehen ... die hintere Stoßstange hatte rostige Stellen und es gab eine große Delle auf der Fahrerseite. Bei dem Anblick musste Blade die Zähne zusammenbeißen. Es sah aus, als hätte irgendwann jemand das Fahrzeug gerammt, und der Gedanke, dass Wendy im Wagen saß, als es passierte, sorgte dafür, dass er sich nur umso mehr Sorgen um sie machte.

Aber er sagte nichts, als sie die Hintertür öffnete und die Tasche hineinlegte. Sie nahm ihm die Pflanze weg und schnallte sie tatsächlich mit dem Sicherheitsgurt auf dem Rücksitz an, was ihn zum Grinsen brachte. Dann reichte er ihr die kleine Tüte mit den Schokoküsschen. Als sie versuchte, sie zu nehmen, hielt er sie fest, bis sie zu ihm aufsah.

»Wenn ich ein anderer Mann wäre, würde ich darauf

bestehen, dass du mir jedes einzelne dieser Schokoküsschen in echt schuldest«, neckte er sie.

Und wie erwartet kehrte die Röte in ihre Wangen zurück, die in der Zwischenzeit ein wenig zurückgegangen war.

Doch anstatt seine Worte zu ignorieren, überraschte sie ihn, indem sie sagte: »Und wenn ich eine andere Frau wäre, würde ich sie dir alle jetzt und hier auf einmal geben.«

Er brauchte einen Moment, um ihre Worte zu verarbeiten, doch als er das getan hatte, grunzte Blade vor Lachen.

»Hast du gerade gegrunzt?«, neckte Wendy ihn.

»Nein«, log Blade. »Männer wie ich grunzen nicht.«

»Männer wie du?«

»Männliche Männer, die Bierflaschen mit den Zähnen aufmachen können.«

Sie kicherte und Blades Herz setzte einen Schlag aus. Genauso wollte er sie sehen. Glücklich, sorglos und nicht nervös und zurückhaltend, wenn er zugegen war. Er schwor sich, alles dafür zu tun, dass sie immer so war.

»Na klar«, sagte sie und verdrehte die Augen. Sie nahm ihm die Tüte mit den Schokoküsschen ab und legte sie ebenfalls auf den Rücksitz, schloss dann die Wagentür und stand da und wirkte plötzlich wieder unsicher.

»Möchtest du jetzt gleich eine Zeit ausmachen, wann ich zu dir kommen soll, oder schreibst du mir einfach eine SMS, wann es dir passt?«

»Wie wäre es um drei? Jack fährt mit einem seiner Freunde nach Hause, also muss ich ihn nicht von der Schule abholen. Und dann habe ich genügend Zeit, um nach Hause zu fahren und dafür zu sorgen, dass ich alles Nötige habe.«

»Soll ich irgendetwas mitbringen?«, fragte Blade.

Sie schüttelte den Kopf. »Nein, ich kümmere mich um alles.«

»Jack hat keinen Führerschein?«

Sie zögerte, bevor sie antwortete. »Noch nicht. Er hat es nicht eilig damit, und bis jetzt macht es mir nichts aus, ihn überall hinzufahren.«

Blade hätte sich bei dieser Antwort eigentlich nichts gedacht, aber sie sah ihn jetzt nicht mehr an, stattdessen blickte sie während ihrer Erklärung nach links. Blade hatte jetzt keine Zeit, sich darüber Gedanken zu machen, warum sie in Bezug auf ihren Bruder und dessen Führerschein log; es war weder die richtige Zeit noch der rechte Ort dafür.

»Drei Uhr hört sich gut an«, erklärte Blade ihr. »Ich freue mich darauf, mehr Zeit mit dir zu verbringen.«

»Ich auch«, entgegnete sie lächelnd.

Blade lehnte sich zu ihr hin und achtete auf Anzeichen dafür, dass er es zu schnell angehen ließ oder dass sie nicht wollte, dass er sie küsste.

Als sie eine ihrer Hände auf seinen Oberarm legte und sich auf ihre Zehen stellte, als er näherkam, entspannte sich Blade. Er strich mit seinen Lippen über ihre, und obwohl er nichts weiter wollte, als seine Zunge tief in ihren Mund zu stecken und herauszufinden, wie sie schmeckte, bewegte er seine Lippen zu ihrer Wange und küsste sie auch dort leicht. Dann ließ er eine Hand in ihr Kreuz wandern und tat das, was er schon am Freitagabend in der Kneipe hatte tun wollen.

Er zog Wendys Körper an seinen größeren. Er hörte nicht auf, bis sie sich von den Hüften bis zur Brust berührten, und seufzte zufrieden. Er schlang die Arme um sie und umarmte sie fest. Zuerst war sie steif, aber innerhalb von Sekunden schmolz sie an ihm dahin. Er fühlte sich, als gehörte sie dorthin, als passte sie perfekt zu ihm.

Jede Kurve ihres Körpers lag fest an seinem eigenen an. Blade schloss die Augen und sog das Erlebnis in sich auf. Wendy war an den richtigen Stellen weich, und er hätte sie am liebsten hochgehoben, damit sie die Beine um ihn schlang und er sie an die Seite ihres Wagens drücken und es mit ihr tun konnte.

Überrascht und kein bisschen beunruhigt über die Art und Weise, wie seine Gedanken im Nu von liebevoll zu leidenschaftlich übergegangen waren, zog Blade sich zurück. Wendy starrte ihn mit demselben benommenen Blick an, den er auf seinem eigenen Gesicht hatte.

Er strich mit den Fingern sanft über ihre Wange und trat dann einen Schritt zurück. Sie stolperte ein wenig und er stützte sie, indem er sie am Arm festhielt. »Alles in Ordnung?«

»Ja, entschuldige.«

»Sei vorsichtig, Wen. Schick mir deine Adresse per SMS und dann sehen wir uns morgen um drei, okay?«

Sie nickte. »Okay.«

»Tschüss.«

»Tschüss.«

Blade zwang sich, sich umzudrehen und auf seinen Jeep zuzugehen. Er drehte sich einmal um und sah, dass Wendy immer noch in der offenen Tür ihres Wagens stand. Er winkte und sie hob im Gegenzug ihre Hand, setzte sich schließlich hin und schloss die Tür.

Blade schaute zu, bis sie den Motor anließ und vom Parkplatz wegfuhr. Er wollte ihr folgen. Wollte noch ein wenig mit ihr reden, wusste aber, dass er das nicht konnte.

Stattdessen zwang er sich, sein eigenes Fahrzeug zu starten und in aller Ruhe auf die Straße zu seiner Wohnung zu fahren.

Das war viel besser gelaufen, als er gehofft hatte. Das

meiste davon war wegen Wendy. Sie war unbekümmert und sie hatte nicht gezögert, sich zu entschuldigen ... obwohl er technisch gesehen derjenige war, der es in der Kneipe überhaupt erst vermasselt hatte.

Blade machte sich eine geistige Notiz, daran zu denken, dass sie sich eventuell mit Dingen, die er wollte, einverstanden erklären würde, nur weil sie keinen Konflikt mochte. Sie musste lernen, den Mund aufzumachen, wenn sie etwas nicht mochte oder wenn sie nicht mit ihm einer Meinung war. Grinsend beschloss er, es sich zur Aufgabe zu machen, ihr zu helfen, ihre Abneigung gegen Meinungsverschiedenheiten mit Menschen zu überwinden. Er hatte sich schon lange nicht mehr so sehr auf etwas gefreut, wie er sich darauf gefreut hatte, Wendy kennenzulernen.

---

# KAPITEL FÜNF

---

Am nächsten Nachmittag huschte Wendy in ihrer Wohnung herum und war gestresst. Nachdem sie nach Hause gekommen war, hatte sie sich Gedanken darüber gemacht, dass es dumm von ihr gewesen war, Aspen so früh zu sich einzuladen, aber Jackson hatte ihr versichert, dass es in Ordnung wäre.

Wendy war wütend auf ihren Bruder, weil er hinter ihrem Rücken mit Aspen gesprochen hatte, musste aber schließlich zugeben, dass es eigentlich genau das Richtige gewesen war. Sie hatte es genossen, mit ihm zu reden, und freute sich darüber, zum ersten Mal seit langer Zeit wieder mit einem Mann zusammen gewesen zu sein.

Sie und Jackson waren gestern Nachmittag, bevor sie ihren zweiten Job antreten musste, in den Lebensmittelladen gegangen und hatten die Sachen gekauft, die sie für das Bohnengericht und den Rest des Abendessens brauchte.

Und nun schmorten die Bohnen auf dem Herd und der Nudelauflauf, den sie dazu gemacht hatte, befand sich im Kühlschrank, und sie musste nur noch den Ofen vorheizen und ihn hineinschieben.

Aspen hatte eine SMS geschickt, dass er in etwa zehn Minuten da sein würde.

Also blieb ihr nicht mehr zu tun, als auszuflippen.

Wendy sah sich in ihrer Wohnung um und schauderte. Es war nicht gerade ein Palast. Eigentlich war sie ziemlich mies, aber sie war billig und erlaubte ihr, Dinge für Jackson zu kaufen, die sie sich sonst nicht hätte leisten können. Erst in diesem Jahr war er dem Roboterklub beigetreten und sie fuhren ständig in den Baumarkt, damit er Dinge zur Herstellung von Elektronik und Prototypen kaufen konnte.

Er war auch Mitglied der Lacrosse-Mannschaft und eines halben Dutzends anderer Klubs und Programme an der Schule. Er war weitaus beliebter, als Wendy es jemals gewesen war, aber sie war so unheimlich stolz auf ihn. Es gab viele Tage, an denen sie ihn nicht mehr als ein paar Minuten am Anfang oder am Ende des Tages sah, weil ihre Zeitpläne nicht überlappten, aber Wendy machte sich nicht allzu viele Sorgen um ihn. Jackson war ein guter Junge und er verdiente weit mehr, als er in seinem kurzen Leben bisher bekommen hatte. Sie wollte alles tun, was nötig war, alles opfern, damit er aufs College gehen und die Ausbildung erhalten konnte, die ihr verweigert worden war.

Wendy schüttelte die verdrießlichen Gedanken ab. Sie hatte ein gutes Leben und würde ehrlich nichts von dem ändern, was sie getan hatte. Ja, sie wollte eine schönere Wohnung für sie, aber Jackson beschwerte sich nie.

Aber als sie sich umsah, während sie auf Aspens Ankunft wartete, wurde Wendy klar, wie klein ihre Wohnung war. Sie hatten eine kleine Küche mit Küchenzeile und einen ebenso kleinen Essbereich. Er war gerade groß genug, um einem runden Tisch mit drei Stühlen Platz zu bieten, den sie neben den Müllcontainern in ihrem Wohngebäude gefunden hatte.

Der Wohnbereich befand sich gleich dahinter. Er hatte eine alte, ramponierte Couch und einen Ruhesessel. Auch der Tisch war irgendwann einmal von jemandem weggeworfen worden. Aber Wendy hatte ihn abgeschliffen, gestrichen und generell verschönert. Sie hatten einen Flachbildschirmfernseher, den sie günstig im Seniorenheim erstanden hatte, als sie einige der Räume umgestalteten. Sie hatte bunte Teppiche gekauft, die sie auf den cremefarbenen Teppich legen konnte, der sich bei ihrem Einzug bereits in der Wohnung befunden hatte.

Vom Flur gingen zwei Schlafzimmer ab. Keines von beiden war riesig, aber sie schliefen darin nur, also brauchten sie nicht groß zu sein. Sie und Jackson teilten sich ein Badezimmer, was nicht so schlimm war, wie es schien, denn sie duschte abends und Jackson duschte morgens.

Alles in allem war Wendy stolz auf das Zuhause, das sie sich und ihrem Bruder mit dem Wenigen, das sie besaß, geschaffen hatte ... aber sie wusste nicht, wie Aspen reagieren würde.

Ein Klopfen an der Tür riss sie aus ihren Träumen und sie holte tief Luft. Wenn er sie wegen ihres Wohnortes verachtete, dann wollte sie sowieso nicht mit ihm befreundet sein.

Während sie auf die Tür zuging, versuchte sie, sich zu beruhigen. Aspen war ihr Freund. Nichts, was er in der Vergangenheit gesagt oder getan hatte, veranlasste sie zu der Annahme, ihm würde ihre Wohnung nicht gefallen.

Wendy hielt einen Moment vor der Wohnungstür inne, legte eine Hand auf ihren Bauch und versuchte, die Aufregung zu unterdrücken. Da sie wusste, dass sie sich durch ihr Zögern nur noch nervöser machte, setzte sie ein Lächeln auf und öffnete schwungartig die Tür.

Blade blickte finster drein, als er sich umsah. Wendy hatte ihm gestern Abend per SMS ihre Adresse mitgeteilt und er war sofort besorgt gewesen. Es war nicht im besten Teil von Temple, und das gefiel ihm ganz und gar nicht.

Als er bei ihrem Apartmentgebäude ankam, wenn man es überhaupt so nennen konnte, war er noch besorgter. Das ältere Backsteingebäude musste dringend renoviert werden. Und zwar umfassend. Blade konnte Stellen sehen, an denen der Ziegelstein direkt von der Seite des Gebäudes herunterbröckelte. Es gab zwölf Türen, alle auf der Außenseite, sechs im unteren und sechs im oberen Stockwerk.

Er nahm sich einen Moment Zeit und freute sich darüber, dass ihre Wohnung wenigstens im ersten Stock lag. Es war nicht viel, aber immerhin etwas. Blade beäugte einen Mann, der eine der Wohnungen im Erdgeschoss verließ. Er war unrasiert und sah aus, als hätte er seit Tagen die gleichen Kleider an. Er wischte sich auch die Nase ... was einfach bedeuten könnte, dass er nur geniest oder dass er eine Erkältung hatte. Aber die verstohlene Art, auf die er sich umsah, als er auf seinen Wagen zuging, ließ etwas anderes vermuten.

Blade presste die Hände auf das Lenkrad. Mein Gott. Ihm gefiel der Gedanke nicht, dass Wendy hier lebte, vor allem nicht, weil alle Anzeichen darauf hindeuteten, dass in den Wohnungen um sie herum mit Drogen gehandelt wurde.

Blade atmete tief durch, stieg aus seinem Jeep und schloss ihn ab ... und fragte sich kurz, ob er noch da wäre, wenn er am Abend zurückkam. Er stieg langsam die Treppe zum ersten Stock hinauf und regte sich wieder auf. Das Geländer war locker und er wusste, dass nur jemand hineinstolpern musste und es würde zusammenbrechen, woraufhin diese Person zu Boden stürzte. Der Beton unter seinen Füßen war beschädigt und ebenfalls brüchig.

Wendy lebte in einem absoluten Drecksloch, und er war entsetzt. Er wollte nicht glauben, dass eine Frau und ein Teenager tatsächlich beschlossen hatten, hier zu leben. Es war inakzeptabel und gefährlich – und es gab verdammt noch mal nichts, was Blade dagegen tun konnte.

Er klopfte an Wendys Tür ... und warf dem Mann, der die Wohnung unten verlassen hatte und nun in seinem Wagen saß und ihn beobachtete, einen bösen Blick zu. Sofort fuhr der Mann rückwärts und scherte aus dem kleinen Parkplatz aus.

Gerade als Blade die Hand hob, um wieder anzuklopfen, ging die Tür auf und Wendy stand mit einem Lächeln auf dem Gesicht vor ihm. Sie war allerdings angespannt; das war leicht zu erkennen.

»Hi, Wen«, begrüßte Blade sie.

»Hey, Aspen«, erwiderte sie. »Komm rein.«

Er folgte ihr hinein und stellte fest, dass sie die Tür sofort verriegelte und absperrte, nachdem er eingetreten war. Das war immerhin etwas.

»Hier riecht es großartig«, erklärte er ihr.

Ihr Lächeln wurde breiter und sie entspannte sich sichtlich. »Danke. Das ist das Basilikum, das ich an die grünen Bohnen gemacht habe. Möchtest du reinkommen und dich hinsetzen? Es ist noch ein bisschen früh, um den Auflauf in den Ofen zu schieben, aber Jack kommt bestimmt bald nach Hause.«

»Natürlich.« Blade folgte Wendy durch den winzigen Eingangsbereich ins Wohnzimmer. Direkt daneben befand sich die Küche und hinter der Couch gab es einen kleinen Tisch mit ein paar Stühlen.

»Ich weiß, es ist nicht viel«, bemerkte Wendy achselzuckend, »aber es ist unser Zuhause.«

Und das war es tatsächlich. Blade sah sich überrascht um. Der Unterschied zwischen der Außenseite des Gebäudes und dem Inneren dieses Raumes war erstaunlich. Sie hatte die Wohnung wirklich zu einem gemütlichen Zuhause gemacht.

Die hellen Teppiche auf dem Boden erhellten den Raum. Es gab Fotos auf fast jeder verfügbaren Fläche und an so gut wie jeder Wand. Eine rote Decke war über die Rückseite des Sofas drapiert und der Blumentopf, den sie gestern bei sich gehabt hatte, stand nun auf dem kleinen weißen Tisch in der Mitte des Wohnbereichs.

Alles in allem sah es entspannend und gemütlich aus. Blade fühlte sich dort sofort wohl und er schämte sich für seine vorherigen Gedanken. Oh, es gefiel ihm immer noch nicht, dass Wendy und ihr Bruder eine Wohnung in diesem miesen Gebäude gemietet hatten, aber das hier war mehr ein Zuhause als seine Eigentumswohnung. Die Wohnung sah einladend und bewohnt aus. Seine Wohnung war steril und kalt.

»Es ist schön hier«, sagte Blade leise.

»Wirklich?«, fragte Wendy.

»Wirklich.«

»Ich weiß, dass es sich um eine miese Gegend handelt, aber der Preis stimmt und ich habe alles getan, um wenigstens die Wohnung so gemütlich wie möglich zu machen.«

»Und das ist dir auch gelungen, Süße«, versicherte Blade ihr und drehte sich zu ihr um. Und er war erstaunt darüber, wie sehr er sich zu ihr hingezogen fühlte. Sie trug mal wieder Jeans, aber heute hatte sie eine Bluse an, die ihre Schultern freiließ. Sie hatte zwar Ärmel, aber Aussparungen an den Schultern. Die Bluse war hellgrau und betonte auf wunderbare Art das tiefe Braun ihrer Augen.

Sie hatte blasse Haut, die glatt und geschmeidig aussah. Sie trug ihr Haar offen und es reichte ihr bis zu den Schultern. Es war das erste Mal, dass er sie so sah, und am liebsten wäre Blade ihr mit den Händen durchs Haar gefahren, um herauszufinden, ob es sich genauso weich anfühlte, wie es aussah. Sie hatte keine Schuhe an und ihre kleinen, lackierten Zehennägel boten einen intimen Anblick.

»Du siehst gut aus«, sagte er etwas verspätet, als ihm klar wurde, dass er sie schon länger anstarrte, als es sich geziemte.

»Danke. Du auch.«

Blade musste bei ihren Worten lachen. Er trug genau die gleichen Sachen, die er immer trug, wenn er keine Uniform anhatte. Jeans und ein T-Shirt.

»Möchtest du etwas trinken?«

»Sehr gern.«

»Ich habe Bier, Kaffee, Tee, Wasser und Apfelsaft.«

»Bier hört sich gut an. Zum Abendessen trinke ich dann Wasser.« Er sah dabei zu, wie sie zu dem alten, weißen Kühlschrank hinüberging und ein Bier für ihn herausnahm. Sie benutzte den Flaschenöffner, der an der Außenseite der Tür hing, um die Flasche aufzumachen, und reichte sie ihm dann.

»Ich hoffe, dir ist Shiner Bock recht. Es ist mein Lieblingsbier.«

»Es ist perfekt«, erklärte Blade. Er hatte sie für ein Mädchen gehalten, das Wein oder Wasser trinkt, aber es hatte irgendetwas ausgesprochen Bodenständiges an sich, als sie ihre eigene Flasche öffnete und einen langen Schluck von dem Bier nahm.

»Machst du dir keine Sorgen, wenn du vor deinem Bruder Bier trinkst?«

Sie zog die Nase kraus. »Warum sollte ich?«

»Weil er ein Teenager ist? Weil er sich dazu entschließen könnte, sich eines Abends, während du bei der Arbeit bist, zu betrinken?«

Wendy lächelte und schüttelte den Kopf. »Nein, darüber mache ich mir überhaupt keine Sorgen.«

»Warum nicht?«

»Wenn du ihn kennenlernst, wirst du es selbst sehen. Er ist eine alte Seele. Er würde sich genauso wenig wie ich einfach nur so betrinken.«

Das hielt Blade zwar für ein wenig naiv, doch er ging nicht weiter darauf ein. Stattdessen nahm er einfach einen weiteren Schluck.

»Ich sehe schon, dass du mir nicht glaubst«, sagte sie. »Es ist vielleicht etwas ungewöhnlich, aber er trinkt Bier und Wein schon, seit er dreizehn ist. Und damit meine ich nicht, dass er jeden Abend ein Bier nach dem anderen trinkt, aber ich lasse ihn von dem Bier probieren, das ich mit nach Hause bringe, und als er fünfzehn war, haben wir sogar mal bei einer Weinprobe mitgemacht. So wie ich es sehe, kann er so herausfinden, was es mit der ganzen Sache auf sich hat, und wenn ich keine große Sache daraus mache, hat er weniger Interesse daran, hinter meinem Rücken Saufgelage zu veranstalten. Ich habe an die jungen Leute in Europa gedacht, die schon viel früher trinken dürfen als die Jugendlichen hier in Amerika, und ich möchte, dass er dieselbe gleichgültige Einstellung dazu entwickelt, wie sie sie haben ... oder zumindest gehe ich davon aus, dass sie sie haben.«

»Und funktioniert es?«

»Ja.« Wendy strahlte ihn an. »Ich trinke manchmal ein

Bier zum Abendessen, aber er trinkt hauptsächlich Wasser oder Saft. Ich bin mir durchaus der Tatsache bewusst, dass es illegal ist, dass ich ihm Alkohol gebe, einige würden sogar so weit gehen, es verantwortungslos zu nennen, aber bis jetzt hat er das noch nie ausgenutzt. Glaub mir, als ich ein Teenager war, habe ich mich aus dem Haus geschlichen, um zu Partys zu gehen und mich zu besaufen ... Und ich hielt es für ausgesprochen erwachsen und cool, Bier zu trinken. Und ich versuche, ihm beizubringen, dass dem nicht so ist.«

Blade erschauderte bei dem Gedanken, dass ein Teenager sich in diesem Teil der Stadt nachts aus dem Haus schlich. »Und macht er das auch? Sich hinausschleichen?«, fragte er und hielt mit seiner schweißnassen Hand sein Bier fest.

»Nein.« Wendy hielt eine Hand hoch, um ihn gleich davon abzuhalten, die Frage zu stellen, die sie jetzt schon kommen sah. »Und bevor du fragst, ich weiß genau, dass er es nicht tut, weil ich eine Zeit lang ein Alarmsystem an der Tür hatte. Ich habe eins von diesen Dingern gekauft, die Lärm machen, wenn jemand die Tür öffnet. Nicht ein einziges Mal hat er sich nachts aus der Wohnung geschlichen.«

»Was für einen Grund hätte er denn haben sollen, sich mitten in der Nacht aus dem Haus zu schleichen?«

Wendy wandte den Blick von Blade ab, und der bekam ein flaues Gefühl im Magen. Er wusste, dass sie ihn anlügen würde. Er hatte in seinem Leben schon genügend Leute lügen gesehen und er kannte die Anzeichen.

»Oh, weißt du. Einfach nur, weil er ein Teenager ist. Du weißt doch, wie die sind.«

»Nein, eigentlich nicht. Hat er dir einen Grund dafür gegeben, ihm zu misstrauen?«

Wendy schüttelte den Kopf und zuckte dann mit den Achseln. »Ich wollte nur ganz sichergehen.«

Blade gefiel ihre Antwort nicht besonders. Er hätte sie nicht verurteilt, wenn ihr Bruder sich hier und da rausgeschlichen hätte. Zum Teufel, er hatte es selbst ein paarmal getan, als er in Jacks Alter war. War ihr das peinlich? Dachte sie, er würde ihr die Schuld geben? Blade war sich nicht sicher, was sie verheimlichte, aber er hatte wieder einmal das Gefühl, dass sie ihm Dinge vorenthielt.

Er versuchte, nicht daran zu denken, indem er sich einredete, sie hätten sich gerade erst kennengelernt und es gäbe keinen Grund für sie, ihm alles über ihr Leben zu erzählen. Aber er blieb skeptisch, selbst als sie weitersprach, als hätte er die Frage nicht gestellt.

Sie blickte auf ihr Bier hinunter und zupfte an dem Etikett der Flasche. »Außerdem weiß er genau, wie gefährlich es hier ist. Einmal hat er mir sogar gesagt, dass ich den Alarm an der Tür nicht brauche, weil er mich auf keinen Fall jemals allein in der Wohnung zurücklassen würde.«

Blade schwoll das Herz in der Brust. Jacks Verhalten schien dem seinen sehr ähnlich zu sein, wenn es um seine eigene Schwester ging. Er hatte sich immer Gedanken um seine Schwester gemacht, obwohl sie nur zwei Jahre jünger war als er. Und er nahm an, dass er sich auch immer Sorgen machen würde, und das trotz der Tatsache, dass sie jetzt mit einem seiner Kameraden aus dem Delta Force-Team zusammen war.

»Das ist wunderbar, Süße. Er hört sich sehr vernünftig an, ein braver junger Mann«, erklärte er ihr ehrlich.

»Das ist er auch. Und er ist schlau. Er ist Mitglied des Roboterklubs seiner Schule. Und sie machen auch kein Spielzeug. Im Moment arbeiten sie an einem künstlichen Arm. Es ist unglaublich, was dieses Ding alles kann.«

»Wow.«

»Ja.« Sie lächelte ihn an und blickte dann auf die Uhr. »Ich werde schon mal den Ofen vorheizen und dann den Auflauf reinstellen. Dann ist er fertig, wenn Jack nach Hause kommt. Wäre das in Ordnung?«

»Selbstverständlich. Kann ich dir helfen?«

»Nein, ich mache das schon. Und du kannst dich schon mal hinsetzen. Wir haben zwar nur ein paar Kanäle, aber wir haben ziemlich viele DVDs, wenn du einen Film schauen möchtest.«

»Ich würde mich lieber mit dir unterhalten, wenn dir das recht ist.«

»Natürlich, aber ich bin nicht sonderlich interessant.«

»Wendy ...« Blade sagte das Wort voller Unglaube.

»Was ist?«

Sie stand in der Küche, eine Hand am Kühlschrank und den Kopf fragend zur Seite gelegt.

»Wir haben in den letzten Monaten ständig am Telefon miteinander gesprochen. Warum hältst du dich nicht für interessant?«

Sie zuckte mit den Achseln. »Ich weiß auch nicht ... Es kommt mir jetzt eben anders vor.«

Blade setzte sein Bier ab und ging zu ihr hinüber. Er legte ihr die Hände an den Halsansatz und hob ihren Kopf zu sich hoch. »Die einzige Veränderung ist, dass ich jetzt ein Gesicht habe, das zu der wundervollen Stimme passt, mit der ich mich in den letzten zwei Monaten unterhalten habe. Alles an dir fasziniert mich, Wen. Angefangen bei der Tatsache, dass du aus diesem Loch von einer Wohnung ein gemütliches Zuhause gemacht hast, bis hin zu deinem Bemühen, deinen anscheinend verantwortungsvollen, netten Bruder großzuziehen. Du solltest dich niemals für nicht interessant halten. Und ich glaube, dass du nur interessanter wirst, je besser ich dich kennenlerne. Und ich will alles von dir wissen.«

Während er sprach, hatte sie entspannt ausgesehen, doch bei seinem letzten Satz verkrampfte sie sich.

»Ich bin genau wie jede andere Frau, Aspen. Du brauchst gar nicht zu tief zu graben.«

Er starrte sie an und wünschte sich, er könnte ihre Gedanken lesen. Irgendetwas bereitete ihr Sorgen. Und wenn er sich nicht täuschte, sah er einen Funken der Angst tief in ihren Augen. Und jetzt wurde seine Vermutung, dass sie ihm irgendetwas verheimlichte, zur Sicherheit. Doch die Tatsache, dass er ihr Angst machte, war für ihn kaum zu ertragen. Blade ließ die Hände sinken und machte einen Schritt von ihr weg, um ihr Freiraum zu lassen. »Mach dir keine Sorgen, Süße«, beruhigte er sie, »ich werde dich nicht ausspionieren.«

Wendy schloss die Augen und atmete tief durch. Dann wandte sie sich zum Kühlschrank um, öffnete ihn und nahm den Auflauf heraus. Als sie sich wieder aufrichtete, lachte sie ein wenig gezwungen. »Es ist natürlich okay. Bitte entschuldige, ich möchte den Auflauf nicht fallen lassen.«

Blade ging ihr noch weiter aus dem Weg und griff wieder nach seinem Bier. Er ging hinüber zur Couch und setzte sich an das eine Ende. Es gefiel ihm nicht, dass sie eine Art Mauer zwischen ihnen errichtet hatte, aber er weigerte sich auch, sich darüber zu ärgern. Schließlich war das ihre erste richtige Verabredung und sie waren noch dabei, einander kennenzulernen. Früher oder später würde sie merken, dass sie ihm vertrauen konnte. Dass er niemals etwas tun würde, das sie und ihren Bruder gefährden könnte. Ihre Geheimnisse würden bald auch seine sein.

Irgendwann gab es in der Küche nichts weiter zu tun

und sie kam ins kleine Wohnzimmer und setzte sich ans andere Ende der Couch. »Wie war dein Tag?«, fragte sie.

Blade schloss einen Moment lang die Augen und öffnete sie dann wieder. »Ich liebe es, wenn du mich das fragst.«

»Warum?«

»Weil es sich so anhört, als würdest du es tatsächlich wissen wollen, wenn du mir diese Frage stellst. Und das Gleiche gilt, wenn du mich fragst, wie es mir geht oder ob ich mich wohlfühle.«

»Natürlich will ich es wissen. Ich würde dich nicht fragen, wenn es mich nicht interessieren würde.«

»Die meisten Leute fragen nur, weil es höflich ist.«

»Also? Wie *war* dein Tag?«, fragte Wendy erneut.

»Er war gut. Allerdings haben meine Freunde sich erneut darüber lustig gemacht, dass ich mir heute Nachmittag schon wieder freigenommen habe.«

»Wollen sie nicht, dass du dich mit mir triffst?«

Blade lehnte sich zu ihr und berührte kurz Wendys Knie. »Nein, so darfst du nie denken. Sie sind verdammt froh, dass ich endlich jemanden kennengelernt habe. Ich bin so ziemlich der Letzte in der Gruppe, der noch keine feste Freundin oder Frau hat. Sie ärgern mich nur ein bisschen. Und davon mal ganz abgesehen ... selbst wenn es ihnen nicht recht wäre, wäre es mir völlig egal.«

»Erzähl mir von ihnen.«

»Von meinen Freunden?«

»Ja. Es hört sich an, als würdet ihr euch sehr nahestehen.«

»Das tun wir auch. Wir haben schon eine Menge zusammen durchgemacht. Ich würde für jeden Einzelnen von ihnen mein Leben opfern, und sie würden für mich das Gleiche tun.«

»Das ist großartig«, flüsterte Wendy. Sie drehte sich zu

ihm um, bis sie ihm halb gegenübersaß, ein Knie auf der Couch, auf das sie ihr Bier abstellte. »Habt ihr die Grundausbildung zusammen absolviert? Steht ihr euch deshalb so nahe?«

Blade wusste, er durfte ihr nicht sagen, dass sie gemeinsam in einem Team der Spezialeinheit arbeiteten, aber er konnte ihr ein paar andere Dinge erzählen. »Nein, wir haben uns erst vor rund fünf Jahren kennengelernt. Wir gehören zu einem spezialisierten Team in der Armee und werden zusammen auf Missionen geschickt. Wir sind nicht wie eine Einheit, in der sich die Zusammensetzung ständig ändert. Wir sind hier auf lange Sicht zusammen stationiert.«

Sie runzelte die Stirn und Blade wusste, dass sie ihn nicht verstand. Trotzdem sprach er weiter und hoffte, dass sie eher an seinen Freunden interessiert war als an der Logistik, wie das »spezielle Team« funktionierte.

»Ghost ist der Älteste und unser Anführer. Seine Freundin heißt Rayne und sie sind zusammen, seit er sie bei einem Übergriff in Ägypten gerettet hat.«

»Wow, ehrlich?«

»Ehrlich. Fletch ist mit Emily verheiratet und sie haben eine süße kleine Tochter namens Annie. Ich kann es kaum erwarten, dass du sie kennenlernst. Sie ist wirklich großartig. Und sie erwarten noch ein weiteres Baby. Coach ist mit Harley verheiratet und ich habe das Gefühl, dass sie und Jack sich gut verstehen werden. Sie ist auch ausgesprochen schlau und verdient ihren Lebensunterhalt mit dem Entwurf von Videospielen. Coach und sie haben sich beim Fallschirmspringen kennengelernt, als er zu ihrem Sprungbegleiter ernannt worden war.«

»Warum ist das so witzig?«, fragte Wendy, der sein Grinsen aufgefallen war.

»Ist es eigentlich nicht, aber während des Sprungs

wurde Coach von einem Vogel getroffen und verlor das Bewusstsein, sodass Harley dafür sorgen musste, dass sie sicher wieder auf dem Boden landeten.«

Wendy sog die Luft ein. »Oh mein Gott, das ist überhaupt nicht witzig«, rief sie.

»Wenn du Coach kennen würdest, dann schon. Sein Beschützerinstinkt ist ausgesprochen stark entwickelt und er hat ihr immer wieder versichert, dass es nichts gebe, worum sie sich Sorgen machen müsse, und dass er sie sicher auf den Boden zurückbringen würde.«

»Es ist immer noch nicht witzig«, beharrte Wendy.

Blade konnte nicht umhin, breiter zu lächeln. »Ja, du hast recht, wahrscheinlich nicht ... Aber jedes Mal, wenn wir jetzt einen Fallschirmsprung machen, ist es sehr wohl witzig. Wir machen uns über ihn lustig und warnen ihn vor Vögeln.«

»Männer und ihr merkwürdiger Sinn für Humor«, bemerkte Wendy und verdrehte die Augen. »Sind das alle aus deinem Team?«

»Nein. Hollywood ist mit Kassie verheiratet. Sie steht ihrer Schwester auch sehr nahe, aber sie haben ihre Eltern noch, also ist es nicht wie bei dir und Jack. Sie ist ebenfalls schwanger. Fish ist mittlerweile ebenso ein Mitglied unserer Gruppe, allerdings lebt er jetzt in Idaho mit seiner Frau. Sie ist ein Genie. Und damit meine ich nicht, dass sie einfach nur schlau ist. Sie ist wirklich ein Genie. Truck ist inoffiziell offiziell mit Mary zusammen. Wir alle wissen es, aber aus irgendeinem Grund spielen sie ein Spielchen und tun so, als würden sie einander nicht mögen oder so was. Es ist ziemlich merkwürdig, aber Truck liebt diese Frau von ganzem Herzen.«

»Also hält sie ihn sich warm?«

»Nein«, erwiderte Blade darauf sofort. »Sie mag ihn auch ... das Ganze ist ziemlich kompliziert.«

»So hört es sich auch an«, murmelte Wendy.

»Und dann ist da noch Beatle und er ist mit meiner Schwester Casey zusammen.«

»Deine Schwester ist mit einem deiner Freunde zusammen? Verstößt das nicht gegen irgendeine Männerregel oder so was?«

Blade schüttelte sofort den Kopf. »Das mag schon sein, aber ich habe mich wahnsinnig gefreut, als er mir von seinem Interesse an ihr erzählt hat. Natürlich musste er es mir ausgerechnet sagen, als wir mitten im Dschungel waren, um sie vor den Arschlöchern zu retten, die sie entführt hatten, aber es hätte auch keine Rolle gespielt, wenn wir im Wohnzimmer gesessen hätten. Ich kenne Beatle so gut wie mich selbst. Er würde Himmel und Hölle in Bewegung setzen, um sie glücklich zu machen und dafür zu sorgen, dass sie in Sicherheit ist. Was sollte ich *dagegen* haben, dass er mit einem der Menschen zusammen ist, die mir das meiste auf der Welt bedeuten?«

»Also, wenn du es so sagst ... Aber nicht alle Männer denken wie du.«

»Das stimmt«, erwiderte Blade nickend. »Ich habe in meinem Leben schon ziemlich viel Scheiße gesehen«, erklärte er ihr. »Scheiße, die ich niemandem zumuten würde. Ich kann es nur ertragen, weil ich mit diesen sechs Männern zusammenarbeite. Sie sind alle großartig. Und eine Sache, die wir alle gemeinsam haben, ist der tief sitzende Wunsch, die Menschen glücklich zu machen, die wir in unserem Leben am meisten lieben. Dafür zu sorgen, dass sie in Sicherheit sind. Es liegt uns in den Genen, dass wir uns nicht mit halben Sachen abgeben, wenn es um unsere Partnerinnen geht. Bei fast jedem meiner Freunde war es so, dass sie sofort wussten, dass ihre jetzigen Freundinnen und Frauen für sie bestimmt waren.«

Blade sah nicht weg, als Wendy ihn mit großen Augen anstarrte, denn er wollte, dass sie verstand, was er zu sagen versuchte.

»Wir kämpfen hart, wir spielen hart und wir lieben hart. So ist es eben. Dass Beatle meine Schwester liebt, ist, als hätten wir beide in der Lotterie gewonnen. Er war schon immer mein Waffenbruder und nun gehört er auch legal zur Familie.«

»Du hast wirklich großes Glück«, bemerkte Wendy leise.

»Das ist wahr«, stimmte Blade ihr augenblicklich zu. »Ich gehe davon aus, dass mir diese Gruppe fantastischer Männer, und nun auch Frauen, als Freunde zur Seite gestellt wurde als Belohnung dafür, wie ich mein Leben führe und dass ich das ertrage, was ich ertrage. Und ich fühle mich reich beschenkt.«

»Darüber freue ich mich wirklich für dich.«

»Danke. Und was ist mit dir?«

»Was soll mit mir sein?«

»Was ist mit deinen Freunden?«

Erneut wandte Wendy den Blick wieder von ihm ab und Blade wusste, dass sie versuchen würde, die Frage abzuwehren. Er fühlte, wie Frust in ihm aufstieg.

»Ich hatte mit Jackson alle Hände voll zu tun. Deswegen hatte ich nie Zeit, Freunde zu finden.«

»Jeder hat Zeit für seine Freunde«, schalt Blade sie sanft. »Was ist mit den Eltern *seiner* Freunde? Oder den Leuten bei der Arbeit?«

»Ich bin jünger als die meisten anderen Eltern und da ich eine Hilfskraft bin, habe ich nicht viel mit den anderen Schwestern in der Einrichtung gemeinsam.«

»Wie alt bist du denn?«, fragte Blade.

»Spielt es eine Rolle?«

Noch immer sah sie ihn nicht an.

»Nein, natürlich nicht«, entgegnete Blade, da er wusste, dass er jetzt keine Antwort von ihr bekommen würde.

»Darf ich dich etwas fragen?«, wollte sie wissen.

Blade war klar, dass sie das Thema wechseln würde, und er ließ es zu. Er wollte sie nicht bedrängen. Es gefiel ihm, Zeit mit ihr zu verbringen, und was ihre zarte Beziehung zueinander anging, so wollte er sie nicht gefährden. Er würde in Zukunft noch viele Möglichkeiten haben, sie besser kennenzulernen. Sobald sie ihm mehr vertraute, würde sie sich ihm auch mehr öffnen. Zumindest hoffte er das.

»Natürlich. Du kannst mich alles fragen. Ich habe keine Geheimnisse – obwohl du natürlich wissen solltest, dass ich vielleicht nicht immer alle Fragen zu meinem Job beantworten kann. Und zwar nicht, weil ich es nicht möchte, sondern weil ich es tatsächlich nicht darf. Manche von den Dingen, die ich tue, sind streng geheim. Ich kann sie weder meiner Schwester noch dir noch sonst jemandem erzählen. Und ich möchte nicht, dass du es persönlich nimmst, wenn ich dir sage, dass ich über etwas nicht reden darf.«

»Oh ... okay. Ich wollte dich zu den Namen deiner Freunde befragen. Sie sind ein wenig ungewöhnlich.«

Blade lachte so sehr, dass er erneut grunzte, was wiederum Wendy zum Lächeln brachte. »Es handelt sich um Spitznamen, Süße. Ghost kann sich unheimlich leise bewegen. Fletch heißt so, weil sein Nachname Fletcher ist. Coach bekam seinen Spitznamen verpasst, weil er ständig allen Leuten hilft. Hollywood ist so hübsch wie ein Filmstar, aber anstatt Schauspieler zu werden, ist er zur Armee gegangen. Fish heißt so, weil er schon immer der beste Schwimmer war, und Beatle bekam seinen Spitznamen, weil er mit Nachnamen Lennon heißt. Allerdings kann er Insekten überhaupt nicht leiden, was großartig ist, denn es macht seinen Spitznamen umso witziger. Und Truck ... warum er so heißt, wird dir augenblicklich klar, wenn du ihn kennenlernst.«

»Und? Hast du ebenfalls einen Spitznamen?«

Blade nickte.

»Und verrätst du ihn mir oder ist er ebenfalls streng geheim?«

Er fühlte sich ein wenig unwohl. Die Spitznamen seiner Freunde waren alle auf etwas Lustiges oder zumindest Ungefährliches zurückzuführen. Seiner allerdings nicht. Er fragte sich, ob er es ihr wirklich sagen sollte, doch schließlich entschied er sich dafür, dass er keine Geheimnisse vor Wendy haben wollte. Er wollte eine Beziehung mit ihr. Und zwar eine langfristige. Und wenn sie beide damit anfingen, Geheimnisse voreinander zu haben, bedeutete das nichts Gutes für ihre Beziehung.

»Mein Spitzname ist Blade.«

»Wie in dem Film mit Wesley Snipes?«

»Nicht ganz. Früher wurde ich bei meinem Nachnamen genannt, Carlisle ... Damals hatte ich noch keinen Spitznamen. Doch nach einem besonders schlimmen Kampf in Übersee habe ich mir den Spitznamen Blade verdient. Wir saßen in der Falle und hatten keine Munition mehr. Wir mussten in den Nahkampf übergehen und meine ... Fähigkeiten ... mit dem Messer haben damals meinen Captain beeindruckt.«

Blade sah Wendy unverwandt an. Er schämte sich nicht für seinen Spitznamen, allerdings glaubte er, dass er einen negativen Einfluss auf die Frau neben sich haben könnte.

»Hmmm«, murmelte sie. »Das klingt jedenfalls besser als ›Tree‹ oder so was, besonders wenn man bedenkt, was du beruflich machst. Schließlich würden die bösen Jungs nicht gerade ins Zittern geraten, wenn sie hören, dass ›Tree‹ ihnen auf den Fersen ist, nicht wahr?«

Es dauerte einen Moment, bis ihm klar wurde, dass sein Spitzname sie nicht dazu brachte, sich unwohl zu fühlen, und ihr überhaupt nichts auszumachen schien, aber als ihm das bewusst wurde, konnte er nicht umhin zu lachen. Er lachte so sehr, dass er fast die ganze Zeit über grunzte, aber das Beste daran war, dass Wendy mitmachte. Sie lachte so sehr, dass sie das Bier auf dem Tisch vor sich abstellen musste, damit sie es nicht verschüttete.

Als Blade sich wieder unter Kontrolle hatte, sagte er: »Ja, ich glaube, ich bleibe bei Blade. ›Tree‹ klingt einfach nicht so gut. Aber du musst mir versprechen, den Jungs gegenüber diesen Spitznamen *niemals* zu erwähnen. Sie würden auf der Stelle beschließen, dass das der bessere Name ist, und aufhören, mich Blade zu nennen.«

»Was ist es dir wert?«, neckte Wendy ihn.

»Willst du mich etwa erpressen?«, fragte Blade mit hochgezogenen Augenbrauen.

Sie lächelte ihn schelmisch an. »Vielleicht.«

Blade lehnte sich langsam vor und stellte das Bier auf dem kleinen Tisch ab, bevor er sich ihr zuwandte. Hätte sie ihn besser gekannt, hätte sie vielleicht gewusst, dass er kurz davor stand, sich auf sie zu werfen, doch das war nicht der Fall. »Soldaten wie ich können nicht gut damit umgehen, wenn sie erpresst oder bedroht werden«, erklärte er ihr – und warf sich auf sie.

Wendy kreischte, aber kicherte dann, als er sie um die Taille fasste und auf den Rücken auf die Kissen der Couch warf. Blade kniete über ihr und hielt ihre Handgelenke fest.

Es gefiel ihm, dass sie sich unter seinem Griff nicht versteifte. Dass sie nicht ausflippte und auch kein bisschen eingeschüchtert schien. Wahrscheinlich war er schon zu weit gegangen, doch er konnte nicht anders.

»Lass mich los, Aspen«, sagte sie und begann nun doch, sich unter ihm zu winden.

Und plötzlich änderte sich die Atmosphäre und der Spaß zwischen ihnen wandelte sich in erotische Spannung um. Blade saß auf ihren Hüften, und kaum bewegte sie sich unter ihm, bekam er einen Ständer. Als er zu ihr hinabsah, bemerkte er, dass ihre Brustwarzen sich aufgerichtet hatten und gegen ihre Bluse drückten und dass sie schneller atmete.

»Aspen«, sagte sie keuchend und allein die Tatsache, dass sie seinen Namen sagte, ließ ihn noch härter werden.

Er hob seine Hüften, damit er sich nicht zwischen ihren Oberschenkeln rieb, und sah zu ihr hinab. Er wollte sie. Am liebsten hätte er seine Hand von ihrem Handgelenk ihren Körper entlangwandern lassen. Er wollte seine Hände auf ihre Brüste legen und sie liebkosen, bis die Brustwarzen ganz hart und aufgerichtet waren. Er wollte das Recht haben, sie dazu zu bringen, vor Leidenschaft zu explodieren, bevor er in sie eindrang.

Blade verstärkte den Griff um ihre Handgelenke, um sich davon abzuhalten, etwas von dem, worüber er gerade fantasierte, wahr werden zu lassen.

Er öffnete den Mund, um etwas zu sagen – er war sich nicht sicher was –, als die Wohnungstür mit einem lauten Knall aufschlug, wodurch der sexuell geladene Moment sehr wirkungsvoll unterbrochen wurde und die Stimmung im Handumdrehen von erotisch zu angespannt wechselte.

# KAPITEL SECHS

Kaum hatte Wendy gehört, wie die Tür gegen die Wand knallte, da war Aspen schon in Bewegung. Er kniete neben dem Sofa, eine Hand schützend auf ihre Schulter gelegt, in der anderen hielt er ein Messer.

Sie hatte keine Ahnung, woher er das Messer hatte, aber bei einem Spitznamen wie »Blade« sollte sie nicht überrascht sein. Eigentlich sollte sie eher darüber besorgt sein, dass er überhaupt ein Messer bei sich trug, aber aus irgendeinem Grund war sie es nicht. Auf eine seltsame Weise fühlte sie sich dadurch beschützt. Er hatte sie nicht mit dem Messer bedroht und es war mehr als offensichtlich, dass er damit umzugehen wusste.

Kaum hatte sie es in seiner Hand gesehen, da hatte er es schon weggesteckt, nachdem er gesehen hatte, wer an der Tür stand.

Was sie allerdings überrascht hatte, war die Chemie zwischen ihnen. In der einen Sekunde neckte sie ihn und in der nächsten lag sie unter ihm und fühlte, wie seine Erektion gegen ihren Schritt drückte. Kaum hatte sie seine Erregung gespürt, hatte er seine Hüften auf einen respektablen

Abstand gehoben, aber das ließ den plötzlichen Ausbruch von Lust, den sie empfunden hatte, als er auf ihr lag, nicht abklingen.

Sie mochte Aspen. Sie mochte Aspen sehr. Und wenn sie sich nicht irrte, mochte er sie auch. Es gefiel ihr nicht, Dinge vor ihm zu verheimlichen, aber sie konnte ihm nicht erzählen, dass sie keine Freunde hatte, weil sie Angst davor hatte, zu viele Dinge über ihre Vergangenheit auszuplaudern, die sie und Jackson in Schwierigkeiten bringen könnten. Er war frustriert von ihr, das wusste sie, aber er hatte sie nicht gedrängt, was sie zu schätzen wusste.

Es gab immer noch vieles, was sie nicht über Aspen wusste, aber was sie wusste, gefiel ihr. Sehr sogar. Es gefiel ihr, dass er seine Schwester beschützte. Es gefiel ihr, dass er Freunde hatte, die wie Brüder für ihn waren. Es gefiel ihr, dass er sich auch für Jackson zu interessieren schien.

Sie war in der Vergangenheit mit Männern ausgegangen, die sich einen Dreck um ihren Bruder geschert hatten. Sie schienen sogar verärgert darüber gewesen zu sein, dass sie überhaupt über ihn sprechen wollte. Diese Beziehungen hielten nicht lange, denn jemand, der die Tatsache nicht akzeptieren konnte, dass Jackson einer der wichtigsten Menschen in ihrem Leben war, war niemand, mit dem sie zusammen sein wollte.

Wendy bewegte sich langsam und setzte sich auf der Couch auf, bis sie erkennen konnte, wer in die Wohnung geplatzt war.

Ihr Bruder stand in der Tür und starrte Aspen an. Jackson wirkte extrem verärgert und irritiert.

»Jackson?«, fragte sie, während Aspen sich von ihr wegbewegte und langsam aufstand.

Doch dieser antwortete ihr nicht, sondern ergriff einfach die Tür und schlug sie zu.

Wendy zuckte zusammen. Sie hatte ihren Bruder schon lange nicht mehr so aufgebracht erlebt. Normalerweise war er eher der ruhige Typ. Sie konnte nicht umhin, sich Gedanken darüber zu machen, dass er wütend auf sie war, aber er hatte ihr zuvor gesagt, dass er Aspen mochte. Und dass er sich für sie freute. Also konnte es nicht die Tatsache gewesen sein, dass sie mit Aspen auf der Couch gesessen hatte, die Jackson so verärgert hatte ... oder doch?

Sie stand auf und sah ihren Bruder vorsichtig an. »Was ist denn los?«

Er sagte etwas so leise, dass sie es nicht verstehen konnte, und ging dann in die Küche.

»Jackson, was ist los?«, wiederholte Wendy.

Ihr Bruder seufzte und ließ sich gegen die Kücheninsel fallen. »Nichts, wobei du mir helfen könntest«, sagte er schließlich.

Wendy runzelte die Stirn und wollte in die Küche gehen, doch Aspen hielt sie auf, indem er ihr die Hand auf den Arm legte.

»Möchtest du, dass ich gehe?«

Das wollte sie nicht, aber Jackson sah alles andere als glücklich aus. Sie blickte unschlüssig zwischen ihrem Bruder und Aspen hin und her und biss sich nervös auf die Lippe.

»Er kann ruhig bleiben«, antwortete Jackson schließlich für sie. »Ich bin nur wütend wegen dem, was heute Nachmittag während des Lacrosstrainings passiert ist.«

»Wenn du mit deiner Schwester allein reden möchtest, kann ich spazieren gehen«, bot Aspen an.

Wendy blickte ihn an. Irgendwie war sie erstaunt darüber, dass er so etwas für sie tun würde.

Jackson lachte abfällig. »In dieser Gegend einen Spaziergang zu machen ist keine besonders gute Idee«, entgegnete er. Dann seufzte er und wiederholte: »Du kannst ruhig bleiben.«

»Vielleicht kann ich ja sogar helfen. Wahrscheinlich sehe ich das Ganze von einem anderen Standpunkt aus als deine Schwester«, bot Aspen ihm an.

Wendy wäre am liebsten zu ihrem Bruder gegangen, um ihn zu trösten. Ganz offensichtlich war etwas Schlimmes vorgefallen. Sie hatte ihn schon lange nicht mehr so aufgebracht gesehen. Normalerweise regte er sich über gar nichts auf.

Sie spürte, wie Aspen ihren Arm einen Moment lang mit dem Daumen streichelte, bevor er sie losließ. Sie sah zu ihm auf, doch seine Aufmerksamkeit war ganz auf ihren Bruder gerichtet. Es gefiel ihr, jemanden zu haben, der sie unterstützte. Es fühlte sich ... gut an.

Sie schüttelte sich, um wieder aus ihren Gedanken aufzutauchen, und ging zu Jackson. Da sie ihm die Zeit lassen wollte, von selbst zu sprechen, stellte sie sich zwischen ihn und Aspen.

»Jack, ich möchte dir offiziell Aspen vorstellen. Aspen, das ist mein kleiner Bruder Jack.« Es war ein bisschen spät, die beiden einander vorzustellen, aber besser spät als nie.

»So klein kommt er mir gar nicht vor«, entgegnete Aspen grinsend, als er vortrat und Jackson die Hand hinhielt.

Dieser schüttelte sie und Wendy sah sich inzwischen ihren Bruder an. Aspen hatte recht, er war schon längst nicht mehr der kleine Junge, den sie vor über zehn Jahren unter ihre Fittiche genommen hatte. Sie selbst war rund einen Meter fünfundsiebzig und er überragte sie bereits um einige Zentimeter. Und sie hatte das Gefühl, dass er noch weiterwachsen würde. Er aß, als hätte er ein Fass ohne Boden in sich, und alle paar Monate musste sie das Geld zusammenkratzen, um ihm neue Klamotten zu kaufen, weil er zu groß für die alten geworden war. Jackson war schlank, wohingegen sie eher ... knuddelig war. Er hatte leichte Stoppeln am Kinn und das erinnerte Wendy an den Tag, an dem sie ihm beigebracht hatte, wie man sich rasiert.

Er wurde definitiv erwachsen und der Gedanke daran, dass er bald ausziehen und sein eigenes Leben führen würde, stimmte sie ein wenig depressiv. Sie hatte das letzte Jahrzehnt damit verbracht, ihn großzuziehen und jede freie Minute mit ihm zu verbringen, und jetzt verstand sie plötzlich, warum manche Mütter so traurig wurden, wenn ihre Kinder die Highschool beendeten und auszogen.

»Das Essen sollte bald fertig sein«, erklärte Wendy den Männern, die einander in der Küche begutachteten.

»Mein Angebot, dir zuzuhören, steht übrigens immer noch«, erklärte Aspen, als hätte Wendy überhaupt nichts gesagt.

Jackson nahm einen großen Schluck Wasser aus der Flasche, die er aus dem Kühlschrank geholt hatte, und nickte dann.

Wendy war überrascht. Andererseits, vielleicht auch nicht. Es war unheimlich leicht, mit Aspen zu reden. Und anscheinend war das Jackson genauso instinktiv klar, wie es ihr klar gewesen war. Ihr Bruder ging zum Tisch hinüber und ließ sich in einen der Stühle fallen. Sie ging ihm langsam nach und stellte sich rechts neben seinen Stuhl. Sie spürte, wie Aspen ihr die Hand ins Kreuz legte, und das Bewusstsein, dass er da war, machte ihr das Ganze irgendwie leichter. Es sorgte dafür, dass sie sich weniger Sorgen machte.

Er zog den Stuhl für sie heraus und sie ließ sich darauf sinken. Aspen setzte sich neben sie und sah ganz entspannt aus ... als würde er ihnen ständig Gesellschaft leisten.

»Was ist denn los?«, fragte sie Jackson.

»Eigentlich sollte ich mich gar nicht so aufregen«, begann er, »aber diese Typen haben mich einfach so wütend gemacht.«

»Was für Typen?«, fragte Wendy.

»Die Arschlöcher, die heute beim Training aufgetaucht sind und es für lustig hielten, uns zu stören.«

»Am besten erzählst du alles ganz von vorne«, befahl Wendy und wusste nicht genau, wie sie reagieren sollte. Sie hätte ihn am liebsten gerügt, solche Wörter zu benutzen, aber in seinem Alter war das ein wenig albern.

Jackson atmete tief durch, bevor er zu erzählen begann. »Wir waren wie immer auf dem Spielfeld, als eine Gruppe von Jungs auf dem Parkplatz auftauchte. Sie ließen die Motoren ihrer Fahrzeuge aufheulen und spielten sich generell auf. Dann stiegen sie aus und kamen zum Spielfeld rüber. Sie setzten sich auf die Tribüne, während wir trainierten, und machten sich über uns lustig. Es war eigentlich nur ein bisschen ärgerlich. Der Trainer sagte uns, wir sollten gar nicht auf sie achten. Nach dem Training gingen wir alle zu unseren Wagen und wollten fahren, als die Probe des Theaterklubs zu Ende war. Und da beschlossen diese Arschlöcher, mit *ihnen* weiterzumachen, weil sie keine Reaktion von uns bekamen.«

Jackson fuhr sich verärgert mit der Hand durchs Haar. Er wippte mit den Beinen und fummelte an der Wasserflasche vor sich herum.

»Was haben sie gemacht?«, wollte Wendy wissen.

»Sie umzingelten eine Gruppe von drei Mädchen aus dem ersten Jahr. Sie riefen ihnen lauter Blödsinn zu. Sagten ihnen, wie hübsch sie wären und dass sie sicher gut im Bett seien ... und lauter solchen Blödsinn. Ich und ein paar andere Typen aus dem Team beschlossen, dass es reichte, und gingen rüber. Zwei der größeren Jungs fassten die

Mädchen an. Ließen ihre Hände über ihre Arme gleiten und solche Sachen. Sie luden sie auf ihre Party ein. Die Mädchen waren vollkommen verängstigt.«

»Arschlöcher«, murmelte Aspen.

»Ja, jedenfalls haben David, Patrick und ich ihnen gesagt, sie sollen damit aufhören. Und natürlich machten sie dann sofort bei uns weiter, fragten uns, ob wir ihre Freunde sein, also stellten wir uns zwischen sie und die Mädchen. Ich bat Jenny, in die Schule zu laufen und einen Lehrer zu holen. Das regte die Typen nur noch mehr auf. Sie taten so, als würden sie weinen, und sagten, wir seien Weicheier und lauter solche Scheiße.«

»Oh mein Gott, Jackson«, sagte Wendy. »Und was ist dann passiert?«

Er zuckte mit den Achseln. »Ein paar Lehrer kamen heraus, zusammen mit unserem Trainer, und die Typen sind abgehauen.«

»Einfach so?«, wollte sie wissen.

»Ja, einfach so«, bestätigte Jackson.

»Und weißt du, wer sie waren?«, fragte Aspen.

»Ich glaube, sie haben vor ein paar Jahren ihren Abschluss gemacht«, erklärte Jackson ihm. »Soweit ich weiß heißt einer von ihnen Charles, auch wenn seine Kumpel in Chuck nannten. Sie sind Verlierer, die nichts Besseres zu tun haben, als ein paar Erstsemester zu erschrecken.«

»Geht es den Mädchen gut?«, hakte Wendy nach.

Der Ausdruck auf dem Gesicht ihres Bruders veränderte sich. Seine Wut wandelte sich zu Besorgnis. »Ja. Sie waren allerdings ziemlich durch den Wind. Nachdem alle abgeholt worden waren, hatte Jenny Angst, dass Chuck und die anderen zurückkommen und ihr wehtun würden, weil ihre Mutter Verspätung hatte. Also blieben Patrick und ich noch ein wenig und redeten mit ihr, um dafür zu sorgen, dass ihr nichts passierte. Dann tauchte ihre Mutter schließlich auf und wir sind gegangen.«

»Was hat euer Trainer über die Jungs gesagt?«

Jackson zuckte mit den Achseln. »Nicht viel. Er warnte uns nur davor, uns auf einen Kampf einzulassen, da er uns sonst für mindestens zwei Spiele sperren würde.«

»Aber das ist nicht fair«, protestierte Wendy. »Besonders wenn du nicht angefangen hast und es nur machst, um andere zu schützen.«

»Aber so sind eben die Regeln«, entgegnete Jackson.

»Hast du Jenny deine Nummer gegeben?«, wollte Aspen wissen. Er hatte die ganze Zeit über, während Jackson geredet hatte, nichts gesagt, also war Wendy von seiner Frage überrascht.

»Nein.«

»Das solltest du tun.«

»Wirklich?«

Wendy starrte ihren Bruder an. Sie hätte gedacht, dass ihr Bruder bei Aspens Vorschlag protestieren und ihm sagen würde, dass er keinerlei Interesse dieser Art an den Erstsemstern hatte. Oder dass es nicht nötig war. Doch stattdessen sah Jackson nachdenklich aus.

»Wirklich«, bestätigte Aspen, »was da passiert ist, hört sich nicht gut an. Diese Jungs haben es darauf angelegt, jemanden zu belästigen, und dann haben deine Freunde und du euch eingemischt, um die Mädchen zu beschützen, also haben sie jetzt ihr Ziel gefunden.«

»Die Mädchen oder mich?«, wollte Jackson wissen.

»Da bin ich mir nicht sicher. Aber wie dem auch sei, es ist nicht gut. Du musst dafür sorgen, dass Jenny nicht erneut in eine Situation gerät, in der sie verletzlich ist. Und wenn du ihr deine Nummer gibst, kann sie dich anrufen, wenn sie diese Typen erneut sieht oder wenn sie Angst hat.«

»Sie wollte es nicht zugeben, aber ich weiß, wie sehr es sie mitgenommen hat, dass einer der Typen sie angefasst hat«, erklärte Jackson.

»Niemand hat das Recht, eine Frau ohne ihre Erlaubnis anzufassen«, sagte Aspen, seine Stimme hart wie Stahl. »Diese Arschlöcher würden sich wahrscheinlich damit herausreden, dass sie ihr nicht wehgetan haben, dass sie sie nur am Arm berührt haben, aber darum geht es nicht.«

»Mir hat ganz und gar nicht gefallen, wie sie die Mädchen angesehen haben«, gab Jackson zu. »Es sah fast so aus, als würde es ihnen Freude bereiten, ihnen Angst zu machen. Als würde es sie anmachen oder so was.«

»Das tut es wahrscheinlich auch«, stimmte Aspen ihm zu.

»Wenn sie noch mal auftauchen, musst du dem Schulleiter Bescheid sagen«, erklärte Wendy.

»Ich weiß.«

»Und deinem Trainer auch.«

»Das mache ich.«

»Und auch jedem anderen Erwachsenen, der in der Nähe ist.«

»Ich *weiß* doch, Schwesterchen«, knurrte Jackson. »Schließlich bin ich kein Idiot. Wenn sie allerdings noch mal auftauchen, werde ich nicht weglaufen wie ein Feigling, um einen Erwachsenen um Hilfe zu bitten. Ich werde nicht zulassen, dass sie Jenny und ihre Freundinnen noch einmal anfassen. Nicht, wenn ich etwas dagegen tun kann.«

Wendy war jetzt genauso aufgeregt wie ihr Bruder, als er nach Hause gekommen war. »Tu nichts, wobei du dich verletzen könntest«, warnte sie ihn. »Ich könnte es nicht ertragen, wenn dir etwas zustößt.«

»Es wird mir nichts zustoßen«, sagte er. »Es sind Leute wie Jenny und die anderen, die diese Arschlöcher belästigt haben, um die ich mir Gedanken mache. Es nervt mich wirklich. Und ich kann es einfach nicht verstehen. Chuck und seine Freunde sind schon älter; warum arbeiten sie nicht oder sind an der Uni? Warum müssen sie zurückkommen und Leute belästigen, die jünger und verletzlicher sind als sie?«

»Einfach weil sie es können«, erklärte Aspen. »Als Angehöriger des Militärs sehe ich es immer wieder. Manche Männer fühlen sich stark, wenn sie auf Schwächeren herumhacken, die sich nicht wehren können.«

»Und was kann ich dagegen machen?«, wollte Jackson wissen.

Aspen zuckte mit den Achseln. »Ich will dir nicht raten, dich mit ihnen anzulegen, aber wenn es das ist, was sie wollen, werden sie nicht aufhören, bis sie es bekommen haben.«

Wendy keuchte. »Aspen!«

Er sprach weiter. »Hoffentlich hatten sie einfach nur Langeweile und tauchen nicht mehr auf. Vielleicht haben sie heute Nachmittag bekommen, worauf sie es angelegt hatten, und es war ein Einzelfall.«

»Aber das glaubst du nicht«, stellte Jackson fest.

Aspen zuckte mit den Achseln. »Leider nicht. Männer wie sie genießen es, andere einzuschüchtern. Und jetzt haben sie genau die Richtigen gefunden, über die sie ihre Macht ausüben können, und sie werden immer mehr davon wollen. Es ist wie eine Droge.«

»Und was nun? Soll ich mit ihnen kämpfen?«

»Jackson, nein!«, rief Wendy erneut aus.

Aspen legte seine Hand auf ihre. Er drückte sie, sah sie dabei aber nicht an. Sein Blick war weiterhin auf Jackson gerichtet. »Nicht, wenn du es vermeiden kannst. Sie werden nicht fair kämpfen. Sie werden sich gegen dich verbünden und es wird nicht gut für dich ausgehen. Du kannst nur versuchen, ihnen keine Chance zu geben, ihre Macht auszuüben. Wahrscheinlich sind sie gerade zu dem Zeitpunkt aufgetaucht, weil sie wussten, dass nicht viele Lehrer da sein würden, und wahrscheinlich wussten sie auch, dass um diese Zeit die Vereine ihr Training beenden. Du hast gesagt, dass sie älter waren als du und dass du glaubst, sie seien dort zur Schule gegangen, also kennen sie die Abläufe. Setze dich mit den Vereinen in Verbindung und achte darauf, dass niemand alleine unterwegs ist. Vergewissere dich, dass der Schulleiter über das Geschehen informiert ist. Das wird ihre Schikanen vielleicht nicht aufhalten, vielleicht macht es sie hinterhältiger, aber wenn man ihnen ihre Fähigkeit nimmt, an die Leute heranzukommen, werden sie schließlich weiterziehen.«

Wendy sah zwischen ihrem Bruder und Aspen hin und her. Was er gesagt hatte, ergab Sinn, aber das bedeutete noch längst nicht, dass es ihr gefallen musste. Allerdings war es offensichtlich, dass Jackson an seinen Lippen hing. Und nicht zum ersten Mal spürte sie Sorge in sich aufsteigen. Sie hatte ihr Bestes gegeben, um ihrem Bruder gleichzeitig eine Mutter, eine Schwester, eine Freundin und eine Erzieherin zu sein. Allerdings wusste sie, dass es Zeiten gab, an denen er den männlichen Einfluss in seinem Leben vermisste, und das war die eine Sache, die sie ihm nicht geben konnte, so sehr sie sich auch bemühte.

»Morgen suche ich Jenny auf, gebe ihr meine Nummer und bespreche die Lage mit ihr. Hoffentlich kann sie mit der Lehrerin reden, die den Theaterklub betreut. Ich bin mir nicht sicher, dass der Schulleiter viel tun wird, aber wenigstens wird er über die Sache Bescheid wissen.«

Aspen nickte. »Und ich möchte noch mal betonen, dass ich dir keine Angst machen will, und hoffentlich werden sie einfach das Interesse daran verlieren, euch zu schikanieren.«

»Danke, Aspen«, sagte Jackson.

»Gern geschehen. Es tut mir sehr leid, dass du das heute durchmachen musstest.«

Jackson zuckte mit den Achseln. »Ich hasse es, wenn Leute andere schikanieren. Ich weiß einfach nicht, warum sie sich wie solche Arschlöcher benehmen müssen. Warum können sie sich nicht einfach um ihren eigenen Kram kümmern und die anderen in Ruhe lassen?«

»Das weiß ich nicht, mein Freund. Ich weiß es einfach nicht.«

Einen Moment lang herrschte Schweigen am Tisch, dann sagte Jackson grinsend: »Also ... als ich reingekommen bin, haben du und Wen gerade rumgeknutscht, nicht wahr?«

»Jackson!«, rügte Wendy ihn, und dabei war ihr klar, dass sie knallrot anlief.

Aspen lachte einfach nur leise. »Um ehrlich zu sein, nein. Es handelt sich um unsere erste Verabredung und ich würde deine Schwester niemals so respektlos behandeln ... indem ich mit ihr rumknutsche, obwohl ich genau weiß, dass du jeden Augenblick nach Hause kommst.«

»Aber du magst sie, oder?«

Wendy verdrehte die Augen und stieß ihren Stuhl vom Tisch weg. »Mir reicht's. Ich sehe mal nach, was das Essen macht.«

Beide Männer lachten. Wendy konnte immer noch hören, wie die beiden sich unterhielten, da die Küche sich direkt neben dem Tisch befand.

»Ja, Jack, ich mag deine Schwester. Warum sollte ich auch nicht?«

»Also, sie braucht ewig in der Dusche. Deswegen

duscht sie jetzt immer abends. Morgens drückt sie ihren Wecker fünfmal weg und dann muss sie sich abhetzen, um nicht zu spät zur Arbeit zu kommen. Nur gut, dass ich ein Morgenmensch bin, sonst wäre ich bisher jeden einzelnen Tag meines Lebens zu spät zur Schule gekommen. Außerdem mag sie keine Science-Fiction. Ich weiß ja nicht, wie es bei dir ist, aber ich würde niemals eine Freundin haben, die keine Science-Fiction mag. Außerdem mag sie keine Polizisten. Also fährt sie wie eine Oma. Es macht mich rasend.«

Wendy beugte sich vor und ließ genervt den Kopf gegen den Kühlschrank sinken. »Ich wünschte, die Erde würde sich auftun und mich verschlingen«, murmelte sie. Sie hörte, wie ein Stuhl zurückgeschoben wurde, hob aber nicht den Kopf, um nachzusehen, wer aufgestanden war.

Kurz darauf spürte sie eine warme Hand auf ihrem Rücken und ein sanftes Streicheln. Aspen.

»Keines dieser Dinge spielt eine Rolle für *mich* und ich möchte deine Schwester unbedingt näher kennenlernen ... aber Jack, du stellst sie bloß, und das ist nicht in Ordnung.«

Als er ihren Bruder rügte, hob Wendy den Kopf, um ihren Bruder zu verteidigen, doch bevor sie etwas sagen konnte, meldete Jack sich zu Wort.

»Du hast recht. Es tut mir leid, Wen. Kann ich vor dem Abendessen noch schnell duschen? Ich stinke noch vom Training.«

Wendy sah von ihrem Bruder zu Aspen. Er hatte seine Hand bis zu ihrem Kreuz gleiten lassen, als sie sich aufgerichtet hatte, und sie spürte, wie er sie durch das T-Shirt mit dem Daumen sanft streichelte. »Äh ... natürlich.«

»Cool.« Daraufhin stand Jack auf und ging, ohne sich umzudrehen, in sein Zimmer.

Wendy blickte zu Aspen auf. »Ich bin mir nicht sicher,

ob das gut gelaufen ist oder ob ich mir Sorgen machen sollte.«

»Es ist gut gelaufen«, erklärte er nachdrücklich.

»Ich mache mir immer Sorgen um ihn«, sagte Wendy.

»Er scheint ein guter Junge zu sein. Er hat nicht gezögert, sich für diese Mädchen starkzumachen, und er macht sich Sorgen um sie.«

»Glaubst du, dass diese Typen noch einmal auftauchen?«

Er sah sie einen langen Moment lang an, bevor er seine freie Hand hob und ihr eine Strähne hinter das Ohr steckte. »Ja, Süße, ich glaube schon.«

Wendy machte einen Moment lang frustriert die Augen zu. »Verdammt.«

»Er ist ein guter Junge«, wiederholte Aspen noch mal. »Er kann damit umgehen.«

»Das hoffe ich.«

»Also ... du fährst wie eine Oma?«

Wendy stöhnte. »Ich werde ihn umbringen.«

Aspen lachte leise.

»Und nein, ich fahre nicht wie eine Oma. Ich bin nur vorsichtig. Viel zu viele Leute machen sich keine Gedanken darüber, dass sie in einem Ding durch die Gegend fahren, mit dem sie problemlos jemanden umbringen oder verletzen könnten.«

»Du solltest eins wissen ...«

Wendy runzelte die Stirn. Er hörte sich so ernst an und trotzdem hörte er nie auf, sie mit seinem Daumen zu streicheln. »Und das wäre?«

Aspen zog sie an sich, bis ihr Körper an seinem ruhte. Sie konnte seinen warmen Atem auf ihrer Haut spüren, als er flüsterte: »Ich habe kein Problem damit, dass du wie eine Oma fährst. Das ist mir viel lieber, als wenn du einen

Bleifuß hättest und den Polizisten deine Brüste zeigen müsstest, um keinen Strafzettel zu bekommen. Ich möchte, dass du diese wunderschönen Brüste nur mir allein zeigst. Und ich habe überhaupt kein Problem damit, wenn du so lange im Bett bleibst, wie du möchtest. Tatsächlich ist das Bett mein liebstes Möbelstück.«

Bei seinen Worten hatte sie sofort ein ausgesprochen heißes Bild von ihnen beiden im Kopf. Darin lagen sie beide in einem großen Doppelbett und er bewegte seine Hüften auf ihr, während er seine Hände neben ihrem Kopf abgestützt hatte und ihr in die Augen sah, während sie einander liebten.

Wendy sah zu ihm hoch und leckte sich über die Lippen.

»Verdammt, Süße, sieh mich nicht so an«, bat er sie. »Du machst es mir fast unmöglich, daran zu denken, dass dein kleiner Bruder sich in seinem Zimmer aufhält und jede Sekunde wieder hier sein wird.«

Wendy rang mit sich. Sie hatte so etwas noch nie getan. Sich einem Mann an den Hals geworfen. Sie hatte noch nie das Gefühl gehabt, dass sie spontan in Flammen aufgehen würde, wenn sie nicht sofort die Lippen dieses Mannes auf ihren spürte.

Aber andererseits war Aspen natürlich auch nicht einfach nur irgendein Mann. Er war der Mann, den sie während der letzten Monate kennengelernt hatte, der Mann, der sie zum Lachen brachte, nachdem die Leute achthundertzweiunddreißigmal am Stück bei ihrem Anruf aufgelegt oder sie angeschrien hatten. Er war der Mann, dem sie eine SMS schrieb, nur um ihn zu fragen, wie sein Tag lief. Und er war der Mann, der dafür sorgte, dass ihr Bruder sich besser fühlte, wenn er einen schrecklichen Tag gehabt hatte, und zwar besser, als sie es gekonnt hätte.

»Warum magst du keine Polizisten?«, wollte er wissen.

Sie leckte sich über die Lippen und wandte den Blick von ihm ab. Sie wollte ihm nicht sagen, dass sie Angst vor Polizisten hatte, weil sie sie nach ihrem Ausweis fragen und dann im System nach ihr suchen könnten.

Sie spürte, wie er seufzte, und wusste, dass sie ihn erneut enttäuscht hatte. Sie hasste es, konnte aber leider nicht anders.

»Küss mich«, flüsterte sie und sah zu ihm hoch in dem Versuch, das Thema zu wechseln.

Aspen stöhnte, doch er zögerte nicht. Er legte ihr die Hände an die Wangen und zog ihr Gesicht auf ihn zu. Und dabei warf er keinen Blick in den Flur, um nachzusehen, ob Jackson kam. Und er benahm sich auch nicht so, als hätte er es eilig. Die Leidenschaft in seinen Augen sprang auf sie über, als er langsam den Kopf senkte.

Wendy schloss erwartungsvoll die Augen und hielt sich seitlich an seinem T-Shirt fest. Eine Sekunde später spürte sie seine warmen Lippen auf ihren.

Sein Kuss war nicht zögerlich und er ließ es auch nicht langsam angehen. Sie spürte seine Zunge an ihren Lippen und öffnete sich ihm sofort.

Er drang mit der Zunge in sie ein, als hätte er sie schon ihr ganzes Leben lang geküsst.

Wendy stöhnte leise und vergrub ihre Fingernägel in seinen Flanken, als er ihren Kopf neigte, um besseren Zugang zu haben. Sie hatte so etwas in ihrem ganzen Leben noch nicht empfunden. Ihre Finger und Zehen prickelten und sie konnte nicht genug von ihm bekommen. Wendy öffnete ihren Mund weiter und wand ihre Zunge um seine.

Nach der anfänglichen Heftigkeit wurde der Kuss sanfter. Er streichelte ihre Zunge mit seiner und ließ sich Zeit, um herauszufinden, was ihr gefiel.

Viel zu früh zog er sich zurück und legte seine Stirn an ihre. Er atmete heftig und so fühlte sie sich besser, als sie feststellte, dass auch sie unregelmäßig atmete.

Sie leckte sich erneut die Lippen und schmeckte ihn. »Wow«, sagte Wendy nach einem Moment, als er nichts gesagt hatte.

Er hob eine Hand an ihr Haar und strich es ihr aus dem Gesicht. »Wow, das kannst du laut sagen«, bemerkte Aspen leise. Er wich ein wenig zurück, ließ sie jedoch nicht los. »Alles in Ordnung, Süße?«

»Ja.«

Er sah sie mit einer Intensität im Blick an, die ihr Angst eingejagt hätte, wenn sie sich nicht ohnehin schon komplett aus der Bahn geworfen gefühlt hätte. Er bewegte seine Hand, die er ihr auf die Wange gelegt hatte, strich mit dem Daumen über ihre Lippen und verteilte die Feuchtigkeit ihres Kusses auf ihren Lippen. Sie konnte nicht anders; als er sie streichelte, leckte sie ihn mit ihrer Zunge.

Seine Pupillen weiteten sich und es gab ihr ein Gefühl der Macht, dass sie eine solche Wirkung auf ihn hatte.

»Oh mein Gott, dieser Mund«, sagte er mit leiser, rauer Stimme, die ihr direkt zwischen die Beine fuhr. Sie trat unsicher von einem Bein aufs andere, als die Lust sie durchfuhr. So war sie normalerweise gar nicht. Natürlich gefiel ihr Sex, aber sie hatte noch nie das Gefühl gehabt, etwas zu verpassen, wenn sie ihn nicht hatte. Doch mit einem einzigen Kuss war es Aspen gelungen, ihren Körper heißzumachen und vorzubereiten ... auf ihn.

»Sieh mich nicht so an, Wen.«

»Wie sehe ich dich denn an?«, erwiderte sie ein wenig verlegen. Dabei wusste sie ganz genau, wie sie ihn ansah. Nämlich so, als könnte sie es kaum erwarten, dass er sie auf den Boden warf und schnell und hart fickte.

Er grinste. »Als würdest du mich schnell und fest in diesen wunderbaren Körper locken wollen.«

Ein kleiner Laut des Verlangens drang aus ihrer Kehle.

Damit nahm Aspen sie in die Arme und drückte sie. Wendy legte ihm die Hände auf den Rücken. Sie vergrub die Nase an seiner Schulter und hielt sich fest. So blieben sie einen Moment lang stehen und genossen das Gefühl des anderen, bevor Aspen sich schließlich ein wenig zurückzog und sie auf Armlänge weghielt.

»Verdammt, Wen. Ich war schon lange nicht mehr so dicht davor, die Selbstbeherrschung zu verlieren. Ich will dich«, sagte er ehrlich.

»Ich will dich auch«, erwiderte Wendy scheu.

»Versteh mich nicht falsch«, sprach er weiter, »ich will dich in meinem Bett, unter mir, über mir und auf jede andere erdenkliche Art. Aber ich möchte dich auch an meiner Seite haben, wenn wir essen, fernsehen oder Jackson bei einem Lacrossespiel oder im Roboterklub zusehen.«

Wendy starrte ihn mit großen Augen an und wusste nicht, was sie sagen sollte.

»Ich will eine Beziehung. Ich will, dass wir uns nicht mit anderen treffen. Ich habe das Gefühl, dich besser zu kennen als jede andere Frau, mit der ich jemals zusammen war. Es spricht doch einiges dafür, jemanden über das Telefon kennenzulernen. Ich wusste gleich, dass die Chemie zwischen uns stimmt, allerdings war mir nicht klar, wie wahnsinnig intensiv es ist, dich persönlich zu treffen. Ich weiß, dass es alles ziemlich schnell geht, aber ich kann nicht anders. Und du sagst gar nichts ... Geht es dir alles zu schnell?«, wollte er wissen.

Wendy konnte nicht glauben, dass er nervös war. »Das

würde mir gefallen ... Eine Beziehung mit dir, meine ich. Es ist schon ... Es ist bei mir schon eine Weile her.«

Bei seinen Worten blähten sich ihre Nasenlöcher auf und er wollte gerade etwas sagen, als Jackson fragte: »Unterbreche ich euch wieder dabei, wie ihr nicht rumknutscht?«

Wendy war das Ganze peinlich und sie schloss die Augen, doch Aspen wich nicht von ihr zurück.

»Nein, du unterbrichst uns nur dabei, wie wir nach einem Kuss ein bisschen kuscheln.«

Wendy machte bei seinen Worten große Augen und schlug ihn auf die Schulter. »Aspen!«

»Was denn?«, fragte er unschuldig.

»Lass mich los, damit ich den Auflauf aus dem Ofen holen kann«, erklärte sie ihm und wurde dabei ganz rot.

Aspen und Jackson lachten über sie, doch Wendy konnte nicht böse auf sie sein. Manchmal, wenn Jackson schlecht gelaunt von der Schule zurückkam, verschwand er in seinem Zimmer und tauchte bis zum nächsten Morgen nicht mehr auf. Die Tatsache, dass er jetzt hier war, lachte und sich über sie lustig machte, war wunderbar. Und sie war Aspen dafür dankbar, dass er mit seiner Hilfe dafür gesorgt hatte.

Sie konnte nicht darüber nachdenken, was der Kuss oder die Tatsache, dass er mit ihr zusammen sein wollte, wirklich bedeutete. Sie musste das Abendessen auf den Tisch bringen und wollte den Abend mit den beiden Menschen genießen, die ihr im Moment auf der Welt am meisten bedeuteten. Um alles andere würde sie sich später kümmern.

# KAPITEL SIEBEN

Eine Woche später war Blade gerade beim Training, als Truck ihn in Hinsicht auf Wendy befragte.

»Also ... wie läuft's mit diesem Mädchen, Blade?«

»Sie heißt Wendy. Und wir sind zusammen«, erklärte Blade. Er schämte sich nicht für Wendy oder dafür, wie sie sich kennengelernt hatten. Er hatte den Jungs alles über ihren ersten Anruf bei ihm erzählt und wie sie versucht hatte, ihm eine Lebensversicherung zu verkaufen. Darüber hatten sie alle sehr gelacht.

Die Tatsache, dass sie genau dort in Temple lebte, war für ihn ein verdammtes Wunder. Wahrscheinlich wäre er weiterhin ihr Freund gewesen, aber der Versuch, eine Fernbeziehung zum Funktionieren zu bringen, war etwas, woran er kein Interesse hatte. Es war schwer genug, als Soldat der Spezialeinheit eine Freundin zu haben; es war fast unmöglich, eine bedeutungsvolle, echte Beziehung zu haben, wenn sie nie am selben Ort waren, außer um miteinander zu schlafen.

Bis jetzt mochte er wirklich alles an ihr – bis auf ihre zunehmende Neigung, seinen Fragen auszuweichen. Es fing an, ihm wirklich nahezugehen. Er hatte sich bemüht, offen und ehrlich mit ihr zu sein, in der Hoffnung, dass sie sich wohl genug fühlen würde, um sich ebenfalls zu öffnen, was sie aber oft nicht getan hatte. Er wusste, dass etwas mit ihr los war. Etwas Großes. Obwohl er keine Ahnung hatte, worum es sich handelte, weil sie ihm keine Anhaltspunkte gab. Er wollte sie beruhigen. Er wollte ihren misstrauischen Blick nicht mehr sehen, wenn er sie nach den nebensächlichen Kleinigkeiten fragte, zum Beispiel wo sie aufgewachsen oder was ihr Hauptfach am College gewesen war.

Er wollte die ganze Zeit bei ihr sein. Er wollte jede Kleinigkeit über sie erfahren, aber seine Frustration wurde immer größer. Seine Gefühle wuchsen und mit jeder Frage, die sie nicht beantwortete, hatte er das Gefühl, dass sie nicht so in ihn verliebt war wie er in sie.

»Und wann werden wir sie kennenlernen?«, wollte Beatle wissen.

Blade schüttelte alle betrüblichen Gedanken ab und betrachtete die Männer um ihn herum. Sie waren ihre übliche Fünf-Kilometer-Runde gelaufen und waren jetzt auf dem Weg in den Kraftraum für den zweiten Teil ihres Trainings.

»Ich bin mir noch nicht sicher. Werdet ihr euch benehmen, wenn ich sie euch vorstelle?«

Die Jungs lachten alle leise.

»Was? Glaubst du, wir werden sie verscheuchen oder so was?«, fragte Hollywood.

»Sicherlich nicht absichtlich, nein«, erklärte Blade ihnen. »Aber ich kenne euch doch. Sie sagt etwas, das euch amüsiert, und ihr fangt an, sie zu necken, doch sie wird am Anfang gar nicht verstehen, dass ihr nur Spaß macht. Oder ihr hetzt eure Frauen auf sie.«

»Wäre das denn so schlecht?«, fragte Ghost. »Ich weiß

zum Beispiel mit Sicherheit, dass Rayne deine Freundin unbedingt kennenlernen möchte, wenn ich ihr erzähle, dass du in einer Beziehung bist.«

»Und wenn deine Schwester von *mir* erfährt, dass du in einer festen Beziehung bist, wird sie dir das niemals vergeben«, erklärte Beatle.

Blade seufzte. Er wusste, dass er Wendy seinen Freunden früher oder später vorstellen musste, aber im Moment genoss er es noch zu sehr, sie besser kennenzulernen und sie ganz für sich zu haben. »Es ist noch zu früh, Jungs«, erklärte er ihnen.

Fletch klopfte ihm auf die Schulter. »Hör nicht auf diese Arschlöcher. Lass dir Zeit. Die Mädels werden sie lieben.«

»Woher willst du das wissen?«, fragte Blade.

»Weil du es tust«, erwiderte Fletch sofort.

»Ich kenne sie offiziell erst seit einer Woche«, protestierte Blade. »Ich weiß noch nicht, ob ich sie liebe.«

»Blödsinn«, entgegnete Truck ernst. »Es ist vielleicht Liebe mit einer ordentlichen Portion Lust, aber ich habe gesehen, wie du mit dieser Frau telefonierst. Du bekommst diesen konzentrierten Blick, als würdest du ihr mit all deinen Sinnen zuhören. Du blendest alles und jeden um dich herum aus. Und letzte Woche? Nach dem Missgeschick in der Kneipe, nachdem du zu ihr gefahren bist? Da warst du völlig anders, Mann. Aber auf gute Art und Weise.«

»Ja«, fügte Coach hinzu, »als wir geholfen haben, den Hindernisparcours für den Familientag aufzubauen, ist dir nicht mal aufgefallen, dass die unverheirateten Soldatinnen mit dir geflirtet haben … Und normalerweise merkst du es.«

»Und als du Annie das letzte Mal gesehen hast, hast du sie mit ganz anderen Augen betrachtet«, erklärte Fletch. »Willst du uns vielleicht erklären, was es *damit* auf sich hat?«

Blade seufzte. Er wusste, dass seine Freunde recht hatten. Aber gleich Liebe?

Er konnte nicht leugnen, dass er Wendy wahnsinnig gernhatte und ständig an sie denken musste, doch er war sich nicht sicher, ob es sich um Liebe handelte.

»Wendy zieht ihren kleinen Bruder groß. Und zwar bereits, seit er ganz klein war ... etwa in Annies Alter. Ich muss die ganze Zeit daran denken, wie hart das für sie gewesen sein muss ... für sie beide. Ich kann mir kaum vorstellen, was sie durchgemacht hat. Sie musste auf wahnsinnig viel verzichten, um diese Aufgabe zu übernehmen.«

Fletch pfiff. »Wow. Das ist wahrlich echte Hingabe. Wie alt ist sie?«

Blade runzelte die Stirn und gab dann zu: »Da bin ich mir nicht ganz sicher. Ich habe sie zwar gefragt, aber sie hat nicht richtig geantwortet. Jackson ist sechzehn. Ich nehme an, dass sie Anfang zwanzig war, als sie angefangen hat, sich um ihn zu kümmern.«

»Also bist du jetzt mit einer älteren Frau zusammen, was?«, neckte Hollywood ihn. »Jetzt kann ich es wirklich kaum erwarten, deine *Silberlöwin* kennenzulernen.«

Blade schubste seinen Freund und alle anderen lachten. »Siehst du? Das ist genau der Grund, warum ich nicht möchte, dass ihr Arschlöcher sie kennenlernt. Wenn ihr solche Sachen sagt, wird sie nur nervös und fühlt sich unwohl.«

»Du willst nur sicherstellen, dass sie genauso sehr in dich verliebt ist wie du in sie«, stellte Truck fest. »Das macht Sinn.«

»Nein, es ist nur ...« Blade beendete den Satz nicht. Ja, er hatte es genau getroffen. Er liebte diese Männer, hatte aber eine wahnsinnige Angst davor, dass jemand etwas sagen könnte, das Wendy in den falschen Hals bekommen würde, und dann würde sie abhauen. Er wusste, dass sie nervös war und dass sie irgendetwas vor ihm verheimlichte. Er wollte erst alle ihre Mauern durchbrechen, bevor sie seine lauten und ein wenig flegelhaften Freunde kennenlernte.

»Ist schon okay«, erklärte Hollywood und klopfte Blade auf den Rücken. »Aber du solltest wirklich ein bisschen schneller damit machen, sie an dich zu binden, denn in ein paar Monaten kommen Fish und Bryn in die Stadt.«

»Tatsächlich?«, fragte Blade überrascht. »Warum?«

»Er hat einen Termin hier im Krankenhaus. Bryn hat ihn dazu überredet, sich eine bessere Armprothese machen zu lassen. Und da hat er gesagt, er könne genauso gut gleich wieder hierherkommen und zu den Ärzten gehen, die sich ursprünglich um seinen Arm gekümmert haben, da sie ihn bereits kennen.«

»Das ist großartig«, rief Blade. Sie hatten Fish und seine Frau nicht mehr gesehen, seit Bryn mitten in Idaho verschwunden war, und dann auf ihrer anschließenden Hochzeit. »Wissen die Mädchen schon Bescheid?«

»Ja«, sagte Fletch, »wir werden bei uns grillen.«

Blade sah ihn an. »Wie laufen die Renovierungsarbeiten?« Fletchs Haus war vor Kurzem halb zerstört worden, als ein Mann mit einer raketengesteuerten Granate versucht hatte, das Objekt seiner Begierde zu erpressen. Raynes Bruder hatte Sadie gerettet und die beiden waren nun ein Paar. Leider war es für Fletchs armes Haus nicht so glimpflich ausgegangen.

»Es geht voran«, erklärte Fletch. »Die Wohnung über der Garage ist ein wenig eng für uns alle, aber wir rücken eben ein wenig zusammen.«

In der Stimme des anderen Mannes schwang etwas mit, aber Blade konnte nicht genau sagen was. »Geht es Em und dem Baby gut?«, fragte er.

»Ja, es geht ihnen hervorragend. Der kleine Hosenscheißer macht eine Menge Ärger. Emily hat noch ein paar Monate vor sich, aber ich weiß, dass sie das Baby am liebsten jetzt *sofort* zur Welt bringen würde.«

»Wisst ihr immer noch nicht, ob es ein Junge oder ein Mädchen wird?«, fragte Truck.

»Nein. Wir haben mit Annie gesprochen und sie will wirklich einen kleinen Bruder haben, aber sie hat zugestimmt, dass es mehr Spaß machen würde, es nicht zu wissen, bis er oder sie zur Welt kommt«, sagte Fletch.

»Also machen wir in ein paar Monaten einen Grillabend bei dir ... Ist das Haus dann schon fertig?«, wollte Coach wissen.

»Die Baufirma behauptet es jedenfalls.«

Blade lächelte. Er hatte das Gefühl, dass der Bauherr den tödlichen Delta Force-Soldaten kennenlernen würde, sollte das Haus nicht rechtzeitig fertig werden.

»Also bringst du dann Wendy mit? Und ihr Bruder ist natürlich auch eingeladen«, erklärte Fletch. »Oh, und falls er eine Freundin hat, kann er sie auch mitbringen, oder einen Freund, wenn er sich dann besser fühlt, damit er nicht mehr der einzige Teenager ist. Je mehr, desto besser.«

Blade dachte an all die wunderbaren Zeiten, die das Team zusammen in Fletchs Haus durchlebt hatte. Grillabende, die Hochzeit von Fletch und Emily und zahlreiche andere Treffen. Er konnte sich nur allzu gut vorstellen, wie er Zeit im Garten verbrachte, mit Wendy auf dem Schoß, und lachte und Spaß mit all seinen Freunden hatte.

»Ich bringe sie mit«, erklärte er ihnen. »Bis jetzt hat Jackson noch keine Freundin, aber ich sage ihm, dass er einen Freund mitbringen kann, wenn er möchte.«

»Wunderbar«, erklärte Fletch.

»Und wenn du Wendy den Mädchen vorher einzeln

vorstellen möchtest, sag uns einfach Bescheid«, bemerkte Ghost. »Du weißt doch, dass sie es kaum erwarten können, die Frau kennenzulernen, für die du dich entschieden hast.«

Blade verdrehte die Augen bei dem nicht besonders subtilen Befehl seines Freundes, Wendy Rayne und den anderen Frauen vorzustellen. »Ja, Sir«, erwiderte er frech.

Alle lachten.

Als sie ihr Training mit Hanteln und das Zirkeltraining angefangen hatten, das sie im Gewichtsraum aufgebaut hatten, dachte Blade an Wendy. Hatte Truck recht? Liebte er sie bereits? Er war sich nicht sicher, aber er dachte die ganze Zeit an sie. SMS zu erhalten kam einem Lottogewinn gleich. Und als er daran dachte, dass ihr Bruder öfter mit den Schlägern zusammenstieß, die ihn und die anderen Jugendlichen in der Schule immer noch belästigten, fing sein Blut an zu kochen.

Er wusste vielleicht nicht alles, was es über Wendy und Jackson zu wissen gab, aber er wusste, dass er alles tun wollte, um ihr Leben besser zu machen. Lustiger, einfacher und sicherer.

War das Liebe? Ja, vielleicht.

Die einzigen anderen Menschen, für die er je so empfunden hatte, waren Casey und seine Eltern. Er war schon früher mit anderen Frauen ausgegangen, aber er dachte nicht an sie, während er lief, Nahkampftraining machte oder arglos sein Abendessen zubereitete. Bei jedem Klingeln des Telefons schlug sein Herz schneller und er bekam Schmetterlinge im Bauch. Er benahm sich wie ein Teenager mit seinem ersten Schwarm, aber es war ihm egal.

Es war der Gedanke, dass ihr etwas zustoßen könnte, der Blade dazu brachte, sich einzugestehen, dass Truck recht hatte. Er liebte Wendy bereits. Sie per Telefon kennenzulernen war die Grundlage für ihre Beziehung gewesen. Eine starke, stabile Grundlage. Dies war keine Affäre. Er war nicht zufällig mit ihr zusammen. Er wollte sie in seinem Bett *und* in seinem Leben haben.

Blade schwor sich, alles zu tun, damit Wendy sich ihm gegenüber öffnete. Seine Fragen beantwortete. Er wollte ihr zeigen, dass sie ihm all ihre Geheimnisse anvertrauen konnte. Wollte sie und Jackson langsam in seine Welt integrieren. Sobald sie die anderen Frauen und natürlich die kleine Annie kennengelernt hatte, konnte sie auf keinen Fall mehr weggehen. Das hoffte er zumindest.

Blade schwor, dass Wendy seine Liebe erwidern würde, noch bevor Fish mit Bryn anreiste und sie sich alle um die Feuerstelle hinter Fletchs neu repariertem Haus versammelten.

Er war ein wahrer Dickkopf und wenn er sich einmal etwas in den Kopf gesetzt hatte, erreichte er es immer.

***

Wendy war wieder einmal spät dran.

Das war nicht gerade eine Überraschung. Sie hatte heute Morgen zu oft auf die Schlummertaste des Weckers gedrückt, aber diesmal nicht, weil sie mehr Schlaf wollte. Na ja, irgendwie schon. Sie hatte von Aspen geträumt. Sie hatten zusammen im Bett gelegen und er war mit seinen Händen über ihren ganzen Körper gefahren. Er war sanft und liebevoll, und überall, wo seine Lippen ihre Haut berührten, kribbelte sie.

Es war so lange her, seit sie mit einem Mann zusammen gewesen war, dass sie fast vergessen hatte, wie sich das anfühlte. Sie hatte großartige Orgasmen mit ihrem Vibrator, aber es war nicht dasselbe, wie die rauen Hände eines Mannes auf ihrer Haut zu spüren oder von einem schönen harten Schwanz ausgefüllt zu werden. Sie war als Studienanfängerin ein bisschen wild gewesen; ihre armen Eltern hatten es schwer mit ihr gehabt, und Wendy schämte sich jetzt dafür, wie unverantwortlich und görenhaft sie sich benommen hatte. Sie hatte sich rausgeschlichen, mehr getrunken, als sie sollte, und mit zu vielen Jungen geschlafen. Als Aspen sie gefragt hatte, warum sie dachte, dass Jackson sich hinausschleichen könnte, wollte sie nicht zugeben, dass sie genau das getan hatte. Und zwar ständig. Es war ihr peinlich und sie hatte das Gefühl, wenn sie ihm ehrlich antwortete, würde das zu weiteren unbequemen Fragen führen.

Er stellte ihr jetzt schon seit Längerem Fragen, die sie nicht beantworten konnte und wollte. Wendy mochte es nicht, ihm auszuweichen, und sie hatte das Gefühl, dass sie Aspen zunehmend frustrierte, aber sie konnte ihm nicht antworten. Sie musste an ihren Bruder denken.

Ihr Traum heute Morgen war unerwartet, aber definitiv erfreulich gewesen. Es hatten nur zwei Männer in ihrem Bett gelegen, seit sie die Verantwortung für Jackson übernommen hatte, und sie waren nett gewesen, hatten sie aber nicht gerade dazu gebracht, Sterne zu sehen.

Ihre Träume von Aspen hatten sie viel heißer gemacht, als es diese Männer in der Vergangenheit jemals persönlich getan hatten. Allein der Gedanke an Aspen in ihrem Bett, in ihrem Körper, machte sie feuchter und bedürftiger als jemals zuvor.

Der eine Kuss, den sie sich gegeben hatten, wiederholte sich immer wieder in ihrem Kopf wie eine kaputte Schallplatte. Er hatte sie geküsst, als könnte er nicht genug bekommen. Niemand hatte ihr jemals so ein Gefühl gegeben. Küsse waren immer angenehm gewesen und lediglich ein Vorspiel, das zum Eigentlichen führte. Aber Aspens Lippen auf ihren Lippen zu spüren hatte sich fast schon orgastisch angefühlt.

An diesem Morgen hatte sie also von Aspen in ihrem Bett geträumt, beide nackt, und wie er sie mit der gleichen Intensität ansah, die er in seinen Kuss gelegt hatte. Sie hatte immer wieder die Schlummertaste gedrückt, damit sie mit ihrem Traum von Aspen fortfahren konnte.

Aber ihr Bruder kannte sie nur zu gut. Als er zum ersten Mal an ihre Tür geklopft und ihr gesagt hatte, sie sollte aufstehen, und sie behauptet hatte, dass sie schon auf war, glaubte er ihr zu Recht nicht.

Zehn Minuten später kam er zurück, betrat ihr Zimmer, ohne zu klopfen, und zerrte sie höchstpersönlich aus dem Bett in Richtung Badezimmer.

Sie waren nun auf dem Weg zur Schule. Wendy setzte ihren Bruder ab und fuhr dann zu ihrer Schicht in die Cottonwood Estates.

»Willst du heute Abend fahren üben?«, fragte sie, während sie hinter vorgehaltener Hand ausgiebig gähnte.

Jackson grinste sie an. »Kannst du denn so lange wach bleiben, bis ich nach meinem Roboterklubtreffen nach Hause komme?«

Wendy schlug ihn auf den Arm. »Halt den Mund. Willst du fahren?«

»Wenn wir erwischt werden, könntest du Schwierigkeiten bekommen.«

Wendy sah hinüber zu ihrem Bruder und lächelte. »Wir werden ja auf der Hauptstraße von Temple kein Rennen veranstalten oder so was. Es wird schon gut gehen. Es ärgert mich, dass du jetzt deinen vorläufigen Führerschein noch nicht bekommen kannst. Ich weiß, wie sehr du ihn haben willst.«

Jackson zuckte mit den Achseln. »Wir dürfen es nicht riskieren.«

Wendy seufzte. »In weniger als einem Jahr bist du achtzehn. Kaum, dass du dich versiehst, ist es schon so weit.«

»Schwesterherz?«, fragte Jackson.

»Ja?«

»Bereust du es?«

Wendy wusste ganz genau, was er meinte. »Niemals. Nicht für eine Sekunde.«

»Aber wenn ich daran denke, dass du jünger warst als ich jetzt, als Mom und Dad gestorben sind, und an alles, was du meinetwegen aufgegeben hast, dann kann ich nicht anders als –«

»Hör sofort auf damit«, unterbrach Wendy ihn mit Nachdruck. »Ich bereue gar nichts. Mir tut es nur leid, dass du bezüglich deines Alters lügen musst. Es tut mir leid, dass ich dir zu deinem achtzehnten Geburtstag nicht die beste Geburtstagsparty schmeißen kann, die diese Stadt je gesehen hat, und zwar tatsächlich *an* deinem achtzehnten Geburtstag. Es tut mir leid, dass es mir nicht gelungen ist, dir während deiner Jugend alles zu geben, was du verdient hättest. Es gibt viele Dinge, die ich bereue und die mir leidtun, Jackson, aber alles davon hat etwas mit *deinem* Leben zu tun, nicht mit meiner Situation.«

Er schwieg einen langen Moment, bevor er sagte: »Habe ich mich eigentlich jemals bedankt?«

Wendy stiegen die Tränen in die Augen, doch sie weigerte sich, vor ihrem Bruder zu weinen. »Ja, hast du.«

»Nein, ich glaube nicht. Es ist nicht gerade toll, dass ich so tun muss, als wäre ich jünger, als ich eigentlich bin, und es nervt mich, dass ich meinen Führerschein erst bekommen kann, wenn ich schon über achtzehn bin, nur um sicherzustellen, dass ich nicht wieder in eine Pflegefamilie gesteckt werde. Aber ich kann damit umgehen. Danke für alles, was du für mich getan hast, Wen. Danke, dass du mich da rausgeholt hast.«

Sie hatten noch nie wirklich über das gesprochen, was vor zehn Jahren geschehen war, und jetzt war weder die richtige Zeit noch der rechte Ort dafür, aber Wendy wollte Jackson jetzt nicht ausbremsen. »Erinnerst du dich noch daran?«

»Ich erinnere mich an jede Sekunde«, entgegnete Jackson barsch. »Ich hatte in meinem ganzen Leben noch nie solche Angst. Du hast auf jeden Fall die richtige Entscheidung getroffen, als du mich da rausgeholt hast. Es tut mir leid, dass du dich seitdem so unauffällig wie möglich verhalten musst und dass du nie die Möglichkeit hattest, einen Abschluss zu machen oder die Highschool zu beenden, aber ich möchte, dass du weißt, dass ich niemals etwas tun werde, das dazu führt, dass du deine Entscheidung bereust. Erst mache ich den Highschool-Abschluss, dann hole ich mir ein Stipendium und studiere. Ich werde dafür sorgen, dass du nicht umsonst gehungert hast, damit ich essen konnte, und all das Geld für meine Kleidung und diese Dinge ausgegeben hast, die ich brauchte.«

Verdammt. Jetzt weinte sie doch. Wendy wischte sich die Tränen von den Wangen und konzentrierte sich darauf, keinen Unfall zu bauen und ihn stattdessen sicher an der Schule abzusetzen.

»Das habe ich alles gern getan«, erklärte sie ihrem Bruder leise, sobald sie ihre Emotionen wieder unter Kontrolle hatte. »Ich wäre eher gestorben, als dich dortzulassen, nicht nachdem ich herausgefunden hatte, was dort los war. Ich bin so stolz auf dich, Junge. Du hast ja keine Ahnung. Ich war mir sicher, dass ich mit dir nur Mist bauen würde. Dass all die wunderbaren Dinge, die Mom und Dad getan hatten, um dich zu einem fantastischen Siebenjährigen zu erziehen, völlig umsonst gewesen wären. Und wenn du deinen Abschluss nicht machst und nicht studierst, trete ich dir persönlich in den Hintern. Schließlich muss sich jemand um mich kümmern, wenn ich alt und grau bin, weißt du.«

Und damit war die ernste Stimmung im Wagen verflogen.

»Ich würde heute Abend gern ein bisschen fahren«, beantwortete Jackson ihre vorhergehende Frage.

»Klasse. Kann Rob dich nach dem Roboterklub nach Hause bringen?«

»Da bin ich mir ziemlich sicher. Und wenn nicht, frage ich jemand anderen oder rufe dich an.«

»Super. Dann essen wir erst zu Abend und legen dann los. Vielleicht können wir rückwärts einparken üben.«

Jackson stöhnte. »Ich hasse rückwärts einparken.«

»Und genau deshalb werden wir es auch noch ein wenig üben«, entgegnete Wendy leichthin.

»Schwesterherz?«

»Ja?«

»Wann kommt Aspen mal wieder?«

Als Wendy seinen Namen hörte, begann ihr Herz, schneller zu schlagen. »Ich bin mir nicht ganz sicher. Warum?«

»Ich mag ihn.«

»Ich auch.«

Die Geschwister lächelten einander zu.

»Du hast jemanden wie ihn wirklich verdient.«

»Was meinst du damit?«

»Jemanden, der für dich einsteht, wenn du dich nicht selbst durchsetzen kannst.«

Wendy verdrehte die Augen. »Ich komme schon alleine klar, Jackson.«

»Das weiß ich doch. Ich glaube nur, dass die Leute dich weniger ausnutzen würden, wie zum Beispiel damals diese Schlampe in der Kneipe, wenn du ihn an deiner Seite hättest.«

Wendy ließ sich allerdings nicht aus der Ruhe bringen. Jackson hatte sich darüber beschwert, dass sie es fast zugelassen hätte, dass ihr diese andere Frau Aspen vor der Nase wegschnappt. Sie wollte nicht darüber nachdenken.

»Du sprichst so ziemlich jeden Abend mit ihm, richtig?«, fügte Jackson hinzu.

Wendy nickte. »So ziemlich.«

»Ich will nur das Beste für dich, Wen. Als ich jünger war, hattest du nicht die Möglichkeit, eine richtige Beziehung einzugehen; das wäre für uns beide zu unsicher gewesen. Aber jetzt bin ich fast achtzehn. Es ist an der Zeit. Ich möchte nicht, dass du alleine bist, wenn ich zur Uni gehe.«

Diese verdammten Tränen drohten schon wieder überzulaufen. »Ich werde mich aber nicht mit dem ersten Typen einlassen, der mich fragt, nur damit ich nicht alleine bin«, erklärte sie ihrem Bruder. »Es macht mir nichts aus, alleine zu sein. Außerdem war ich noch nie alleine, weißt du.« Sie sagte es in einem fröhlichen, unbeschwerten Ton, obwohl sie insgeheim den Tag fürchtete, an dem Jackson das Haus verließ. Sie *wollte* nicht alleine sein, aber sie würde auch nicht losziehen und den ersten Typen heiraten, nur um nicht einsam zu sein. Sie würde sich eben daran gewöhnen müssen.

»Das meinte ich damit ja auch nicht. Es ist nur ... Ich mache mir eben Sorgen um dich. Du hattest noch nie besonders viele Freunde, weil du dir immer Sorgen darüber gemacht hast, jemand könnte die Sache mit mir herausfinden.«

»Das war aber nicht der einzige Grund«, protestierte Wendy.

»Ja, es war das und die Tatsache, dass du zwei Jobs gearbeitet hast, um dafür zu sorgen, dass wir genug zu essen und ein Dach über dem Kopf haben«, stellte Jackson fest. »Pass auf, ich bin dir unheimlich dankbar für alles, was du für mich getan hast, doch als Aspen an jenem Abend gegangen ist, habe ich nachgedacht.«

»Jackson –«, wollte Wendy protestieren, doch er ließ sie nicht zu Wort kommen.

»Fang gar nicht erst an, mich ›Jackson‹ zu nennen. Ich möchte dir etwas sagen.«

Wendy presste die Lippen zusammen und nickte.

»Er ist genau der Mann, den ich mir immer für dich gewünscht habe. Er ist beim Militär, also hat er ein gutes Einkommen und eine Krankenversicherung. Er ist kein Taugenichts und er sieht stark genug aus, um mit all den Problemen klarzukommen, die jemand dir bereiten könnte. Er hat mir erzählt, dass er einen engen Freundeskreis hat, und diese Jungs sind ebenfalls alle bei der Armee. Sie sind alle verheiratet oder haben feste Freundinnen, also hättest du sofort auch neue Freunde. Er steht seiner Schwester nahe, was ebenfalls ein Plus ist, weil er dann die Beziehung versteht, die wir zueinander haben. Wenn du mit ihm zusammen wärst, könntest du wahrscheinlich diesen blöden Job im Telemarketing aufgeben, den du sowieso hasst. Vielleicht könntest du sogar deinen Abschluss nachholen und eventuell sogar noch studieren, damit du einen besseren Job im Seniorenheim bekommst. Du bist noch immer ziemlich jung ... noch nicht mal siebenundzwanzig.

Du hast noch dein ganzes Leben vor dir und ich will, dass du da rausgehst und es *lebst*.«

»Und du bist davon überzeugt, dass Aspen mir dabei helfen könnte?«

»Ja.«

Wendy versuchte, etwas zu sagen, das ihren Bruder davon abhalten würde, sie verkuppeln zu wollen, doch ihr fiel nichts ein. Jedes einzelne Wort, das er von sich gab, war etwas, worüber sie selbst auch schon nachgedacht hatte. Und dabei hatte er noch nicht mal regelmäßigen Sex erwähnt oder die Tatsache, dass sie jemanden hätte, mit dem sie ihre Sorgen teilen konnte, besonders darüber, dass sie doch noch entdeckt werden könnte. Allerdings würde sie ihm diese beiden Punkte verschweigen.

Wendy fuhr an den Bordstein neben der Schule und wandte sich ihrem Bruder zu. »Aber vielleicht mag er mich nicht so sehr wie ich ihn. Außerdem ist unsere Beziehung noch ausgesprochen frisch.«

»Er mag dich«, erklärte Jackson und sah sie fest an.

»Ich weiß, das bedeutet aber noch längst nicht, dass wir heiraten oder so was.«

»Ich bin kein Idiot, Wen, aber es ist schon lange her, dass ich dich so glücklich mit jemandem gesehen habe. Und ich habe auch gesehen, dass er an jenem Abend die Hände nicht von dir lassen konnte. Wann immer er konnte, hat er dich angefasst. Deine Hand, deinen Arm. Selbst wenn du ihn nicht ansahst, hat er dich angeschaut. Mal ganz abgesehen von der Tatsache, dass ich euch beim Knutschen erwischt habe ... sogar zweimal. Einmal auf der Couch, als ich nach Hause gekommen bin, und das zweite Mal in der Küche.«

»Ich muss zugeben, dass die Chemie zwischen uns

stimmt. Aber Jackson, wenn du älter wirst, wirst du lernen, dass es manchmal nur um Sex geht.«

»Mach das nicht«, entgegnete Jackson und es war leicht zu hören, wie enttäuscht er war. »Tu nicht so, als würdest du nur Sex mit ihm haben wollen. Ich kenne sehr wohl den Unterschied, jemanden zu begehren oder jemanden wirklich zu mögen. Und du magst ihn auch, Schwesterherz. Da bin ich mir ganz sicher.«

Sie hätte ihn gern gefragt, wen er mochte und woher er den Unterschied kannte, aber jetzt war nicht der richtige Zeitpunkt. Wendy hatte das Aufklärungsgespräch vor rund vier Jahren mit Jackson geführt. Sie hatte ihm beigebracht, was Kondome sind, und ihm sogar gezeigt, wie sie funktionierten. Es war ihnen beiden peinlich gewesen, doch es musste getan werden. Sie wollte auf keinen Fall, dass er irgendein Mädchen schwängerte. Sie würde immer für ihn da sein, so gut es ging, doch ein Baby würde sein Leben, ihr *gemeinsames* Leben, auf jeden Fall wahnsinnig verändern.

»Ich mag ihn auch«, gab Wendy zu. »Sehr sogar.«

Jackson grinste und griff nach der Tür des Wagens. »Dann halte dich nicht zurück, sondern hol dir endlich, was du haben willst, Wen. Und sorge dafür, dass er dich seinen Freunden vorstellt, und freunde dich mit ihnen an. Dann wird es ihm schwerer fallen, mit dir Schluss zu machen.«

Wendy verdrehte die Augen, als ihr Bruder sie neckte. Sie suchte nach etwas, mit dem sie ihn bewerfen konnte, doch bevor sie etwas gefunden hatte, war er bereits aus dem Wagen gestiegen. Er lehnte sich noch einmal in die geöffnete Tür. »Aber Spaß beiseite, Wen, ich halte ihn für einen guten Mann. Es ist mir recht, wenn du mehr Zeit mit ihm verbringst. Ich bin fast achtzehn. Du kannst mich alleine zu Hause lassen, ohne dass du Angst haben musst, dass ich in der Badewanne ertrinke oder so was.«

»Pst, denk daran, du bist erst sechzehn«, entgegnete Wendy und sah sich nervös um, weil es ihr schwerfiel, alte Verhaltensmuster abzulegen.

»Ich weiß.« Er wollte gerade die Tür zumachen, überlegte es sich dann aber noch einmal anders. Er lehnte sich in den Wagen und sagte schnell: »Ich habe Jenny morgen zum Abendessen eingeladen. Ich hoffe, das ist in Ordnung.«

»Jenny? Die Studienanfängerin aus dem Theaterklub?«

»Genau die«, erwiderte Jackson grinsend, bevor er die Wagentür zuschlug und auf die Türen seiner Highschool zu joggte.

Wendy lachte leise. »Gut für dich, Jackson«, murmelte sie, bevor sie vom Bordstein weg und zur Arbeit fuhr.

# KAPITEL ACHT

»Bist du dir sicher, dass es dir recht ist, den Abend bei mir zu verbringen?«, fragte Blade Wendy vier Tage später.

»Ja«, erklärte sie ihm, streckte die Hand aus und legte sie ihm auf die Schulter, während er fuhr. »Ich freue mich schon darauf, deine Schwester und ihren Freund kennenzulernen.«

»Ich wünschte, sie würden endlich heiraten«, grummelte Blade.

»Willst du, dass er eine ehrbare Frau aus ihr macht?«, neckte Wendy ihn.

»Nein, ich will, dass sie einen ehrbaren Mann aus *ihm* macht«, erwiderte Blade sofort. Er streckte die Hand aus, nahm ihre Hand, küsste ihre Handfläche und legte sie sich auf den Oberschenkel, während er fuhr. »Casey braucht keinen Mann, um ihr Leben zu vervollständigen. Sie hat eine fantastische Karriere und findet überall Freunde. Aber gemeinsam sind die beiden einfach unschlagbar. Und das, obwohl Beatle Insekten hasst und Case sie liebt. Bei den beiden spielt es keine Rolle. Dank ihrer Unterschiede stehen sie einander nur umso näher. Ich weiß, dass er sich

Sorgen um sie macht, wenn wir auf einer Mission sind. Er würde sich so viel besser fühlen, wenn er sie endlich heiraten würde, denn dann weiß er, dass es ihr gut gehen wird und für sie gesorgt ist, falls ihm jemals etwas zustoßen sollte.«

»Empfindest du auch so?«

Blade blickte zu Wendy hinüber und war nicht mal beunruhigt, als er spürte, wie sein Puls schneller wurde. Sie trug ihr Haar heute offen und hatte ein T-Shirt und Jeans an. Er hatte sie gebeten, sich leger zu kleiden, und es gefiel ihm, dass sie ihn beim Wort genommen hatte. Denn obwohl sie heute zum ersten Mal seiner Schwester und Beatle begegnen würde, war sie sie selbst und versuchte nicht, Eindruck zu schinden. Sie trug ein wenig mehr Make-up als sonst und ihm gefiel die Tatsache, dass sie sich zwar nicht aufgetakelt, sich aber trotzdem Mühe gegeben hatte, für seine Schwester und seinen Freund gut auszusehen.

»Ich kann es nicht abstreiten. Ja, ich denke ebenso. Es gibt ein paar Dinge, die ich bei der Armee tue, von denen ich dir noch nicht erzählt habe. Was ich und meine Freunde tun, ist gefährlich. Es besteht immer das Risiko, dass wir verletzt oder gar getötet werden, wenn wir auf einer Mission sind. Geld löst zwar nicht alle Probleme der Welt, aber es hilft auf jeden Fall. Schon allein, eine Krankenversicherung zu haben, Geld von der Lebensversicherung und was noch viel wichtiger ist, Unterstützung von der Armee, um die Hinterbliebenen wochenlang zu begleiten, all das zu wissen, ist äußerst tröstlich. Für mich, Beatle und den Rest meiner Freunde.«

»Das ist aber schon ein bisschen morbide«, stellte Wendy fest.

»Nein, so ist das Leben einfach. Es nervt, daran besteht kein Zweifel, doch wenn Beatle stirbt, ohne meine

Schwester geheiratet zu haben, wird sie immer noch genauso sehr trauern, aber dafür keine der Sozialleistungen genießen können.«

»Ja, ich verstehe, was du meinst.«

Blade drückte ihre Hand. »Ich weiß, dass viel zu viele Soldaten aus den falschen Gründen heiraten, aber da Casey und Beatle einander lieben und nicht vorhaben, jemals mit jemand anderem zusammen zu sein, warum sollten sie nicht heiraten?«

»Wenn du es so sagst, gibt es keinen Grund.«

»Und bring mich gar nicht erst dazu, über Rayne und Ghost zu sprechen«, murmelte Blade.

»Was ist denn mit denen?«

»Die sind auch noch nicht verheiratet. Es gibt nichts, was Ghost lieber sehen würde als seinen Ring an ihrem Finger. Schlimmer als er ist vielleicht nur noch Truck mit seiner Mary.«

»Rayne will nicht heiraten?«

»Oh doch, das will sie, aber sie wartet auf Mary. Sie ist ihre beste Freundin und ich glaube, dass sie vor langer Zeit abgemacht haben, zusammen zu heiraten. Also weigert Rayne sich jetzt, ohne sie zu heiraten.«

Blade sah hinüber und bemerkte, dass Wendy verwirrt die Stirn gerunzelt hatte. »Aber ich dachte, Truck und Mary wären zusammen.«

»Sind sie auch, aber dann wiederum auch irgendwie nicht. Truck liebt Mary und es ist offensichtlich, dass sie ihn auch liebt, aber sie ist stur. Aus irgendeinem Grund weigert sie sich, wirklich mit ihm zusammenzukommen.«

»Wow, also, das ist ja verrückt. Was, wenn Mary *nicht* mit Truck zusammen wäre? Würde Rayne dann ewig warten, bevor sie heiratet? Das ist aber wirklich nicht besonders fair ihr oder Ghost gegenüber.«

»Da stimme ich dir zu. Auch für mich ist das Ganze albern. Aber ich glaube nicht, dass Rayne warten würde, wenn es Truck nicht gäbe. Ich glaube, sie hofft, dass sie Mary dazu bringt, Truck eine Chance zu geben, indem sie sie an ihren alten Pakt erinnert.«

»Hmmm. Das klingt in meinen Ohren immer noch verrückt«, erklärte Wendy.

»Und das ist noch längst nicht alles«, erklärte Blade. Dann wechselte er das Thema und fragte: »Was ist eigentlich mit Jackson? Gibt es etwas Neues von diesen Idioten, die ihn schikaniert haben?«

Wendy seufzte. »Immer die gleiche Leier. Sie hängen noch immer bei der Schule rum. Mittlerweile benutzen sie den Parkplatz auf der anderen Seite der Straße, der zu einem Einkaufszentrum gehört, weil der Schulleiter die Polizei gerufen hat, um sie wegen unerlaubten Betretens des Schulgeländes anzuzeigen. Sie versuchen immer noch, den Mädchen Angst einzujagen, aber Jackson hat dafür gesorgt, dass jedes Mädchen, das das Schulgebäude nach dem Unterricht verlässt, von mindestens einem Jungen begleitet wird.«

»Das hat er gut gemacht.«

»Schon, nur dass sie es jetzt auf ihn abgesehen haben.«

»Was?«, fragte Blade mit harter Stimme.

»Ich würde sagen, dass er jetzt ihr Hauptziel ist.«

»Das ist nicht gut.«

»Nein, aber er hat mir versichert, dass er damit klarkommt. Er behauptet, es wäre ihm ganz egal, was sie zu oder über ihn sagen. Er ignoriert sie einfach nur«, erklärte Wendy und drückte seine Hand fester als normal.

»Er könnte sie jedenfalls jederzeit bei der Polizei anzeigen. Das könnte helfen.«

»Nein!«, erwiderte Wendy sofort. »Keine Polizei.«

Ihre instinktive Reaktion bestätigte Blade erneut, dass es mit ihrem Hass auf Polizisten mehr auf sich hatte als eine bloße Abneigung, aber er kannte sie mittlerweile schon gut genug, um zu wissen, dass sie seiner Frage ausweichen würde.

Je mehr Zeit er mit ihr verbrachte und je mehr Wendy sich weigerte, sich ihm gegenüber zu öffnen, desto enttäuschter war er. Er wollte sie in die Arme nehmen und sie trösten, ihr sagen, dass sie ihm alles erzählen konnte und keine Angst vor ihm haben musste, aber das konnte er natürlich alles nicht tun, während er fuhr.

»Oh, aber es gibt noch weitere Neuigkeiten, was Jackson betrifft«, erklärte Wendy.

»Und die wären?« Blade biss die Zähne zusammen, wenn er daran dachte, dass diese bösen Jungs es auf Jackson abgesehen hatten. Es gefiel ihm ganz und gar nicht, dass der Junge das durchmachen musste, aber er war auch beeindruckt von der Reife, mit der er dem Problem begegnete. Er hatte ihren Bruder während der letzten Tage ein paarmal am Telefon begrüßt, hatte ihn sonst aber nicht gesehen.

»Jenny war vor ein paar Tagen zum Abendessen bei uns.«

Blade wandte sich zu ihr um und starrte sie überrascht an. »Wirklich? Das hast du mir gestern Abend am Telefon gar nicht erzählt.«

Sie lächelte ihn an. »Nein. Ich dachte, ich überrasche dich damit, wenn wir uns heute sehen.«

»Wow. Das ist die Jenny aus dem Theaterklub, stimmt's?«, fragte Blade.

»Du hast ein gutes Gedächtnis«, lobte Wendy ihn. »Ja, genau die Jenny. Sie ist sehr viel jünger als er, aber er scheint sie sehr zu mögen.«

»Sie ist doch im ersten Jahr, oder nicht? Dann ist er, was ... ein Jahr älter als sie oder so? Das ist gar nicht so viel.«

Er sah hinüber zu Wendy, die sich auf die Unterlippe biss und aus dem Fenster blickte, bevor sie ihm antwortete. »Schon, aber er *wirkt* viel älter als sie.«

Misstrauisch kniff Blade die Augen zusammen. Er erkannte eine Lüge, wenn er eine sah – mal abgesehen von dem Abend mit der Prostituierten in der Kneipe –, und es gefiel ihm ganz und gar nicht, dass Wendy ihn immer noch wegen irgendetwas anlog. Aber worüber? Das Alter ihres Bruders? Das ergab keinen Sinn. Er wurde noch frustrierter und fuhr sich mit der Hand durchs Haar, weil er so aufgebracht war.

»Magst du sie?«, fragte er und achtete genau darauf, wie Wendy reagierte.

Sie entspannte sich und sah ihn an. »Oh ja. Sie ist höflich und ziemlich bodenständig und sie scheint Jackson wirklich zu mögen. Und was mich angeht, so sind das alles positive Eigenschaften. Ich war mir nicht sicher, ob sie wirklich zu unserer Wohnung kommen würde, da sie sich nicht gerade im besten Stadtviertel befindet und ihre Eltern ziemlich reich sind, aber Jackson war großartig. Er hat ihr versichert, dass sie bei ihm in Sicherheit ist. Und ich schwöre, ich wäre fast geschmolzen.« Sie lächelte. »Als ich heute Abend die Wohnung verlassen habe, war er gerade mit ihr am Telefon und hat ihr bei den Algebra-Hausaufgaben geholfen. In Mathe ist er richtig gut. Ich habe auf jeden Fall nicht das Mathe-Gen von meinen Eltern geerbt. Nur gut, dass es ihm gefällt und er gut darin ist, denn er braucht Mathe ständig im Roboterklub. Ihr derzeitiges Projekt ist so kompliziert, dass ich kaum folgen konnte, als er mir davon erzählt hat.«

»Arbeiten sie noch immer an dem Roboterarm?«

»Ja.«

Blade verdrängte für den Moment, worüber sie ihn angelogen haben mochte, und sagte stattdessen: »Unserem Freund Fish fehlt der halbe Arm.«

»Wirklich?«

»Ja. Er hat ihn auf einer Mission verloren. In etwa einem Monat kommt er her und bespricht mit den Ärzten, ob er eine neue Prothese bekommen kann.«

»Was ihm zugestoßen ist, tut mir leid.«

»Meinst du, Jackson würde ihn gern kennenlernen? Vielleicht könnte Fish zu einem Treffen des Roboterklubs mitkommen und mit den Jungs reden.«

»Oh mein Gott, im Ernst? Glaubst du, das würde er tun?«, fragte Wendy und hüpfte aufgeregt in ihrem Sitz auf und ab.

Blade lachte leise. »Ich weiß es nicht. Aber ich kann ihn gern fragen.«

»Das wäre ganz toll. Oh, aber Jackson und seine Freunde würden ihm eine Million Fragen stellen. Das könnte ihn stören.«

Blades Lächeln wurde breiter und dann begann er zu lachen, bis er grunzte.

»Was ist daran so lustig?«, wollte sie wissen.

»Warte nur, bis du seine Frau Bryn kennenlernst. Sie stellt unheimlich viele Fragen und ist die politisch am wenigsten korrekte Person, die ich kenne. Ich kann dir jetzt schon sagen, dass es keine Frage gibt, die dein Bruder und seine Freunde ihm stellen könnten, die ihn in Verlegenheit bringen könnte. Seine Frau stellt ihm jeden Tag so viele merkwürdige Fragen, dass er bei den Fragen von ein paar Highschool-Schülern nicht mal mit der Wimper zucken wird.«

»Also, ich werde Jackson jedenfalls nichts davon erzählen, bis dein Freund seine Zustimmung gegeben hat.«

»Das hört sich gut an.« Blade fuhr auf den Parkplatz eines Wohnhauses und stellte den Wagen ab. Er sah, wie Wendy das Haus mit großen Augen anblickte.

»Es sieht toller aus als es ist«, erklärte er ihr.

»Es ist wirklich schön.«

Blade dachte, er würde eine Spur von Neid aus ihren Worten heraushören. Und es gefiel ihm gar nicht, dass sie und ihr Bruder in dieser Bruchbude wohnen mussten, doch im Moment konnte er nichts dagegen tun. Er hätte ihnen gern die Wohnung über Fletchs Garage angeboten, doch da Fletch und seine Familie momentan selbst darin lebten, war das keine Option. Und Blade glaubte sowieso nicht, dass sie sich darauf eingelassen hätte, selbst wenn es möglich gewesen wäre.

»Äußerlich sieht es schön und gemütlich aus, aber wie mir meine Schwester immer wieder sagt, ist es innen völlig langweilig und ohne jegliche Behaglichkeit. Obwohl ich mich weigere, sie daran zu lassen. Sie würde überall Blumen und so einen Scheiß hinstellen. Komm schon«, sagte er, nachdem er den Motor abgestellt hatte. »Case und Beatle sind schon da.«

Sie kletterten aus dem Geländewagen und Blade wartete vor dem Fahrzeug auf sie. Er nahm ihre Hand sofort in seine und es gefiel ihm, wie sie so perfekt in seine eigene passte und wie glatt ihre Handfläche war. Wann immer er sie berührte, schien er alles über ihr Lügen zu vergessen ... und wie beunruhigend er es fand.

Hand in Hand gingen sie zu seiner Wohnungstür und er öffnete sie für sie.

»Ich bin wieder da!«, rief Aspen, kaum dass sie die Wohnung betreten hatten, und Wendy zuckte zusammen, weil er so schrie.

Eine Frau, die ungefähr genauso groß war wie sie und dunkelblondes Haar hatte, kam um die Ecke und lächelte sie an. Wendy konnte die Familienähnlichkeit zwischen ihr und Aspen sofort erkennen.

»Hi«, sagte sie und lächelte ihr strahlend und freundlich zu. »Ich bin Casey, die Schwester des Übeltäters. Schön, dich kennenzulernen. Jedes Mal wenn ich mich mit Aspen treffe, redet er nur von dir.« Sie streckte die Hand aus und Wendy ergriff sie.

Sie lächelten einander einen Moment lang an, bevor ein Mann hinter Casey auftauchte und ihr seine Finger auf die Hüfte legte. Er streckte ebenfalls die Hand aus. »Ich bin Beatle. Schön, dich kennenzulernen, Wendy. Blade hat dich ein bisschen zu lange nur für sich beansprucht.«

»Oh, wir haben uns erst vor Kurzem kennengelernt«, erklärte Wendy, nachdem sie ihm die Hand geschüttelt hatte.

»Wie schon gesagt, er hat dich uns viel zu lange vorenthalten.«

Wendy lächelte ihn an und spürte, wie sie eine Gänsehaut bekam, als Aspen ihr den Arm um die Taille legte, genau wie sein Freund es bei Casey getan hatte.

»Halt den Mund, Beatle. Bring sie doch nicht in Verlegenheit.«

Wendy knuffte Aspen spielerisch. »Er bringt mich nicht in Verlegenheit. Schließlich habe ich einen Bruder, der Teenager ist. Ich bin nicht so leicht aus der Fassung zu bringen.«

»Siehst du, Blade? Ich bringe sie nicht in Verlegenheit. Und jetzt warte nur ab, bis ich ihr die Geschichte erzähle, wie du in Djibouti einmal so dringend pinkeln musstest, dass du dir fast in die Hose gemacht hättest, und –«

Seine Worte wurden abgeschnitten, als Aspen sich schneller bewegte, als Wendy es jemals zuvor gesehen hatte. Er nahm seinen Freund in den Schwitzkasten und zog ihn rückwärts in die Küche. »Entschuldige uns, Süße. Beatle und ich werden jetzt mal nach den Steaks auf dem Grill sehen. Ich bin mir sicher, dass er sie ruiniert hat, während ich weg war ...«

Wendy sah Casey mit großen Augen an und als diese anfing zu kichern, entspannte sich auch Wendy.

»Ich schwöre, manchmal benehmen sie sich wie Zwölfjährige«, erklärte die andere Frau mit breitem Grinsen. »Komm, du kannst mir Gesellschaft leisten, während ich den Rest des Abendessens vorbereite.«

»Kann ich dir helfen?«, fragte Wendy.

»Oh nein, ich habe alles im Griff. Aspen würde mir den Kopf abreißen, wenn er reinkommt und sieht, dass ich dich arbeiten lasse.«

»Mal im Ernst, lass mich dir helfen. Ich mag es nicht, einfach untätig rumzusitzen«, beharrte Wendy.

Caseys Lächeln wurde noch breiter. »Okay, wenn du darauf bestehst.«

Sie betraten die perfekt ausgestattete Küche und Wendy konnte sich kaum beherrschen. Sie war nicht die beste Köchin der Welt, aber sie kam zurecht. Aber als sie diese Küche sah, bekam sie plötzlich Lust, ein Kochbuch aufzuschlagen und etwas Neues und anderes auszuprobieren.

Es gab einen Gasherd mit sechs Flammen. Das Gerät sah aus, als gehörte es in eine schicke Zeitschrift und nicht in eine Wohnung. Der Kühlschrank, der Geschirrspüler und der Herd waren alle aus rostfreiem Edelstahl und offensichtlich vom Feinsten. Es gab zwei Öfen, ein Luxus, für den

Wendy getötet hätte, und ein wunderschönes Spülbecken im Landhausstil.

»Schick, was?«, fragte Casey.

»Das ist die Untertreibung des Jahres«, entgegnete Wendy.

»Ja, auf jeden Fall viel zu schickimicki für meinen Bruder, das steht fest«, versicherte Casey ihr. »Er hat diese Wohnung für ein Butterbrot gekauft und sie entkernt und umgebaut. Ich habe ihm gesagt, wenn er es schon macht, dann kann er es auch gleich richtig machen. Er weiß, wenn er dieses Apartment jemals verkaufen will, steht und fällt alles mit der Küche und den Badezimmern. Du kennst doch diese Sendungen über die Haussuche im Fernsehen, oder? Mir ist klar, dass sie total gefälscht sind und die Leute bereits eines der Häuser gekauft haben, bevor die Sendung gefilmt wurde, aber als Erstes beschweren sich die Leute immer darüber, dass die Küche veraltet ist oder dass die Arbeitsplatten nicht aus Granit sind. Und ich will gar nicht erst mit den Badezimmern anfangen.«

Wendy lächelte und nahm den Salatkopf, den die andere Frau ihr hinhielt. »Wenn die Küche schon so aussieht, kann ich es kaum erwarten, die Badezimmer zu sehen.«

»Glaub mir, die sind der Wahnsinn«, erklärte Casey. »Auch wenn der Wohnung der weibliche Einfluss fehlt. Sie ist so ... langweilig. Ich versuche schon die ganze Zeit, ihn davon zu überzeugen, ein wenig Farbe an die Wände zu bringen oder sich ein paar Kissen für die Couch zu kaufen, aber er hört einfach nicht auf mich.«

Die beiden Frauen unterhielten sich weiter, bis Aspen und Beatle wieder reinkamen, und zwar mit einem Teller voller Steaks und ein paar Gemüsespießen.

Aspen stellte den Teller auf der Arbeitsplatte ab und

kam sofort zu ihr. Er lehnte sich zu ihr und küsste sie auf die Wange. »Hat meine Schwester dich bereits zu ihrer Küchensklavin gemacht?«

Sie war ein wenig aufgeregt, weil er sie so leichtfertig und nonchalant vor seinem Freund und seiner Schwester geküsst hatte, und sagte: »Ich glaube, ich könnte in diese Küche einziehen und den Rest meines Lebens hier verbringen und wäre glücklich.«

Er lachte leise. »Ich bin immer davon ausgegangen, dass die Frauen auf mein gutes Aussehen und meine gewinnende Persönlichkeit stehen. Wer hätte gedacht, dass eine tolle Küche schon ausreicht?«

Wendy lächelte ihn an. »Das ist weitaus mehr als nur eine tolle Küche, Aspen. Sie ist unglaublich.«

»Schön, dass sie dir gefällt, Süße. Warte, bis du das Badezimmer vom großen Schlafzimmer siehst.«

Als er das sagte, hatte Wendy sofort Schmetterlinge im Bauch, doch sie sagte einfach nur: »Ich kann es kaum erwarten.«

»Ich auch nicht«, entgegnete Aspen flüsternd und küsste sie auf die Wange, bevor er sich den anderen zuwandte. »Wie laufen die Kurse, Schwesterherz?«

Die Geschwister begannen, sich über die Arbeit zu unterhalten, und sie halfen alle dabei, die Speisen zu dem großen Holztisch im Essbereich zu bringen.

Als sie sich zum Essen hinsetzten, erfuhr Wendy, dass Casey an der Baylor Universität unterrichtete und vor nicht allzu langer Zeit von Florida hergezogen war, um bei Beatle zu wohnen.

»Das sieht wirklich köstlich aus«, bemerkte Wendy, bevor sie alle anfingen zu essen.

»Es tut mir leid, dass Jackson nicht dabei sein kann«, erklärte Aspen.

Wendy musste sich zusammenreißen, um nicht zusammenzuzucken. Sie und ihr Bruder hatten beschlossen, ihn vor anderen Leuten nur »Jack« zu nennen. Es war eine reine Vorsichtsmaßnahme und sie hatten sie zehn Jahre lang brav befolgt. Allerdings hatte sie sich gleich von Anfang an so wohl mit Aspen gefühlt, dass sie vergessen hatte, vorsichtig zu sein, und damit angefangen hatte, seit ihrem ersten Treffen ihren Bruder bei seinem richtigen Vornamen zu nennen. Und Aspen nannte ihn nun offensichtlich auch so.

»Ja, aber Jenny hat ihn zu sich nach Hause zum Abendessen eingeladen, und das wollte er auf keinen Fall verpassen.«

»Mag er sie denn so sehr?«, fragte Aspen.

Wendy nickte. »Ja, ich glaube schon. Und sie scheint ausgesprochen nett zu sein. Sie haben keine gemeinsamen Unterrichtsstunden, da sie nicht in der gleichen Klasse sind, aber sie verbringen die Mittagspause miteinander und er wartet nach der Schule immer mit ihr, bis ihre Mutter oder ihr Vater sie abholt.«

»Das ging schnell«, stellte Beatle fest. »Blade hat erzählt, dass sie sich erst seit etwas über einer Woche kennen.«

Wendy zuckte mit den Achseln. »Schon, aber er hat sich immer so auf die Schule und seine Hobbys konzentriert, dass ich ziemlich froh darüber bin, dass er zur Abwechslung mal Interesse an einem Mädchen zeigt. Obwohl ich zugeben muss, dass ich keine Ahnung habe, wie er bei all seinen Aktivitäten auch noch Zeit für eine Freundin finden will ... Allerdings wird er sich die Zeit nehmen, wenn sie ihm so wichtig ist.«

Alle stimmten ihr zu.

»Blade hat uns erzählt, du arbeitest in einem Seniorenheim in der Stadt. Was tust du dort genau?«, wollte Beatle wissen.

»Es ist kein Seniorenheim im eigentlichen Sinne«, rügte Wendy ihn sanft. »Viele der Bewohner benötigen keinerlei medizinische Hilfe. Es handelt sich vielmehr um eine Gemeinde für Leute, die im Ruhestand leben, mit einem angeschlossenen Rehabilitationszentrum und der Möglichkeit einer ganztägigen Betreuung. Viele der Leute, die dort wohnen, benötigen keinerlei Hilfe, aber es gefällt ihnen, dort zu leben, weil sie dann mit anderen Menschen ihres Alters zusammen sind. Und wenn sie dann mehr Hilfe benötigen, können sie in eine der Wohnungen ziehen und sich betreuen lassen. Wenn es ihnen gesundheitlich schlechter geht, brauchen sie eben mehr Unterstützung. Es ist ein wundervoller Ort, um dort seinen Lebensabend zu verbringen. Viel besser als diese Altenheime, in denen die alten Menschen nur herumliegen und darauf warten zu sterben.«

»Bitte entschuldige. Ich habe da wohl einen Nerv getroffen und wollte dich nicht beleidigen«, sagte Beatle ernst. »Es ist offensichtlich, dass du deinen Beruf leidenschaftlich gern machst.«

»Nein, ich bin diejenige, der es leidtun muss«, erklärte Wendy, der das Ganze ein wenig peinlich war. »Ich wollte nicht so ausflippen.«

Beatle lachte. »Bist du auch gar nicht, Wendy. Du hast einfach nur meine falschen Annahmen korrigiert. Wenn du sehen willst, wie jemand aussieht, der ausflippt, dann komm mal vorbei, wenn der Kommandant uns dafür beschimpft, dass wir beim Training nicht alles geben.«

Wendy erwiderte sein Lächeln und war froh, dass sie nicht schon gleich zu Anfang des Abends ins Fettnäpfchen getreten war. Sie wollte auf keinen Fall eine Auseinandersetzung provozieren.

»Und was machst du dort?«, wollte Casey wissen.

»Ich bin eine Hilfskraft. Und das bedeutet, ich mache ein bisschen von allem. Ich besuche die Bewohner, helfe ihnen beim Einstellen der Fernsehkanäle, hole Wasser und spreche mit ihren Verwandten. Ich halte Händchen mit ihnen, wenn sie sich einsam fühlen, oder setze mich beim Essen zu ihnen, damit sie nicht allein sind. Solche Sachen eben.«

Früher war Wendy ihr Beruf peinlich. Schließlich war sie keine Krankenschwester und half niemandem dabei, wieder gesund zu werden. Sie war nur dazu da, bei den Kleinigkeiten zu helfen. Es war einer der wenigen Jobs, die sie auch ohne Ausbildung bekommen konnte. Aber mittlerweile liebte sie ihren Beruf.

»Außerdem wird sie vollgekotzt, angeschrien und nicht beachtet«, fügte Aspen hinzu.

»Das hört sich weniger gut an«, entgegnete Casey.

Wendy zuckte mit den Achseln. »Das gehört eben auch dazu.«

»Wann bist du hergezogen?«, wollte Beatle wissen.

Wendy versuchte, sich nicht zu verkrampfen, aber sie konnte einfach nicht anders. Sie konnte nicht gut mit Fragen über ihre Vergangenheit umgehen. Noch nie. »Vor ein paar Jahren«, sagte sie und versuchte dabei zu lächeln.

»Und wo hast du davor gelebt?«, fragte Casey.

»An einem kalten, dunklen Ort«, sagte sie voller Drama in der Stimme. »Das Wetter in Texas gefällt mir so viel besser.«

»Da hast du recht«, stimmte Casey ihr zu. »Ich habe es in Florida geliebt und mir geschworen, dass ich niemals an einem Ort wohnen möchte, wo es schneit. Glücklicherweise lebt Beatle in Texas, sonst hätte ich wohl nicht zugestimmt, zu ihm zu ziehen. Schließlich hat alles seine Grenzen.«

»Hey!«, sagte Beatle.

Alle lachten.

Wendy spürte, wie Aspen ihr die Hand aufs Bein legte. Sie spürte das Gewicht seiner Hand schwer auf ihrem Oberschenkel und sah zu ihm rüber. Er lächelte nicht und schaute sie besorgt an.

»Alles in Ordnung?«, fragte er lautlos.

Sie nickte. Ihr war ein wenig unbehaglich, dass er sie so gut lesen konnte. Die meisten Frauen würden sich darüber freuen, dass der Mann, mit dem sie zusammen waren, erkennen konnte, wann sie verärgert waren, aber nicht sie. Sie wollte auf keinen Fall, dass er fragte, warum sie sich nicht wohl dabei fühlte, über ihre Vergangenheit zu sprechen. Sobald Jackson achtzehn Jahre alt wurde, würde *ihn* das zwar schützen, aber sie würde trotzdem in Schwierigkeiten geraten. Es wäre am besten, wenn niemand jemals herausfinden würde, was vor einem Jahrzehnt geschehen war. Was sie getan hatte.

»Willst du später mal Krankenschwester werden?«, fragte Casey. »Deine Arbeit als Hilfskraft scheint mir ein guter erster Schritt zu sein, um deinen Abschluss zu machen.«

»Oh, äh ... darüber habe ich noch gar nicht nachgedacht.« Obwohl sie das natürlich getan hatte. Wendy würde sehr gern Krankenschwester werden, aber das war wohl nicht möglich. Wenn sie sich irgendwo für ein College bewarb, müsste sie dort ihre Sozialversicherungsnummer angeben. Es war schon schlimm genug, dass sie sie der Personalabteilung für die Gehaltsabrechnung geben musste. Je weniger Möglichkeiten es gab, sie ausfindig zu machen, desto besser.

»Wenn du Informationen über diesen Studiengang an der Baylor Universität benötigst, sag mir Bescheid. Wenn du möchtest, beschaffe ich dir einen Termin beim Studienberater, damit du mit ihm deine Optionen besprechen kannst.«

Wendy räusperte sich zweimal in dem Versuch, ihre Tränen herunterzuschlucken. »Danke. Das weiß ich zu schätzen.« Eine Freundin wie sie hätte sie vor zehn Jahren gebrauchen können. Aber damals hatten all ihre sogenannten Freunde sie fallen gelassen, als sie sie am meisten gebraucht hätte.

»Wie geht es *dir*, Case?«, fragte Aspen, um von ihr abzulenken und die Aufmerksamkeit stattdessen auf seine Schwester zu lenken.

Wendy wusste nicht, ob er es mit Absicht getan hatte oder ob er das Gespräch nur auf etwas Interessanteres lenkte. Aber als er begann, mit dem Daumen an der Außenseite ihres Oberschenkels hin und her zu streicheln, hatte sie das Gefühl, dass er das Gespräch abgelenkt hatte, um ihr eine Pause zu gönnen.

Sie überlegte, wie lange es seit jenem schicksalhaften Abend her war, an dem sie Aspen zum ersten Mal in dieser Kneipe getroffen hatte, und war überrascht, als sie feststellte, dass es erst vor etwa zwei Wochen geschehen war. Es fühlte sich an, als hätte sie ihn schon immer gekannt, obwohl sie annahm, dass dies an all ihren Telefonaten und SMS vor diesem Abend lag und an der Tatsache, dass sie jeden Abend telefoniert hatten, seit er vor anderthalb Wochen bei ihr zu Hause gewesen war.

Sie fühlte sich mit Aspen verbunden wie noch nie zuvor mit jemandem in ihrem Leben. Es war seltsam und beängstigend ... und fühlte sich genau richtig an.

»Gehst du immer noch zu Dr. Martin?«, fragte Aspen Casey.

Wendy konzentrierte sich wieder auf die Unterhaltung um sie herum.

»Ja, aber jetzt nur noch etwa alle vierzehn Tage. Ich habe jetzt auch nicht mehr so viel Angst im Dunkeln, stimmt's, Beatle?«, fragte Casey.

Wendy runzelte die Stirn.

Casey bemerkte ihren Ausdruck und fragte: »Aspen hat dir nicht erzählt, was mir widerfahren ist?«

»Nicht so richtig. Ich weiße es zwar in groben Zügen, aber ich weiß nicht alles.«

»Ich wurde in Costa Rica entführt und über eine Woche ohne Nahrung in einem Loch im Boden gefangen gehalten. Das einzige Wasser bestand aus ein paar Tropfen aus einem alten Schlauch.«

Wendy starrte die andere Frau ungläubig an. Sie erwähnte das so nebenbei, als wäre es ein Ausflug zum örtlichen Supermarkt gewesen.

»Verdammt noch mal.«

Casey sah den Mann neben sich an. Er sah nicht glücklich aus, aber er versuchte, sich zusammenzureißen. Dann sah sie wieder zu Wendy. »Es stellte sich heraus, dass eine Frau, mit der ich an der Universität in Florida gearbeitet hatte, eine Studie darüber anstellen wollte, wie eine positive Einstellung in einer traumatischen Situation dazu beitragen kann, eine Person am Leben zu erhalten. Als ich von Beatle, meinem Bruder, und seinem Team gerettet wurde, wurde sie natürlich nervös und wollte nicht, dass ich mich an etwas erinnere, das ich während meiner Tortur vielleicht gesehen oder gehört hatte. Als ich wieder in den Staaten war, setzte sie mich unter Drogen und ich sprang fast aus einem Fenster, während ich auf einem verdammt schlechten Trip war.«

Wendy sah die Frau weiterhin entsetzt an.

»Jetzt ist alles wieder in Ordnung, Süße«, sagte Aspen

ihr ins Ohr. Er hatte sich zu ihr gelehnt und einen Arm um ihre Schultern gelegt.

Wendy bemerkte, dass sie Gabel und Messer noch immer in der Luft hielt. Sie ließ sie langsam sinken und fragte: »Geht es dir wirklich gut?«

Casey lächelte sie strahlend an und zeigte dann an sich selbst herunter. »Wie du siehst, geht es mir gut. Ich habe jetzt zwar ein bisschen Angst im Dunkeln, aber ich arbeite daran.«

Wendys Gedanken liefen in alle Richtungen auf einmal. »Aber ... wurde derjenige erwischt, der dir das angetan hat?«

»Ja«, erwiderte Casey fröhlich. »Die Frau wurde inhaftiert, starb aber.«

»Gott sei Dank«, murmelte Beatle leise.

Gleichzeitig sagte Aspen: »Blöde Schlampe.«

Wendy sah Casey an – und plötzlich mussten sie beide kichern.

Als sie sich wieder unter Kontrolle hatte, sagte Wendy: »Wenn jemand so etwas meinem Bruder antun würde, würde ich denjenigen eigenhändig umbringen.«

»Denke nicht, dieser Gedanke wäre mir nicht gekommen«, erklärte Aspen und stellte dann Beatle eine Frage über ihren gemeinsamen Freund Fish, und Wendy wurde in ein Gespräch über ihn und seine Frau gezogen.

Zwanzig Minuten später, als sie ihren Teller komplett leer gegessen hatte und ihr Bauch vom vielen Lachen wehtat, weil sie Geschichten über die kleine Annie und ihren Panzer gehört hatte, lehnte Wendy sich auf ihrem Stuhl zurück, während Aspen und Beatle das Geschirr in die Küche trugen und in die Spüle stellten.

»Soll ich die schnell abwaschen?«, fragte sie, als Aspen zurück ins Esszimmer kam.

Er sah schockiert aus. »Auf keinen Fall. Ich kümmere

mich darum, wenn alle gegangen sind.«

»Aber es macht mir nichts aus«, erklärte sie.

Aspen lehnte sich zu ihr und gab ihr einen Kuss, und als sie seine warmen Lippen auf ihren spürte, hätte sie sie am liebsten geöffnet, damit er sie wieder so küssen konnte wie damals, als sie in ihrer Küche gestanden hatten.

»Ich habe Nein gesagt«, erwiderte er, ohne sich von ihr zu entfernen. »Bei deinem ersten Besuch bei mir werde ich nicht zulassen, dass du den Abwasch erledigst. Das kommt überhaupt nicht infrage.«

»Na dann vielleicht beim zweiten?«, neckte sie ihn.

Aspen war noch immer zu ihr gelehnt, mit einer Hand auf dem Tisch und der anderen auf der Rückenlehne ihres Stuhls. Sie hatte sich so gedreht, dass sie ihn ansehen konnte, und fühlte sich komplett von dem Mann vereinnahmt.

»Vielleicht.«

Sie sah zu ihm hoch und vergaß einen Moment lang, dass sie nicht allein waren. Sie ließ den Blick zu Aspens Lippen wandern, leckte sich über die Unterlippe und wünschte sich, er würde sie erneut küssen. Er stöhnte leise und als sie gerade ihr Kinn heben wollte, um den ersten Schritt zu tun, sagte Casey: »Warum zeigst du ihr nicht die Wohnung, Bruderherz? Beatle und ich müssen sowieso langsam gehen.«

»Müssen wir das? Ich dachte, wir –«

Wendy hörte ein Grunzen, als ihm das Wort abgeschnitten wurde, weil Casey ihm den Ellbogen in die Rippen rammte. Als sie sich umdrehte, um ihn anzusehen, hielt er sich den Bauch, also wusste sie, dass sie recht gehabt hatte.

Verlegen und in dem vollen Bewusstsein, dass sie wahrscheinlich knallrot war, da Casey nicht besonders subtil war, öffnete Wendy den Mund, um zu protestieren. Sie wollte sagen, dass es ihr überhaupt nichts ausmachte, wenn die beiden noch länger blieben, doch Aspen war schneller.

»Das ist eine tolle Idee. Es war schön, dass ihr da wart. Wir sehen uns morgen, Beatle. Und Casey, melde dich bald mal wieder.« Und damit nahm er Wendys Hand und zog sie auf die Füße.

Sie stolperte gegen ihn und er legte ihr einen Arm um die Taille, um sie zu halten. Sie konnte spüren, dass er einen Ständer hatte, doch sie wich nicht zurück. Ganz im Gegenteil, es war eine Erleichterung zu wissen, dass sie die gleiche Wirkung auf ihn hatte wie er auf sie.

Widerstrebend wandte sie sich von Aspens durchdringendem Blick ab und seiner Schwester und Beatle zu. »Es war wirklich toll, euch kennengelernt zu haben.«

»Das finde ich auch«, entgegnete Casey. »Ich kann es kaum erwarten, deinen Bruder kennenzulernen. Er hört sich toll an.«

»Das ist er auch«, erwiderte Wendy strahlend.

Beatle trat vor, und ohne darauf zu achten, wie böse Aspen ihn anstarrte, nahm er ihm Wendy aus dem Arm und drückte sie kurz. »Es war schön, dich kennenzulernen, Wendy. Willkommen in der Familie.«

»Oh, äh, vielen Dank«, stammelte Wendy und klopfte dem Mann unbeholfen auf den Rücken.

Casey lachte und zog ihren Freund weg. »Komm schon, Romeo, du bringst sie noch ganz aus der Fassung.«

In dem Moment, als Beatle sie losließ, nahm Aspen sie erneut in Beschlag und zog sie an sich. »Fahrt vorsichtig«, bat Aspen das Paar, als sie zur Tür gingen.

»Das tue ich doch immer«, erwiderte Beatle.

Dann war Wendy allein mit Aspen. Wortlos schob er sie vor sich und lehnte sich zu ihr hinab.

Da Wendy es kaum erwarten konnte, seine Lippen wieder auf ihren zu spüren, protestierte sie nicht, sondern stellte sich auf die Zehenspitzen, um ihm entgegenzukommen.

Genau wie neulich in der Küche war der Kuss augenblicklich intensiv und voller sexueller Spannung. Wie lange sie dastanden und im Esszimmer herumknutschten, wusste Wendy nicht. Sie wusste nur, dass sie beide völlig außer Atem waren, als sie sich schließlich voneinander trennten.

Sie fuhr sich mit der Zunge über die Lippen und schmeckte Aspen. Sie presste sich noch fester an ihn. Diesmal war die Beule in seiner Hose noch um einiges ausgeprägter als vorher. Allerdings machte er keine obszönen Bewegungen oder rieb sich an ihr. Er hob sie auch nicht hoch und warf sie auf die gemütlich aussehende Couch im anderen Zimmer. Stattdessen küsste er einfach ihre Handfläche und machte einen Schritt zurück, ohne die Hand, die er geküsst hatte, loszulassen.

»Soll ich dir jetzt die Wohnung zeigen?«

Wendy schluckte ihre Enttäuschung herunter und nickte.

Er strich ihr mit der Hand die Haare hinters Ohr. »Sieh mich nicht so an, Süße.«

»Wie sehe ich dich denn an?«

»Als würdest du dich fragen, warum ich aufgehört habe. Oder ob ich dich wirklich will. Das tue ich nämlich. Sehr sogar. Aber ich will mehr als nur eine schnelle Nummer, Wendy. Ich will all die Drachen töten, die ich in deinen Augen sehen kann. Ich will die Art von Mann sein, die dein Bruder voller Stolz seinen Freunden vorstellt. Ich möchte, dass du mir mit all deinen Geheimnissen vertraust – und dass du dir sicher bist, dass ich dich niemals verraten werde.«

Sie sah ihn schockiert an. Sie hatte gedacht, dass sie seine Fragen vor dem heutigen Abend immer geschickt abgewehrt hatte und damit davongekommen war, wenn sie das Thema wechselte, da er nie nachgehakt hatte, wenn es ihr ungemütlich wurde. Ganz offensichtlich hatte sie den Mann drastisch unterschätzt.

Er lächelte reuevoll. »Ja, ich weiß, dass du Geheimnisse hast, aber ich werde dich nicht bedrängen. Wir befinden uns erst noch in der Kennenlernphase. Aber du musst wissen, dass ich dich *will*. Ich will dich, nackt wie Gott dich schuf, auf mein Bett legen. Ich will spüren, wie du dich unter mir windest, wenn ich endlich herausfinde, wie wunderbar du schmeckst. Ich will spüren, wie ein unglaublicher Orgasmus dich erschüttert, während ich mich in deinem Körper verliere. Aber ich will dich mit *Haut und Haar*, Wendy. Die guten Sachen, die schlechten und all deine ernsteren Geheimnisse. Nicht nur deinen Körper. Und solange du mir das nicht geben kannst, werde ich versuchen, mich zu beherrschen und ein braver Junge zu sein.«

Der Traum, den sie vor ein paar Tagen gehabt hatte, erschien nun wieder vor ihrem geistigen Auge. Aber seine Worte machten ihr Angst. Sie konnte ihm nicht von ihrer Vergangenheit erzählen. Oder über die von Jackson. Sie durfte es nicht riskieren.

»Himmel, Wen, nun sieh mich doch nicht so an. Es wird alles in Ordnung kommen, das schwöre ich.« Aspen nahm sie fest in den Arm und so standen sie fast eine geschlagene Minute mitten im Esszimmer, ohne zu sprechen, und genossen einfach nur den Augenblick.

Schließlich ließ er sie wieder los. »Komm, ich zeige dir ein Badezimmer, das ist so toll, dass du vor Freude weinen wirst. Zumindest behauptet das Case.«

Wendy schenkte ihm ein schwaches Lächeln und ließ sich von ihm durch die Wohnung ziehen.

Und es war eine fantastische Wohnung. Vier Schlafzimmer und ein zusätzliches Zimmer, das man für alles Mögliche gebrauchen konnte – zurzeit war es als Kraftraum eingerichtet –, drei perfekt ausgestattete Badezimmer und eine Gästetoilette im Erdgeschoss neben der Küche.

Das große Schlafzimmer war im zweiten Stock und nahm fast die gesamte Etage ein. Es hatte Hartholzböden und in der Mitte befand sich ein riesiger, grauer Teppich. Es gab nicht sehr viel Farbe, genau wie Casey sie schon vorgewarnt hatte, aber Wendy gefiel es so, wie es war. Das riesige Doppelbett zog ihre Aufmerksamkeit auf sich, und am liebsten hätte Wendy sich darauf zusammengerollt und tagelang geschlafen. Das Bett war nicht gemacht und als sie die unordentlichen Decken und Kissen sah, hätte Wendy Aspen am liebsten mit sich ins Bett gezogen und alles noch ein wenig mehr in Unordnung gebracht. Sie konnte sich nur zu gut vorstellen, wie er dort lag und schlief. Vielleicht trug er nur Boxershorts oder vielleicht sogar gar nichts.

Wendy spürte, wie bei diesen erotischen Gedanken ihre Brustwarzen unter ihrem T-Shirt hart wurden, und sah sich schnell im Zimmer um, um ihre Aufmerksamkeit von etwas weniger Gefährlichem als den Gedanken an Aspens nackten Körper ablenken zu lassen.

In der Ecke neben dem Fenster stand ein riesiger Sessel, der mindestens genauso gemütlich aussah wie das Bett. Sie konnte sich nur zu gut vorstellen, wie sie dasaß und ein Buch las, während sie dabei zusah, wie Aspen schlief.

Wendy schüttelte den Kopf, um diese Gedanken loszuwerden, und folgte ihm in das angrenzende Badezimmer.

Sie keuchte und als sie sich umsah, wusste sie, dass ihre

Augen so groß wie Untertassen sein mussten. Casey hatte recht – dieses Badezimmer war wirklich unglaublich schön.

»Casey hat mir dabei geholfen, es zu entwerfen. Und mit ›helfen‹ meine ich, dass sie mir genau gesagt hat, was ich machen lassen soll.«

»Verdammt noch mal, Aspen. Es ist ...« Wendy war sprachlos.

Groß. Es war *wirklich* groß. Es gab zur Rechten eine begehbare Dusche. Als sie hineinschaute, sah sie, dass an der Decke zwei Regenschauerköpfe angebracht waren, die einander gegenüber lagen, und zwei weitere, die von den Seiten der Wände kamen. Drei Personen konnten dort problemlos duschen, ohne sich zu berühren, vielleicht sogar vier oder fünf Personen. Die Fliesen waren in verschiedenen gedämpften Grautönen gehalten, wodurch ein intimer Raum der Ruhe entstand.

Die Whirlpoolwanne bot ebenfalls genügend Platz für mehrere Personen. Sie war rund und es befand sich ein Fenster darüber, von dem aus man auf ein kleines Stück Land mit Bäumen blickte. Wendy wusste ohne Zweifel, dass man von dieser Wanne aus einen erstaunlichen Ausblick auf den Sternenhimmel hätte.

In die lange Granitplatte waren zwei Waschbecken eingelassen und es gab auch eine Tür, die wahrscheinlich zu einer Toilette führte.

»Komm und sieh dir das an«, drängte Aspen sie, nahm sie bei der Hand und zerrte sie aus dem fantastischen Bad hinaus ins große Schlafzimmer. Dort zog er sie mit sich zur anderen Tür, zeigte darauf, verbeugte sich und sagte: »Nach Ihnen, Mylady.«

Wendy lächelte ihn an, drehte den Türknauf und öffnete die Tür. Und sie musste wieder keuchen.

Sie stand in einem begehbaren Kleiderschrank ... Und

das war gar kein Ausdruck für den Raum, in dem sie sich jetzt aufhielt. Denn es war tatsächlich eher wie ein Zimmer. Mindestens genauso groß wie ihr Schlafzimmer in der heruntergekommenen Wohnung, die sie auf der anderen Seite der Stadt bewohnte. Es war offensichtlich, dass Aspen jemanden mit der Planung und Ausführung des begehbaren Kleiderschranks beauftragt hatte, denn es gab Regale für Schuhe, Regale für Hemden und Hosen und auch genügend Platz, um Kleider aufzuhängen. Aspens gesamte Kleidung nahm nur etwa ein Drittel des verfügbaren Raumes ein. Mehrere Paar Schuhe lagen auf dem Boden herum, anstatt in die Regale geräumt worden zu sein, doch das tat dem Ganzen keinen Abbruch. Dieser Raum war immer noch fantastisch.

Wendy wandte sich an Aspen. »Verdammt noch mal«, flüsterte sie.

»Es ist wohl ein bisschen übertrieben, was?«

Sofort schüttelte sie den Kopf. »Nein, ganz und gar nicht. Es ist wunderschön. Und wunderbar. Und unglaublich. Heiratest du mich, damit ich in diesem Schrank leben kann und nur herauskomme, um das mindestens genauso tolle Badezimmer aufzusuchen?«

Aspen musste so sehr lachen, dass er erneut zu grunzen begann. Als er sich endlich wieder unter Kontrolle hatte, erwiderte er: »Man könnte also sagen, dass es dir gefällt.«

»Nein, Aspen«, erklärte Wendy ihm, »ich liebe es vielmehr. Du wirst nie ein Problem haben, wenn du das Apartment einmal verkaufen möchtest. Du musst dann einfach nur dafür sorgen, dass eine Frau die Wohnung begutachtet, und schon wird sie dir all ihr Geld geben.«

»Schön, dass es dir so gut gefällt, Süße«, sagte er leise.

Und genau in diesem Moment wandelte sich die Stimmung im Raum von entspannt zu elektrisch aufgeladen.

Er sah sie unverwandt an und Wendy hätte schwören können, dass er direkt in ihr Herz schauen konnte. Dass er wusste, wie gern sie ihm alles gestanden hätte.

»Komm«, sagte er leise, »wollen wir ein bisschen fernsehen, bevor ich dich nach Hause bringe?«

»Ja, das wäre schön«, sagte sie und drückte seine Hand.

Sie gingen die zwei Treppen hinab zurück ins Wohnzimmer mit dem großen Fernseher und der gemütlichen Couch. »Warum hast du eine so große Wohnung, wenn du alleine lebst?«, wollte sie wissen, während sie sich auf das Sofa setzte und Aspen die DVDs durchsah.

Ohne sich umzudrehen, entgegnete er: »Weil ich schon immer eine große Familie haben wollte. Weil ich mich in dieses Apartment verliebt habe, als ich es zum ersten Mal gesehen habe. Weil ich möchte, dass meine Freunde hier übernachten können, wenn sie es möchten.« Er zuckte mit den Achseln. »Alles an dieser Wohnung gefällt mir.«

Aspen legte die DVD ein, nahm die Fernbedienung und kam zu ihr herüber. Als wäre es das Normalste auf der Welt, setzte er sich neben sie und zog sie an sich.

Wendy kuschelte sich an Aspen und sah auf den Bildschirm. Als der Film anfing, musste sie lachen. »*Deadpool*?«

»Es ist eine Liebesgeschichte«, behauptete Aspen, obwohl der Hauptdarsteller gerade jemandem ins Gesicht schoss.

»Tatsächlich?«, erwiderte Wendy skeptisch.

»Ja. Und jetzt sei still und schau den Film.«

Wendy lächelte und tat, wie geheißen. Während des Abspanns musste sie zugeben, dass Aspen recht gehabt hatte. Es war *tatsächlich* ein Liebesfilm. Er war blutig, grausam, gewalttätig und brutal, aber am Ende bekamen der Held und die Heldin ihr Happy End, also musste sie zugeben, dass es sich doch um eine Liebesgeschichte handelte.

# KAPITEL NEUN

Zwei Stunden später saß Wendy an dem kleinen Tisch in ihrer Wohnung, als sie hörte, wie die Tür aufging. Sie sah auf und wollte gerade den Mund aufmachen, um Jackson zu fragen, wie sein Tag gewesen war, doch stattdessen keuchte sie schockiert.

Jacksons T-Shirt war zerrissen und er hatte die Anfänge eines Veilchens.

Sie sprang auf, achtete dabei gar nicht darauf, dass der Stuhl umfiel, und eilte zu ihm. »Oh mein Gott. Was ist denn passiert?«

»Was passiert ist? Diese Arschlöcher waren es«, erwiderte Jackson wütend und ließ seinen Rucksack direkt neben der Tür auf den Boden fallen.

»Ich dachte, du hättest sie schon länger nicht mehr gesehen«, entgegnete Wendy und blieb immer in der Nähe ihres Bruders, als dieser in die Küche ging. Sie wusste nicht, wo sie ihn berühren sollte, um sich davon zu überzeugen, dass es ihm gut ging.

»Hatte ich auch nicht. Aber anscheinend sind sie es immer noch nicht leid, mich zu schikanieren«, erwiderte

Jackson, machte den Kühlschrank auf und nahm sich eine Flasche Wasser. Er hob sie sich an die Lippen und trank.

Wendy versuchte, nicht ungeduldig zu werden, aber es war ziemlich schwer. »Jetzt erzähl mir schon, was los war, Jackson«, befahl sie ihm. »Wir müssen noch mal zum Schulleiter gehen und ihm Bericht erstatten. Es reicht jetzt langsam.«

Er seufzte, schraubte die Wasserflasche wieder zu und ging hinüber zu dem Tisch. Dort hob er den Stuhl auf, der zu Boden gefallen war, und ließ sich darauf sinken. Er stellte einen Ellbogen auf den Tisch, lehnte sich darauf und begann, ihr zu erzählen, was geschehen war.

»Der Schulleiter kann da auch nichts machen. Außerdem ist das Ganze nicht auf dem Schulgelände passiert.«

»Jetzt hör auf, um den heißen Brei herumzureden, und erzähl mir, was geschehen ist«, erklärte Wendy streng.

Jackson grinste. »Dein ›Strenge-Schwester-Gesicht‹ erkenne ich sofort. Allerdings bin ich mir nicht so sicher, dass es immer noch genauso gut funktioniert wie damals, als ich zehn war.«

»Jackson«, warnte Wendy ihn.

Er kapitulierte und hielt beide Hände hoch. »Okay, okay. Sie waren auf der anderen Straßenseite, als Jenny und ihre Freundinnen heute mit der Theaterprobe fertig waren. Sie pfiffen den Mädchen hinterher und drückten auf die Hupen ihrer Wagen und ich habe sie angeschrien, dass sie damit aufhören sollen, dass sie unreife kleine Arschlöcher seien und dass sie ganz offensichtlich für die Tatsache kompensierten, dass sie winzige Schwänze haben, warum sonst sollten sie Leute belästigen, die jünger sind als sie.«

Wendy keuchte. »Das hast du nicht gesagt.«

Ihr Bruder seufzte. »Doch, das habe ich. Ich weiß, dass

du mir immer eingebläut hast, ich solle solche Leute nicht weiter beachten, da sie es nur darauf anlegen, eine Reaktion zu bekommen, um sich zu validieren, damit sie sich stark fühlen, aber Wen, du hättest Jenny sehen sollen. Sie hatte solche Angst vor ihnen, obwohl sie auf der anderen Straßenseite waren, und das hat mich so unglaublich wütend gemacht.«

»Ich weiß«, erklärte Wendy beruhigend. »Und wie haben sie dich gekriegt?«

»Rob und ich haben dafür gesorgt, dass Jenny und ihre Freundinnen ihre Mitfahrgelegenheiten bekamen, und dann gingen wir rüber, wo die Jungs bei ihren Fahrzeugen abhingen. Sie haben uns beschimpft, wir haben sie beschimpft. Und sie haben gesagt, wenn wir so stark sind, warum treffen wir uns dann nicht mit ihnen auf dem Fußballplatz im Stadtpark.«

»Darauf hast du dich nicht eingelassen!«, rief Wendy.

»Natürlich nicht. Es wären fünf gegen zwei gewesen. Sie hätten uns zu Brei geschlagen«, erklärte Jackson.

Wendy atmete erleichtert auf.

»Wir haben sie davor gewarnt, sich dem Schulgelände zu nähern. Wir haben ihnen gesagt, dass wir ihre Nummernschilder aufgeschrieben hätten und dass wir herausfinden würden, wo sie wohnten. Zwei von ihnen haben wir wohl Angst eingejagt, denn sie lenkten sofort ein. Ich habe gehört, wie einer gesagt hat, dass sein Vater ihm den Arsch versohlen würde, wenn er herausfand, dass er nicht im Unterricht am Temple College war, wo er sein sollte, und dass er ihn aus dem Haus auf dem Stützpunkt werfen würde.«

»Sein Vater ist bei der Armee?«, fragte Wendy.

Jackson zuckte mit den Achseln. »Ich nehme es an. Jedenfalls hat ihr Anführer Lars den anderen gesagt, sie sollen den Mund halten. Er sah mich an und ich schwöre bei Gott, ich habe keinen Funken von Reue oder Menschlichkeit in seinen Augen gesehen. Wenn Lars nicht ihr Anführer wäre, hätten die anderen wahrscheinlich schon längst damit aufgehört, uns zu schikanieren. Er sagte nichts, sondern starrte mich einfach nur an. Es war verdammt gruselig. Dann schnippte er mit den Fingern und all seine kleinen Helfer stiegen wieder in ihre Wagen und fuhren davon.«

»Moment mal, ich dachte, Chuck wäre ihr Anführer?«

Jackson verdrehte ungeduldig die Augen. »Nein. Er ist ein Idiot und er war derjenige, der Jenny beim ersten Mal angefasst hat, aber Lars ist definitiv der Anführer dieser Vollpfosten.«

»Und wie wurdest du verletzt?«, fragte Wendy ungeduldig.

»Rob und ich machten uns auf den Weg hierher. Und Lars hat sicher auf uns gewartet, denn kaum hatten wir das Schulgelände verlassen, war er auch schon da. An der Ampel fuhr er sogar auf Robs Wagen auf, woraufhin dieser wahnsinnig nervös wurde, da der Wagen seinem Vater gehört. Wir haben auf dem Parkplatz von Walmart angehalten, um ihn vorbeifahren zu lassen, doch er ist uns gefolgt.

Dann sind wir alle ausgestiegen, Rob und ich und Lars und sein Freund Tyrell. Ich war sauer, doch mir war auch klar, dass es keinen Sinn machte, etwas Dummes zu tun. Doch dann fing Lars wieder an, schlimme Sachen über Jenny zu sagen. Er hat behauptet, sie sähe so aus, als sei sie gut im Bett, und dass er es kaum erwarten könne, es ihr zu besorgen ... ob sie wollte oder nicht.

Ich habe rotgesehen und bin auf ihn zugegangen. Ich habe ihm damit gedroht, dafür zu sorgen, dass er niemals wieder ein Mädchen ohne dessen Erlaubnis anrühren würde, wenn er auch nur einen Finger an Jenny legte. Ich schwöre dir, Wen, ich sah es nicht einmal kommen. Er hat mir eine verpasst, sodass ich auf meinem Hintern gelandet bin, doch ich bin sofort wieder aufgesprungen und habe ebenfalls ausgeteilt. Ich habe ihn ein- oder zweimal getroffen, bevor Tyrell mich am Hemd festgehalten und weggezogen hat. Und dabei ist es zerrissen.

Was komisch war, war die Tatsache, dass Lars nicht mal versuchte zurückzuschlagen. Er stand einfach nur da und grinste mich an. Danach hauten Tyrell und er ab, aber mir gefiel der Blick in Lars' Augen nicht. Irgendetwas stimmt ganz und gar nicht mit ihm, Schwesterherz.«

»Verdammt, Jackson, die ganze Geschichte gefällt mir nicht«, erklärte Wendy.

Er lachte leise, aber ohne Humor. »Mir auch nicht.«

»Was willst du Jenny sagen?«

»Dass sie nirgendwo mehr allein hingehen soll. Im Ernst. Er könnte versuchen, sie im Einkaufszentrum oder so zu erwischen. Es ist wirklich schlimm. Niemand sollte sich so bedroht fühlen. Ich kann selbst auf mich aufpassen, aber Lars ist stark. Er ist ein Arschloch, aber er lässt sich auch Zeit, das habe ich schon gemerkt. Als ich ihn geschlagen habe, hat er nicht die Fassung verloren, er stand einfach nur da und ... und das macht mir Angst.«

Jackson sackte in seinem Stuhl auf dem Tisch zusammen und schaute Wendy mit einem so eingeschüchterten Ausdruck an, dass er wieder so aussah, als wäre er sieben Jahre alt. »Ich weiß nicht, was ich tun würde, wenn Jenny etwas zustieße. Ich weiß, dass er es nur meinetwegen auf sie abgesehen hat.«

Wendy kniete sich vor ihrem Bruder hin und legte ihm die Hand aufs Knie. »Es ist nicht deinetwegen. Wenn sie es nicht wäre, dann wäre es jemand anderes. Und es ist wirklich nervig, dass es sich um das Mädchen handelt, das dir gefällt, aber ich kenne dich. Du wirst alles tun, um dafür zu sorgen, dass sie in Sicherheit ist.«

»Meinst du, Aspen könnte mir ein wenig Selbstverteidigung beibringen? Ich meine, ich weiß, wie man zuschlägt, aber wenn Tyrell beschließt, auch mitzumachen oder irgend so was, muss ich wissen, wie man mit zwei Leuten auf einmal kämpft.«

Wendy atmete tief ein und dachte über ihre Antwort nach – sie erinnerte sich an ein Gespräch, das sie vor einiger Zeit mit Aspen geführt hatte, als er ihr sagte, dass er Teil eines spezialisierten Teams wäre und nicht von einem Stützpunkt zum anderen versetzt würde. Sie erinnerte sich auch daran, dass er und seine Freunde auf eine Mission geschickt worden waren, um Casey in Costa Rica zu retten. Ihr fiel nur ein Grund ein, der Sinn machte ... Aspen und seine Freunde waren Mitglieder einer Spezialeinheit.

Wenn Aspen ein Soldat der Spezialeinheit war, wäre er definitiv in der Lage, Jackson beizubringen, wie er sich selbst verteidigen konnte. Das gefiel ihr nicht, nicht im Geringsten. Nicht die Tatsache, dass er sich selbst verteidigen wollte, sondern dass er es überhaupt erst tun musste. Es gefiel ihr nicht, dass er beim ersten Mal keine normale Beziehung haben konnte, und es gefiel ihr auch nicht, dass Aspen jedes Mal, wenn er und seine Freunde auf eine Mission geschickt wurden, wahrscheinlich in viel größerer Gefahr war, als es ihr jemals klar sein würde. »Das halte ich für eine gute Idee«, erklärte sie ihrem Bruder nach einer Weile. »Aber du kannst diesen Typen nicht einfach verprügeln. Du musst alles dafür tun, dass du das Gesetz nicht überschreitest. Wir können es uns nicht leisten, dass irgendein Polizist dich überprüft und etwas über deine Vergangenheit herausfindet.«

»Ich weiß. Und ich will auch nicht mit Lars oder seinen Freunden kämpfen. Ich will einfach nur, dass sie verschwinden. Aber ich habe die Hoffnung, dass sie sich jemand anderen suchen, wenn sie feststellen, dass mit mir nicht zu spaßen ist.«

Wendy konnte nicht leugnen, dass sich die meisten Leute dieser Art leichte Opfer suchten und sich nicht gern mit denen anlegten, die sich wehrten. »Vielleicht könntest du Aspen die Autokennzeichen geben. Wenn ihre Eltern bei der Armee sind, könnte man vielleicht auf diesem Weg doch noch etwas machen. Ich weiß, dass du nicht gern petzt, aber in diesem Fall ist es vielleicht die beste Lösung.«

Jackson sah bei dieser Aussicht nicht besonders glücklich aus. Er hatte die Augenbrauen zusammengezogen und die Stirn gerunzelt, während er an seiner Jeans herumspielte. »Normalerweise würde ich jetzt sagen: auf keinen Fall. Schließlich bin ich kein Verräter und sie bei ihren Eltern anzuschwärzen, kommt mir irgendwie so unreif vor, als wäre ich ein Viertklässler.« Dann sah er seine Schwester an. »Aber jetzt haben sie es auf Jenny abgesehen. Und ich kann und werde nicht zulassen, dass ihr etwas passiert. Also ja, ich werde die Kennzeichen an Aspen weitergeben.«

»Ich rufe ihn später an und dann kannst du mit ihm sprechen«, erklärte Wendy ihrem Bruder.

Er zuckte mit den Achseln. »Ich habe seine Nummer. Ich kann ihn auch selbst anrufen.«

»Tatsächlich? Seit wann?«

Jackson grinste. »Seit er sie mir gegeben hat.«

Wendy runzelte verwirrt die Stirn. »Oh.«

»Jetzt schau nicht so drein«, erklärte Jackson ihr. »Er hat sie mir gegeben, als wir uns das letzte Mal unterhalten haben. Ich habe ihm von Lars erzählt und dass diese Kerle uns immer noch auf die Nerven gingen. Und er hat mir gesagt, falls irgendetwas passiert oder ich jemanden brauche, der mich irgendwo hinbringt, und ich dich nicht erreichen kann, hätte ich eine weitere Option, an die ich mich wenden kann. Das ist wunderbar.«

Wendy wusste nicht genau, was sie davon halten sollte. Es gefiel ihr, dass ihr Bruder sich mit Aspen verstand, doch sie fühlte sich auch übergangen.

»Sei nicht sauer auf ihn«, entgegnete Jackson, dem ihre Reaktion nicht entgangen war.

»Ich bin doch gar nicht sauer«, stritt Wendy sofort ab. »Ich weiß nur nicht, warum er es mir nicht gesagt hat.«

»Weil es keine große Sache ist«, entgegnete ihr Bruder sofort. »Mal ehrlich, Frauen machen alles so viel komplizierter, als es sein müsste. Er hat mir seine Nummer für den Notfall gegeben, nicht, weil er mein Vater werden möchte oder mein bester Freund oder weil wir jetzt anfangen werden, uns Tag und Nacht SMS zu schreiben. Oh Mann.«

Wendy musste grinsen. Ja, man konnte wohl durchaus behaupten, dass ihr Bruder etwas Besonderes war. Sie stand auf und verdrehte die Augen. »Ist ja auch egal. Und jetzt, da Aspen und du Telefonnummern ausgetauscht habt ... darf er nächste Woche zu Jennys Aufführung mitkommen?«

»Natürlich.«

»Möchtest du ihn einladen oder soll ich das machen?«

Jackson stand auf und ging steif zu seiner Schwester rüber. Er griff sie sich und nahm sie in den Schwitzkasten, bevor sie sich wehren konnte.

»Hey!«, beschwerte sie sich. »Lass mich los.«

Er verwuschelte ihre Haare. Wendy versuchte alles, um sich aus seinem Griff herauszuwinden oder dafür zu sorgen, dass er aufhörte, doch sie war ihm einfach nicht gewachsen.

»Sag: ›Jackson ist der stärkste und schlaueste Tucker, der in dieser Wohnung lebt‹, und dann lasse ich dich los.«

»Nein!«, entgegnete Wendy, während sie lachte.

»Sag es«, drohte ihr Bruder und benutzte seine Knöchel, um fester an ihrem Kopf zu reiben.

Wendy lachte so sehr, dass sie kaum reden konnte. »Na gut! Jackson ist der stärkste und schlaueste Tucker, der in dieser Wohnung lebt, aber wenn er nicht sofort damit aufhört, meine Haare zu verwuscheln, ist er bald auch der hungrigste!«

Er ließ sie so schnell los, dass Wendy fast hingefallen wäre. Kaum hatte er sie losgelassen, begann Wendy sofort, ihn zu kitzeln. Sie wusste natürlich, dass Jackson ausgesprochen kitzelig war, und er war immer komplett hilflos, wenn es ihr gelang, ihn zu überraschen.

Er lachte und versuchte, sie abzuwehren, doch Wendy duckte sich und versuchte es erneut.

Als sie schließlich beide vor Lachen ganz erschöpft waren, ließen sie sich auf die Couch fallen.

Wendy sah zu ihm hinüber und schreckte zusammen, als sie bemerkte, dass sein Auge mittlerweile ganz blau war. Ihr gefiel die Situation mit Lars nicht, aber sie war stolz auf Jackson, dass er sich so großartig verhalten hatte. »Ich liebe dich, Jackson.«

»Ich dich auch, Schwesterherz. Du musst heute wieder zu diesem bescheuerten Telemarketing-Job, oder?«

»Leider ja.«

»Warum kündigst du nicht?«

»Weil du gern etwas zu essen auf dem Tisch hast.«

»Ich meine es ernst.«

»Ich auch«, entgegnete Wendy. »Die Arbeit ist nicht schwer und bringt uns jeden Monat ein paar Hundert Dollar mehr.«

»Aber alle sind so gemein zu dir«, protestierte Jackson.

»Ich kann damit umgehen. Ich habe gelernt, es nicht persönlich zu nehmen.«

»Vielleicht kannst du aufhören, wenn ich zur Uni gehe. Ich bewerbe mich für jedes Stipendium, das es gibt, sodass du nicht auch noch dafür bezahlen musst. Also ... was gibt es heute zu essen?«

Wendy lachte leise und war froh darüber, dass er das Thema gewechselt hatte. Sie wollte nicht darüber nachdenken, dass er früher oder später ausziehen würde. »Hamburger. Ist das in Ordnung?«

»Nur wenn ich drei haben kann. Ich bin am Verhungern.«

»Damit hatte ich schon gerechnet.«

»Habe ich noch Zeit, mit Jenny zu telefonieren, bevor das Essen fertig ist?«

Wendy nickte. »Ja. Willst du ihr erzählen, was heute passiert ist?«

»Ja. Schließlich muss ich ihr Bescheid sagen, dass sie besonders vorsichtig sein muss. Dass Lars gefährlich ist und es auf sie abgesehen hat.«

»Aber mach ihr keine Angst«, warnte Wendy ihn.

Jackson verdrehte die Augen. »Also, ein bisschen mehr könntest du mir schon zutrauen, Schwesterchen.«

Wendy hielt abwehrend die Hände hoch. »Entschuldige! Ich weiß, dass du das Richtige tun wirst.«

»Genau, das werde ich. Und nach dem Abendessen rufe ich Aspen an und frage ihn, ob er mir ein paar Lektionen in Selbstverteidigung geben kann, und ich gebe ihm auch die Autokennzeichen.«

»Sag ihm, dass ich heute Abend arbeite«, entgegnete Wendy. »Und frag ihn auch gleich, ob es okay ist, dass ich ihn anrufe, wenn ich nach Hause komme.«

»Jetzt bin ich auch noch der Nachrichtenüberbringer?«,

fragte er grinsend und damit stand Jackson von der Couch auf und ging den Flur entlang zu seinem Zimmer.

»Ganz genau«, rief sie ihm nach.

Wendy machte einen Moment lang die Augen zu. Sie wünschte, sie wüsste, wozu sie Jackson raten sollte – was ihm helfen würde, mit diesen schrecklichen Typen klarzukommen. Aber sie wusste nicht, was sie ihm sagen konnte, an das er nicht selbst schon gedacht hatte. Die Situation war wirklich schrecklich und sie konnte das Gefühl nicht abschütteln, dass Jackson wahrscheinlich recht hatte ... dieser merkwürdige Lars hatte sicher etwas vor.

Ihr gefiel jedoch, dass Jackson sich verantwortlich für Jennys Sicherheit zeigte. Es bedeutete nämlich, dass er zu der Art Mann geworden war, auf den ihre Eltern stolz wären. Wendy war sich nicht sicher, ob es an etwas lag, das sie während seiner Erziehung getan oder nicht getan hatte, aber sie war dankbarer, als man es mit Worten ausdrücken konnte, dass aus ihm kein Krimineller wie dieser Lars und seine Freunde geworden war.

Und nicht zum ersten Mal bereute sie, dass sie so ein schlimmer Teenager gewesen war. Sie hatte das Gefühl gehabt, die Welt würde ihr etwas schulden und dass ihr alles zustand, was sie sich wünschte ... Klamotten, Elektronik, Jungs, Alkohol ... ganz egal was. »Es tut mir leid, Mom und Dad«, flüsterte sie, bevor sie tief durchatmete und aufstand.

Sie musste das Abendessen vorbereiten. Und dann musste sie zu diesem dämlichen Job gehen, den sie genauso sehr hasste wie Jackson ... auch wenn sie das ihm gegenüber nie zugeben würde.

Es würde schlimm werden, wenn Jackson auszog, um zur Uni zu gehen, aber darüber würde sie sich Gedanken machen, wenn es so weit war. Jetzt musste sie ihm nur etwas zu essen machen und ihm dann dabei helfen, mit diesem Problem mit der Schikane, in dem er gerade steckte, fertigzuwerden. Sie sah nur zu gern, wie er mit Jenny umging, und freute sich darauf, die Aufführung der Highschool-Schüler von *Arielle, die Meerjungfrau* zu sehen. Jenny spielte Ursula und Jackson hatte gesagt, ihr Kostüm wäre »krass«. Was auch immer das heißen sollte.

Wendy lächelte, ging in die Küche und war eigentlich ganz zufrieden mit ihrem Leben. Es ging Jackson gut, sie hatte einen tollen Freund und ihr Küchenschrank war voller Lebensmittel.

Und das war mehr, als sie zu hoffen gewagt hatte, als sie vor zehn Jahren ihren kleinen Bruder aus der Pflegefamilie entführt hatte und mit ihm quer durchs Land getrampt war.

## KAPITEL ZEHN

Später an diesem Abend kuschelte Wendy sich in ihr Bett. Sie war erschöpft. Aber nicht zu erschöpft, um mit Aspen zu reden. Sie hatte ihm eine SMS geschrieben und ihn gefragt, ob es okay wäre, wenn sie ihn anriefe, und er hatte sofort zurückgeschrieben, dass es natürlich in Ordnung wäre.

Also hatte Wendy, nachdem sie die Wohnungstür abgeschlossen und nach Jackson gesehen hatte, der bereits tief und fest schlief, ihren Schlafanzug angezogen und war unter ihre Decke gekrochen. Sie schüttelte ihr Kissen auf, lehnte sich zurück und wählte Aspens Nummer.

Er hob noch vor dem zweiten Klingeln ab. »Hallo, Süße.«

»Hi, Aspen. Wie geht es dir?«

»Es geht mir gut. Jetzt sogar noch besser, da ich mit dir rede.«

»Du alter Schmeichler.«

»Für dich? Jederzeit. Wie liefen deine Anrufe heute? Was musstest du diesmal verkaufen?«

»Rasierklingen.«

»Im Ernst?«

»Ja. Es ging eigentlich um ein Abo. Dabei bekommen die

Kunden alle drei Wochen eine neue Packung Rasierklingen. Die wesentlichen Vorteile waren, dass es auf diese Weise viel günstiger ist und dass die Klingen viel schärfer sind als die, die man im Handel bekommt.«

»Und, hast du was verkauft?«

»Nur ein Abo. Und das an einen Typen, der sich ein bisschen zu aufgeregt über die Tatsache anhörte, dass er wahnsinnig scharfe Klingen per Post erhält.« Wendy seufzte. »Wahrscheinlich siehst du mich irgendwann in den Nachrichten, wie ich sage: ›Ja, ich habe ihm die Rasierklingen verkauft, aber ich wusste nicht, dass er sie dazu benutzen wollte, seine Entführungsopfer in kleine Stücke zu zerschneiden ... Er hörte sich so nett an.‹«

Aspen lachte leise. »Du hörst dich müde an.«

»Bin ich auch.«

»Es tut mir wirklich leid, dass du so viel arbeiten musst, Süße.«

»Jetzt hörst du dich schon wie Jackson an. Er möchte, dass ich diesen Job kündige.«

»Wusste ich doch, dass ich deinen Bruder mag«, erwiderte Aspen lächelnd. »Aber ich weiß, dass du das Geld brauchst. Ich finde es nicht gut, dass du so müde bist, kann aber verstehen, dass du alles tust, was du tun musst, damit ihr beide habt, was ihr braucht.«

Wendy schloss die Augen und atmete tief durch. Es bedeutete ihr sehr viel, dass er sie nicht weiter bedrängte, ihren Job aufzugeben, oder versuchte, sie dazu zu bringen, etwas zu tun, das sie einfach nicht konnte. »Danke. Ich würde sagen, dass es eine Menge anderer Leute gibt, die viel schlimmere Sachen machen müssen, um etwas zu essen auf den Tisch zu bringen. Ich muss lediglich in einem Zimmer sitzen und ein paar Stunden pro Woche telefonieren. Ich muss mich nicht ausziehen, draußen in der Hitze arbeiten oder irgendetwas Gefährliches tun, zum Beispiel die Nachtschicht an der Tankstelle arbeiten.«

»Das ist eine ausgesprochen gute Art, die Dinge zu sehen. Obwohl ich sagen muss ... Hättest du diese Art von Job, bei dem du dich ausziehen musst, säße ich jeden Abend in der ersten Reihe.«

Wendy spürte, wie sie rot wurde. »Danke ... glaube ich?«

Er lachte erneut. »Auch wenn ich wahrscheinlich jeden anderen Mann verprügeln würde, der dich ansieht, was sich wahrscheinlich ziemlich negativ auf deinen Verdienst als Stripperin auswirken würde.«

Diesmal war es Wendy, die lachte. »Du bist verrückt.«

»Nein, nur um dein Wohlergehen besorgt. Geht es dir gut nach dem, was mit Jackson passiert ist?«

Die Frage kam völlig unvorhergesehen und Wendy wusste einen Moment lang nicht, wie sie darauf reagieren sollte. »Meinst du wegen der Schlägerei heute?«

»Ja, das meine ich.«

»Nein, es geht mir nicht gut. Aber es gibt nichts, was ich tun kann. Er ist fast erwachsen und ich muss langsam mal anfangen, ihn auch so zu behandeln.«

»Er hat noch ein paar Jahre Zeit, bevor er erwachsen ist, Wen.«

Sie ballte eine Hand zur Faust und schalt sich selbst. Je mehr sie mit Aspen sprach und je mehr Zeit sie mit ihm verbrachte, desto mehr ließ sie ihre Schutzschilde sinken. Sie glaubte nicht, dass er sofort zur Polizei oder zum Jugendamt laufen würde, wenn er die Wahrheit erfuhr, aber es fiel ihr eben schwer, über das Geheimnis zu sprechen, das sie so lange mit sich herumgetragen hatte. »Das ist eben so eine Redensart«, sagte sie in einem Ton, von dem sie hoffte, dass er sich gleichgültig anhörte.

»Er hat mich gebeten, ihm ein paar Selbstverteidigungsgriffe beizubringen.«

»Ich weiß, er hat mir erzählt, dass er das vorhatte.«

»Und?«

»Und was?«

»Wäre das für dich in Ordnung? Ich habe ihm gesagt, dass ich nichts tun würde, mit dem du nicht einverstanden bist. Ich will auf keinen Fall etwas tun, das dich vertreiben oder wütend machen könnte.«

»Wie zum Beispiel Jackson deine Nummer zu geben, ohne es mir zu sagen?«

Am anderen Ende der Leitung herrschte Schweigen und Wendy schüttelte aufgebracht den Kopf.

»Entschuldige, vergiss bitte, dass ich das gesagt habe.«

»Jackson hat mir schon mitgeteilt, dass dir das etwas ausmacht.«

»Nein, das tut es eigentlich nicht. Es ist eine gute Idee und ich bin froh, dass du daran gedacht hast. Allein der Gedanke, dass dieser Lars und seine Freunde Jackson auflauern und er mich nicht erreichen kann, wenn er mich braucht, ist schrecklich. Ich bin froh, dass du es ihm angeboten hast.«

»Ich wollte nicht meine Grenzen übertreten. Ich weiß, dass wir noch nicht lange zusammen sind, und ich würde nichts ohne deine Zustimmung tun. Ich habe nicht nachgedacht. Es wird nicht wieder vorkommen.«

»Aspen, es ist schon in Ordnung«, erklärte Wendy mit Nachdruck. »Es fällt mir nur schwer, nicht mehr der Mensch zu sein, an den Jackson sich mit all seinen Problemen wendet, und nur noch als seine Schwester zu fungieren.«

»Du wirst niemals ›nur‹ seine Schwester sein, Wen. Es ist offensichtlich, dass er dich liebt. Und es ist ja nicht so, als wären wir plötzlich beste Freunde und schreiben uns die ganze Zeit SMS oder so was.«

»Er hat genau das Gleiche gesagt«, erklärte Wendy ihm.

»Okay, also bist du damit einverstanden, wenn ich ihm ein bisschen Selbstverteidigung beibringe?«

»Ja, mittlerweile halte ich das selbst für eine ziemlich gute Idee. Mir gefällt dieser Lars ganz und gar nicht.«

»Mir auch nicht«, bestätigte Aspen. »Er hat mir auch die Autokennzeichen gegeben und ich werde sie morgen an meinen Kommandanten weiterleiten. Ich bin mir allerdings nicht sicher, ob wir etwas tun können, denn Jackson hat mir gesagt, dass sie im eigentlichen Sinne das Gesetz nicht gebrochen haben ... noch nicht.«

»Aber Lars hat ihn geschlagen.«

»Ja, das hat er, aber es steht Jacksons Wort gegen das von Lars. Ich habe deinem Bruder bereits gesagt, dass ich gern mit Lars' Vater reden würde, wenn sich herausstellt, dass er tatsächlich hier auf dem Stützpunkt stationiert ist, aber natürlich hat Jackson mir das verboten.«

»Das überrascht mich nicht. Ich wollte mit dem Schulleiter reden, und auch das wollte er nicht.«

»Außerdem hat er mich zu Jennys Aufführung nächste Woche eingeladen.«

Plötzlich war Wendy ganz aufgeregt. Sie würde sich wahnsinnig freuen, wenn er mitkäme; sie hasste es, bei solchen Veranstaltungen alleine sitzen zu müssen, aber es kam ihr auch wie ein großer Schritt in ihrer Beziehung vor. Besonders weil sie sich bis jetzt nur geküsst hatten. Und war der Besuch einer Vorführung der Freundin des Bruders deiner eigenen Freundin nicht etwas, das Paare erst taten, wenn sie seit mehr als ein paar Monaten zusammen waren?

»Wendy?«, fragte Aspen. »Bist du noch da?«

»Ja, entschuldige, ich bin da. Und was hast du ihm geantwortet?«

Aspen machte eine lange Pause, während er über seine Antwort nachdachte. Dann fuhr er fort: »Ich habe ihm gesagt, dass ich mich über seine Einladung sehr freue. Aber wenn du nicht willst, dass ich mitkomme ...« Er beendete den Satz nicht.

»Nein«, erwiderte sie sofort, »das ist es nicht. Ich dachte nur ... Bist du sicher, dass du mitkommen willst? Dort wird gesungen und getanzt und solche Sachen. Das ist nicht unbedingt dein Ding.«

»Wirst du da sein?«, wollte er wissen.

»Natürlich.«

»Dann ist es sehr wohl mein Ding«, sagte er mit Bestimmtheit.

Bei seiner Antwort wurde Wendy ganz warm ums Herz.

»Ich mag deinen Bruder, Wendy. Ich halte ihn für einen guten Kerl und die Tatsache, dass er mir genügend vertraut, um mich zu dieser Aufführung einzuladen, bedeutet mir sehr viel. Ich habe es dir schon einmal gesagt und ich sage es dir erneut: Das Ganze ist mehr als nur eine Affäre für mich. Ich will alles über dein Leben erfahren. Ich will Jackson besser kennenlernen. Ich will der Mann sein, zu dem er aufschauen kann und an den er sich wenden kann, wenn er Fragen hat, bei denen ihm ein Mann vielleicht besser helfen kann. Ich weiß, dass das Ganze mit unserer Beziehung ziemlich schnell geht, aber das macht mir nichts aus. Aber ich will vorher wissen, ob es für *dich* okay ist. Ist das nämlich nicht der Fall, lasse ich es langsamer angehen. Dann komme ich nicht zu der Aufführung und lasse dir ein wenig mehr Freiraum.«

»Nein!«, rief Wendy sofort. »Ich freue mich, dass du Teil meines ... unseres ... Lebens bist. Ich habe das Gefühl, dich schon ewig zu kennen. Und es kommt mir fast so vor, als würden wir es langsam angehen lassen.«

»Wann kann ich dich wiedersehen?«, fragte Aspen abrupt.

»Ähm ... Morgen wollen Jackson und ich ein paar Sachen kaufen, die er für seine Roboterprojekte braucht.«

»Und Freitag?«

»Da muss ich im Callcenter arbeiten. Wie wäre es mit Samstag?«

Er seufzte. »Da kann ich nicht. Da haben wir den ganzen Tag und bis spät in die Nacht hinein Training. Sonntag?«

»Was machen wir hier eigentlich?«, fragte Wendy traurig. »Keiner von uns beiden hat eigentlich Zeit für eine Beziehung. Ich muss ständig arbeiten und wenn nicht, habe ich etwas mit Jackson vor.«

»Wir sorgen dafür, dass es trotzdem funktioniert«, beharrte Aspen. »Jennys Aufführung ist nächsten Dienstag, richtig?«

»Ja.«

»Da sehen wir uns dann auf jeden Fall. Und was ist mit nächstem Wochenende?«

»Oh, äh ... Also, da habe ich Geburtstag und Jackson und ich wollten feiern.«

»Du hast Geburtstag?«, fragte Aspen. »Und hattest du vor, mir das zu sagen?«

Es gefiel ihr nicht, dass er sich so verletzt anhörte. »Wahrscheinlich nicht. Das hat aber nichts mit dir zu tun, ich feiere meinen Geburtstag nur nicht so gern, das ist alles.« Sie machte nie ein großes Getue um ihren Geburtstag, tatsächlich war es so, dass sie nicht gern über ihr Alter nachdachte.

»Aha, ich verstehe.«

Aber es hörte sich ganz und gar nicht so an.

»Bist du sauer auf mich?«, fragte Wendy.

Aspen seufzte. »Ich bin nicht sauer. Ich bin frustriert. Ich habe dir Dinge aus meinem Leben erzählt, die nicht viele Menschen wissen. Ich möchte unsere Beziehung auf die nächste Ebene bringen, aber ich habe das Gefühl, dass du ständig neue Mauern zwischen uns hochziehst. Und das gefällt mir gar nicht.«

»Aspen«, protestierte Wendy, wusste aber nicht, wie sie auf seine Aussage reagieren sollte. In vielerlei Hinsicht hatte er ja recht. Aber sie konnte ihm eben nicht die ganze Wahrheit über sich sagen. Nicht über ihr Alter. Nicht über Jacksons Alter. Und nichts über ihre Vergangenheit. Es war ja nicht so, dass sie es nicht wollte. Es war nur eben so, dass sie bestimmte Dinge in ihrem Leben so lange geheim gehalten hatte, dass sie jetzt Angst davor hatte, sie jemandem mitzuteilen. Selbst ihm.

»Bis jetzt kann ich noch damit leben, dass du Geheimnisse vor mir hast. Aber irgendwann werde ich alles wissen wollen. Ich weiß, dass du mir etwas verschweigst, mir bestimmte Sachen nicht erzählst, und ich möchte, dass du mir genügend vertraust, um dich mir vollständig zu öffnen. Ich werde dir nicht wehtun, Wen. Tatsächlich werde ich niemals etwas tun, das dir wehtut.«

»Selbst wenn ich etwas wirklich Schreckliches getan habe?«, fragte Wendy.

Einen langen Moment lang herrschte Schweigen am anderen Ende der Leitung und Wendy ärgerte sich darüber, auch nur diese Andeutung gemacht zu haben.

»Ich kann nicht glauben, dass du etwas wirklich Schlimmes getan hast«, entgegnete Aspen schließlich. »Die Frau, die ich kenne, hat dafür ein viel zu gutes Herz.«

Bei seinen Worten wurde sie traurig. Sie war sich nicht sicher, ob er es verstehen würde, wenn sie es ihm sagte.

Vielleicht hätte er sogar das Gefühl, sie an die Polizei übergeben zu müssen.

Sie hörte, wie er seufzte. »Wir müssen jetzt nicht darüber reden. Wo bist du?«, wollte Aspen wissen.

Wendy wusste, dass er absichtlich das Thema wechselte, und sie war ihm dankbar. Sie hasste es, ihn zu enttäuschen. »Äh ... im Bett?«

»Was hast du an?«

Wendy lächelte und seufzte erleichtert, dass er sich weder verärgert noch enttäuscht anhörte. »Warum? Wo bist *du* denn und was hast *du* an?«

»Ich bin im Bett und ich habe nichts an. Ich habe gerade an dich gedacht, als du angerufen und mich unterbrochen hast.«

Wendy musste schlucken. Wollte er damit tatsächlich ausdrücken, wonach es sich anhörte?

»Ich habe gerade masturbiert, als du mich angerufen hast«, bestätigte er, als könnte er ihre Gedanken lesen.

»Aspen«, flüsterte Wendy.

»Ist dir das peinlich?«, fragte er amüsiert.

»Ja, ich glaube schon.«

»Es muss dir nicht peinlich sein. Was hast du an?«

»Äh ... ein Trägerhemd und Boxershorts.«

»Zieh beides aus«, befahl Aspen ihr.

Sie erschauderte bei seinem dominanten Ton und protestierte: »Aber Jackson ist zu Hause. Und falls er etwas von mir braucht, möchte ich nicht unbedingt, dass er mich nackt erwischt, wenn er in mein Zimmer kommt.«

»Dann zieh nur die Hose aus und lass dein Oberteil an.«

Sie verdrehte die Augen, weil er so dominant war, tat aber, wie geheißen, und zog sich unbeholfen mit einer Hand ihre Schlafhose runter. »Unglaublich, dass ich das tue.«

»*Wir* tun das, zusammen«, verbesserte Aspen sie. »Und du hast ja selbst gesagt, du hättest das Gefühl, dass wir es zu langsam angehen lassen. Ich bringe unsere Beziehung eben einfach nur auf die nächste Ebene, und zwar ein bisschen schneller, als ich es geplant hatte, mehr nicht.«

Das gefiel ihr. »Okay. Was jetzt?«

»Lehn dich zurück und mach die Augen zu. Ich werde dir jetzt erzählen, woran ich gedacht habe, bevor du angerufen hast. Und du kannst währenddessen mit deinen Händen tun, was du willst.«

Sie kicherte. »Na, vielen Dank, Herr und Meister.«

Er lachte leise und erwiderte: »Das hat sich wirklich ein bisschen herablassend angehört. Entschuldige. Ich will nur, dass du dich genauso gut fühlst, wie ich mich gefühlt habe, als ich über dich und das, was ich mit dir angestellt habe, fantasiert habe. Wenn du dich wirklich unwohl fühlst, können wir aufhören. Das macht mir nichts aus.«

»Nein ... ich hatte auch schon meine eigenen Fantasien über dich«, gab Wendy zu.

»Oh, Süße. Ich kann es kaum erwarten, jede einzelne davon zu hören. Hast du es gemütlich und hast du die Augen zu?«

»Ja und ja.«

»Ich lag hier und habe mir vorgestellt, wie du in meiner Badewanne aussehen würdest. Und der Schaum des Schaumbades reichte dir bis zum Kinn. Ich habe mir vorgestellt, dass ich dich dort überrascht habe, und dann habe ich dich gefragt, ob ich mit in die Wanne steigen darf. Dann hast du deine Hand ausgestreckt und sie mir hingehalten. Ich habe mich ausgezogen und bin zu dir ins Wasser gestiegen; es war wahnsinnig heiß. Als ich mich gesetzt habe, habe ich dich so positioniert, dass du auf mir saßt und deine wunderschönen Titten direkt vor meinem Gesicht waren.

Du hast mir eine entgegengestreckt und ich habe daran gesaugt, fest. Du hast gestöhnt, den Kopf in den Nacken geworfen und dich an meinen angezogenen Knien festgehalten. Mit beiden Händen habe ich deine Brüste umfasst und abwechselnd daran gesaugt. Und du hast angefangen, dich an mir zu reiben, und ich schwöre, dass ich nicht mehr zwischen der Hitze und der Feuchtigkeit zwischen deinen Beinen und der des Wassers um uns herum unterscheiden konnte. Das Wasser begann herumzuspritzen, als unsere Bewegungen immer heftiger wurden.«

Sie hatte das Bild, das Aspen heraufbeschwor, lebhaft vor Augen und so konnte Wendy nicht anders, als sich selbst zu berühren.

»Und als ich schon dachte, ich würde gleich kommen, bevor ich überhaupt die Gelegenheit hatte, in deinen heißen, feuchten Körper einzudringen, habe ich nach deinen Hüften gegriffen und dich gezwungen aufzuhören. Ich schob dich von meinem Schoß herunter und stand dann auf. Dann hob ich dich aus der Badewanne. Ohne mir die Mühe zu machen, uns abzutrocknen, hob ich dich hoch und brachte dich zu meinem Bett. Seit ich dir meine Wohnung gezeigt habe, bekomme ich den Gedanken von dir in meinem Bett nicht mehr aus dem Kopf. Ich wollte dich neulich schon auf meiner Matratze sehen, und jetzt will ich es sogar noch mehr. In meiner Fantasie drückst du den Rücken durch und legst die Arme über deinen Kopf. Du lächelst mich schüchtern und gleichzeitig verführerisch an und ich muss mich wahnsinnig beherrschen, nicht deine Beine auseinanderzuschieben und in dich einzudringen. Aber da es meine Fantasie ist, habe ich genügend Selbstbeherrschung, um deine Beine langsam auseinanderzudrücken und sie mit meinen Händen auf deinen Oberschenkeln festzuhalten. Deine Muschi glänzt vom

Wasser, aber auch mit deinen eigenen Säften, weil du so erregt bist. Ich spüre, wie du deine Hände in meinem Haar vergräbst, und beuge mich nach unten, um dich zum allerersten Mal zu schmecken. Und du schmeckst unglaublich lecker.«

Daraufhin stöhnte Wendy, weil sie sich einfach nicht zurückhalten konnte. Die Finger, die sie zwischen ihre Beine gelegt hatte, waren feucht, und je länger Aspen sprach, umso näher kam sie einem Orgasmus.

»Ich bin kein besonders geduldiger Mann, Wendy, das solltest du wissen. Wenn ich etwas will, verfolge ich es mit allem, was ich habe. Und ich will, dass du einen Orgasmus hast. Ich will spüren, wie du unter meinen Händen und unter meiner Zunge zu zucken beginnst. Also sauge ich in meiner Fantasie fest an deiner Klitoris und gleite mit der Zunge über deine kleine, sensible Lustknospe, bis du ganz feucht bist. Du stößt mit den Hüften immer wieder in mein Gesicht und suchst nach etwas, das dich ausfüllt. Aber ich lasse deine Oberschenkel nicht los, sondern halte sie einfach weiter weit offen, damit ich es dir mit dem Mund besorgen kann. Nach einer weiteren Minute oder so ist es so weit, du beginnst, zu zittern und unter meinem Griff zu stöhnen. Ich lächle, höre aber nicht auf, denn ich will beim ersten Mal, wenn ich es dir besorge, dabei zusehen, wie du kommst, bevor ich dich lange und hart ficke.«

»Aspen«, stöhnte Wendy und rieb fieberhaft ihre Klitoris, um die gleiche Ekstase zu erleben, wie die Wendy in seinem Traum sie von ihm erfuhr.

»So ist es gut, Süße. Besorge es dir. Bist du schon ganz feucht? Ich kann es kaum erwarten, all deine Säfte auf meinem Schwanz zu spüren, wenn ich es dir so gut mache, dass du dich fragst, wo ich dein ganzes Leben lang gesteckt habe. Ich habe das Gefühl, dass ich dich nie mehr gehen lassen möchte, wenn ich dich erst einmal in meinem Bett habe.«

Seine Worte gaben ihr den Rest und jeder Muskel in Wendys Körper spannte sich an, als sie kam. Und wie. Sie hörte im Hintergrund noch, dass Aspen redete, konnte sich aber nicht auf das konzentrieren, was er sagte. Sie konnte sich nur auf dieses unglaubliche Wohlgefühl konzentrieren, das sie gerade verspürte.

Als sie langsam wieder zu Sinnen kam, wurde Wendy klar, dass sie das Telefon fallen gelassen hatte und sie Aspen immer noch reden hören konnte. Schnell griff sie danach und hielt es sich wieder ans Ohr.

»... seit Langem nicht mehr so hart gekommen.«

»Entschuldige«, flüsterte sie, »ich habe das Handy fallen gelassen. Was hast du gesagt?«

»Ich habe gesagt, dass ich schon seit Langem nicht mehr so hart gekommen bin.«

»Du hattest auch einen Orgasmus?«

»Verdammt ja«, entgegnete Aspen mit tiefer, rauer Stimme, bei der sich ihre Brustwarzen erneut aufrichteten. »Zu hören, wie du mir ins Ohr gestöhnt hast, und zu wissen, dass du mir vertraust, um es dir zu besorgen, während ich am Telefon zuhöre, hat vollkommen ausgereicht, um mich so heißzumachen, dass ich ebenfalls gekommen bin.«

»Aspen«, murmelte sie, rollte sich auf die Seite und zog sich die Decke fest um den Körper.

»Ich wünschte, ich wäre da, um mit dir zu kuscheln.«

»Woher weißt du, dass ich kuschle?«, fragte Wendy.

»Weil ich gehört habe, wie deine Decke geraschelt hat, und weil ich weiß, dass wir definitiv kuscheln würden, wenn ich jetzt da wäre. Ich läge hinter dir und würde die Arme um dich schlingen, während wir uns beide langsam wieder von dem Orgasmus erholen.«

Wendy seufzte. »Das hört sich schön an.«

»Ja, das finde ich auch.« Nach einem Moment des Schweigens sagte Aspen: »Ich werde jetzt auflegen, Süße. Ich muss die Schweinerei hier aufräumen und dann ein wenig schlafen. Hast du dir den Wecker gestellt?«

»Schon, aber das bedeutet noch längst nicht, dass ich auch aufstehe, wenn er klingelt.«

Aspen lachte leise. »Das mit uns wird noch ziemlich interessant werden, ich bin nämlich ein absoluter Morgenmensch.«

»Solange du mich nicht dazu zwingst aufzustehen, wenn du gehst, haben wir kein Problem«, entgegnete Wendy.

»Abgemacht. Schlaf schön, Wendy. Bis morgen. Und bitte sag Jackson, dass ich mich darauf freue, seine Freundin kennenzulernen und sie in der Aufführung zu sehen.«

»Wird gemacht. Tschüss.«

»Tschüss, Süße.«

Wendy blickte auf, dachte aber noch über das nach, was sie getan hatte. Eigentlich hätte es ihr peinlich sein müssen, aber das war es einfach nicht. Aspen war wunderbar und er hatte dafür gesorgt, dass die ganze Erfahrung gleichzeitig unbeschwert und sexy war. Es gefiel ihr ganz und gar nicht, dass sie ihn bis Dienstag nicht sehen würde. Sie würde sich damit begnügen müssen, mit ihm zu telefonieren.

Der Gedanke, dass sie ihn jeden Tag sehen konnte, wenn sie zusammenlebten, ganz egal, wie ihr Tag auch aussah, ging ihr durch den Kopf, doch sofort verwarf sie die Idee. Es war noch viel zu früh, um darüber nachzudenken zusammenzuziehen. Er wusste nicht, dass sie wahrscheinlich in Kalifornien von der Polizei gesucht wurde und dass sie viel jünger war, als er möglicherweise annahm.

Frustriert machte Wendy die Augen zu. Es war ja nicht so, als würde Aspen sie in naher Zukunft bitten, bei ihm einzuziehen. Und welcher Mann würde seine Freundin und ihren kleinen Bruder aufnehmen?

Eine leise Stimme in ihrem Kopf meldete sich zu Wort und bestand darauf, dass Aspen sie beide mit offenen Armen willkommen heißen würde, doch sie achtete nicht auf die Stimme.

»Immer einen Tag nach dem anderen«, flüsterte sie in den leeren Raum. »Zäume das Pferd nicht von hinten auf.« Sie zermarterte sich das Hirn nach weiteren Sprichwörtern, es fielen ihr aber keine ein. »Vielleicht will er nicht mal mehr mit dir zusammen sein, wenn er herausfindet, was du getan hast.«

Und mit diesen deprimierenden Gedanken machte Wendy die Augen zu, und wenig später schlief sie erschöpft und körperlich befriedigt ein.

# KAPITEL ELF

»Ich freue mich, dass du heute Abend gekommen bist«, erklärte Jackson Blade am darauffolgenden Dienstag, als er auf den Parkplatz der Highschool fuhr. Er hatte Jackson und Wendy fünfzehn Minuten zuvor an ihrer Wohnung abgeholt und verkündet, dass er fahren würde.

Wendy schien das egal zu sein, wofür Blade ausgesprochen dankbar war. Sie fuhr ganz gut, aber das eine Mal, an dem sie darauf bestanden hatte zu fahren und er nachgegeben hatte, hatte er die ganze Zeit über die Luft angehalten und sich gefragt, ob sie es an ihr Ziel schaffen würden, da der Wagen so aussah, als würde er jeden Moment auseinanderfallen.

»Kein Problem«, erwiderte er. »Ich freue mich schon darauf, Jenny kennenzulernen, und die Tatsache, dass ich Zeit mit dir und deiner Schwester verbringen kann, ist noch ein zusätzlicher Bonus.«

Der Teenager lächelte ihm vom Rücksitz aus zu. »Und einer deiner Freunde wollte auch kommen?«

»Ja. Fletch und seine Frau Emily zusammen mit ihrer siebeneinhalb Jahre alten Tochter Annie. Und wenn du ihr

Alter erwähnst, dann vergiss auf keinen Fall das halbe Jahr, denn das ist ihr extrem wichtig.«

Er schaute zu Wendy hinüber und sah, dass sie lächelte. Seitdem sie beide Telefonsex gehabt hatten, verhielt sie sich zurückhaltend, als wäre sie sich nicht sicher, ob das, was sie getan hatten, akzeptabel war. Wenn er sie später allein erwischte, würde er dafür sorgen, dass sie wusste, dass es absolut akzeptabel war und dass sie sich nicht schämen, verlegen sein oder sich Sorgen machen musste.

»Ist das das Mädchen mit dem Panzer?«, fragte Jackson.

»Genau die. Wir haben Fletch alle dabei geholfen und stundenlang im Garten an dem Ding gearbeitet. Sie spricht die ganze Zeit über mit sich selbst, erzählt Geschichten, in denen sie die Heldin ist und ihr Freund der Held. Das ist so süß.«

»Ihr Freund?«, fragte Wendy.

Blade nickte. »Ja. Er heißt Frankie und wohnt in Kalifornien. Annie hat verkündet, dass sie ihn irgendwann heiraten wird. Mit der kriegen wir noch einen Haufen Spaß, wenn sie größer wird.«

»Hoffentlich wird sie nicht so wie Wen mit fünfzehn«, entgegnete Jackson lachend.

Aus dem Augenwinkel sah Blade, wie Wendy sich versteifte, doch bevor sie etwas sagen konnte, neckte Jackson sie weiter.

»Du hast dich so oft rausgeschlichen, Schwesterchen, dass ich dachte, Mom und Dad würden dein Fenster zunageln. Erinnerst du dich an das eine Mal, als du um zwei Uhr morgens betrunken nach Hause gekommen bist? Ich war auf, weil ich krank war, und du bist ins Haus gestolpert. Ich dachte, Mom würde einen Herzinfarkt bekommen. Du hast nur gelächelt und gesagt, sie sollen sich entspannen. Du warst die ganze Zeit im Haus eines Jungen, an dessen

Namen ich mich jetzt nicht mehr erinnere. Das hat sie nicht gerade beruhigt.« Jackson lachte, als er davon erzählte.

»Ha, ha«, machte Wendy mit fast tonloser Stimme. »Du warst schon immer ein verzogener Lümmel, der mich ständig ausspioniert hat.«

Blade packte Wendys Hand und hielt sie auf seinem Bein fest. Er spürte, wie sie zitterte, und wusste, dass er das Thema wechseln musste, und zwar schnell.

Er öffnete den Mund, um den Geschwistern eine weitere Geschichte über Annie zu erzählen ... als auf der anderen Straßenseite etwas seine Aufmerksamkeit erregte.

Es war eine Gruppe von drei Fahrzeugen. Sie waren mit eingeschaltetem Licht geparkt. Es war spät genug und dunkel genug, sodass Blade die Kennzeichen nicht erkennen und nicht sagen konnte, wie viele Leute in jedem Wagen saßen.

Blade fuhr den Jeep in eine Parklücke und drehte sich zu Jackson um. Er deutete mit dem Kopf zu den Fahrzeugen und fragte: »Sind sie das?«

Jackson wurde plötzlich wieder ernst und er nickte. »Ja. Dort hängen sie immer rum.«

»Wendy, geh schon mal mit Jackson rein. Ich werde mal ein paar Takte mit denen reden.«

»Nein!«, protestierte Wendy, wobei sie sein Bein dort festhielt, wo ihre Hand ruhte. »Erstens ist es dumm, sie allein zu konfrontieren. Und zweitens, lass uns einfach gehen und das Stück genießen.«

Blade biss die Zähne zusammen. Er konnte mit diesen Typen alleine fertigwerden, auch wenn es mehrere waren. Aber Wendy wusste das nicht, weil er ihr nicht erzählt hatte, was er in der Armee machte. Er hatte ihr nicht erzählt, dass er Menschen mit bloßen Händen getötet hatte. Er hatte ihr nicht gesagt, dass er ausgebildet worden war, bis zu fünf Männer gleichzeitig zu bekämpfen. Er hatte ihr nicht gesagt, dass er eine der tödlichsten und stärksten Kampfmaschinen der Armee war, mit oder ohne sein Messer.

Er holte tief Luft und schaute im Rückspiegel Jackson an. Der Junge blickte abwechselnd zu den Schlägern und zu seiner Schwester. Blade erkannte, dass er hin- und hergerissen war zwischen dem Wunsch, sich den Grobianen mit ihm zu stellen, oder zu fliehen.

Da wurde Blade schlagartig klar, dass die Jungs Jackson wahrscheinlich weit mehr belästigt hatten, als er seiner Schwester erzählt hatte.

Blade machte sich eine geistige Notiz, sich mit Jackson zu treffen und so schnell wie möglich mit dem Selbstverteidigungsunterricht zu beginnen. Dann sagte Blade: »Okay, Süße, gehen wir rein.«

»Danke«, sagte sie leise. »Ich weiß, dass du ihnen eine Lektion erteilen möchtest, aber ich habe dich schon mehrere Tage nicht mehr gesehen und ich würde es bevorzugen, kein Blut aufwischen zu müssen, bevor ich einen entspannten Abend damit verbringe, dabei zuzusehen, wie die Freundin meines Bruders eine fantastische Vorstellung als Ursula hinlegt.«

Blade konnte nicht umhin zu lächeln. Er strich ihr mit dem Finger spielerisch über die Nase. »Verstanden. Kein Blut. Dann kommt, sehen wir mal nach, ob Fletch mit seiner Familie schon da ist.«

Sie stiegen aus dem Jeep und gingen schnell auf die Eingangstüren der Schule zu. Blade schaute sich um, aber niemand stieg aus den Fahrzeugen aus und näherte sich der Schule.

Mit einem Seufzer der Erleichterung – und der Frustration darüber, dass er diesen Tyrannen keine Lehre erteilen konnte – hielt Blade die Tür für Wendy auf und nickte Jackson beruhigend zu, als er das Gebäude betrat.

»Blade!«

Er drehte sich um und entdeckte Fletch mit Emily und Annie. Emily sah so schön aus wie eh und je. Sie hatte eine Hand auf ihren runden Bauch gelegt und lächelte auf Annie herab.

Das kleine Mädchen sah sie und lief auf sie zu. Sie schlang ihre Arme um Blades Taille und sagte dramatisch: »Gott sei Dank bist du endlich da. Wir warten schon seit E-wig-keiten! Es sind schon Hunderte von Leuten reingegangen und Daddy Fletch wollte nicht, dass wir ohne dich reingehen. Ich wette, dass die gutesten Plätze mittlerweile schon alle vergeben sind.«

»Hi, Annie.« Blade begrüßte sie grinsend, weil sie so ein Drama daraus machte. »Würdest du gern meine Freundin und ihren Bruder kennenlernen?«

Sie hob den Kopf und drehte sich zu Wendy und Jackson um. »Natürlich! Deine Freunde sind auch meine Freunde.«

»Annie, das hier sind Wendy und ihr Bruder –«

»Jack. Das ist Jack«, unterbrach Wendy.

Blade nickte ihr subtil zu. Er verstand. Er wollte ihn als Jackson vorstellen. Er hatte so viel Zeit mit Wendy und ihrem Bruder verbracht, dass er sich daran gewöhnt hatte, den Teenager Jackson und nicht Jack zu nennen.

Er beschloss, bald ein ernstes Gespräch mit Wendy zu führen, und fuhr mit der Vorstellung fort.

»Jack, Wendy, diese kleine Maus hier ist Annie.«

Jackson bewies, dass er eines Tages einen wunderbaren Vater abgeben würde, indem er sich hinhockte und ihr die Hand entgegenstreckte. »Hi, Annie. Wie ich höre, bist du schon siebeneinhalb. Da bist du ja schon fast erwachsen.«

Annie strahlte ihn an und schüttelte freudig seine Hand. »Das bin ich! Und ich bin schon in der zweiten Klasse, kann aber so gut lesen wie eine Fünftklässlerin. Ich lerne die Zeichensprache, weil mein Freund taub ist, und so langsam werde ich richtig gut darin. Ich habe versucht, meiner Mommy klarzumachen, dass ich die anderen Klassen einfach überspringen kann, aber das will sie nicht, weil ich Mathe und Geschichte und Naturwissenschaften und so ein Zeug lernen muss. Bäh.«

»Mathe macht Spaß«, erklärte Jackson ihr.

Sie rümpfte die Nase. »Nein, macht es nicht.«

»Irgendwann muss ich dir mal erzählen, was wir im Roboterklub gerade machen. Denn wir benutzen Mathe, um dafür zu sorgen, dass alles richtig ist. Aber vielleicht bist du dafür einfach noch zu klein ...« Er beendete den Satz nicht und stand auf.

Sofort zog Annie ihn am Hemd. »Nein, sag es mir! Ich bin zwar nicht besonders groß, aber zu klein bin ich nicht. Sag's mir, sag's mir, sag's mir!«

Blade gefiel es, als er Wendy neben sich hell auflachen hörte. Für ihn war es unvorstellbar, dass jemand schlechte Laune hatte, wenn Annie zugegen war, denn sie war unwiderstehlich.

»Okay, aber nur, wenn du ein Geheimnis für dich behalten kannst«, erklärte Jackson und tat so, als würde er sich umsehen, um sich davon zu überzeugen, dass niemand sie belauschte.

Annie tat so, als würde sie mit einem Schlüssel ihren Mund absperren und ihn dann wegwerfen.

»Wir bauen einen Roboterarm.«

Annie machte große Augen. »Für einen Menschen?«

»Ja. Und er wird sich bewegen, wenn der Träger auch

nur daran *denkt*, ihn zu bewegen. Der ist wirklich unglaublich cool.«

»Fish braucht so was«, verkündete Annie. Dann drehte sie sich um und rief ihren Eltern zu: »Jack macht einen Arm für Fish!«

»Wir sind doch gleich hier«, erklärte Emily. »Kein Grund, so zu schreien.«

»So viel zum Thema Geheimhaltung«, flüsterte Wendy Blade zu.

Er grinste.

»Oh«, sagte Annie überrascht, da sie bei ihrem Gespräch mit Jack gar nicht bemerkt hatte, dass ihre Eltern nähergekommen waren. »Daddy, Jack macht in seinem Roboterklub einen Arm und Fish braucht einen Arm. Wir müssen dafür sorgen, dass sie sich kennenlernen. Sorg dafür!«

Diesmal war es an Blade, sich zu Wendy zu lehnen und zu flüstern: »Sie ist ein wenig herrisch.«

Wendy lächelte. »Das sind alle Siebenjährigen.«

»Siebeneinhalb«, erinnerte Blade sie.

Es gefiel ihm, Wendys amüsierten und glücklichen Blick zu sehen. Er wandte sich an seinen Freund. »Fletch, ich möchte, dass du Wendy Tucker und ihren Bruder Jack kennenlernst. Wendy, das sind Fletch und seine Frau Emily.«

»Schön, dich kennenzulernen«, entgegnete Emily und schüttelte Wendy die Hand.

»Ebenfalls«, antwortete sie.

Fletch schüttelte Wendy und Jackson die Hand und lächelte sie an. »Wir haben schon viel von euch gehört«, entgegnete er.

»Fletch«, sagte Blade in warnendem Ton.

Der andere Mann hielt abwehrend die Hände hoch. »Keine Bange, ich werde mich benehmen.«

»Äh, danke«, erwiderte Wendy.

»Also, deine Freundin spielt heute Abend die Ursula?«, fragte Emily Jack.

Blade sah, wie der Teenager stolz die Schultern straffte. »Ja. Und sie ist gut. Richtig gut. Sie ist zwar erst im ersten Jahr, aber ich bin davon überzeugt, dass sie später mal Schauspielerin werden könnte, wenn sie wollte. Auch wenn sie behauptet, sie würde lieber Chemie studieren und nicht Theaterwissenschaften. Wir werden sehen.«

»Ursula!«, rief Annie aufgeregt und begann dann, lauthals »Arme Seelen in Not« zu singen.

Fletch streckte die Hand aus und legte sie Annie über den Mund, wobei er leise lachte. »Wie wäre es, wenn wir das den Schauspielern auf der Bühne überlassen, hm, Schatz?«

Annie lachte und nickte. Fletch nahm seine Hand von ihrem Mund und legte sie seiner Tochter auf die Schulter.

»Können wir jetzt reingehen und uns Plätze suchen?«, fragte das kleine Mädchen. »Bitte, bitte, bitte, bitte?«

»Seid ihr bereit?«, fragte Fletch.

»Wie wär's, wenn die Mädchen schon mal reingehen und uns Plätze suchen«, erklärte Blade, wobei er Fletch in die Augen sah und eine subtile Geste mit dem Kinn machte.

Fletch verstand sofort, dass Blade irgendetwas mit ihm besprechen wollte, und stimmte zu. »Das hört sich gut an. Los, Annie, es ist deine Aufgabe, die besten Plätze im ganzen Saal für uns zu finden. Wir kommen gleich nach.«

»Aspen?«, fragte Wendy und legte ihm eine Hand auf den Arm.

»Es ist alles in Ordnung, Süße. Ich will nur kurz mit Fletch reden. Geht schon mal rein.«

Sie runzelte ein wenig die Stirn, nickte dann aber.

Blade beugte sich vor und küsste sie sanft auf den Mund. »Vielen Dank«, sagte er leise.

Wendy drückte ihm den Arm und folgte dann einer ausgesprochen aufgeregten Annie und ihrer Mutter in Richtung Theatereingang.

»Was ist los?«, fragte Fletch, sobald die anderen außer Hörweite waren.

Blade zeigte zu Jackson. »Die Jungs, von denen ich dir erzählt habe, die Jack und die anderen hier an der Schule schikanieren?«

»Ja?«

»Sie befinden sich in diesem Moment auf dem Parkplatz auf der anderen Straßenseite.«

Fletch spannte die Kiefermuskeln an und sah zur Eingangstür. »Die Wagen, die die Lichter anhaben«, mutmaßte Fletch. Als Blade und Jack nickten, fragte er: »Gehen wir rüber und konfrontieren sie?«

Blade verzog die Lippen zu einem Lächeln. »Ich habe Wendy versprochen, das nicht zu tun.«

»Du hast ihr nur versprochen, es nicht gleich jetzt zu tun«, bemerkte Jackson. »Wir könnten ja in der Pause rübergehen.«

»Du bist ein schlauer Bursche«, stellte Fletch fest. »Blade?«

Blade schaute Jackson an. Er sah angespannt aus. Er hatte nicht nur seine Schwester mitgebracht, um den Auftritt seiner neuen Freundin zu sehen, sondern musste sich nun auch noch Sorgen um die Tyrannen machen, die ihm auf den Fersen waren. Er verstand, dass der Teenager alles tun würde, um sie dazu zu bewegen, ihn in Ruhe zu lassen, aber aus irgendeinem Grund zögerte Blade. Schließlich sagte er: »Ich halte es nicht für die beste Idee, dich während des Theaterstücks deiner Freundin solchen Schwierigkeiten auszusetzen.«

Jackson ließ die Schultern hängen. »Ja, wahrscheinlich

hast du recht.«

»Es tut mir leid, dass du das durchmachen musst«, erklärte Blade dem Jungen. »Es ist weder schön noch richtig. Du trägst eine ziemlich große Last auf deinen Schultern, Jenny und die anderen zu beschützen und dabei darauf zu achten, dass du dich selbst ebenfalls in Sicherheit befindest. Es tut mir leid, dass ich mich noch nicht vorher bei dir gemeldet habe, damit wir mit dem Selbstverteidigungsunterricht anfangen können. Wenn du möchtest, machen wir das am Wochenende, falls du Zeit hast.«

»Am Samstag feiern Wen und ich ihren Geburtstag«, antwortete Jackson.

»Stimmt. Wie wäre es am Freitag nach der Schule? Da arbeitet deine Schwester doch im Callcenter, oder? Das wäre doch in Ordnung?«

»Ja, das würde gehen. Ich habe zwar ein Treffen des Roboterklubs, aber wir sind um vier fertig«, erklärte Jackson eifrig.

»Super. Glaubst du, die Jungs würden kommen, um zu helfen?«, fragte Blade Fletch.

»Auf jeden Fall.«

»Perfekt. Wir besprechen es mit deiner Schwester und sehen, ob sie damit einverstanden ist, okay?«

»Okay.«

»Und heute, wenn das Stück zu Ende ist, gehen wir alle zusammen raus, nur für den Fall, dass diese Arschlöcher etwas versuchen wollen, in Ordnung?«

Man konnte sehen, wie Jackson sich bei diesen Worten sichtlich noch weiter entspannte. »Vielen Dank.«

»Gern geschehen. Ich habe dir auch meine Nummer gegeben und dir gesagt, dass du mich jederzeit anrufen kannst. Das habe ich ernst gemeint. Jeder. Zeit. Verstanden?«, fragte Blade.

»Ja. Und ich weiß es wirklich zu schätzen. Wendy ist zwar großartig, aber mit dieser Sache kann sie mir wirklich nicht helfen. Das wissen wir beide und es ist blöd. Wenn du mir beibringen könntest, was ich machen muss, falls sie sich dazu entschließen, mich und meine Freunde eines Tages anzugreifen, würde ich mich wirklich freuen.«

»Gewalt ist keine Lösung«, erklärte Fletch ihm. »Aber wenn du keine Wahl hast, kann es dir helfen, aus einer gefährlichen Situation herauszukommen, wenigstens lange genug, um Hilfe zu holen.«

Jackson nickte und wandte sich dann wieder an Blade. »Wendy ist großartig. Sie hat so ziemlich alles aufgegeben, um sich um mich zu kümmern. Und ich würde dasselbe für sie tun, ohne dass ich darüber nachdenken müsste. Ich mag dich, Aspen. Danke, dass du dich ihr gegenüber anständig verhältst. Sie hat jemanden in ihrem Leben verdient, der sich endlich einmal auch um sie kümmert.«

Blade wusste, dass es noch viel im Leben der Geschwister gab, das er nicht wusste, aber er würde nie an ihrer engen Verbindung zweifeln. »Sie ist so selbstständig, dass es wahrscheinlich nicht leicht ist, sich um sie zu kümmern, aber ich werde mein Bestes geben«, erklärte er dem Teenager.

»Lass dich nur nicht abschrecken«, entgegnete Jackson. »Sie hat gute Gründe, über viele Dinge nicht zu sprechen.«

Blade nickte. Die Bestätigung zu erhalten, dass mit Wendy etwas Großes im Gange war, war gut. Er wünschte sich nur, sie würde ihm genügend vertrauen, um ihm mitzuteilen, was dieses Etwas war. Er könnte ihr helfen, das wusste er. Aber nicht, wenn er nicht wusste, was los war.

Jackson schien erleichtert zu sein. Er schaute auf die Uhr. »Gleich geht die Aufführung los.«

»Geh schon mal rein«, erklärte Blade. »Wir kommen

sofort nach.«

Kaum war Jackson gegangen, fragte Fletch: »Wie alt ist der Junge noch mal?«

»Sechzehn.«

Fletch schüttelte den Kopf. »Er kommt mir viel älter vor.«

Blade dachte einen Moment lang darüber nach und stimmte dann zu. »Ja, du hast recht. Pass auf, mir gefällt die Situation mit diesen Arschlöchern auf der anderen Straßenseite überhaupt nicht. Weißt du, ob unser Kommandant etwas über das Kennzeichen herausgefunden hat, das wir ihm gegeben haben?«

»Soweit ich weiß nicht.«

Blade runzelte die Stirn. »Ich werde ihn bitten müssen, sich ein wenig zu beeilen. Falls deren Eltern hier stationiert sind, möchte ich mit ihnen reden.«

»Ich komme mit«, pflichtete Fletch ihm bei. »Und jetzt komm, bringen wir es hinter uns.«

»Bist du mental darauf vorbereitet, dass Annie den ganzen nächsten Monat lang die Lieder aus *Arielle, die Meerjungfrau* singt?«

Fletch grinste. »Nein. Aber das bedeutet noch längst nicht, dass ich nicht jede Sekunde genießen werde.«

---

Drei Stunden später stand Blade mit Jackson, Wendy, Fletch, Emily und Annie auf dem Gang vor dem Theater, während sie darauf warteten, dass Jenny hinter der Bühne auftauchte.

Sie war als Ursula fantastisch gewesen. Ihre Stimme war erstaunlich und sie war in der Lage, genau das richtige Maß an Bösartigkeit in ihre Rolle zu bringen. Annie hatte seit dem Ende des Stücks ununterbrochen geplaudert und Emily lehnte sich müde an Fletch. »Hier kommen Jennys Eltern«, sagte Jackson.

Als Blade zur Seite blickte, sah er ein Paar mittleren Alters, das sich ihrer kleinen Gruppe von rechts näherte. Jennys Mutter trug ein schwarzes Etuikleid mit Schmuck im Wert von mehreren Tausend Dollar an ihren Handgelenken, Ohren und um ihren Hals. Sie hatte Schuhe mit hohen Absätzen an, und ihre Haare und ihr Make-up waren wunderschön gemacht. Blade schätzte sie auf Mitte vierzig und sie war extrem gut gealtert. Jennys Vater trug Anzug und Krawatte, und er strahlte vor Stolz.

»Jack!«, sagte der ältere Mann und schüttelte dem Teenager die Hand. »Schön, dich zu sehen. War Jenny nicht großartig?«

»Allerdings, Sir«, entgegnete Jackson sofort. »Das war sie.« Dann wandte er sich an Jennys Mutter. »Schön, Sie wiederzusehen, Mrs. Stewart.«

»Gleichfalls, Jack. Hast du Jenny schon gesehen?«

»Nein, Ma'am. Sie hat mir vor der Aufführung gesagt, dass es etwas länger dauern könnte, da sie das ganze lila Make-up aus ihrem Gesicht und von ihren Armen entfernen muss, bevor sie gehen kann.«

»Ach so«, sagte die ältere Frau.

Jack drehte sich um und zeigte auf Wendy. »Das ist meine Schwester Wendy. Wen, das sind Jennys Eltern Monroe und Elizabeth Stewart.«

Wendy streckte eine Hand aus und sagte schüchtern: »Schön, Sie kennenzulernen.«

»Gleichfalls. Jack hat uns von Ihnen erzählt, als er zum Abendessen bei uns war. Sie haben wirklich einen fantastischen jungen Mann großgezogen.«

Blade sah, wie Wendy errötete, doch sie lächelte und

dankte dem älteren Mann.

»Und das ist Aspen, Wendys Freund«, erklärte Jack, damit er alle vorgestellt hatte.

Blade schüttelte die Hände des Paares und musste zugeben, er war erleichtert, dass sie so offen und freundlich waren. Wendy hatte ihm erzählt, dass Jennys Eltern ziemlich wohlhabend waren und dass sie sich Gedanken darum machte, dass sie aufgrund dessen herablassend mit Jackson umgehen würden. Aber sie schienen ausgesprochen freundlich zu sein und ihn mit offenen Armen zu empfangen. Das freute Blade für Jackson und Wendy.

»Und ich bin Annie Fletcher«, sagte das kleine Mädchen, das neben ihnen stand. »Ich gehöre zu meiner Mommy und Daddy Fletch. Ich spiele gern Soldat. Ich kann nicht gut singen, aber mein Daddy sagt, dass ich mich jederzeit in der Form eindrücken kann, in der ich möchte.«

»*Aus*drücken«, korrigierte Fletch lächelnd. Und es gab eine neue Runde Händeschütteln.

»Habe ich doch gesagt!«, protestierte Annie und alle lachten.

»Mom! Dad!«

Alle drehten sich um und sahen, wie Jenny auf sie zukam. Sie strahlte und ihre Wangen waren ein wenig gerötet, wahrscheinlich weil sie so feste das lila Make-up abgerubbelt hatte.

Blade und die anderen sahen dabei zu, wie sie ihre Eltern umarmte und sich dann sofort an Jackson wandte. »Hi«, sagte sie schüchtern und wurde sogar noch ein wenig roter.

Blade lächelte innerlich. Auf der Bühne ging das Mädchen zwar richtig aus sich heraus, doch kaum war Jackson in der Nähe, wurde sie zum errötenden, schüchternen Teenager.

»Hey«, sagte er, ohne dabei unsicher zu wirken, streckte die Hand aus und zog Jenny in eine Umarmung. »Du warst toll, aber das hatte ich dir schon vorher gesagt.«

Jenny entspannte sich in dem Moment, in dem Jackson sie berührte. Als sie sich voneinander trennten, ließen sie ihre Hände nicht los und so standen die beiden Teenager Händchen haltend vor der Gruppe Erwachsener. Sie fühlten sich einander auf unbeschwerte Art verbunden, das konnte man leicht erkennen.

»Komm, ich mache dich mit allen bekannt«, sagte Jackson und so begann eine weitere Runde von Vorstellungen.

»Wow«, sagte Annie, »jetzt bist du ja gar nicht mehr so fett.«

Alle lachten und Emily erklärte, dass Jenny ein Kostüm getragen hatte, um wie Ursula auszusehen.

Blade legte Wendy entspannt den Arm um die Taille und alle sprachen darüber, wie toll Jennys Aufführung gewesen war. Er wusste, dass Wendy müde war, denn mit jeder Minute, die verging, lehnte sie sich mehr an ihn.

»Es wird langsam spät«, erklärte Mr. Stewart. »Und du musst morgen in die Schule, Schatz. Verabschiede dich in Ruhe von Jack und wir warten am Wagen auf dich, okay?«

»Okay, Dad«, erwiderte Jenny.

Blade nutzte die Gelegenheit, um dem jungen Paar zu sagen, dass er und Wendy ebenfalls am Wagen warten würden. Er wollte Jackson die Zeit und die Möglichkeit geben, allein mit seiner Freundin zu reden ... und vielleicht noch ein oder zwei Küsse abzustauben.

Er nahm Wendys Hand und ging mit ihr und Fletch und seiner Familie auf die Tür zu. Fletch hatte auf der anderen Seite des Parkplatzes geparkt und als sie sich trennten, fragte er: »Möchtest du, dass ich in der Nähe bleibe?«, und zeigte auf die Fahrzeuge, die noch immer auf der anderen Straßenseite standen, auch wenn die Lichter jetzt ausgeschaltet waren. Blade wusste nicht, ob die Typen die ganze Zeit gewartet hatten, während sie drinnen waren und das Stück gesehen hatten, oder ob sie in der Zwischenzeit weg gewesen und wieder zurückgekehrt waren. Wie dem auch sei, es war etwas besorgniserregend, dass sie so spät am Abend überhaupt noch da waren.

»Nein, ist schon in Ordnung. Aber danke. Wir sehen uns morgen beim Training.«

Blade beugte sich vor und gab der müden Annie einen Kuss, die ihren Kopf an die Schulter ihres Vaters gelegt hatte. »Bis später, Kleine.«

»Tschüss, Blade«, murmelte sie.

»Bis dann, Wendy«, sagte Emily. »Du kommst doch zu unserem Grillabend in ein paar Wochen, oder?«

Wendy sah zu ihm hoch und Blade nickte ermutigend.

»Wenn du möchtest, dass ich komme. Ich war mir dessen nicht ganz sicher, weil Aspen und ich noch nicht so lange zusammen sind.«

»Es ist ganz egal, ob ihr seit einem Tag oder einem Jahrzehnt zusammen seid. Du gehörst dazu«, sagte Fletch in einem Ton, der keinen Widerspruch zuließ.

»Dann komme ich natürlich gern«, erklärte Wendy lächelnd.

»Sehr schön. Bis dann«, sagte Emily.

»Tschüss.«

Blade war unglaublich froh, Wendy zum ersten Mal an diesem Abend für sich allein zu haben. Er legte ihr einen Arm um die Taille und führte sie zum Jeep. Doch als er an der Beifahrerseite ankam, machte er nicht die Tür auf, sondern lehnte Wendy stattdessen mit dem Rücken dagegen, sodass sie ihn ansah.

»Also ... du hast dich früher rausgeschlichen, um dich mit Jungs zu treffen, was?«

Sie stöhnte und schüttelte den Kopf. »Das war ja klar, dass du das nicht einfach übergehen würdest, ohne es anzusprechen.«

»Natürlich nicht. Hast du deswegen einen Alarm an der Tür angebracht, um zu sehen, ob Jackson sich rausschleicht? Weil du genau das Gleiche gemacht hast?«

Einen Moment lang glaubte er, sie würde der Frage ausweichen, wie sie es immer tat. Sollte das der Fall sein, würde Blade es ihr diesmal nicht durchgehen lassen. Er hatte es satt, dass sie ihm immer auswich. Besonders weil ihr Bruder sie ja schon verraten hatte. Er ballte die Hände zu Fäusten, um seine Ungeduld unter Kontrolle zu halten. Er wollte ihr keine Angst machen, aber er wollte *wirklich*, dass sie mit ihm redete.

»Ja. Ich weiß noch, wie leicht es ist, und ich wollte nicht riskieren, dass er sich rausschleicht und dann verletzt wird, weil wir in einer solch gefährlichen Gegend leben.«

Blade entspannte erleichtert seine Muskeln. Sie hatte ihm zwar nichts erzählt, was er nicht schon wusste, aber immerhin hatte sie nicht einfach gelogen oder sich geweigert, ihm zu antworten. Er versuchte, das Gespräch ein wenig zu lockern und sie dafür zu belohnen, dass sie ehrlich gewesen war. »Und obwohl ich nicht leugnen kann, dass ich jetzt von all der Erfahrung profitiere, die du während deiner Jugend gesammelt hast, kann ich nicht umhin, ein wenig eifersüchtig zu sein.«

»Du hast keinen Grund, eifersüchtig zu sein«, sagte Wendy bestimmt. »Du bist tausendmal besser als die feuchten Küsse, die ich früher für himmlisch hielt.«

»So, bin ich das?«, neckte er sie und rieb seine Nase an ihrer.

»Ja.«

»Darauf warte ich schon den ganzen Abend«, erklärte Blade, die Stimme ganz rau vor Verlangen. Dann beugte er sich vor, um sie zu küssen.

Wendy legte ihm sofort die Arme um den Hals, stellte sich auf Zehenspitzen und kam ihm mit den Lippen entgegen. Anstatt sie mit Haut und Haaren zu verschlingen, wie er es sonst immer tat, wenn er sie küsste, ließ Blade sich diesmal Zeit. Er knabberte an ihrer Unterlippe, neckte sie mit seiner Zunge und liebkoste ihre Lippen mit seinen.

Sie protestierte, weil er sie mit seinen Liebkosungen so hinhielt. »Aspen«, wimmerte sie.

»Was ist?«, fragte er und sein warmer Atem strich über ihre feuchten Lippen.

»Küss mich.«

»Tue ich doch.«

»Ich meine, küss mich *richtig*. Jackson ist sicher gleich wieder da.«

Blade nahm sich ihre Warnung zu Herzen und tat, was er von der ersten Sekunde an, in der er sie an diesem Abend gesehen hatte, gewollt hatte. Sie trug eine schwarze Hose und ein hellviolettes Oberteil mit einer Art Glitzer darin. Sie war wie eine frische Brise und er hatte sie sofort verführen wollen. Sie über ein bequemes Möbelstück beugen und sie von hinten nehmen wollen. Seit ihrem Telefonsex neulich Abend hatte er immer mehr erotische Fantasien darüber, mit ihr zu schlafen. Es wurde langsam zur Besessenheit. *Sie* wurde zu einer Besessenheit.

Blade beugte sich erneut vor und diesmal scheute er sich nicht, sie so zu küssen, wie sie beide es brauchten. Tief und rau. Er fühlte, wie Wendy ihm entgegenkam, und er zog sie an sich und genoss das Gefühl, wie sie mit ihm verschmolz. Blade neigte den Kopf, damit er einen besseren

Winkel bekam und seine Zunge besser mit ihrer verschmelzen konnte, und setzte ihren sexy Kuss fort.

Einen Augenblick später wurden sie durch harte Worte unterbrochen, die von irgendwo auf dem Parkplatz kamen. Als Blade den Kopf hob, sah er, dass Jackson und Jenny von einer Gruppe von Männern umgeben waren.

Blade fluchte leise, ließ Wendy sofort los und ging auf ihren Bruder zu.

Er hörte, wie Wendy ihm hinterhereilte, und wünschte sich, sie würde beim Jeep bleiben, aber er wusste, dass sie dem niemals zustimmen würde. Er konnte ihr keinen Vorwurf machen. Wenn es sein Kind oder Casey wäre, würde er auch nicht danebenstehen und abwarten.

Die Gegend war größtenteils menschenleer. Weil sie nach der Vorstellung darauf gewartet hatten, dass Jenny sich umzog, waren die meisten Zuschauer schon gegangen. Blade hörte das höhnische Gelächter, bevor er die Gruppe erreichte. Er wusste, dass der Schuldirektor die Typen bereits gezwungen hatte, vor dem Schulgelände zu parken, und dass sie jetzt nicht dort sein sollten, aber offensichtlich dachten diese Jungs, dass sie über dem Gesetz stünden.

»Deine Freundin sieht heute Abend aber wirklich hinreißend aus, Jackie, mein Junge. Können wir sie uns eine Weile ausleihen?« Der Typ berührte Jenny am Arm, als er sprach.

Jackson trat vor, bis Jenny hinter seinem Rücken stand, aber leider befand sich dort auch einer der Typen, der damit weitermachte, sie zu belästigen.

»Sie sieht ein wenig verwirrt aus. Hast du ihr noch nicht beigebracht, wie sie mit deinem Schwanz umzugehen hat, Jack?«

Jenny kreischte vor Schreck, als der Typ, der ihr am nächsten war, die Hand ausstreckte und ihr Haar berührte.

»Nimm sofort deine Hände weg«, knurrte Jackson und wandte sich der neuen Bedrohung zu.

Das Problem war nur, dass er von allen Seiten von vier älteren Kerlen umzingelt war. Er konnte Jenny auf keinen Fall vor allen gleichzeitig beschützen.

Blade ging auf sie zu, ergriff einen der Jungen am T-Shirt und stieß ihn von Jackson und Jenny weg. »Warum verschwindet ihr Jungs nicht?«, schlug er in leisem, tödlichem Ton vor.

Sofort wichen drei der Jungs zurück und bewiesen damit, dass sie in Wahrheit eigentlich Feiglinge waren. Und der Übriggebliebene, der wohl der Anführer war, hielt anscheinend kapitulierend die Hände hoch. Aber Blade konnte sehen, wie aufgeregt er schien, Jenny zu verängstigen und Jack wütend zu machen.

»Hey, Mann. Hier gibt es kein Problem. Ich bin Lars und wir sind Freunde von Jack. Wir albern nur ein bisschen rum.«

»Ihr seid nicht meine Freunde«, erwiderte Jackson sofort. »Ihr geht nicht mal mehr hier auf die Schule. Warum hängt ihr hier rum und schikaniert alle? Der Schulleiter hat euch doch schon gebeten zu verschwinden. Habt ihr nichts Besseres zu tun?«

Blade zuckte innerlich zusammen, denn es war wahrscheinlich keine gute Idee, diese Typen noch weiter zu reizen, denn so würden sie nur noch saurer werden.

»Fick dich«, sagte Lars und sah Jackson böse an.

»Nein, fick du *dich*«, erwiderte Jackson, schob Jenny hinter sich und streckte den Arm aus, als wollte er sie vor den Worten und Taten des Fßslings beschützen.

Blade konnte sehen, wie sie ihre Finger in Jacksons Flanken vergrub, aber er schien es nicht einmal zu bemerken. Er spürte eher als dass er es sah, dass Wendy neben ihm auftauchte. Sie legte eine Hand auf seinen Rücken. Ihre Anspannung übertrug sich einfach auf ihn. Er wollte ihr sagen, sie sollte zurücktreten, ihm Platz machen, für den Fall, dass er diese Arschlöcher erledigen oder an das Messer in dem Halfter an seinem Rücken gelangen müsste, aber er wollte die Jungs nicht warnen, dass er etwas anderes war als ein gewöhnlicher Passant ... nur für den Fall.

»Warum gehen wir nicht einfach alle nach Hause?«, fragte Blade leise.

»Ja Mann, genau das machen wir ja«, erklärte Lars, die Hände noch immer erhoben, während er zurückwich. Er drehte sich um, um Jackson anzusehen. »Bis bald, Jack.«

Es war die Art, wie er diese Worte sagte, bei der sich Blade die Nackenhaare sträubten. Er hatte schon in vielen hässlichen Situationen gesteckt. Einige schreckliche Dinge durchlebt, aber etwas an Lars' Worten beunruhigte ihn extrem.

»Tu bloß nichts Dummes, Junge«, warnte er. »Du weißt nicht, wer ich bin und was ich draufhabe.«

Lars wandte sich an Blade und erwiderte höhnisch: »Es ist mir scheißegal, wer du bist. Du kannst mir überhaupt nichts tun. Ich bin noch ein Kind. Wenn du dich mit einem Jungen anlegst, der viel jünger ist als du, alter Knacker, bist *du* derjenige, der in Schwierigkeiten gerät.«

»Verlass dich nicht drauf«, entgegnete Blade. »Du bist schon über achtzehn, also volljährig. Und du weißt nicht, womit du es zu tun hast. Fahr nach Hause, besorg dir einen Job und lebe dein Leben. Und hör auf, auf dem Parkplatz der Highschool herumzuhängen.«

Lars kniff die Augen zusammen. »Du kannst mir überhaupt nichts befehlen«, erklärte er Blade. »Niemand sagt *mir*, was ich zu tun habe.«

»Fahrt nach Hause«, erklärte Blade erneut und ging mit

den Bewegungen der Jungen mit, um sicherzustellen, dass niemand sich von hinten an ihn heranschlich.

Lars grinste noch einmal frech und verbeugte sich hämisch, bevor er sich umdrehte und sie alle zu ihren Fahrzeugen zurückgingen, als könnte nichts auf der Welt sie aus der Ruhe bringen.

Blade wandte sich sofort an Jackson. »Dieser Typ bedeutet wirklich einen Haufen Ärger.«

Jackson nickte, während er sich umdrehte und Jenny fest in seine Arme zog. Dann sagte er: »Sie haben mein Mädchen angefasst. Niemand fasst Jenny ohne ihre Erlaubnis an. Ich weiß deine Hilfe wirklich zu schätzen.«

»Aspen?«, fragte Wendy und er spürte, wie sie ihm die Hand auf den Arm legte. Er drehte sich zu ihr um und legte ihr einen Arm um die Schultern. Er war sauer, dass ihr Kuss unterbrochen worden war. Er war sauer, dass diese Typen dachten, es wäre okay, Jenny zu bedrohen und anzufassen. Er war sauer, dass sie Jackson in eine solch unangenehme Situation brachten. Er mochte den Jungen und es tat ihm leid, dass er diesen Blödsinn durchmachen musste. Und letztendlich war er sauer über die Tatsache, dass es diesem kleinen Arschloch von Lars völlig egal war, dass er gerade einen erwachsenen Mann bedroht hatte.

»Es ist alles in Ordnung«, erklärte er Wendy, obwohl er sich keinesfalls so fühlte. »Jackson, bitte bring Jenny zum Wagen ihrer Eltern. Ich halte inzwischen die Augen offen und wir treffen uns dann am Jeep. Ist das okay?«

»Ja, danke.«

Blade nickte dem Jungen zu und drehte sich gerade noch rechtzeitig um, um zu sehen und zu hören, wie Lars und seine Clique die Motoren aufheulen ließen und vom Parkplatz runterfuhren.

Und als er Wendy zu seinem Jeep zurückbrachte, fragte sie: »Schwebt Jackson in Gefahr?«

»Ganz ehrlich? Ich bin mir nicht sicher. Ich würde gern Nein sagen und dass diese Vollidioten nur heiße Luft ablassen.«

»Aber das glaubst du nicht.«

»Leider nein. Du musst von jetzt an ausgesprochen vorsichtig sein, immer wenn du ihn irgendwo hinbringst oder abholst. Diesen Typen ist es egal, wem sie wehtun, und ich möchte auf keinen Fall, dass du zur Zielscheibe wirst, nur weil sie auf deinen Bruder sauer sind.«

»Aber ich möchte nicht, dass Jackson ihre Zielscheibe ist«, entgegnete sie. »Diese Arschlöcher sollen mal was versuchen, wenn ich dabei bin. Falls sie eine falsche Bewegung machen, erledige ich sie mit meinem Elektroschocker.«

Blade konnte nicht anders, als sie anzulächeln. »Du hast einen Elektroschocker?«

»Ich bin eine alleinstehende Frau. Natürlich habe ich einen Elektroschocker.«

»Musstest du ihn schon mal benutzen?«

Sie sah ihn an. »Nein. Aber ich habe ihn an einer Puppe ausprobiert, bevor ich ihn gekauft habe.«

»Das ist nicht das Gleiche.«

Sie zuckte mit den Achseln. »Wie dem auch sei. Ich will damit nur sagen, dass ich keine Angst vor diesen Idioten habe.«

Blade drehte sie zu sich um und legte ihr einen Finger unter das Kinn, sodass sie ihm in die Augen sehen musste. »Du darfst sie nicht unterschätzen. Nur weil sie ein ganzes Jahrzehnt jünger sind als du, sind sie deshalb noch längst nicht weniger gefährlich.«

Irgendetwas huschte durch ihren Blick, das er nicht verstand, aber sie nickte. »Ich weiß, ich bin nur sauer.«

»Ich auch, meine Süße. Ich auch.«

Blade stellte sich so, dass er ihr erneut den Arm um die Schulter legen konnte. Wendy hatte einen Arm um seinen Rücken und den anderen auf seinen Bauch gelegt. So standen sie da und beobachteten, wie Jackson Jenny tröstete und sie dann zu ihren Eltern brachte. Sie hatten auf der anderen Seite der Schule geparkt und nichts mitbekommen.

»Ich mache mir Sorgen um ihn«, erklärte Wendy leise, als ihr Bruder endlich zum Jeep kam.

»Er kommt schon klar«, sagte Blade und man konnte an seinem Ton hören, dass er tatsächlich davon überzeugt war. »Die Jungs und ich werden ihm beibringen, wie er sich verteidigen kann.«

»Selbst wenn sie ihn umzingeln, wie sie es heute getan haben?«

»Selbst dann«, versprach Blade ihr.

Eigentlich hatte er vorgehabt, es mit Jackson locker angehen zu lassen. Ihm ein paar einfache Griffe zu zeigen, ohne zu tief in die Materie einzutauchen. Doch das hatte sich heute Abend geändert. Am Wochenende würde er sich Jackson richtig vornehmen. Er würde ihn gut in Schützer und Polsterung verpacken und die anderen bitten, ihn hart ranzunehmen. Wenn er lernen sollte, sich selbst und auch Jenny zu beschützen, musste er darauf vorbereitet werden, alles Nötige dafür zu tun.

Denn Blade wusste aus eigener Erfahrung, dass Arschlöcher wie Lars nicht mit fairen Mitteln kämpften. Er würde alles tun, um Jackson fertigzumachen, egal wer dabei noch verletzt wurde.

## KAPITEL ZWÖLF

»Wie geht es Jackson?«, fragte Aspen, nachdem er Wendy zur Begrüßung geküsst hatte. Sie hatte sich mit ihm auf dem Parkplatz ihres Apartmentgebäudes getroffen. Sie hatte es nicht erwarten können, ihn wiederzusehen, und war viel zu ungeduldig, um darauf zu warten, dass er zu ihrer Wohnung kam. Er hatte die Stirn gerunzelt und mit ihr geschimpft, weil sie ohne ihn zum Wagen gekommen war, doch sie hatte nur die Augen verdreht.

»Wir haben ihn am Freitagabend ziemlich hart rangenommen.« Es war Sonntag und sie hatten vor, den ganzen Tag miteinander zu verbringen. Jackson war bei Jenny und ihrer Familie. Die Beziehung der beiden Teenager war relativ schnell ernst geworden, allerdings machte Wendy sich keine allzu großen Sorgen um ihn. Sie vertraute ihrem Bruder und wusste, dass er ein fantastischer Freund wäre ... Der Abend von Jennys Theateraufführung hatte das bewiesen. Er hatte alles getan, um dafür zu sorgen, dass sie in Sicherheit war.

Am Samstag hatten sie und Jackson wie geplant ihren Geburtstag gefeiert. Sie waren Pizza essen gegangen, aber weil Jackson immer noch total Muskelkater hatte, hatten sie sich den neuesten Superheldenfilm im Kino angesehen, anstatt wie üblich Minigolf zu spielen.

Sie feierten ihren siebenundzwanzigsten Geburtstag genau wie jeden anderen ... sie taten so, als wäre sie fünf Jahre älter, als sie es tatsächlich war. Als Jackson acht Jahre alt gewesen war, hatte sie ihm erklärt, wie wichtig es wäre, dass die Leute dachten, sie wäre bei dem Tod ihrer Eltern einundzwanzig gewesen. Auf diese Weise würde niemand versuchen, sie erneut zu trennen, weil sie zu jung war, um die Verantwortung für ihn zu übernehmen.

Wendy seufzte. »Er hat immer noch Muskelkater«, erklärte sie als Antwort auf Aspens Frage. »Aber er hat nicht gejammert. Ganz im Gegenteil, er war so aufgeregt und hat mir die blauen Flecke an seinen Beinen und am Oberkörper gezeigt. Habe ich mich schon bei dir bedankt, dass du ihm Selbstverteidigung beibringst? Ich mag den Grund nicht, aus dem er es lernt, aber ich muss ihn trotzdem dafür bewundern.«

Aspen legte die Arme um sie und zog sie in eine warme Umarmung. »Gern geschehen, meine Süße. Und ich werde dich nicht belügen und behaupten, dass er die Fähigkeiten, die ich ihm beibringe, wahrscheinlich nie anwenden muss, denn dafür bist du viel zu schlau. Du warst letzte Woche selbst dabei. Du hast diesen Lars und seine Freunde gesehen. Die meisten Typen wie er ziehen sich zurück, wenn ihre Opfer nicht auf ihre Sticheleien eingehen. Nicht so dieser Lars.«

Wendy seufzte und wich ein wenig von ihm zurück. »Ich weiß. Deswegen bitte ich dich auch nicht, es langsam mit ihm angehen zu lassen. Es gefällt mir nicht, dass er das durchmachen muss, aber ich bin tatsächlich froh darüber, dass du da bist, um zu helfen.«

»Ich werde immer für ihn da sein. Falls unsere Beziehung aus irgendeinem Grund nicht funktioniert, werde ich immer noch sein Freund bleiben. Ich hoffe, dass ihr beide das wisst. Aber ich werde natürlich alles in meiner Macht Stehende tun, damit unsere Beziehung funktioniert.«

Wendy lächelte zu ihm hoch. »Ich auch. Ich mag dich wirklich, Aspen.«

»Ich dich auch. Und jetzt sag mir ... was würdest du heute gern zu deinem Geburtstag unternehmen?«

Wendy biss sich auf die Unterlippe. Es war nicht einfach nur so eine Frage. Sie wusste genau, was sie wollte. Sie wollte, dass Aspen mit ihr schlief. Und sie dabei so heftig durchfickte, dass sie Sternchen sah. Sie hatte Sex geliebt, als sie jünger war, und es war lange her, dass sie mit jemandem zusammen gewesen war. Sie war zu beschäftigt mit Jackson, zu müde von zwei Jobs und zu ängstlich, um jemandem näherzukommen.

»Wow, du musst aber lange darüber nachdenken«, bemerkte Aspen grinsend.

»Ich würde wirklich gern Zeit mit dir in deiner Wohnung verbringen. Nur wir beide. Jackson bleibt bis nach dem Abendessen bei Jenny.«

Aspen sah auf die Uhr und dann wieder sie an, dann zog er vielsagend die Augenbrauen hoch. »Also haben wir fünf Stunden ganz für uns?«

»Ja.«

»Bist du sicher, dass wir in meine Wohnung fahren sollten? Wir könnten irgendwo etwas essen gehen oder uns einen Film ansehen oder etwas einkaufen, was du dir schon immer gewünscht hast.«

»In letzter Zeit bist du das Einzige, was ich mir wünsche.«

Aspen leckte sich über die Lippen und atmete tief durch, bevor er antwortete: »Bist du dir sicher?«

»Ja. Auf jeden Fall. Zu hundert Prozent.«

Er lächelte, lehnte sich zu ihr und küsste sie sanft und liebevoll. »Das Geburtstagskind soll natürlich bekommen, was es sich wünscht.«

Dann drehte er sich um und drängte sie ein wenig zu schnell in seinen Jeep. Der Parkplatz war ruhig, da es ein Sonntagnachmittag war und die meisten der fragwürdigen Leute, die dort wohnten, wahrscheinlich noch schliefen. Er joggte vorne herum zur Fahrerseite.

Er startete den Jeep und fuhr ohne weiteren Kommentar in Richtung seiner Wohnung. Wendy wusste das zu schätzen. Auf keinen Fall wollte sie eine Million Mal gefragt werden, ob sie sich sicher war. Natürlich war sie sich sicher. Sie war erwachsen. Sie hätte es nicht vorgeschlagen und ihm gesagt, dass sie ihn wollte, wenn das nicht der Fall gewesen wäre.

Aspen hatte die Angewohnheit, übervorsichtig zu sein, und vor ein paar Nächten war ihr klar geworden, dass sie den ersten Schritt tun musste, um ihre Beziehung von einem kurzen Kuss oder Knutschen hier und da auf eine etwas intensivere Verbindung umzustellen.

Ja, sie hatten schon Telefonsex gehabt, aber anstatt sie dazu zu bewegen, schneller Sex zu haben, schien es so, als hätte diese Begebenheit es eher verzögert. Zu ihrem Geburtstag wollte Wendy ausnahmsweise einmal dem nachgehen, was sie wirklich wollte. Sie hatte Lust auf Sex, und Aspen war heiß. Nicht nur das, er war auch ein echt netter Kerl. Sie brauchte mehr davon in ihrem Leben.

Sie war so in Gedanken versunken, dass Wendy nicht merkte, dass sie bei ihm zu Hause waren, bis er den Motor abgestellt hatte.

»Hast du es dir anders überlegt?«, fragte er leise.

»Ganz und gar nicht. Du?«

Er lachte leise. »Du bist witzig.«

Wendy strahlte.

»Warte hier«, befahl Aspen.

Wendy tat, wie geheißen, und sah dabei zu, wie er vorne um den Jeep herum zu ihrer Tür kam. Er hob sie von ihrem Sitz, und sie kreischte und legte die Arme um seinen Hals, um sich festzuhalten. Er schlug die Tür mit seinem Hintern zu und ging, ohne zu zögern, in Richtung seiner Wohnung. Er setzte sie kurz ab, um seinen Schlüssel aus der Tasche zu ziehen, hob sie danach jedoch wieder hoch.

Wendy kicherte, als er die Tür mit dem Fuß zuschlug.

»Hast du Hunger?«

»Nein.«

»Möchtest du etwas trinken?«

»Nein.«

»Möchtest du fernsehen?«

Wendy hob die Hand und legte sie ihm an die Wange. »Ich möchte nicht fernsehen. Ich muss nicht aufs Klo. Ich möchte kein Brettspiel spielen. Ich will dich in mir spüren, Aspen. Und zwar so tief und fest, dass ich mich nicht daran erinnern kann, wie es war, nicht mit dir zusammen zu sein.«

Sie sah, wie seine Pupillen sich bei ihren Worten weiteten.

»Ich bin mir nicht sicher, ob ich es beim ersten Mal langsam angehen lassen kann«, sagte er und seine Worte waren rau und voller Emotion. »Dazu will ich dich zu sehr.«

»Gut.«

Ohne ein weiteres Wort ging er zur Treppe. Er trug sie, als wöge sie nicht mehr als ein Kind, obwohl Wendy genau wusste, dass dies nicht der Fall war, und ging, ohne außer Atem zu geraten, zu dem großen Schlafzimmer im zweiten

Stock hinauf. Er ging in sein Zimmer und beim Anblick seines wieder einmal ungemachten Bettes leckte Wendy sich voller Vorfreude die Lippen. Er legte sie auf den Rand der Matratze und lehnte sich über sie.

Wendy ließ sich zurück auf ihre Ellbogen sinken und starrte nach oben zu Aspen. Sein Gesichtsausdruck war so intensiv, wie sie ihn noch nie gesehen hatte.

»Aspen«, flüsterte sie, ohne dass sie wusste, was sie mit diesem einen Wort sagen wollte.

»Letzte Chance, das Ganze abzublasen«, knurrte er fast.

Doch anstatt ihm zu antworten, ergriff Wendy einfach den Saum seines Hemdes und zog es ihm langsam aus.

Als ihm klar wurde, was sie da tat, stand er auf und schob ihre Hände weg. Er griff nach dem Saum seines Hemdes und zog es sich über den Kopf.

»Zieh dich aus«, befahl er, während er seine Hände zum Knopf seiner Jeans gleiten ließ.

Mit einem kleinen Kichern tat Wendy, was er verlangte. Sie öffnete den Reißverschluss ihrer eigenen Jeans und schob sie sich über ihre Hüften. Sie war gerade dabei, ihre Bluse aufzuknöpfen, als Aspen mit seinen Händen ihre wieder aus dem Weg schob und es für sie übernahm.

Wendy blickte auf und blinzelte. Er stand über ihr, bereits splitternackt. Aspens Schwanz war hart und ragte aus schwarzen Locken zwischen seinen Beinen hervor. Er wippte und hüpfte, als er sich bewegte, und sie konnte den Blick nicht von ihm lassen.

Er drückte ihr Hemd an ihren Armen hinunter, und während sie sich noch aus den Ärmeln kämpfte, hakte er den Verschluss ihres BHs aus und schob auch diesen ihre Arme hinunter. Dann fuhr er mit den Händen zu ihren Hüften und zog sie bis an den Rand der Matratze. Wendy fiel mit einem *Umpf* zurück und grinste, als er ihr das

Höschen über ihren Hintern zog. Er trat lange genug zurück, damit sie es abstreifen konnte, dann war er wieder da und lehnte sich über sie.

Sie fühlte, wie sein Schwanz gegen ihren Bauch strich und einen nassen, kühlen Lusttropfen hinterließ. Wendy schlang die Beine um seine Hüften und griff nach ihm, während er seinen Mund auf ihren senkte.

Wenn sie der Meinung war, dass die Küsse, die sie in der Vergangenheit ausgetauscht hatten, heiß waren, wurde sie nun eines Besseren belehrt. Dieser Kuss war so heiß, dass sie alles um sich herum vergaß. Sie konnte fühlen, wie sein Schwanz zwischen ihren Körpern pulsierte. Ihre Brustwarzen waren hart von der kalten Luft im Raum und vor Erregung. Jedes Mal wenn sie gegen die Haare auf Aspens Brust streiften, war es, als ginge ein Stromstoß direkt in ihre Muschi.

Die Nässe zwischen ihren Beinen war fast obszön. Wendy konnte sich nicht erinnern, jemals einen Mann mehr gewollt zu haben als Aspen in dieser Sekunde.

Er zog sich zurück und sein Blick wanderte von ihrem Gesicht zu ihrer Brust. Dann stützte er sich auf seinen Händen ab, damit er mehr von ihr sehen konnte. Als er den Blick wieder auf ihr Gesicht konzentrierte, fühlte sie sich durch den intensiven Ausdruck in seinen Augen so schön wie nie zuvor ... und war wahnsinnig erregt.

»Du bist so unheimlich schön. Ich kann kaum glauben, dass du hier bist. In meinem Bett. Mit mir.«

»Weniger reden und mehr tun«, keuchte Wendy, die ihn jetzt endlich unbedingt in sich spüren wollte.

Er legte ihr eine Hand aufs Schlüsselbein und ließ sie dann langsam, ganz langsam ihren Körper hinuntergleiten, wobei er mit seinen rauen Händen über ihre aufgerichtete Brustwarze strich. Sie sog scharf die Luft ein, als er ihren alles andere als flachen Bauch erreicht hatte. Als seine Finger durch das kurze Haar über ihrer Muschi glitten, vergaß sie praktisch zu atmen.

»Du bist so feucht«, murmelte er. »Du willst mich.«

»Das bemerkst du erst jetzt?«

Er lächelte, legte dann eine Hand ganz unten an seinen Schwanz und kniff kurz hinein, wobei er die Augen einen Moment lang zumachte. Dann sagte er: »Ich besorge es dir jetzt schnell und hart, Süße. Ist dir das recht?«

»Nachdem du ein Kondom übergezogen hast, ja.«

Aspen erstarrte und begann dann zu fluchen, während er sich zu seiner Hose hinunterbeugte. Er murmelte zu sich selbst: »Verdammte Scheiße. Reiß dich zusammen, Carlisle.«

Wendy kicherte und entspannte sich. Sie war bereit gewesen, ihn von sich wegzustoßen, sollte er sich weigern, ein Kondom zu tragen, aber sie hätte es sowieso besser wissen müssen. Aspen war nicht jene Art Mann. Er war kein Arschloch. Er hatte ihr reichlich Möglichkeiten gegeben auszusteigen, und war wahnsinnig darauf bedacht sicherzustellen, dass sie das auch wirklich wollte. *Ihn* auch wirklich wollte.

Er warf seine Hose wieder auf den Boden und öffnete mit den Zähnen die Kondompackung. Ihm dabei zuzusehen, wie er sich das Kondom über den harten Schwanz rollte, war fast genauso erregend wie alles andere, was er getan hatte.

Als er es erledigt hatte, lehnte er sich wieder über sie. »Bitte entschuldige. Ich würde niemals ohne Kondom mit dir schlafen, solange du es nicht willst. Aber du solltest wissen, dass ich gesund bin. Ich werde bei der Armee alle paar Monate getestet.«

»Ich bin auch gesund ... aber ich nehme nichts zur Verhütung.«

Wie er sie daraufhin ansah, ließ sie innerlich erbeben. »Viele Frauen deines Alters nehmen irgendein Verhütungsmittel«, hakte er nach.

Wendy gab ihm, was er wissen wollte. »Bei mir besteht dazu kein Grund, weil ich seit Jahren keinen Sex mehr hatte. Ich bekomme regelmäßig meine Periode und habe kaum Schmerzen.«

»Ich kann nicht behaupten, dass es bei mir Jahre her wäre, aber ich hatte auch schon lange keinen Sex mehr. Von dem Moment an, seit ich mit dieser faszinierenden Frau am Telefon gesprochen habe, die versucht hat, mir eine Lebensversicherung zu verkaufen. Seitdem kann ich nämlich nur noch an sie denken.«

»Fick mich, Aspen«, bat Wendy leise.

»Oh, das werde ich«, erklärte Aspen und beugte sich erneut über sie. »Dann werde ich dich jetzt lieben. Und danach möchte ich dich in die Wanne in meinem Badezimmer setzen und die Fantasie wahr werden lassen, die ich dort von dir hatte.«

Wendy konnte nur nicken, als Bilder von ihnen beiden zusammen in der Badewanne vor ihrem geistigen Auge auftauchten ... und dem, was sie danach tun würden.

Aspen bewegte sich langsam und legte die Spitze seines Schwanzes an den Eingang ihrer Muschi. Dann beschrieb er mit seinem Daumen langsame Kreise über ihre Klitoris und schob seinen Schwanz langsam in sie hinein.

Wendy verkrampfte sich zuerst, dann entspannte sie sich, als sie merkte, dass er sich nicht einfach in sie hineinstoßen würde.

Als könnte er ihre Gedanken lesen, erklärte er: »Du hast mir gesagt, dass es schon eine Weile her ist. Und ich werde dich nicht ficken, bis du dazu bereit bist.«

Er ließ seinen Schwanz noch einen Zentimeter weiter in

sie gleiten. Dabei hörte er nie auf, sie mit dem Daumen zu massieren, während er immer weiter in sie glitt. Als sie dachte, er wäre ganz in ihr drin, legte er eine Hand unter ihren Hintern und hob sie ein paar Zentimeter an, während er gleichzeitig näher an das Bett rückte.

Wendy atmete tief ein. Sie konnte fühlen, wie die Haare auf seinen Beinen gegen die Innenseite ihrer Oberschenkel streiften. Das hatte ihr gefehlt. Das Gefühl, mit einem anderen Menschen verbunden zu sein. Eins mit ihm zu sein. Aber mit Aspen war es anders. Bedeutungsvoller.

Ihre inneren Muskeln zogen sich zusammen und die Art und Weise, wie Aspen dabei stöhnte, faszinierte sie.

»Alles okay?«, fragte er sie.

»Mehr als nur okay.«

Er versuchte, sich zurückzuziehen und dann wieder in sie zu stoßen. »Bist du sicher?«

»Fick mich, Aspen. Ich will es, brauche es. Ich brauche *dich*.«

»Sag mir, wenn ich dir wehtue«, warnte er sie.

Wendy nickte.

Und dann machte Aspen sich an die Arbeit. Er zog seinen Schwanz fast vollständig aus ihr heraus und stieß mit einer Kraft in sie hinein, wie er es noch nie zuvor getan hatte. Und dann tat er es erneut und noch mal. Er hatte immer noch eine Hand auf ihre Hüfte gelegt und rieb ihre Klitoris, während er sie fickte.

Wendy wusste, dass ihre Brüste bei jedem Stoß auf und ab hüpften, doch das machte das Ganze nur umso heißer. Aspen war nicht sanft, aber er tat ihr auch auf keinen Fall weh. Die Reibung zwischen ihren Körpern und das Gefühl, wie seine Haut auf ihre traf, erregten sie nur umso mehr.

»Oh mein Gott, Aspen. Ja!«

»Reib deine Klitoris«, befahl er.

Völlig außer sich vor Lust tat Wendy, wie geheißen, und ließ ihre Hand ihren Körper entlanggleiten, um sich selbst zu stimulieren.

Nun, da er beide Hände frei hatte, ergriff Aspen ihren Hintern, hob ihn ein paar Zentimeter von der Matratze und zog sie bei jedem Stoß seiner Hüften an sich.

Diese Stellung war ein wenig ungemütlich für sie, doch das war Wendy egal. Es machte sie an und Aspen nahm sie, wie er es brauchte, um zu kommen. Sie rieb weiterhin fieberhaft ihre Klitoris, behielt dabei die Augen offen und betrachtete den Mann zwischen ihren Beinen.

Sie wollte keine Sekunde davon verpassen. Sie hatte sich schon lange nicht mehr so weiblich und verführerisch gefühlt.

»Verdammt, das fühlt sich gut an«, murmelte Aspen und sah ihr in die Augen. »*Du* fühlst dich so gut an. Ich habe davon geträumt, doch in echt ist es viel besser als in meiner Fantasie.«

Wendy nahm ihre freie Hand, um eine ihrer Brustwarzen zu stimulieren, während sie versuchte, ihre Beine noch weiter zu spreizen, damit Aspen tiefer in sie eindringen konnte.

»Es gefällt dir, nicht wahr?«, sagte Aspen. »Es gefällt dir, schnell und hart genommen zu werden.«

»Jaaaaa«, keuchte Wendy. »Du fühlst dich so gut an.«

»Du musst dafür sorgen, dass du kommst«, warnte Aspen. »Lange halte ich nicht mehr durch. Du bist zu feucht. Und so eng. Ich habe noch *nie* zuvor eine Muschi wie deine gevögelt.«

Seine Worte waren ziemlich roh, doch sie erregten sie nur umso mehr.

»Tu es, Wen. Komm auf meinem Schwanz. Ich will es spüren.«

Wendy schloss einen Moment lang die Augen und konzentrierte sich darauf zu kommen. Sie wollte es. Mehr als sie hätte sagen können. Sie benutzte jetzt zwei Finger und war alles andere als sanft mit sich selbst, während sie sich so lange rieb, bis ihre Beine mit einem bevorstehenden Orgasmus zu zittern begannen.

»Genau so. Verdammt, du bist unglaublich schön. Wie du so vor mir liegst, offen für alles, was ich dir geben kann. Genau so, Süße. Ich kümmere mich um dich. Lass dich gehen.«

Und mit seinen Worten im Kopf tat sie genau das. Jeder einzelne Muskel in ihrem Unterkörper zog sich zusammen, als sie zum Orgasmus kam. Einem langen, starken Orgasmus. Wie von weit entfernt hörte sie Aspen stöhnen, als er anfing, sie härter zu ficken.

Und als sie gerade wieder von ihrem Höhepunkt herunterkam, stieß er, so fest er konnte, in sie und warf dann den Kopf in den Nacken. Während er kam, stöhnte er.

Wendy wusste nicht, wie lange sie so verharrten, doch als er schließlich die Augen öffnete und zu ihr hinabblickte, keuchte sie fast, als sie die Intensität seines Blickes spürte.

Er sagte nichts, sondern ließ einfach nur ihren Hintern los, lehnte sich über sie und küsste sie dann. Erst langsam und liebevoll – dann voller Begierde. Er verschlang sie, als könnte er nicht genug von ihr bekommen.

Wendy öffnete den Mund weiter, damit er sich nehmen konnte, was er wollte. Als er sich schließlich zurückzog, atmete er genauso schwer wie sie.

»Das war die wunderbarste Erfahrung in meinem ganzen Leben«, sagte er leise und so ernst, dass Wendy ihm einfach glauben musste. »Vielen Dank, dass du mir dieses Geschenk gemacht hast, obwohl eigentlich dein Geburtstag ist und ich derjenige bin, der dir etwas schenken sollte. Stattdessen habe ich mir etwas genommen.«

»Oh, du hast mir auch etwas gegeben«, versicherte Wendy ihm. »Und ich hoffe, dass du es mir bald wieder gibst.«

Er lachte leise und Wendy spürte, wie sein Schwanz aus ihrer feuchten Muschi glitt.

»Verdammt«, sagte er, »das nervt.«

Sie sah lächelnd zu ihm hoch und es gefiel ihr, wie wohl er sich in seinem eigenen Körper fühlte. Dadurch fühlte sich der Moment nach dem Sex nicht so merkwürdig an.

»Ich werfe nur schnell das Kondom weg und komme dann zurück. Kuschel dich schon mal unter die Decke, mein Schatz.«

Doch er bewegte sich nicht. Stattdessen glitt sein Blick über ihr Gesicht, als würde er sich für immer daran erinnern wollen. Er strich ihr eine schweißnasse Strähne aus dem Gesicht und seine Lippen verzogen sich zu einem geheimnisvollen Lächeln.

»Ich dachte, du wolltest ins Badezimmer gehen.«

»Das will ich auch«, sagte er, bewegte sich aber keinen Zentimeter.

Wendy entspannte sich unter ihm und streichelte mit ihren Fingern seine Flanken. Schließlich, nach einer weiteren Minute stillen Nachdenkens, seufzte er und bewegte sich.

Er drehte sich um und ging auf das Badezimmer zu, ganz und gar nicht gehemmt von der Tatsache, dass er nackt war. Wendy dachte nicht, dass sie jemals so unbekümmert vor ihm nackt sein könnte, aber sie hatte ja auch keinen solchen Knackarsch.

Die Nachmittagssonne schien durch das Fenster und Wendy war überhaupt nicht müde. Aber sie tat, was Aspen von ihr verlangte, und kroch unter die Decke. Sie zog sie bis zur Brust und lächelte über das Gefühl der Feuchtigkeit zwischen ihren Beinen. Es war ein bisschen unangenehm, aber das machte ihr nichts aus.

Weniger als eine Minute später erschien Aspen wieder im Zimmer und kam direkt ins Bett. Sie konnte ihn nicht lange anschauen, da er sich schnell bewegte, aber was sie sah, gefiel ihr.

Er hatte ein wenig Brusthaar, aber sie musste genau hinsehen, um es zu entdecken. Seine Arme waren voller Muskeln und er hatte auch diese köstlichen V-Muskeln. Die Haut um seine Hüften war heller als der Rest von ihm, was bewies, dass er ziemlich viel mit nacktem Oberkörper in der Sonne trainierte. Die leichten Stoppeln an seinem Kinn ließen ihn noch verwegener und männlicher aussehen. Alles in allem gab es nichts an seinem Körper, das sie nicht mochte.

Verdammt, es gab nicht viel an ihm als Mensch, das sie nicht mochte. Er war einfach perfekt – und das machte Wendy eine Heidenangst. Denn sie war alles andere als perfekt.

Er war bei ihr und schlüpfte unter die Decke, bevor sie die nötige Geistesgegenwart hatte, den Mund zu öffnen und ihm Komplimente über sein Aussehen zu machen. Er schob einen Arm unter ihre Schultern und zog sie an sich. Als sie sich neben ihm auf die Seite rollte, griff er nach unten, packte eines ihrer Beine und zog es über seine Oberschenkel.

»Kuschel dich an mich, Süße«, befahl er.

Wendy lächelte. »Ich dachte, Männer kuscheln nicht.«

»So ein Blödsinn. Wer immer das behauptet hat, hatte noch nie eine warme, befriedigte Frau wie dich in seinem

Bett.« Aspen küsste ihre Stirn. »Mach ein Nickerchen, Süße.«

»Ich bin aber überhaupt nicht müde«, erklärte sie ihm.

Und bevor sie den Satz noch ganz ausgesprochen hatte, lag sie auch schon auf dem Rücken und Aspen hatte sich über sie gelehnt. »Ich dachte, alle Frauen wären völlig erschöpft, nachdem sie so heftig gekommen sind wie du gerade.«

Sie kniff die Augen zusammen und vergrub ihre Fingernägel in seinem Bizeps. »Ach, tatsächlich?«

Immerhin sah er ein wenig niedergeschlagen aus. »Natürlich habe ich damit nicht so viel Erfahrung. Willst du mehr?«

Wendy waren ihre Bedürfnisse ein wenig peinlich. Sie zuckte mit den Achseln und wandte den Blick ab. »Du hast mir versprochen, mich erst zu ficken und dann Liebe mit mir zu machen. Und uns bleibt nicht mehr so viel Zeit, bevor ich gehen muss.«

»Sieh mich an«, befahl Aspen.

Wendy sah wieder zu ihm.

»Du solltest nie Angst davor haben oder dich schämen, mir zu sagen, was du willst oder brauchst. Willst du meinen Schwanz noch mal, Süße?«

Wendy nickte.

»Wie wäre es mit meinem Mund an deiner Muschi?«

Sie nickte erneut und begann, sich vor Erwartung unter ihm zu winden. »Ich ... äh ... habe einen ziemlich gesunden sexuellen Appetit.«

Daraufhin lächelte Aspen. Ein breites, strahlendes Lächeln, das sein Gesicht erhellte, ihn gleichzeitig aber auch ein wenig teuflisch aussehen ließ. »Dann sind wir wirklich ein Traumpaar, denn ich bin noch lange nicht mit dir fertig. Wenn du eine Pause brauchst, sag mir einfach kurz Bescheid. Ich könnte dich den ganzen Nachmittag ficken und dann die ganze Nacht lang weitermachen. Allerdings habe ich nur noch zwei Kondome ... Heute müssen wir uns also etwas einfallen lassen. Ab morgen habe ich dann immer genug davon vorrätig.«

Er gab ihr nicht die Gelegenheit zu antworten. Stattdessen ließ er eine Hand zwischen ihre Beine gleiten, um mit ihrer Muschi zu spielen, während er die andere zu einer ihrer Brustwarzen gleiten ließ, sich gleichzeitig vorbeugte und sie heftig küsste.

---

Zwei Stunden später lag Blade zusammen mit Wendy auf dem Bett und fühlte sich, als wäre er ausgewrungen und zum Trocknen aufgehängt worden ... auf eine gute Art und Weise. Er und Wendy passten sexuell perfekt zusammen. Sie war fast unersättlich und er hatte verdammt viel Spaß daran, kreativ zu werden und dafür zu sorgen, dass sie so befriedigt war, wie sie nur sein konnte.

Er hatte zu seinem Wort gestanden. Er hatte sie langsam und zärtlich geliebt, bis sie ihn anflehte, schneller und härter zu werden. Es hatte Spaß gemacht, sie an den Rand des Orgasmus zu bringen und sich dann zurückzuziehen, aber es hatte mehr Spaß gemacht, sie umzudrehen und sie hart und schnell von hinten zu ficken, während sie sich unter ihm wand und stöhnte.

Dann hatte er ihr wie versprochen ein Bad eingelassen. Natürlich war er mit ihr hineingeklettert und sie hatten innerhalb von zehn Minuten, nachdem sie zusammen eingeseift und glitschig waren, das letzte Kondom benutzt.

Sie war in jeder Hinsicht perfekt für ihn. Von ihren üppigen Titten und ihren harten, straffen Brustwarzen, die jedes Mal, wenn er sie ansah, um seinen Mund zu betteln schienen, bis hin zu ihren breiten Hüften und kräftigen Oberschenkeln, die er greifen und in Position bringen konnte.

Sie war nicht dürr, aber auch nicht dick. Sie war genau richtig. Ihre braunen Augen funkelten vor Erregung und Fröhlichkeit, wenn sie miteinander scherzten, und sie füllten sich mit Lust, wenn er in ihr war.

Er fuhr mit den Fingern leicht durch ihr zerzaustes Haar, während sie aneinandergekuschelt in seinem Bett lagen. Er hatte keine Ahnung, wo die Kissen geblieben waren – mit Ausnahme des Kissens unter seinem Kopf. Irgendwann war die Bettdecke bis zum Ende der Matratze hinuntergeschoben worden, und das Bettlaken war längst aus den Ecken hochgezogen worden und lag zerknüllt unter ihnen.

Das Bett sah aus, als wäre dort eine große Schlacht ausgetragen worden, und sowohl Blade als auch Wendy waren die Sieger.

Er lächelte und ihm gefiel das Gefühl der Intimität, das sie umgab. Er fühlte sich ihr in diesem Augenblick näher als je zuvor. Nach dem, was sie gerade miteinander geteilt hatten, wollte er sich ihr gegenüber öffnen, ihr mitteilen, wer er war.

Er war sich sicher, dass sie es diesmal erwidern würde, wenn er sich ihr öffnete.

»Du weißt, dass ich bei der Armee bin, aber du weißt nicht, was ich dort genau tue.«

Sie war gerade dabei, mit ihrem Finger langsame und zärtliche Kreise um seine Brustwarze zu zeichnen, doch als er das sagte, blickte sie zu ihm auf. »Ich habe mir schon gedacht, dass du etwas außerhalb der Norm tust. Vor allem, weil du nicht alle paar Jahre versetzt wirst und immer mit den gleichen Männern zusammenarbeitest. Ich weiß nicht viel über die Armee, aber so viel habe ich in meiner Zeit hier zumindest gelernt.«

Er gab ihr einen Kuss auf die Stirn. »Du hast recht. Meine Einheit sind die Spezialkräfte. Wir gehören zur Delta Force.«

»Wow«, sagte sie keuchend.

»Dann hast du also schon von uns gehört?«

»Na klar«, flüsterte sie. »Wer hat das nicht?«

»Du wirkst überrascht. Jedenfalls sind meine Kollegen und ich schon seit mehreren Jahren zusammen. Wir werden jedes Mal losgeschickt, wenn die Armee etwas geheim halten möchte. Ich kann dir nicht sagen, wohin ich reise, und manchmal nicht mal, wann ich zurück sein werde. Aber ich möchte, dass du weißt, dass wir immer vorsichtig sind. Wir haben viel zu viel zu verlieren, als dass wir unsere Sicherheit gedankenlos aufs Spiel setzen würden. Aber du darfst es niemandem sagen. Wer wir sind und was wir tun, unterliegt strengster Geheimhaltung, und niemand anderes darf es wissen.«

»Und warum erzählst du es mir dann? Ich meine, wenn es strengster Geheimhaltung unterliegt, warum erzählst du es dann mir?«

»Im Ernst? Fragst du mich das allen Ernstes nach dem, was hier in den letzten Stunden passiert ist?«

Sie wurde rot, nickte aber trotzdem.

»Wir hatten hier nicht einfach nur Sex, meine Süße. Es war großartiger, lebensverändernder Sex, aber es war noch so viel mehr. Es war der Beginn unserer *Beziehung*. Ich wollte noch nie mit jemandem so zusammen sein, wie ich mit dir zusammen sein möchte. An dem Abend, an dem du mich zum ersten Mal angerufen hast, hat es zwischen uns gefunkt, und seitdem spüre ich, wie unsere Verbindung jeden Tag wächst. Ich möchte mit dir an meiner Seite aufwachen und ich möchte jeden Abend mit meinem Schwanz tief in deinem Körper einschlafen. Ich möchte sehen, wie Jackson in ein paar Jahren auf der Bühne steht und sein Diplom annimmt, und ich möchte sehen, wie er zu dem erstaunlichen Mann heranwächst, zu dem er dank dir als Vorbild werden wird. Ich möchte von einer Mission nach Hause kommen und wissen, dass du hier auf mich wartest. Der Gedanke, dass es jemanden kümmert, ob ich lebe oder sterbe, während ich in irgendeinem Dreckloch von Land bin, sorgt dafür, dass ich umso vorsichtiger sein werde.«

»Oh«, murmelte sie.

»Ja, oh«, stimmte er ihr mit einem kleinen Lächeln zu. »Bin ich der Einzige, der das so sieht?«, fragte er mutig.

»Nein«, erwiderte sie leise.

Blade entspannte sich. Ihm war gar nicht klar gewesen, wie sehr er sich während dieses Gesprächs angespannt hatte. Abgesehen von seiner Familie hatte er noch niemals zuvor jemandem verraten, was er tatsächlich beruflich machte. Er war nervös gewesen, aber eigentlich hätte er wissen müssen, dass Wendy ihm keine Fragen stellen würde, die er nicht beantworten konnte. Endlich waren sie auf demselben Stand der Dinge. Er entspannte sich.

Nachdem sie mehrere Minuten vor sich hingedöst hatten, murmelte er schläfrig: »Herzlichen Glückwunsch zum Geburtstag, meine Süße.«

Es war später Nachmittag und er war sich natürlich der Tatsache bewusst, dass sie aufstehen, sich duschen und dann dafür sorgen mussten, dass Wendy zurück zu ihrer Wohnung kam, aber Blade fühlte sich so befriedigt und wohl, dass er sich nicht bewegen wollte.

»Danke.«

»Wie alt bist du eigentlich geworden, einunddreißig,

zweiunddreißig?«, fragte Blade, während er langsam mit dem Finger Kreise auf ihren Rücken malte.

Es war eine harmlose Frage – doch sie erstarrte, als hätte er etwas ausgesprochen Persönliches und Unerhörtes wissen wollen.

»So was in der Art.«

Sofort wurde Blade hellhörig und misstrauisch, obwohl er zuvor so entspannt und träge gewesen war.

Die harmlose Frage war einfach so aufgetaucht. Er hätte im Leben nicht gedacht, dass sie sich weigern würde, sie zu beantworten. Es war so eine einfache, leichte Frage – zumindest hätte sie das sein sollen, wenn sie ihm vertraute.

Und die Tatsache, dass sie das nicht tat, tat ihm *höllisch* weh. Nach allem, was sie gerade miteinander angestellt hatten, öffnete sie sich ihm immer noch nicht.

»Wie alt bist du also?«, fragte er angespannt.

Sie stützte sich auf einen Ellbogen auf und sah ihn an. »Spielt das eine Rolle?«

»Warum willst du mir nicht sagen, wie alt du bist, Wendy?«, fragte Blade geradeheraus.

Sie ließ sich wieder auf den Rücken fallen und legte den Kopf an seine Schulter, doch es fühlte sich eher an wie eine Vermeidungstaktik als eine liebevolle Geste. »Frauen mögen es nicht, wenn sie nach ihrem Alter gefragt werden, Aspen. Lass es gut sein.«

Doch das konnte er nicht. Jetzt nicht mehr. »Ich bin einunddreißig. Stört es dich, dass du älter bist als ich? Mir ist es ganz egal und meinen Freunden auch. Warum macht es dir etwas aus?«

»Das tut es eben einfach.«

Plötzlich war Blade richtiggehend schlecht und er setzte sich auf und schob Wendy von sich weg. »Nach allem, was wir gerade miteinander erlebt haben, willst du mir allen Ernstes nicht sagen, wie alt du bist?«

Sie sah ihn mit großen Augen an und schüttelte den Kopf.

Frustriert fuhr Blade sich mit der Hand durchs Haar. Er konnte einfach nicht verstehen, warum das ein solches Problem war. »Ich habe dir gerade etwas erzählt, das ich noch nie jemandem vor dir erzählt habe. Etwas, mit dem ich mir eine Menge Ärger bei meinem Kommandanten einhandeln könnte, wenn er es wüsste, und du willst mir nicht mal sagen, wie *alt* du bist? Das kann doch nicht dein Ernst sein. Bist du älter? Fünfunddreißig?« Er versuchte zu verstehen, was hinter ihrem verschlossenen Gesichtsausdruck vor sich ging.

Wendy schlüpfte aus dem Bett und nahm sich das Bettlaken, das auf einer Seite aus dem Bett hing, und bedeckte damit ihren Körper. »Es gibt einen guten Grund dafür, warum ich die Frage vermeide.«

»Vermeide? Verdammt – du weigerst dich einfach, es mir zu sagen. Wie wäre es, wenn du mir erzählst, wo du aufgewachsen bist? Oder wo du gelebt hast, bevor du hergezogen bist? Wo du deinen Abschluss gemacht hast und was dein Studienfach war? Ich weiß überhaupt *nichts* von deinem Leben außer der Tatsache, dass deine Eltern gestorben sind und du deinen kleinen Bruder großziehst. *Sprich* mit mir, Wendy. Ich habe das Gefühl, dich überhaupt nicht zu kennen.«

»Aber du kennst mich«, widersprach sie.

»Jedes Mal wenn ich dich etwas frage, selbst etwas Belangloses, lässt du mich abblitzen – und so langsam bin ich es leid.«

»Vielleicht liegt es daran, dass deine Fragen eben nicht belanglos sind«, erwiderte sie.

»Zu wissen, wie alt du bist, ist doch keine große Sache«, entgegnete Blade.

»Für mich schon.«

»Warum?«

Sie presste die Lippen fest zusammen und starrte ihn an.

»Seit wann lebst du hier?«

Sie starrte ihn an.

»Wo hast du gewohnt, bevor du nach Texas gezogen bist?«

Sie blinzelte, sagte aber immer noch nichts.

»Warum magst du keine Polizisten?«

Erneut weigerte sie sich zu antworten. Sie stand einfach nur da, in das Laken gewickelt und sah aus, als wünschte sie sich, im Erdboden zu versinken, nur um nicht mehr bei ihm sein zu müssen. Und das tat weh. Sehr sogar.

»Mit wie vielen anderen Männern hast du das gemacht?«

Bei dieser Frage zuckte sie zusammen. Doch er sprach weiter. »Mit wie vielen Männern warst du schon zusammen und hast dich geweigert, ihnen irgendwelche persönlichen Informationen zu geben? Wie viele andere Männer hast du vertrieben, weil du ihnen nicht mal etwas so Unbedeutendes wie dein verdammtes Alter verraten wolltest?«

»Fick dich, Aspen«, sagte sie schließlich. »Du weißt nichts über mich.«

»Allerdings nicht«, rief er. »Weil du es mir nicht *sagen* willst. Vielleicht ziehst du von Ort zu Ort, schleppst jedes Mal deinen Bruder mit, köderst die Männer mit deiner Schönheit und Verletzlichkeit, und wenn sie es dann leid sind, nicht zu erfahren, was du verheimlichst, ziehst du einfach weiter.«

Sie machte keinen Mucks, doch er konnte ihr an den Augen ablesen, wie sehr er sie verletzt hatte.

Blade war traurig und frustriert. Er wusste nicht, wie es dazu gekommen war, dass sie sich in dem einen Moment geliebt hatten und jetzt im nächsten stritten.

Und am schlimmsten fand er es, dass er noch nicht einmal wusste, *worüber* sie stritten.

Er ließ seinen Frust an Wendy aus und knurrte: »Sag mir etwas, irgendetwas, damit ich mich nicht fühle, als hättest du mich nur für Sex benutzt. Das Gefühl habe ich nämlich langsam.«

»Nur weil wir miteinander geschlafen haben, bedeutet das noch längst nicht, dass ich dir alles über mein Leben erzählen muss!«, schrie Wendy und versuchte, sich hart und stark anzuhören.

Doch in Blades Ohren klang sie einfach nur verzweifelt.

Und ihre Worte verärgerten ihn. Nein – sie machten ihn *stinkwütend*. Dort stand er und bat sie, ihn näher an sich heranzulassen, und sie ließ ihn einfach abblitzen. Nicht nur, weil sie sich weigerte, die blöde Frage über ihr Alter zu beantworten, um die es schon längst nicht mehr ging, sondern weil sie den fantastischen Sex, den sie gerade gehabt hatten, einfach so abtat, als hätte er nichts zu bedeuten.

Und dann sprach er, ohne nachzudenken.

»Also gut. Und genau deshalb bist du schlimmer als die Hure, die versucht hat, mich in der Kneipe aufzureißen. Da hätte ich genauso gut gleich mit *ihr* nach Hause gehen können. Immerhin war sie ehrlich und es war klar, dass sie mich nur benutzen wollte. Ich wette, *sie* hätte mir ihr Alter verraten, ohne die ganzen Spielchen zu spielen, die du hier vom Stapel lässt.«

Kaum hatte er die Worte ausgesprochen, bereute er sie bereits.

Wendy wurde bleich und wickelte sich das Laken fester um den Körper.

Blade brauchte ein wenig Luft. Er hatte den besten Nachmittag seines Lebens verbracht und eigentlich gedacht, dass dies der Start einer festen Beziehung mit Wendy darstellte. Verdammt, er war davon ausgegangen, dass sie während der letzten paar *Monate* genau darauf hingearbeitet hatten. Aber anscheinend wollte sie nur Sex.

Enttäuscht von sich selbst *und* von ihr stand Blade aus dem Bett auf. Er ging hinüber zu seiner Kommode und holte sich frische Kleidung. »Ich werde mich im Gästebadezimmer anziehen. Sobald du fertig bist, bringe ich dich nach Hause.«

Als er ging, drehte er sich nicht noch einmal nach ihr um. Denn hätte er das getan, hätte er vielleicht seine Meinung geändert und wäre zu Wendy gegangen, um sie in den Arm zu nehmen und ihr zu versichern, dass alles wieder in Ordnung käme und dass er all die schrecklichen Dinge, die er gesagt hatte, nicht so gemeint hatte.

Doch das tat er nicht. Und deswegen konnte er auch den Ausdruck völliger Verzweiflung auf ihrem Gesicht nicht sehen. Weder das Bedauern noch die Selbstvorwürfe noch die Tränen, die ihr über die Wangen strömten, als wäre ein Wasserhahn voll aufgedreht worden.

# KAPITEL DREIZEHN

Die Fahrt zurück zu ihrer Wohnung verbrachten sie schweigend. Aspen sagte kein Wort und Wendy auch nicht. Es gelang ihr, lange genug mit dem Weinen aufzuhören, um ihre Kleider zu finden. Sie hatten sie während ihres nachmittäglichen Sexfestes unters Bett geschubst.

Als sie nach unten gekommen war, hatte Aspen bereits an der Tür gewartet. Er hatte sie wortlos geöffnet und angezeigt, dass sie vorausgehen sollte. Er half ihr nicht beim Einsteigen in den Jeep und wartete nicht mal, bis sie sich angeschnallt hatte, bevor er vom Parkplatz fuhr, als könnte er es kaum erwarten, sie nach Hause zu bringen und aus seinem Leben zu verbannen.

Und sie nahm an, dass es genau das war, was er fühlte.

Wendy konnte ihm nicht sagen, wie alt sie war. Würde sie es tun, würde sie damit Jackson in Gefahr bringen. In zehn Monaten konnte sie sagen, wem sie wollte, dass sie in Wirklichkeit erst siebenundzwanzig war, aber dann wäre es schon zu spät für sie und Aspen.

Sie wollte es ihm sagen. Hätte es mehr als ein Mal fast getan. Wäre fast zusammengebrochen und hätte ihm alles erzählt. Doch sie hatte sich zurückgehalten ... Und nun war es zu spät. Er wollte nichts mehr mit ihr zu tun haben.

Wendy fühlte sich so niedergeschlagen wie schon lange nicht mehr und starrte auf ihre Hände hinab, während Aspen durch die Stadt fuhr. Er machte auf dem Parkplatz vor ihrem schäbigen Wohngebäude halt und sie fand den Mut, um ihm zu versichern: »Ich würde es dir sagen, wenn ich könnte.«

»Ja, okay. Ich habe dir haufenweise Möglichkeiten gegeben, mit mir zu sprechen, Wendy. Mehr als genug. Wir sehen uns.«

Er sprach die Worte kurz angebunden und emotionslos.

Das war es dann. Sie hatte den Mann gefunden und verloren, mit dem sie den Rest ihres Lebens verbringen wollte. Sie wollte wütend auf ihn sein, weil er ihr keine Chance gab, es zu erklären, aber sie konnte es nicht. Es war ihre Schuld – weil sie es nicht erklären *konnte*. Er reagierte genau so, wie sie es sich vorgestellt hatte, sobald er ihre Geschichte gehört hatte, was mit ein Grund dafür war, dass sie es ihm nicht hatte sagen wollen.

Ohne ein weiteres Wort zu sagen, stieg sie aus dem Jeep und begab sich auf die klapprige Treppe, die in den ersten Stock und zu ihrer Wohnung führte.

Als Aspen wegfuhr, bevor sie die Hälfte der Treppe hinaufgestiegen war, wusste sie, dass es das gewesen war. Er fuhr normalerweise nie, bevor er sich vergewissert hatte, dass sie wohlbehalten in ihrem Apartment verschwunden war. Niemals.

Bis jetzt.

Die Entscheidungen, die sie als junge, hormongesteuerte Teenagerin getroffen hatte, hatten noch nie so schwer auf ihren Schultern gelastet. Wendy hatte keine Ahnung, wie sie Jackson erklären sollte, dass sie die Sache mit Aspen vermasselt hatte. Sie hoffte, dass er noch bereit dazu wäre, ihrem Bruder Selbstverteidigung beizubringen. Es war ja nicht so, dass Lars und seine Arschlochbande in absehbarer Zeit aufhören würden, Jackson zu belästigen.

Nur weil Aspen nicht mehr zu ihrem Leben gehörte, bedeutete das nicht, dass auch alles andere aufhörte.

Mit zitternden Fingern schloss Wendy die Tür auf und schlich sich hinein. Alles schien nun trüber zu sein. Die hellen Kissen auf der Couch schienen sie zu verspotten. Die schmuddeligen grauen Wände wirkten noch erbärmlicher.

Als sie in eine Depression versank, die sie seit Jahren nicht mehr gespürt hatte, ließ Wendy ihre Handtasche auf den Esstisch fallen und machte sich auf den Weg zur Dusche. Sie konnte immer noch Aspen an sich riechen. So sehr es auch schmerzte, sie musste seinen Geruch loswerden. Die Erinnerung daran, wie erstaunlich er war, brauchte sie nicht. Daran, wie sehr sie es vermasselt hatte.

Warum hatte sie nicht einfach gelogen und gesagt, sie wäre zweiunddreißig? Dann wäre sie immer noch in seinem Bett.

Aber sie wollte ihn nicht rundheraus belügen. Nicht einmal über ihr Alter. Darum hatte sie es einfach vermieden, seine Fragen zu beantworten.

Ja, manche Leute würden behaupten, es wäre dasselbe wie lügen, wenn sie es ihm nicht sagte, aber nicht für sie. Jackson zu beschützen war zur zweiten Natur für sie geworden. Sie hatte gelernt, Antworten auszuweichen und das Gespräch wie ein Profi auf ein anderes Thema zu lenken. Aber natürlich durchschaute Aspen sie sofort. Er war wahrscheinlich in der Kunst des Verhörs ausgebildet.

Aber nicht nur das – wenn das Gesetz sie einholte, könnte er auch mitbeschuldigt werden. Alles, was die Aufmerksamkeit auf einen Soldaten der Spezialeinheit lenkte, war schlecht. Und wenn sie verhaftet wurde, konnte das wirklich schlecht für *ihn* sein.

Nein, sie hatte das Richtige getan. Der Schutz der Männer in ihrem Leben war das Wichtigste … auch wenn Aspen sie dadurch hassen würde.

Sie hörte noch einmal seine letzten Worte in ihrem Kopf. *Da hätte ich genauso gut gleich mit ihr nach Hause gehen können. Immerhin war sie ehrlich und es war klar, dass sie mich nur benutzen wollte. Ich wette, sie hätte mir ihr Alter verraten, ohne die ganzen Spielchen zu spielen, die du hier vom Stapel lässt.*

Sie nahm ihm nicht übel, dass er sauer auf sie war, aber er war mehr als nur sauer. Er war stinkwütend … und verletzt.

Sie wollte ihn anrufen und ihm sagen, dass es für sie nie um den Sex gegangen war. Dass sie gern Zeit mit ihm verbrachte. Mit ihm redete. Aber jetzt war es zu spät. Viel zu spät.

Wendy zog sich aus, kletterte in die lauwarme Dusche und hob ihr Gesicht in den Strahl, um die Tränen wegzuspülen, die nicht aufhören wollten. Sie musste sich unter Kontrolle bringen, bevor Jackson nach Hause kam. Er würde einen Blick auf sie werfen und wissen, dass etwas nicht stimmte.

Selbst während sie versuchte, sich aus der Verzweiflung zu befreien, in die sie gefallen war, ließ Wendy sich die Fliesen hinunter auf den Duschboden sinken. Sie schlang die Arme um ihre hochgezogenen Knie und heulte.

Sie weinte um alles, was sie verloren hatte, bevor es ihr überhaupt gehört hatte.

Sie weinte um alles, was sie in ihrem Leben aufgegeben hatte.

Sie weinte um die Ungerechtigkeit von allem.

Jackson lag später in jener Nacht in seinem Bett und schäumte vor Wut.

Irgendetwas war passiert, und Wendy wollte ihm nicht sagen was.

Ihre Augen waren geschwollen, als hätte sie geweint, aber sie hatte so getan, als wäre alles normal, und hatte ihn gefragt, wie sein Nachmittag bei Jenny verlaufen wäre.

Als er versucht hatte, sie zu fragen, was los wäre, hatte sie ihn angefahren, dass er sie in Ruhe lassen sollte und dass es ihr gut ginge.

Aber das tat es nicht.

Ihr Telefon hatte nicht geklingelt. Sie und Aspen hatten während der letzten Monate jeden Abend telefoniert. Er fand das immer ein bisschen lächerlich, aber jetzt hätte er alles dafür gegeben, die leisen Töne von Wendys Stimme aus ihrem Zimmer zu hören, während sie mit ihm sprach.

Jackson kochte vor Wut, hatte die Hände zu Fäusten geballt und schmorte.

Er hatte Aspen für einen guten Mann gehalten.

Er hatte sie seinen Freunden vorgestellt. Er hatte sich bemüht, ihm Selbstverteidigung beizubringen. Er schien sich sogar über den Zustand ihres Wohngebäudes und die dort lebenden gefährlichen Typen Sorgen zu machen.

Warum sollte er all diese Dinge tun, wenn er einfach mit Wendy Schluss machen wollte? Es ergab keinen Sinn.

Jackson war kein Idiot; er wusste, dass das, was Wendy vor einem Jahrzehnt getan hatte, illegal gewesen war. Sie hatten im Laufe der Jahre oft genug darüber geredet. Aber es war ihm auch egal. Sie hatte das Richtige getan. Hätte er in dieser letzten Pflegefamilie noch eine weitere Nacht – eine weitere Stunde – bleiben müssen, wäre er heute nicht mehr derselbe, und das wusste er. Sie hatte ihm das Leben gerettet und sie war erst sechzehn Jahre alt gewesen. Er wusste nicht, ob er in der Lage gewesen wäre, das zu tun, was sie getan hatte, wenn er sich in der gleichen Situation befunden hätte.

Jackson nahm sein Handy zur Hand und dachte darüber nach, Aspen auf der Stelle anzurufen und ihn zur Schnecke zu machen. Sein Finger schwebte tatsächlich über der Wahltaste, bevor er tief einatmete und sich dagegen entschied.

Nein. Er musste es von Mann zu Mann tun. Er wollte sich davon überzeugen, dass Aspen wusste, was er mit seiner Schwester aufgab. Jackson wurde klar, dass das, was zwischen ihnen passiert war, wahrscheinlich nicht allein Aspens Schuld war. Er kannte seine Schwester, wusste, dass sie dickköpfig und manchmal ziemlich verschlossen war, aber er hatte auch gehofft, Aspen wäre nicht der Typ Mann, der beim geringsten Anzeichen von Drama davonläuft. Denn davon hatten er und seine Schwester weiß Gott genug.

Aber er war sich sicher, dass Aspen niemals eine treuere, fürsorglichere und liebevollere Frau als Wendy finden würde.

Als Jackson sich entschlossen hatte, persönlich mit Aspen zu sprechen, begann er sofort, darüber nachzudenken, wie und wann er das einrichten konnte. Montags und mittwochs traf sich der Roboterklub. Dienstags und donnerstags hatte er Lacrossetraining. Jenny hatte auch die ganze Woche über Proben und er musste dabei sein, wenn sie fertig war, für den Fall, dass Lars und seine Kumpels zurückkehren würden.

Aber am Freitag konnte er Lacrosse ausfallen lassen und zu Aspens Wohnung fahren. Nun, er könnte sich von Rob dorthin bringen lassen. Jennys Familie wollte übers

Wochenende verreisen und sie sollte direkt nach der Schule abgeholt werden.

Er hätte ein paar Stunden Zeit, in denen Wendy glauben würde, er wäre beim Training, um sein Gespräch mit Aspen zu führen und Rob dazu zu bringen, ihn später zu Hause abzusetzen. Vielleicht würde er Wendy vorschlagen, am Freitag einen ihrer berühmten Taco-Abende zu veranstalten. Sie mochte diese immer, weil sie leicht herzustellen und relativ preiswert waren und es immer viele Reste gab.

Dann konnten sie sich einen Film ansehen. Er würde sie sogar auswählen lassen welchen. Er hasste den traurigen Blick in ihren Augen. Wollte ihr helfen, über Aspen hinwegzukommen und zu vergessen, was immer er getan hatte, um sie so unglücklich zu machen.

Während er sich den Plan ausdachte, überlegte er auch gleich, was er ihm sagen wollte.

Es war spät, als er endlich einschlief, aber er hatte einen Plan. Es würde unangenehm und peinlich sein, aber seine Schwester war es wert.

Wenn er fertig war, würde Aspen bereuen, was immer er gesagt oder getan hatte.

***

Als es dann wieder Freitag wurde, war Blade unglücklich und bedauerte sein Verhalten Wendy gegenüber zutiefst. Er war ein *Arschloch* gewesen. Warum kümmerte es ihn, wie alt sie war? Es war ihm egal. Aber letztlich war das nicht das Thema. Er wollte, dass sie ihm vertraute, und es war offensichtlich, dass sie etwas Großes vor ihm verbarg. Und das brachte ihn um.

Im Endeffekt hatte er überreagiert und sie behandelt, als wäre sie der Feind. Und das an ihrem Geburtstag. Er hätte das Thema fallen lassen können, ihr etwas Freiraum lassen und dann später versuchen können, mit ihr zu reden, wenn sie nicht so aufgebracht war. Aber nein, er hatte sie bedrängt und das Thema forciert.

Zu seiner Verteidigung: Die Frustration darüber, dass sie seinen Fragen auswich und ihm ein großes Geheimnis vorenthielt, hatte einen Punkt erreicht, an dem er sich nicht mehr zurückhalten konnte. Aber das war keine Entschuldigung dafür, die Dinge zu sagen, die er von sich gegeben hatte. Besonders bedauerte er es, sie mit der Frau in der Kneipe verglichen zu haben. Das war ein idiotischer Zug gewesen.

Er hatte mehr als ein Mal versucht, sie anzurufen, aber entweder ignorierte sie seine Anrufe oder sie hatte ihn blockiert.

Er vermisste sie. Machte sich Sorgen um sie und Jackson. Und er konnte nichts tun, wenn sie nicht mit ihm sprach. Er wollte sich entschuldigen.

Er vermisste ihre allabendlichen Gespräche.

Er vermisste es, Geschichten über »ihre« Bewohner im Seniorenheim zu hören.

War besorgt über die Situation mit Lars und den anderen Rüpeln.

Er hatte sie nach und nach den Jungs aus seinem Team vorgestellt, hatte aber noch nicht die Zeit gehabt, sie allen vorzustellen. Emily und Casey liebten sie, wollten sie wiedersehen, und er wusste, die anderen würden das auch wollen.

Aber solange er nicht reparieren konnte, was er kaputt gemacht hatte, würden sie diese Chance nicht bekommen.

Die Arbeit war angespannt gewesen; das Team hatte sich in Bereitschaft gehalten, um nach Guantanamo Bay in Kuba geschickt zu werden. Dort gab es nicht mehr viele

Gefangene, aber die, die dort zurückgeblieben waren, gehörten zu den Schlimmsten der Schlimmen. Es hatte einen Aufstand im Gefangenenlager gegeben und wegen der begrenzten Zahl des dort stationierten Personals dachten die hohen Tiere, sie müssten Verstärkung schicken, aber am Ende hatten sie zwei SEAL-Teams aus Kalifornien anstelle der Deltas geschickt.

Blade war froh, denn so gern er seinem Land auch diente, fühlte es sich nicht richtig an, sich auf eine Mission zu begeben, ohne vorher die Dinge zwischen ihm und Wendy in Ordnung gebracht zu haben.

Er war etwa zwanzig Minuten zu Hause gewesen und hatte praktisch eine Rille in seinen Boden gemacht, so viel war er hin und her gelaufen, während er darüber nachgedacht hatte, ob er zu Wendys Wohnung fahren und verlangen sollte, dass sie mit ihm redete, als es an seiner Tür klingelte.

In der Annahme, es könnte Wendy sein, eilte er zur Tür und öffnete sie, ohne sich die Mühe zu machen, durch den Spion zu schauen.

»Ich muss mit dir reden.«

Es war Jackson. Und er sah alles andere als glücklich aus.

»Geht es Wendy gut?«, fragte Blade. Denn spontan befürchtete er, Jackson wäre gekommen, weil seiner Schwester etwas zugestoßen war.

»Nicht dass es dich interessieren würde, aber ja.«

Blade war überrascht, wie feindselig die Antwort des Jungen war, fragte aber trotzdem: »Und was ist mit Jenny? Lars hat sie doch nicht noch mal belästigt, oder?«

Die Wut in Jacksons Gesicht wich Verwirrung. »Es geht ihr gut und ich habe in letzter Zeit nicht viel von Lars zu

Gesicht bekommen. Wir müssen uns unterhalten«, wiederholte er.

Blade sah an ihm vorbei zum Parkplatz, sah aber Wendys Wagen nirgendwo, obwohl er das gehofft hatte. Wäre sie da gewesen, wäre er rausgegangen und hätte sie angefleht, reinzukommen und mit ihm zu reden. »Wie bist du hergekommen?«

»Mein Freund Rob hat mich hergebracht. Er wartet draußen auf dem Parkplatz. Es wird nicht lange dauern.«

Blade öffnete die Tür vollständig und bat Jackson reinzukommen.

Das tat er und er wandte sich sofort an Blade, nachdem er in seine Wohnung getreten war.

»Was ist denn los?«

»Was hast du zu meiner Schwester gesagt oder ihr getan?«

Blade betrachtete den jungen Mann vor sich und beschloss, ehrlich zu sein. »Ich habe sie gefragt, wie alt sie ist. Und als sie es mir nicht sagen wollte ... war ich nicht besonders nett zu ihr.«

Als Jackson zusammenzuckte und zum ersten Mal den Blick von ihm abwandte, war Blade sich umso sicherer, dass mehr hinter dieser unschuldigen Frage steckte, als er dachte. »Ich habe Scheiße gebaut. Das weiß ich. Ich versuche schon die ganze Woche über, sie anzurufen. Aber sie nimmt nicht ab. Sie fehlt mir. Ich liebe sie, Jackson. Ich liebe deine Schwester über alles und es bringt mich schier um, nicht zu wissen, worum es in diesem blöden Streit überhaupt ging. Sprich mit mir. *Bitte*. Sag mir, was ich nicht weiß, damit ich mich anständig entschuldigen kann und es nie wieder vorkommt.«

Ohne ein Wort zu sagen, wanderte Jackson ins Wohnzimmer und setzte sich auf die Couch. Blade folgte ihm, setzte sich ans andere Ende der Couch und wartete. Er hasste es, dass der erste Mensch, der hörte, dass er sie liebte, nicht Wendy war, aber es ließ sich nicht ändern. Er wusste instinktiv, dass er erst ihren Bruder für sich gewinnen musste, bevor er mit Wendy weiterkommen konnte. Wenn Jackson ihn nicht bei seiner Schwester haben wollte, war es das. Ja, er war erst ein Teenager, aber Blade wusste, wie nahe sich die beiden standen.

Außerdem mochte er Jackson. Er wollte, dass er ihn respektierte und ihn nicht so ansah, als wäre er nicht besser als der Dreck unter seinem Schuh. Denn so hatte Jackson ihn gemustert, als er die Tür geöffnet hatte, und das war ätzend.

»Sie ist gerade erst siebenundzwanzig geworden«, sagte Jackson in leisem, gleichmäßigem Ton. »Und ich bin nicht sechzehn. Ich werde in zehn Monaten achtzehn.«

Blade überschlug die Zahlen schnell in seinem Kopf. »Also warst du, was ... sechs, als deine Eltern gestorben sind?«

»Ja. Und Wendy war gerade mal sechzehn.«

»Und in diesem Alter hat sie die Vormundschaft für dich übernommen?«

Jackson sah Blade fest in die Augen und sagte: »Nein.«

Und plötzlich ergab alles einen Sinn, als hätte Jackson die letzte halbe Stunde damit verbracht, ihm alles im Detail zu erklären. »Sie schützt dich«, erklärte Blade.

Jackson nickte. »Ja, so lange, bis ich achtzehn bin. Dann können wir uns ein bisschen mehr entspannen. Zumindest ich.«

»Erzählst du mir, was passiert ist?«

»Liebst du sie wirklich oder behauptest du das jetzt nur, damit ich dir alles erzähle?«

»Ich liebe sie«, erklärte Blade, ohne zu zögern. »Es ist

mir völlig egal, was du mir erzählst, es wird meine Liebe zu ihr nicht verändern. Ich würde nie etwas tun, was dich oder sie in Gefahr bringen könnte.«

Jackson nickte. »Nachdem unsere Eltern gestorben waren, hat das Jugendamt uns übernommen, doch wir wurden nicht in die gleiche Pflegefamilie gesteckt. Die Angestellten dort haben behauptet, sie hätten gerade keine Familien in ihrer Datenbank, die sowohl eine Teenagerin als auch ein Kleinkind aufnehmen würden. Für Wendy war das sehr schlimm. Und sie war ziemlich gut darin, sich rauszuschleichen, schließlich hatte sie das schon die ganze Zeit getan, als unsere Eltern noch am Leben waren. Deswegen hat sie sich auch jeden Tag aus ihrem Pflegeheim geschlichen, um mich zu besuchen. Aber irgendwann wurde sie erwischt.«

»Hattet ihr keine Verwandten, die euch aufnehmen konnten?«, fragte Blade, dem die ganze Geschichte schon jetzt nicht gefiel.

Jackson schüttelte den Kopf. »Eigentlich nicht. Ich glaube, mein Vater hatte eine Schwester, aber sie haben sich nicht gut verstanden. Und als sie kontaktiert wurde, sagte sie, dass sie nichts mit uns zu tun haben wollte.«

»Blöde Kuh«, murmelte Blade.

Jackson reagierte nicht. »Also blieb dem Staat nichts anderes übrig, als uns getrennt voneinander unterzubringen, aber Wendy tat alles, um mich jeden Tag zu besuchen. Ich hatte Angst. Ich vermisste unsere Eltern und ich verstand nicht wirklich, was los war. Ich musste dreimal die Pflegefamilie wechseln, aber irgendwie hat Wendy mich jedes Mal ausfindig gemacht. Und dann hatten ihre Pflegeeltern irgendwann genug davon, dass sie sich ständig rausschlich und Geld für den Bus klaute, also sagten sie den Behörden, dass sie sie nicht mehr wollten.«

»Mein Gott, sie war doch nur ein Kind. Sie war doch kein Kleidungsstück, das man einfach so zurückgeben kann, wenn es nicht passt«, beschwerte sich Blade.

»Also wurde sie in irgendeiner Wohnanlage für schwer erziehbare Kinder oder so was untergebracht. Aber auch dort schlich sie sich raus. Sie erzählte mir, dass sie sie unter Hausarrest stellen wollten, aber da sie genau genommen keine Gesetze brach, indem sie das Haus verließ, konnten sie das nicht tun. Und ja, das letzte Pflegeheim, in dem ich war ... also, das war nicht gut.«

Bei der Art, wie Jackson das sagte, biss Blade die Zähne zusammen. Es tat ihm leid, dass der junge Mann neben ihm so etwas Schreckliches hatte durchmachen müssen.

»Der letzte Abend, den ich dort verbracht habe, war der schlimmste. Wäre Wendy nicht aufgetaucht, wer weiß, was für ein Mensch dann heute aus mir geworden wäre ... oder ob es mich dann überhaupt noch gäbe.«

»Möchtest du mir davon erzählen?«, fragte Blade leise.

»Der sechzehnjährige leibliche Sohn meiner Pflegeeltern hatte eine bipolare Störung. Wenn seine Eltern nicht da waren, hat er uns Pflegekinder schikaniert. Es waren noch drei andere Pflegekinder mit mir dort. Einmal hat er die Katze der Familie getötet und sie im Keller versteckt. Wenn seine Eltern nicht aufpassten, hat er uns gezwungen hinunterzugehen und uns gezeigt, wie er sie getötet hat. Es war schrecklich und hat uns allen große Angst eingejagt.«

»Was ist an deinem letzten Abend dort geschehen?«

»Die Eltern sind ausgegangen und haben ihren Sohn als Babysitter für uns alle zurückgelassen. Ich war damals sechs und die anderen im Haus waren vier, fünf und acht Jahre alt. Zwei Mädchen und zwei Jungen. Ronald, der Sohn, brachte uns alle in den Keller. Es gab dort unten Hundezwinger von den früheren Haustieren, die auf mysteriöse

Art und Weise verschwunden waren. Ich glaube, die Eltern wussten, dass mit ihrem Sohn etwas nicht stimmte, aber nicht wussten nicht, was sie dagegen tun sollten. Jedenfalls zwang er uns dazu, uns in die Zwinger zu setzen, und dann fing er an, uns zu schikanieren.«

»Inwiefern?«, presste Blade hervor.

»Er hat uns mit Stöcken gepikt. Dann hat er behauptet, er würde uns die ganze Nacht hier unten lassen, ohne seinen Eltern zu erzählen, wo wir waren. Er hat uns nichts zu essen gegeben und uns nicht mehr rausgelassen, wenn wir pinkeln mussten. Wir haben uns alle in die Hose gemacht und er hat gelacht, wenn wir weinten. Dann holte er John, den Achtjährigen, und fesselte ihn mit einem Seil an einen der Pfosten. Anschließend beschmierte er den armen John mit dem Katzenblut, das er aufgehoben hatte ... und erklärte ihm, dass er ihm den Bauch aufschlitzen würde, wie er es mit der Katze getan hatte.«

Jackson hielt inne und holte tief Luft. Blade wollte zu ihm gehen, ihm die Hand auf die Schulter legen und ihn wissen lassen, dass alles in Ordnung wäre, aber er war sich nicht sicher, wie der Junge es aufnehmen würde. Also tat er nichts, setzte sich einfach auf den Rand des Sofas und fühlte sich hilflos.

Nach einem Moment fuhr Jackson fort: »John weinte so sehr, dass ihm Rotz über das Gesicht lief, und die Mädchen waren hysterisch. Ich versuchte, einen Weg zu finden, wie ich fliehen und Hilfe holen konnte, in der Annahme, dass Ronald mich irgendwann aus dem Käfig lassen würde, um auch mir etwas anzutun. Aber dann war Wendy da. Sie hatte sich wieder aus dem Heim herausgeschlichen, um mich zu besuchen. Sie warf immer kleine Steine gegen das Fenster des Zimmers, in dem ich wohnte, und ich kroch auf das Dach und rutschte einen Baum hinunter, und wir saßen dann im Garten und unterhielten uns. Aber als ich nicht antwortete, nachdem sie in dieser Nacht die Steine geworfen hatte, sagte sie, sie hätte in jedes Fenster geschaut und im Haus wäre alles dunkel gewesen. Sie wollte schon zurück ins Heim gehen, weil sie dachte, die Pflegeeltern hätten uns alle irgendwohin ausgeführt, als sie in einem Kellerfenster das Licht sah. Sie schaute hinein und sah, was Ronald tat. Sie brach in das Haus ein und lief die Kellertreppe hinunter, als wäre sie besessen. Sie hatte einen Baseballschläger in der Hand. Ronald war wohl so überrascht, sie zu sehen, dass er einfach erstarrte. Sie schlug ihm in den Magen und er fiel wie ein Stein um. Sie schlug ihn noch ein paarmal und ich hörte, wie etwas zerbrach, als sie seine Beine traf.«

»Oh mein Gott«, sagte Blade.

Jackson beachtete ihn gar nicht, sondern sprach weiter. »Sie band John los und ließ uns alle aus den Käfigen. Dann brachte sie uns nach oben und sperrte Ronald im Keller ein. Er schrie und weinte, doch sie sagte, wir sollten ihn nicht beachten. Dann schickte sie John und die Mädchen in ihre Zimmer und bat sie, die Polizei zu rufen. Dann nahm sie mich bei der Hand und wir gingen zusammen aus der Haustür.«

Jackson hob den Kopf und sah Blade fest in die Augen. »Sie hat mich entführt, Aspen. Sie hat mich aus dem Haus mitgenommen und nicht ein Mal zurückgeblickt. Wir hatten nichts. Keine Kleidung. Keine Lebensmittel. Nichts zu trinken. Sie brachte mich zurück zu unserem alten Haus. Dem, in dem wir gewohnt hatten, als unsere Eltern noch lebten. Anscheinend hatten die Behörden noch nicht alle rechtlichen Belange geregelt, denn all unsere Sachen waren noch dort. Ich wollte bleiben, doch sie sagte, dass das nicht ginge. Ich erinnere mich noch gut daran, wie ich in meinem alten Zimmer saß und weinte, weil ich nicht verstand, warum wir nicht dort leben konnten. Dann half Wendy mir dabei, eine Tasche mit meinen Sachen zu packen, und beschwerte sich nicht mal, als ich sie mit Spielzeugautos und Stofftieren und anderen unnützen Sachen vollstopfte. Stattdessen packte sie Kleidung für uns beide in ihren eigenen Rucksack. Dann holte sie den versteckten Schlüssel, um den Safe unter dem Bett unserer Eltern zu öffnen. Sie holte unsere Geburtsurkunden und etwas Geld, das dort versteckt war, heraus. Ich weiß auch nicht, warum die Anwälte oder die Polizei ihn noch nicht gefunden hatten, aber glücklicherweise hatten sie das nicht getan. Dann hauten wir ab. Wendy kaufte uns Bustickets nach Florida und wir waren drei Tage und drei Nächte in dem muffigen Bus unterwegs, bis wir in Florida ankamen.

Wir lebten etwa einen Monat lang auf der Straße, bevor Wendy endlich einen Job fand. Sie räumte zwar nur Teller ab, doch sie log, was ihr Alter anging, und ihr Chef stimmte zu, sie in bar zu bezahlen. Dann lebten wir zwei Jahre lang in einem schrecklichen Motel, bis sie schließlich entschied, dass es an der Zeit war weiterzuziehen. Und so fuhren wir nach Louisiana. Sie hatte keinen Beweis dafür, in welcher Klasse ich gewesen war, oder überhaupt irgendeinen Beweis dafür, dass ich jemals zur Schule gegangen war. Aber sie ging einfach zu einer Grundschule bei uns in der Nähe und behauptete, sie hätte mich zu Hause unterrichtet. Sie hatte ein paar gefälschte Papiere über meinen Fortschritt dabei, damit niemand Fragen über mein Alter stellte, und machte mich deswegen auch gleich ein Jahr jünger.

Ich musste einen Einstufungstest machen und wurde dann in die zweite Klasse gesteckt, obwohl ich in meinem Alter eigentlich in die dritte Klasse gehört hätte. Wendy gab während unserer Flucht ihr Bestes, um mich zu unterrichten, aber sie musste viel arbeiten und wir hatten große Angst, dass jemand herausfinden könnte, dass sie noch nicht volljährig war, und mich ihr wegnahm. Rückblickend scheint es albern, sich so viele Sorgen darüber zu machen, dass jemand hinterfragt, warum ich in der zweiten Klasse war, obwohl ich diese Kenntnisse meinem Alter nach bereits hätte beherrschen müssen, aber Wendy war wirklich besorgt, dass jede Kleinigkeit, die auffällig war, die Behörden dazu veranlassen könnte, sie zu befragen, deshalb sagte sie ihnen, ich sei jünger, als ich war. Wir sind seither viel umgezogen, aber als sie die Stelle hier im Seniorenheim bekam, konnte ich sehen, dass es ihr wirklich gefiel. Also sind wir geblieben. In weniger als einem Jahr werde ich achtzehn und dann kann mich ihr niemand mehr wegnehmen und wieder in eine Pflegefamilie stecken. Aber die Sache ist die ... sie hat wahrscheinlich eine Menge Ärger wegen dem, was sie getan hat. Wenn es nur sie wäre, eine entlaufene Teenagerin, würde es niemanden interessieren. Aber sie ist in das Haus eingebrochen, hat Ronald verletzt und mich entführt. Vielleicht bin ich frei, wenn ich achtzehn werde, aber sie wird immer über ihre Schulter schauen müssen. Das ist also die lange und hässliche Geschichte, warum sie dir ihr Alter nicht verraten wollte. Siebenundzwanzig. Sie hat sich um mich gekümmert, seit ich sechs Jahre alt war und sie sechzehn. Sie hat die Highschool nie abgeschlossen, hat nie studiert und sie war mehr eine Mutter für mich als meine eigene es jemals war. Ich erinnere mich nicht mehr an meine Mutter, aber ich würde alles für Wendy tun. Ich würde sogar hierherkommen und dir sagen, dass du Scheiße gebaut hast. Und wie. Du wirst niemanden finden, der so loyal und fürsorglich ist wie sie. Manchmal haben Menschen einen guten Grund, warum sie nicht über sich selbst reden wollen.«

Blade stand auf und näherte sich Jackson. Der Junge erstarrte, doch Blade beachtete es nicht. Er kniete sich vor ihm hin und sah zu ihm hoch. »Ich weiß, dass ich Mist gebaut habe. Aber seitdem versuche ich, sie anzurufen, um sie um Verzeihung zu bitten.«

»Ist dein Wagen kaputt?«

»Was?«

»Dein Jeep. Ist er kaputt?«

»Nein.«

»Dann hättest du zu ihr fahren sollen. Du weißt, wo sie arbeitet. Du weißt, wo sie wohnt. Es ist nicht so, als hätte sie sich vor dir versteckt. Ich weiß ganz sicher, dass sie gehofft hat, dass du auftauchen würdest, obwohl sie deine Nummer blockiert hat. An jedem Tag, an dem du das nicht getan hast, starb das Licht in ihren Augen ein wenig mehr. Ich bin wirklich wütend auf dich, Aspen. Du hast meine Schwester so glücklich gemacht und ihr dieses Glück dann innerhalb kürzester Zeit wieder genommen.« Jackson schnippte mit den Fingern, um seine Aussage zu unterstreichen.

»Die Dinge bei der Arbeit waren ein wenig ... angespannt«, erklärte Blade, obwohl er wusste, dass das auch keine Entschuldigung war, warum er Wendy nicht aufgesucht hatte. Er hätte es tun sollen.

»Ja klar. Was für eine angespannte Lage könnte es auf dem Stützpunkt schon gegeben haben?«

Und in dem Moment wurde Blade klar, dass Wendy ihrem Bruder nicht erzählt hatte, was er beruflich machte. Sie hatte sein Geheimnis gewahrt, obwohl er ihr so wehgetan hatte.

»Meine Freunde und ich sind bei der Delta Force«, erklärte Jackson leise. Es machte ihm nichts aus, dem Teenager zu sagen, wer oder was er war. Schließlich wäre er bald sein Schwager. Nun, da er ihr dunkles und schlimmstes

Geheimnis kannte, hatte er nicht vor, Wendy jemals wieder gehen zu lassen. Und es war auch ziemlich offensichtlich, dass auch Jackson ein Geheimnis für sich behalten konnte. Schließlich hatte er das sein ganzes Leben lang getan.

»Im Ernst?«

»Im Ernst.«

»Verdammt! Wirst du bald irgendwohin geschickt?«

Blade schüttelte den Kopf. »Glücklicherweise nicht. Eine Zeit lang stand es noch nicht fest, aber heute Nachmittag kam dann die Nachricht, dass wir nicht auf eine Mission gehen müssen.«

Jackson stand auf und Blade ebenfalls. »Okay. Also, ich gehe jetzt wieder. Ich wollte nur, dass du Bescheid weißt.«

»Ich bin froh, dass du dich dazu entschlossen hast.«

Jackson nickte und wandte sich zum Gehen.

»Es tut mir leid wegen deiner Eltern und auch wegen all dem, was ihr durchmachen musstet. Aber du sollst wissen, dass ich auch stolz auf dich bin.«

Bei diesen Worten drehte Jackson sich zu ihm um und zog eine Augenbraue hoch.

»Wendy braucht jemanden, der für sie einsteht, und du bist vielleicht jünger als sie und immer noch an der High-school, aber du stehst ihr wahrlich zur Seite. Und du hast recht. Ich war ein Arschloch. Ich habe Mist gebaut. Aber ich werde alles wiedergutmachen. Für euch beide.«

Jackson sah ihn so lange an, dass Blade schon dachte, er würde sagen, er sollte sich nicht die Mühe machen, doch schließlich entgegnete er: »Ich mag dich, Aspen. Aber du hast nicht nur meine Schwester verletzt, sondern auch mich.«

»Es tut mir leid. Das kann ich gar nicht oft genug beto-nen. Ich habe mir die ganze Woche über Sorgen um euch gemacht. Um deine Situation mit Lars und seinen blöden

Freunden. Ich habe endlich Neuigkeiten von meinem Kommandanten erhalten, so wie es aussieht, waren ihre Eltern früher hier in Fort Hood stationiert, aber die meisten von ihnen sind nicht mehr hier. Chucks Eltern sind die Einzigen, die noch auf dem Stützpunkt arbeiten. Lars war an der Uni vor Ort eingeschrieben, hat sie aber Anfang des Jahres geschmissen. Seine Eltern glauben wahrscheinlich, dass er immer noch Kurse belegt hat. Er lebt in einer Wohnung in der Nähe der Uni mit zwei der Idioten, die mit ihm herumhängen.«

»Verdammte Verlierer«, murmelte Jackson.

»Genau. Der Kommandant wird auf jeden Fall Chucks Eltern informieren, aber da die anderen nicht mehr hier auf dem Stützpunkt leben, sind den Behörden die Hände gebunden.«

Jackson nickte. »Sie haben sich während der letzten Woche ziemlich zurückgehalten. Ich habe sie nur ein Mal gesehen, und da sind sie nicht mal zu mir gekommen. Ich glaube, du hast sie verscheucht.«

Blade war eigentlich nicht dieser Meinung, sagte aber erst mal nichts dazu. »Du lässt mich dir aber trotzdem weiterhin mit der Selbstverteidigung helfen, ja?«

»Wirst du die Sache mit meiner Schwester richten?«

»Auf jeden Fall.«

»Und wenn sie dir sagt, du sollst dich verpissen?«

Blade lachte. »Ich gehe davon aus, dass sie das tut. Ich habe mich wirklich schlecht benommen. Aber ich werde es einfach weiter versuchen. Ich werde sie nicht aufgeben. Ich liebe sie.«

»Und wenn sie wegen Entführung verhaftet wird?«

»Irgendwie glaube ich nicht, dass das passieren wird, aber wenn das der Fall ist, kümmern wir uns dann darum«, erklärte Blade.

Jackson schüttelte den Kopf. »Sie ist davon überzeugt, dass es passieren wird. Dass, kaum dass ich achtzehn bin und meinen Führerschein habe und meine Daten leichter im Internet zu finden sind, jemand aus Kalifornien sie ausfindig machen wird und sie dann verhaftet wird.«

»Aber sie hat doch einen Führerschein. Und ich nehme an, dass sie im Seniorenheim nicht in bar bezahlt wird. Also sind *ihre* Infos doch bereits irgendwo hinterlegt. Zahlt sie Steuern?«

Jackson runzelte die Stirn. »Ja, aber wahrscheinlich hat sie bis jetzt einfach Glück gehabt. Das haben wir beide.«

Blade schüttelte den Kopf. »Ich glaube, es ist nicht nur das. Jackson, als diese ganze Sache passiert ist, war sie noch minderjährig. Das ist natürlich kein Freifahrtschein, aber ich würde sagen, dass es genügend mildernde Umstände gibt, sodass sie mit einem blauen Auge davonkommt. Außerdem habe ich Freunde, die ihr helfen können, falls tatsächlich jemand herausfindet, wo sie steckt.«

Jackson sah ihn unsicher an. »Wirklich? Und du sagst das nicht nur, um dich bei mir einzuschleimen?«

»Das würde ich dir nicht antun. Und ihr genauso wenig«, erklärte Blade.

Jackson nickte, als wäre er zu einer Entscheidung gekommen, und sagte: »Heute Abend arbeitet sie im Callcenter, aber morgen habe ich einen Roboterwettkampf. Er findet in der Sporthalle der Schule statt. Es fängt um elf an. Sie wird dort sein.«

»Macht es dir was aus, wenn ich ein paar Freunde mitbringe?«

»Du hast sie immer noch nicht allen vorgestellt, stimmt's?«, fragte Jackson, der ihn anscheinend durchschaute.

Blade lachte leise. »Nein. Und vielleicht brauche ich

Verstärkung, wenn ich deiner Schwester erzähle, dass ich manchmal Mist baue, aber trotzdem kein schlechter Kerl bin.«

»Viel Glück. Du wirst es brauchen.«

Blade hielt ihm die Hand hin. »Ich bin wirklich froh, dass du vorbeigekommen bist, Jackson. Und darüber, dass du für deine Schwester da bist.«

Jackson schüttelte ihm die Hand und erwiderte: »Dafür brauchst du mir nicht zu danken. Ich werde immer für sie da sein. Schließlich haben wir nur einander.«

»Das war früher der Fall. Jetzt habt ihr mich, mein Team und ihre Frauen und Freundinnen. Ihr seid nicht mehr allein.«

Jackson sah ihn einen Moment lang erstaunt an, nickte dann aber und ließ seine Hand sinken. »Danke.«

»Gern geschehen. Bis morgen.«

»Trag am besten Knieschützer, damit du auf den Knien vor ihr herumrutschen kannst«, neckte Jackson ihn, als er ihm die Tür aufmachte, und grinste ihn an.

»Das werde ich«, erklärte Blade und wachte über den Teenager, bis er einen viertürigen Honda Civic erreichte. Er behielt ihn im Auge, bis der Wagen nach Verlassen des Parkplatzes um eine Ecke verschwand. Erst dann schloss er die Tür und lehnte den Kopf dagegen.

Die Geschichte, die Jackson ihm erzählt hatte, brach ihm das Herz. Er konnte sich Wendy sehr gut als Teenager vorstellen, wie sie sich aus ihrer Pflegefamilie wegschlich, damit sie bei ihrem Bruder sein konnte. Und zu wissen, dass sie obdachlos gewesen waren? Und dass sie so viel für ihren Bruder geopfert hatte? Dadurch liebte er sie nur noch mehr. Und er wurde noch wütender auf sich selbst, weil er sie so schlecht behandelt hatte.

All die Bemerkungen, die Jackson in der Vergangenheit

darüber gemacht hatte, dass seine Schwester ihn beschützt und das getan hatte, was sie tun musste, ergaben jetzt viel mehr Sinn. Blade wusste nicht, warum die Behörden nicht schon früher an ihre Tür geklopft hatten. Sie benutzte ihre Sozialversicherungsnummer, um Steuern zu zahlen, und sie hatte sie offensichtlich der Personalabteilung an ihrem Arbeitsplatz mitgeteilt. Und sie hatte einen Führerschein. Sie hatte sich nicht gerade versteckt.

Aber je mehr er darüber nachdachte, desto mehr wurde ihm klar, dass *Wendy* dachte, sie würde sich verstecken müssen. Sie verhielt sich, als wäre sie eine große, böse Kriminelle. Sie hatte keine Freunde, verhielt sich unauffällig, verschwieg grundlegende Details über sich und ihren Bruder.

Sie schien jedoch nicht zu realisieren, dass sie nicht erwischt worden war, weil wahrscheinlich niemand nach ihr gesucht hatte. Tausende von Kindern wurden im ganzen Land vermisst. Zu viele, als dass sich ein bestimmter Staat darauf konzentrieren könnte, nur nach einem einzigen Kind zu suchen, ohne dass es dafür einen guten Grund gäbe. Ihr gesamter Konflikt basierte auf der falschen Annahme ihrerseits, dass sie verhaftet und Jackson mitgenommen würde, sollte jemand herausfinden, wo sie sich aufhielten.

Blade wusste nicht wie, aber er wollte alles tun, um diese Sache für sie in Ordnung zu bringen.

Aber zuerst würde er sich entschuldigen. Dann würde er sich noch mal entschuldigen. Er würde es so lange tun, bis sie tatsächlich glaubte, dass ihm aufrichtig leidtat, was er gesagt und getan hatte. Es gab keine andere Möglichkeit, als dass sie ihm verzeihen musste, weil er ohne sie nicht leben konnte. Das wollte er nicht. Er liebte sie. Ganz und gar und mit Haut und Haar.

# KAPITEL VIERZEHN

Wendy kletterte müde auf die Tribüne in der Turnhalle der Highschool. Sie war erschöpft. Ihr Zeitplan war nicht anders als sonst, aber die zwei Jobs in dieser Woche hatten ihr wirklich zugesetzt.

Sie wusste, es lag daran, dass sie nicht mit Aspen sprechen konnte. Sie hatte sich so daran gewöhnt, jeden Abend mit ihm zu telefonieren und Dampf abzulassen, dass es ihr jetzt mehr fehlte, als ihr lieb war. Sie vermisste ihn.

Er hatte sich ihr gegenüber wie ein Arschloch verhalten, aber andererseits war sie nicht ganz ehrlich zu ihm gewesen.

Sie verstand, warum er so aufgebracht war. Er war ein Risiko eingegangen und hatte ihr von seinem Job als Delta Force-Soldat erzählt, und sie wollte ihm nicht einmal sagen, wie alt sie war. Aber sie verheimlichte es schon so lange, dass es ihr in Fleisch und Blut übergegangen war. Außerdem wollte sie ihn auf keinen Fall in ihren Schlamassel hineinziehen. Wenn die Behörden herausfänden, dass er ihre Geheimnisse kannte, würden sie ihn auch bestrafen.

Sie war eher traurig über die ganze Situation als über alles andere. Sie wollte zu ihm fahren und sich entschuldigen, aber er war so *wütend* gewesen. Wendy war sich nicht sicher, ob er die Tür überhaupt öffnen würde, sobald er herausfand, dass sie auf der anderen Seite stand.

Sie konnte Konflikte nicht gut lösen, etwas, von dem Jackson ihr stets ans Herz legte, daran zu arbeiten. Als Aspen wütend auf sie wurde, war sie einfach erstarrt. Sie wollte ihm erzählen, dass sie ihren Bruder und ihn beschützte, aber sie bekam die Worte nicht heraus. Dann war er völlig abweisend geworden und hatte den Raum verlassen.

Als sie sich auf der höchsten Bank in der Turnhalle niedergelassen hatte, stellte Wendy ihre Ellbogen auf ihre Knie und stützte ihr Kinn auf die Hände, während sie auf den Aufbau für die Robotervorführung hinunterblickte. Der heutige Tag war mehr zum Spaß als ein richtiger Wettbewerb. Vier verschiedene Teams waren anwesend und ihre Roboter hatten eine Reihe von etwa zehn Aufgaben zu erfüllen. Sie fingen leicht an und wurden nach und nach immer schwieriger. Jackson war überzeugt, dass der Roboter, den sein Team gebaut hatte, leicht alle Aufgaben erfüllen konnte. Sie arbeiteten noch immer an dem Roboterarm, den sie konstruiert hatten, aber der Wettbewerb dafür war erst in ein paar Monaten.

Der Gedanke an die Armprothese machte sie wieder einmal traurig, denn ihr wurde klar, dass Aspens Freund Fish bald in der Stadt sein sollte. Sie konnte sich nicht mehr erinnern, wann genau er anreisen würde. Aber er würde nicht mehr in die Schule kommen, um mit den Mitgliedern des Roboterklubs zu sprechen. Nicht wenn sie und Aspen nicht einmal miteinander sprachen. Das war scheiße. Jackson hatte sich auch so gefreut.

Wendy achtete nicht auf ihre Umgebung und war erschrocken, als sich jemand vor ihr hinsetzte. Zuerst war sie irritiert; es gab viele leere Plätze – aber dann schaute sie, wer dasaß.

Es war ein Mann. Ein sehr *großer* Mann.

Sie zuckte überrascht zusammen, als sich ein anderer Mann neben sie setzte.

Einen Moment lang geriet sie leicht in Panik, aber als keiner der Männer etwas Aggressives tat oder sie anderweitig bedrohte, warf sie noch einmal einen Blick auf sie.

Der Mann vor ihr hatte sich rittlings auf die Bank gesetzt. Er war extrem groß. Sie vermutete, dass er wahrscheinlich etwa einen halben Meter größer war als sie. Er hatte kurzes dunkles Haar und auch seine Haut war dunkel, als wäre er exotischer Abstammung. Er nickte ihr zur Begrüßung leicht zu – und plötzlich wurde ihr klar, dass er einer von Aspens Freunden sein musste. Er verhielt sich genauso. Er schien sehr wachsam, und sie hatte keinen Zweifel daran, dass er genau wusste, wer sich wo in der großen Turnhalle befand.

Der Mann, der neben ihr saß, war nicht so groß, aber er strahlte dieselbe Art von Kompetenz aus wie der andere. Als sie ihn anschaute, hatte er seinen Blick auf sie gerichtet, als wäre sie die einzige Person im Raum. Es war ein wenig nervtötend, aber sie hatte gesehen, wie Aspen genau dasselbe tat. Er war auch muskulös und hatte braunes Haar und dunkle Augen.

Beide Männer waren attraktiv, aber sie war definitiv nicht auf der Suche nach einem Mann, und deshalb war es ihr auch egal, wie sie aussahen.

»Äh ... hi?«, sagte sie vorsichtig.

Der Mann neben ihr streckte die Hand aus. »Hi, Wendy.

Ich bin Ghost. Und das ist Coach. Wir sind mit Blade befreundet.«

»Ja, das habe ich mir schon gedacht«, entgegnete Wendy und schüttelte ihm die Hand.

Als er daraufhin nichts erwiderte, fragte sie: »Was macht ihr hier?«

»Wir sind hier, um Jacksons Vorführung anzusehen«, entgegnete Coach.

Wendy zog die Augenbrauen zusammen. »Aber ihr kennt ihn doch gar nicht.«

»Natürlich tun wir das«, widersprach Ghost. »Wir haben Blade dabei geholfen, ihm Selbstverteidigung beizubringen, damit er sich und seine Freundin beschützen kann.«

»Oh.« Wendy wusste nicht, was sie darauf erwidern sollte. Jackson hatte ihr von Aspens Freunden erzählt, die ihm beim Training geholfen hatten, aber sie hatte nicht richtig zugehört.

Da kam ihr ein Gedanke – dann waren diese Typen sicher auch Soldaten der Spezialeinheit. Plötzlich war sie nervös. Sie wusste nicht, was sie sagen oder wie sie sich verhalten sollte. Sie wollte nicht mit etwas herausplatzen, das sie besser nicht sagen sollte, aber sie wollte auch nicht unhöflich sein.

»Entspann dich, Wendy«, sagte Coach, als er sich umdrehte, die Ellbogen wieder auf der Bank neben ihr abstützte und hinab in die Turnhalle blickte, in der der Parcours für die Roboter aufgebaut war. »Wir sind nicht hier, um dir Probleme zu machen.«

Sie hätte gern gefragt, warum sie *tatsächlich* da waren, war aber zu feige. Vielleicht wussten sie nicht, dass Aspen und sie Schluss gemacht hatten. Mist.

Nach einem weiteren ungemütlichen Moment des Schweigens lehnte Ghost sich vor, stützte die Ellbogen auf die Knie und sagte: »Blade hat Mist gebaut. Er weiß es, wir wissen es und du weißt es. Die Frage ist nur, wirst du trotzdem weiterhin dafür sorgen, dass ihr beide leidet, oder wirst du mit ihm über das sprechen, was passiert ist?«

Wendy zuckte zusammen. Das beantwortete auf jeden Fall die Frage, ob sie über ihren Streit Bescheid wussten. Es war schon schlimm genug, dass *sie* wusste, dass sie überreagiert hatte, aber sie fand es umso schlimmer, dass Aspen mit seinen Freunden über das Geschehene gesprochen hatte.

»Er hat uns gar nichts gesagt«, bemerkte Ghost, als könnte er ihre Gedanken lesen. »Er ist nicht diese Art von Mann. Er hat zugegeben, etwas getan zu haben, weswegen er sich extrem schlecht fühlte und von dem er sich wünschte, er könnte es ungeschehen machen, und dass du sauer auf ihn bist. Und zwar zu Recht. Mehr hat er nicht gesagt. Aber du kannst mir glauben, wenn ich dir sage, dass er am Boden zerstört ist.«

Wendy sah ihn schockiert an.

Ghost sprach weiter: »Ich bin sein Freund, aber ich bin auch sein Teamleiter. Er hat sich diese Woche nicht auf seine Arbeit konzentriert. Er ist bei unseren Läufen ganz hinten, er scherzt nicht wie üblich mit uns und als wir auf Abruf für einen Einsatz bereitstanden, war er abgelenkt und geistig abwesend, als wir mögliche Szenarien durchgegangen sind, was passieren könnte.«

»Ihr standet auf Abruf für eine Mission bereit?«, fragte Wendy tonlos.

»Ja. Wir wissen erst seit gestern, dass wir nicht auf diesen Einsatz gehen müssen ... diesmal. Allerdings könnten wir jederzeit einen Anruf bekommen, dass die Situation sich geändert hat, und dann könnte es sogar sein, dass wir innerhalb von einer Stunde aufbrechen.«

Wendy dachte darüber nach und zuckte zusammen. Sie hatte ganz offensichtlich nicht wirklich verstanden, was es bedeutete, ein Soldat der Delta Force zu sein. *Selbstverständlich* standen sie jederzeit auf Abruf bereit. Falls jemand entführt worden war, es einen Aufstand gab oder ein Terrorist unschädlich gemacht werden musste ... Zumindest nahm sie an, dass es das war, was Aspen und seine Freunde taten.

Es war naiv von ihr gewesen, nur über die Tatsache nachzudenken, dass er bei der Armee war, und nicht darüber, was das bedeutete. Aspen und die Männer, die jetzt vor ihr saßen, setzten jedes Mal ihr Leben aufs Spiel, wenn sie zu einem Einsatz geschickt wurden.

Plötzlich kam sie sich dumm vor, weil sie ihm ihr Alter verschwiegen hatte.

»Die Sache ist die«, erklärte Coach ruhig, »Blade mag dich. Sehr sogar. Er möchte sich entschuldigen. Mit dir reden. Mehr musst du nicht tun. Nur reden. Und wenn ihr dann keine Lösung findet, okay. Aber als sein Freund – und jemand, der gesehen hat, wie sehr er diese Woche gelitten hat – bitte ich dich, ihm die Möglichkeit zu geben, dir zu sagen, wie leid es ihm tut.«

Wendy schluckte und entgegnete dann: »Er war wirklich sauer auf mich und ich kann ihm keinen Vorwurf daraus machen. Aber ich kann nicht gut mit Konflikten umgehen. Er war so wütend auf mich, dass ich einfach kein Wort mehr rausgebracht habe. Wenn er anfängt, mich anzuschreien, werde ich genauso reagieren.«

Ghost streckte die Hand aus und legte sie ihr aufs Knie. Es war eine freundschaftliche Geste.

»Er wird nicht wütend werden. Er würde nur gern jetzt mit dir reden. Hier. Wenn du möchtest, können wir in der Nähe bleiben. Nicht so nahe, dass wir hören, was ihr besprecht, aber so nahe, dass wir deine Körpersprache lesen können. Und dann können wir uns einmischen, wenn wir das Gefühl haben, dass es nicht so gut läuft.«

Wendy war sich nicht sicher, ob sie bereit war, mit Aspen zu sprechen, aber hier und jetzt wäre keine schlechte Lösung. Außerdem musste diese Situation geklärt werden. So oder so. Sie musste wissen, ob die Dinge zwischen ihnen gerettet werden konnten oder ob sie es genauso gut sein lassen könnten. »Okay. Soll ich ihn anrufen?«

»Das ist nicht nötig«, entgegnete Ghost und zeigte auf die Türen der Sporthalle.

Wendy blickte auf und sah, dass Aspen dort stand. Er starrte hinauf zu ihr und seinen Freunden. Er hatte die Hände in die Taschen gesteckt und sah so unsicher aus, wie sie ihn noch nie zuvor gesehen hatte.

»Bereit?«, fragte Coach leise.

Wendy blickte hinab in die Turnhalle. Jacksons Team war noch nicht dran. Sie waren die Letzten. Sie hatte genügend Zeit, um mit Aspen zu sprechen, bevor sie dran waren. Also nickte sie nervös.

Ghost hob eine Hand und gab Aspen ein Signal, woraufhin dieser sich sofort von der Wand löste und die Tribüne hinauf zu ihnen kam.

Ghost und Coach standen auf. Sie stellten sich ein wenig abseits hin und es dauerte nicht lange, dann hatte Aspen sie erreicht.

»Wir sind hier drüben«, erklärte Ghost und zeigte nach rechts.

Wendy atmete tief durch und nickte.

Aspen setzte sich neben sie, ließ aber gut einen Meter Platz zwischen ihnen frei. Sie wusste es zu schätzen, dass er sie nicht bedrängte, trotzdem gefiel es ihr irgendwie nicht, dass er so weit weg war. Verdammt, sie war wirklich völlig durch den Wind.

»Hi, Wen«, sagte er leise.

»Hey.« Sie wusste nicht, wie sie anfangen oder was sie sagen sollte.

Sie hätte sich keine Sorgen zu machen brauchen.

»Es tut mir leid«, sagte er sofort. »Ich war ein Idiot und hätte dich nicht so unter Druck setzen dürfen. Wir haben einen so unglaublichen Nachmittag miteinander verbracht und dann habe ich ihn ruiniert.«

»Du warst nicht schuld. Ich hätte einfach deine Frage beantworten sollen.«

Er zuckte mit den Achseln. »Nur damit du es weißt, es ging mir nicht so sehr darum, dass du mir nicht dein Alter verraten hast, sondern mehr um die Tatsache, dass du etwas vor mir versteckst, und das fand ich ganz schrecklich. Jedes Mal wenn ich dich etwas Persönliches gefragt habe, bist du mir ausgewichen, und das machte mich immer frustrierter. Dann haben wir miteinander geschlafen und ich dachte, ich hätte diese Schutzwälle beseitigt. Und als mir klar wurde, dass das nicht der Fall war, tat mir das weh und ich habe es an dir ausgelassen, was ich nicht hätte tun dürfen. Du musst wissen, dass ich mich dir näher fühle als sonst jemandem in meinem ganzen Leben, inklusive meiner Schwester. Was wir getan haben, was wir miteinander erlebt haben, hat all *meine* Schutzwälle beseitigt. Deswegen habe ich dir auch erzählt, dass ich ein Delta bin. Und als du mir dann nicht mal verraten wolltest, wie alt du bist, hat das wirklich wehgetan. Wahnsinnig weh. Also habe ich überreagiert und Dinge gesagt, die ich mir selbst nie vergeben werde.«

»Ich bin siebenundzwanzig«, erklärte Wendy leise.

»Ich weiß.«

Daraufhin riss sie den Kopf hoch und starrte ihn an.

Alle möglichen Szenarios, wie er ihr Alter herausgefunden haben könnte, gingen ihr durch den Kopf. Ihre Atmung wurde schneller und sie spürte, dass eine Panikattacke einsetzte. Wenn er online nach ihr gesucht oder jemanden bei der Polizei kontaktiert hatte und derjenige wusste, wo sie jetzt war und was sie getan hatte, könnte sie Jackson wieder verlieren. Das konnte sie nicht zulassen. Sie –

»Ganz ruhig, Süße«, sagte Aspen, legte ihr eine Hand in den Nacken und zog sie sanft an sich. Während sie in Panik verfallen war, war er an sie herangerutscht und saß jetzt direkt neben ihr. »Atme tief durch. Es ist alles in Ordnung. Jackson kam gestern zu mir und hat mir alles erzählt. Daher weiß ich es.«

Wendy richtete sich auf und bemerkte, dass Aspens Hand noch immer in ihrem Nacken lag. Das beruhigte sie. »Wie bitte?«

»Anscheinend war er sauer auf mich und kam zu meiner Wohnung, um es mich wissen zu lassen. Er hat mir gesagt, wie alt du bist, wie alt *er* ist und was geschehen ist, nachdem eure Eltern gestorben waren. Es tut mir so leid, Wendy. Es ist schrecklich, was euch zugestoßen ist und dass ihr in dieser Situation wart. Es ist nicht fair, und das System hat bei dir und deinem Bruder definitiv versagt.«

Wendy war es egal, dass er wusste, was sie getan hatte. Das war im Moment nicht wichtig. »Er hat dir von jenem Abend erzählt?«

Aspen starrte sie einen Moment lang an, als würde er versuchen, in ihren Gedanken zu lesen. »Ja. Er hat mir von dem Jungen mit der bipolaren Störung erzählt, und was er ihm und den anderen angetan hat, und wie du wie eine Amazone ins Zimmer gestürmt kamst und ihn erledigt und sie alle gerettet hast.«

Wendy war schockiert. Sie wäre nicht schockierter gewesen, wenn Aspen ihr erzählt hätte, dass er verheiratet war und zwölf Kinder hatte und doch nicht mit ihr zusammen sein konnte. »Er hat mit mir nur ein einziges Mal über diesen Abend geredet«, sagte sie leise. »Und selbst dann war mir klar, dass er ein paar Dinge ausgelassen hat. Ich wollte ihn nicht drängen. Er hatte wochenlang Albträume. Monatelang. Er hat mindestens ein Jahr lang danach noch ins Bett gemacht. Meinst du das wirklich *ernst*? Hat er dir wirklich erzählt, was in diesem Kellerraum passiert ist?«

Sie sah, dass Aspen die Zähne zusammenbiss und seine Nasenlöcher blähte, als er verstand, was sie da sagte. »Hat er jemals mit einem Psychologen darüber gesprochen?«

Wendy seufzte. »Nein. Ich hatte Angst, jemand könnte herausfinden, dass ich noch nicht achtzehn war, als ich ihn entführt habe. Und dass er mir wieder weggenommen würde. Er hätte es nicht überlebt, in eine weitere Pflegefamilie gesteckt zu werden, selbst wenn es eine wundervolle und liebevolle Pflegefamilie gewesen wäre. Wochenlang klebte er wie eine Klette an mir und konnte mich nicht aus den Augen lassen. Für eine lange Zeit gingen wir überall zusammen hin. Unglaublich, dass er es dir erzählt hat«, erklärte sie kopfschüttelnd.

Aspen nahm seine Hand von ihrem Nacken und strich ihr über die Wange. Er rutschte ein wenig näher zu ihr, nahm ihre Hand in seine und hielt sie fest an seinen Oberschenkel gedrückt. »Er hat es mir gesagt, weil er dich verteidigen wollte. Er wollte sicherstellen, dass mir klar ist, wie viel Mist ich gebaut habe. Er wollte, dass ich weiß, wie loyal und fürsorglich du bist. Und ich muss sagen, das hat er wirklich gut gemacht. Ich war sowieso schon zu der Überzeugung gekommen, dass ich an jenem Tag schreckliche Dinge zu dir gesagt habe. Verletzende Dinge, die ich am liebsten zurücknehmen würde. Aber das kann ich nicht. Ich kann mich nur bei dir entschuldigen und dir versichern, dass es nicht wieder vorkommt.«

Wendy zuckte mit den Achseln.

»Sieh mich an«, bat Aspen sie.

Sie wollte es nicht, doch sie wandte den Kopf zu ihm um und sah zu ihm hoch.

»Ich schwöre dir, das wird nicht wieder vorkommen. Es ist mir egal, wie alt du bist. Es ist mir egal, wie alt Jackson ist. Egal, was du getan hast, als du sechzehn warst, mal abgesehen von der Tatsache, dass ich wahnsinnig stolz auf dich bin. Mir ist nur wichtig, dass du mir vergibst und dass wir über diese Sache hinwegkommen können. Ich liebe dich, Wendy Tucker. Egal ob du siebenundzwanzig, einunddreißig oder achtundsiebzig bist. Und wenn deine Vergangenheit dich einholt, werde ich Himmel und Hölle in Bewegung setzen, um dafür zu sorgen, dass Jackson in Sicherheit ist und du den besten Anwalt bekommst, den es gibt. Du bist nicht mehr alleine. Du hast jetzt mich und meine Freunde.«

»Aspen ...«, sagte Wendy mit erstickter Stimme, nicht sicher, was sie eigentlich sagen wollte. Doch er ließ ihr keine Zeit zu antworten, sondern erstaunte sie einfach weiter.

»Es wird Zeiten geben, in denen ich nicht da bin, aber das bedeutet noch längst nicht, dass du alleine bist. Du hast meine Schwester und Emily. Die anderen Frauen hast du bis jetzt noch nicht kennengelernt, aber wenn wir auf eine Mission geschickt werden, schließen sie sich normalerweise zusammen, bis wir wieder zu Hause sind. Ich weiß, dass es viel verlangt ist, aber ich bitte dich, mir zu vergeben. Ich war ein Idiot. Ein richtiggehendes Arschloch, und ich habe Sachen gesagt, die ich nicht so gemeint habe. Es tut mir leid. So *unglaublich* leid. Meinst du, du könntest mir wenigstens die Chance geben, dir zu zeigen, dass es nie wieder vorkommt? Dass ich zukünftig nicht mehr so ausflippen werde? Wirst du mir jemals vertrauen können?«

Alles, was er sagte, war so wahnsinnig süß, und Wendy wusste, dass sie in den nächsten Jahren seine Worte immer wieder in ihrem Kopf abspielen würde. Doch sie klammerte sich immer noch an die drei Worte, die er so lapidar dahingesagt hatte, als hätte er sie schon Hunderte von Malen zuvor von sich gegeben. »Du liebst mich? Wie ist das möglich?«

»Die Frage ist, wie könnte ich das nicht?«, erwiderte er. »Von dem Moment an, als ich vor all jenen Monaten den Hörer abgenommen und deine Stimme gehört habe, war es um mich geschehen. Dann habe ich dich persönlich kennengelernt und du warst noch viel besser als in meiner Vorstellung. Du bist wunderbar und kannst sogar einem Idioten wie mir verzeihen, der das gar nicht verdient hat. Du hast mir jetzt nicht nur ein Mal, sondern sogar zwei Mal vergeben. Und es wird kein drittes Mal geben. Oh, und ich werde Fehler machen, zum Beispiel vergessen, etwas vom Supermarkt mitzubringen, oder nach einer Nacht mit meinen Freunden Bierdosen rumliegen lassen, aber ich verspreche, dass ich dir nie wieder so wehtun werde wie jetzt. Ich erwarte nicht, dass du mir ebenfalls sagst, dass du mich liebst. Das habe ich mir noch nicht verdient, aber ich wollte, dass du weißt, wie ich empfinde. Dass es hier nicht um mein Ego geht und ich mich auch nicht bei dir einschleimen möchte, damit ich dich wieder in mein Bett bekomme. Ich liebe dich, Wendy. Und die vergangene Woche war schier unerträglich. Ich habe dich wie verrückt vermisst. Und unsere Gespräche jeden Abend sind mir so unglaublich wichtig geworden. Es war wirklich schrecklich, als ich darauf verzichten musste. Meinst du, du könntest mir vergeben? Mir noch eine Chance geben?«

Wie könnte sie das nicht? Wendy nickte. »Du hast mir auch gefehlt.«

»Gott sei Dank, verdammt noch mal«, keuchte Aspen, lehnte sich zu ihr, legte die Arme um sie und umarmte sie fest.

Wie lange sie so dasaßen, wusste Wendy nicht, doch nach einer Weile hörte sie Ghost neben sich sagen: »Jacksons Team ist als Nächstes dran.«

Wendy wich ein wenig zurück und bemerkte, dass Ghost und Coach näher herangerutscht waren und hinab in die Sporthalle blickten.

Aspen nahm Wendys Hand und küsste glücklich ihren Handrücken, bevor er sie wieder auf seinen Oberschenkel legte und seine eigene Hand darauflegte.

»Darf man bei diesen Veranstaltungen auch jubeln?«, fragte er mit einem Funkeln im Auge.

Wendy lächelte ihn an. »Ja.«

Und da drehte Aspen ohne Vorwarnung den Kopf und rief: »Schnapp sie dir, Jack!«

Jackson sah hinauf zur Tribüne, wo sie saßen, und strahlte sie an. Er gab ihnen einen Daumen hoch und konzentrierte sich dann wieder auf das Kontrollpult vor ihm.

Wendy atmete tief durch die Nase ein und dann erleichtert aus. Sie war davon überzeugt gewesen, Aspen für immer verloren zu haben. Aber jetzt saß er nicht nur hier neben ihr, sondern hatte ihr auch gesagt, dass er sie liebte. Und Jackson hatte ihm erzählt, was er vor all diesen Jahren aufgrund des kranken Teenagers durchgemacht hatte. Sie wusste noch immer nicht, was mit ihr passieren würde, wenn die Polizei sie erwischte, doch zum ersten Mal seit sehr langer Zeit fühlte sie sich nicht alleine.

Und das war ein wunderbares Gefühl.

---

# KAPITEL FÜNFZEHN

---

»So doch nicht«, sagte Wendy lachend und nahm Blade den Löffel aus der Hand. »So macht man das«, sagte sie und zeigte ihm, wie man Kuchenteig »richtig« verrührte.

Blade war der Teig ganz egal. Was ihm *nicht* egal war, war die Tatsache, dass Wendy in der Küche seiner Wohnung stand und alles schmutzig machte. Es war so lange her, dass er etwas anderes getan hatte, als eine Mahlzeit in die Mikrowelle zu stellen oder ein Steak zu braten, dass er überglücklich war, überall Mehl auf den Ablagen und auf dem Boden zu sehen, Eierschalen in der Spüle zu haben und einen Berg von Geschirr, der abgewaschen werden musste.

Wendy lachte, als er sich hinter sie stellte und sie an sich zog. Seine Hände ruhten auf ihrem Bauch, während sie den Kuchenteig umrührte. Er legte sein Kinn auf ihre Schulter und hielt sie einfach fest, während sie arbeitete.

Die letzten drei Wochen waren für beide eine Lernerfahrung gewesen. Er lernte, wann er sich bei seinen Fragen zurückziehen musste, und sie lernte, sich zu öffnen. Sie lernten beide, wieder zu vertrauen. Blade versuchte, es nicht persönlich zu nehmen, wenn sie Fragen über ihr Leben in den letzten zehn Jahren auswich oder das Thema wechselte, und Wendy merkte langsam, dass Blade nicht fragte, damit er sich über sie lustig machen oder Informationen erhalten konnte, die er gegen sie verwenden konnte. Er versuchte aufrichtig, sie kennenzulernen.

Eines Abends waren sie und Jackson zu Besuch in seiner Wohnung gewesen. Sie hatten ferngesehen und Blade hatte den jungen Mann gefragt, was er mit seinem Leben anfangen wollte. Es folgte eine lebhafte Diskussion über die Vorteile von zwei Jahren Studium an der örtlichen Hochschule gegenüber einem vierjährigen Studium an einer Universität. Wendy hatte sich entschuldigt und als sie einige Minuten später nicht zurückgekommen war, machte Blade sich auf die Suche nach ihr.

Er fand sie in seinem Schlafzimmer, auf seinem Bett sitzend, und Tränen liefen ihr übers Gesicht. Erschrocken hatte er sofort gefragt, was ihr fehlte, aber sie hatte einfach nur den Kopf geschüttelt. Anstatt sich über sie aufzuregen, hatte er sie in die Arme genommen und sie sanft gewiegt. Schließlich waren ihre Tränen versiegt und sie hatte ihm gesagt, dass sie sich wie eine Versagerin fühlte, weil sie noch nicht einmal ihren Highschool-Abschluss hatte. Dass sie Angst davor hatte, sich überhaupt zum Abitur anzumelden, aus Angst, jemand könnte herausfinden, was sie getan hatte, und sie verhaften.

Blade hatte erklärt, dass ihre Informationen bereits bekannt wären. Dass es nicht schwer wäre, sie zu finden, sollten die Behörden das wirklich wollen. Zumal sie seit Jahren Steuern zahlte. *Das* hatte einen weiteren Anfall von Panik ausgelöst. Sie hatte ihn mit ängstlichen Augen angestarrt, aber er hatte sie in den Armen gehalten und ihr versichert, dass er immer für sie da sein würde. Schließlich hatte sie sich beruhigt, sich entschuldigt, dass sie ihm nicht mitgeteilt hatte, dass sie traurig war, und sie waren wieder zu Jackson zurückgekehrt.

Ihr Bruder wusste, dass etwas vor sich ging, aber man musste ihm zugutehalten, dass er es nicht erwähnte und darauf vertraute, dass Blade das Richtige tat, wenn es um seine Schwester ging.

Seit sie wieder zusammen waren, hatten sie nicht mehr miteinander geschlafen, doch Blade machte es nichts aus. Der Zeitpunkt schien nie der richtige zu sein. Ihr Streit hatte sie anscheinend wieder auf den Boden der Tatsachen zurückgeholt, und er ließ sich Zeit und stellte sicher, dass Wendy wusste, er war auf ihrer Seite und würde es immer sein. Sie hatten die Geschehnisse dieses schrecklichen Nachmittags verarbeitet und Blade glaubte nicht, dass Wendy noch Gefühle des Grolls oder der Wut gegen ihn hegte, aber er merkte, dass Sex nicht gerade im Vordergrund ihres Denkens stand.

Und das war in Ordnung.

Sie hatten sich wieder auf ihre Gewohnheiten von vor diesem Nachmittag verlegt. Sie telefonierten und schrieben SMS. Sie waren mit und ohne Jackson verabredet. Sie lernten sich kennen, ohne dass es Geheimnisse zwischen ihnen gab. Blade erzählte ihr, was er über seine Tätigkeit als Soldat der Spezialeinheit offenlegen konnte, und Wendy öffnete sich mehr und mehr und erzählte ihm, was sie und Jackson während der letzten zehn Jahre durchgemacht hatten.

Sie war unglaublich.

Sie war knallhart und wild wie eine Löwin, die ihr Junges verteidigte.

Blades Liebe zu ihr war so stark wie eh und je, aber die

Worte hatte er seit jenem Tag in der Turnhalle nicht mehr ausgesprochen.

»Wie war es heute bei der Arbeit?«, fragte er, während Wendy weiter den Teig rührte.

»Ziemlich gut. Ich habe mit meiner Chefin über deinen Vorschlag geredet und sie hat vor, mich dabei zu unterstützen, wenn ich mich um die Position einer Betreuerin bewerbe. Dann hätte ich zehn Hilfskräfte unter mir. Müsste den Schichtplan für sie entwerfen, ihre Leistungen beurteilen und all solche Sachen. Es würde bedeuten, dass ich weniger Zeit mit den Bewohnern verbringen kann, aber ich könnte immer noch einen Teil der Zeit bei ihnen sein.«

»Und was ist mit der Bezahlung?«

Sie lächelte ihn an. »Die ist gut genug, sodass ich den Job im Callcenter aufgeben könnte.«

Blade strahlte. »Dann können wir mehr Zeit miteinander verbringen.«

Sie verdrehte die Augen.

»Stimmt's?«, hakte er nach, ließ die Hände zu ihren Flanken gleiten und begann, sie zu kitzeln.

Sie kreischte und versuchte, sich aus seinem Griff zu winden. Da sie den Holzlöffel in der Hand hielt, konnte sie nicht nach seinen Händen greifen, um sich zu befreien.

»Sag es«, neckte er sie.

»Okay, okay, dann könnten wir mehr Zeit miteinander verbringen.«

Blade drückte sie an sich, presste seine Nase an ihren Hals und gab ihr einen kleinen Kuss. »Genau so ist das.«

Sie seufzte und kuschelte sich zärtlich an ihn.

»Ich bin so stolz auf dich«, erklärte Blade ihr leise.

»Danke. Ich auch. Das ist ein großer Aufstieg von der Kriminellen, die ich als Teenager war«, witzelte sie.

»Du warst keine Kriminelle«, erklärte Blade. »Du hast nur deine Grenzen ausgetestet.«

Wendy lachte leise. »Ich bezweifle, dass meine Eltern dir zugestimmt hätten. Sie wussten mit mir nicht weiter.«

»Vermisst du sie?«

»Jeden verdammten Tag. Ich finde es schade, dass sie nie Gelegenheit hatten zu sehen, zu was für einem wunderbaren Mann Jackson herangewachsen ist. Und ich wünschte, sie könnten auch mich sehen. Ich hoffe, sie wären stolz auf mich.«

»Das wären sie«, erklärte Blade, ohne zu zögern. »Wie sollten sie es nicht sein?«

Wie immer, wenn das Gespräch ein wenig intensiver wurde, wechselte Wendy das Thema. »Gibt es etwas Neues von Fish?«

Blade nickte. Er hatte die Reise zu ihnen noch immer nicht unternommen, weil seine neue Armprothese noch nicht ganz fertig war. Jackson und seine Freunde waren ein wenig enttäuscht gewesen, aber Fish hatte an einem Nachmittag mit ihnen geskypt, und das war für die Teenager anscheinend genauso gut gewesen. Blade war erstaunt, was für tiefgründige Fragen sie Fish stellten und wie fortschrittlich der Roboterarm war, an dem sie arbeiteten.

»Er ist sich noch nicht sicher, wann sie herkommen werden, aber wenn sie kommen, will er sich auf jeden Fall mit deinem Bruder und seinen Freunden treffen. Er war stark beeindruckt von ihrer Arbeit.«

»Cool«, entgegnete sie und lächelte stolz.

»Wann musst du denn los?«, fragte Blade. Er wollte, dass sie über Nacht blieb, wollte sie aber auch nicht drängen.

»Die Party, auf der Jackson ist, geht so ungefähr bis Mitternacht. Ich habe ihm erlaubt, bis zum Schluss zu bleiben, wenn er direkt danach nach Hause kommt.«

»Ist Jenny auch dort?«

Wendy lachte leise. »*Alle* sind dort.«

»Ich nehme mal an, dass es sich nicht um eine Schulveranstaltung handelt«, entgegnete Blade trocken.

»Nein. Aber ich mache mir keine Sorgen um Jackson. Er weiß, wie man sich von Schwierigkeiten fernhält. Ich habe dir schon erzählt, dass ich ihn manchmal Bier und Wein und solche Sachen probieren lasse. Er hat gesehen, wie seine Freunde stinkbesoffen waren und wie dämlich sie sich benommen haben. Das gefiel ihm ganz und gar nicht. Vielleicht trinkt er ein oder zwei Bier, aber er wird sich nicht besaufen.«

»Und ein weiterer Punkt in der Erziehung deines Bruders, bei dem du ganze Arbeit geleistet hast«, erklärte Blade ihr.

Wendy legte den Löffel weg und drehte sich in seiner Umarmung um. Sie hob die Arme und legte sie ihm um den Hals. »Meistens habe ich nicht die geringste Ahnung, was ich mache.«

»Das ist noch etwas, worauf du stolz sein kannst«, erwiderte er lächelnd.

»Könntest du mich so um halb zwölf nach Hause fahren? Dann bin ich da, wenn er heimkommt.«

»Selbstverständlich.« Er sah auf die Uhr und stellte fest, dass es halb zehn war. »Wenn du möchtest, haben wir noch genügend Zeit, einen Film zu sehen.«

Wendy betrachtete ihn lange. Er versuchte, ihre Stimmung einzuschätzen, doch es gelang ihm nicht richtig.

»Ich möchte mit dir schlafen ... aber ich habe Angst.«

»Wovor?«, fragte Blade und bemühte sich um einen gleichmäßigen und beruhigenden Ton, obwohl sein Schwanz knallhart geworden war allein bei dem Gedanken, wieder in ihr zu sein.

»Etwas Falsches zu sagen. Alles zu vermasseln, wie beim letzten Mal.«

»Oh, Süße, das haben wir doch schon besprochen. Es war nicht deine Schuld. Es war meine.«

Sie schüttelte den Kopf.

»Wir kommen schon noch an den Punkt«, erklärte Blade, »an dem es sich richtig für uns beide anfühlt. Wie wäre es, wenn wir jetzt diesen Kuchen in den Ofen schieben, uns einen Film ansehen und dann so lange rumknutschen, bis der Kuchen verbrannt ist und es an der Zeit ist, dass ich dich nach Hause bringe?«

Sie lachte leise. »Das hört sich großartig an.«

Blade küsste sie kurz auf die Nasenspitze und nahm sie in den Arm. »Ich suche uns einen Film raus, während du hier alles fertig machst. Und lass das Geschirr einfach stehen. Darum kümmere ich mich morgen.«

»Aber morgen ist alles ganz eingetrocknet und ekelhaft«, protestierte sie.

»Lass es stehen, Frau«, erklärte Blade mit strengem Gesicht, obwohl er es ruinierte, weil er über ihren finsteren Gesichtsausdruck lachen musste.

»Von mir aus«, entgegnete sie patzig.

Lächelnd ging Blade ins Wohnzimmer und wählte einen ausgesprochen langweiligen Film, damit sie beim Knutschen nicht abgelenkt wurden.

»Und nimm bloß keinen Militärfilm«, rief Wendy ihm nach, als er verschwunden war.

Grinsend wählte Blade *Patton – Rebell in Uniform*. Er hatte den Film schon Hunderte Male gesehen und wusste, dass er Wendy nicht im Geringsten interessieren würde. Es war der perfekte Hintergrund, damit sie wie Teenager herumknutschen konnten.

Jackson stand inmitten seiner Freunde und hatte einen Arm um Jenny gelegt. Sie waren schon seit einer Weile auf der Party. David und Patrick waren mit den Mädchen gekommen, mit denen sie zusammen waren, und Rob war irgendwo in der Nähe. Er und Jenny hatten eine Weile mit den Jungs des Lacrosseteams rumgehangen, aber sie waren im Laufe der letzten halben Stunde dazu übergegangen, mit den anderen aus seinem Roboterklub zu quatschen.

Jenny hatte hier und da ein paar ihrer Freundinnen gesehen, aber die Jugendlichen auf der Party waren zum größten Teil Schüler des dritten und vierten Jahres. Jackson war ziemlich beeindruckt davon, dass sich die Leute nicht besinnungslos betranken, sondern einfach nur herumhingen, sich entspannt fühlten und Spaß hatten.

Es gab ein paar Leute, die Gras rauchten, aber die meisten davon kannte er nicht oder verkehrte nicht mit ihnen.

»Gibt es etwas Neues darüber, wann Fish kommt?«, wollte Dan wissen. Er war der Vorsitzende des Roboterklubs und hatte viele Verbesserungen für ihren Roboterarm vorgeschlagen, nachdem sie sich mit dem Veteranen über Skype unterhalten hatten.

»Leider nicht«, entgegnete Jackson, »aber er hat dem Freund meiner Schwester mitgeteilt, dass er dazu bereit wäre, uns alle weiteren Fragen zu beantworten, die wir haben.«

Bei dieser Aussicht begannen die anderen, aufgeregt darüber zu diskutieren, was sie den Veteranen sonst noch fragen konnten und ob all die Verbesserungen, die sie für ihren Roboterarm geplant hatten, tatsächlich funktionieren würden.

Jackson spürte, wie Jenny zitterte, und lehnte sich zu ihr. »Ist dir kalt?«

»Ein wenig«, erklärte sie ihm und sah ihn mit ihren großen, grünen Augen an. Schon als er sie das erste Mal gesehen hatte, hatte er sich halb in sie verliebt. Ihr rotes Haar fiel ihr in Wellen bis über die Schultern und ihre blasse Haut war voller Sommersprossen. Er hatte nicht gewusst, wie sehr er Sommersprossen liebte, bevor er sie kennengelernt hatte.

Sie war sehr viel jünger als er und sehr viel jünger, als es ihr oder ihren Eltern bewusst war, aber Jackson ließ es langsam mit ihr angehen. Sie war unerfahren und ein wenig naiv, aber auch das mochte er an ihr. Er hatte sie nicht gedrängt, irgendetwas zu tun, das ihr nicht gefiel, doch zuvor an diesem Abend hatten sie hinter einem der Fahrzeuge auf dem Parkplatz herumgeknutscht und es war wunderbar gewesen. Er hatte vor ihr schon andere Mädchen geküsst und nicht lange, nachdem Wendy über Kondome gesprochen hatte, hatte er sogar Sex gehabt, doch nichts war ihm so nahegegangen wie ein einfacher Kuss von Jenny. Sie war etwas Besonderes und die Tatsache, dass sie mit ihm zusammen war, sorgte dafür, dass Jackson eine Heidenangst davor hatte, sie irgendwie zu enttäuschen, aber gleichzeitig war er auch unglaublich stolz.

Als sie sich küssten, hatte sie seine Hand genommen und sie auf ihre Brust gelegt. In dem Moment, als er ihre kleine Brustwarze gespürt hatte, die gegen seine Handfläche drückte, hatte Jackson einen Ständer bekommen. Er hatte nichts weiter getan, als ihre Brust durch das T-Shirt hindurch zu berühren, aber selbst das hatte ihn wahnsinnig stolz gemacht. Sie hatte darauf vertraut, dass er ihr nicht wehtun und auch nichts tun würde, was ihr nicht gefiel.

»Möchtest du nach Hause fahren?«, fragte er und rieb zärtlich seine Nase an ihrer.

Sie lächelte ihn an. »Glaubst du, wir könnten irgendwo hingehen, wo weniger los ist, und uns ein wenig unterhalten?«

Jackson ergriff ihre Hand, drückte sie und sagte: »Das hört sich toll an.« Er hoffte, dass sie auch noch ein wenig herumknutschen wollte, bevor er sie nach Hause brachte.

Dann verabschiedete er sich von seinen Freunden und suchte nach Rob. Er war ihre Mitfahrgelegenheit. Schließlich fand er ihn in einer Gruppe von Jungs. Er ging mit Jenny zu ihnen und erklärte Rob, dass sie sich in der Nähe des Eingangs des Parkplatzes aufhalten würden. Es handelte sich tatsächlich nur um ein großes Feld, das mit Seilen abgesteckt worden war, doch das erfüllte bereits seinen Zweck ... nämlich den, die Fahrzeuge von den Feiernden fernzuhalten.

Rob nickte und sagte, er wäre in ungefähr einer halben Stunde bereit zu gehen. Jackson sah auf die Uhr und stellte fest, dass es elf war, das war also in Ordnung für ihn.

Er führte Jenny zum Parkplatz hinüber und deutete mit einer Geste auf einen großen Baumstamm auf der Seite des Parkplatzes. Er war dort offensichtlich als Barriere aufgestellt worden, aber es war ein perfekter Sitzplatz. Er setzte sich rittlings darauf und ermutigte Jenny, das Gleiche zu tun. Sobald sie ihm gegenübersaß, rutschte Jackson so nahe wie möglich an sie heran und zog ihre Beine über seine eigenen. Die Position war intim und gemütlich. Er schloss seine Hände um ihr Kreuz und stützte sie so, während sie auf dem Baumstamm saß.

Sie saßen etwa fünfzehn Minuten lang da, redeten und küssten sich, als Jackson hinter sich etwas hörte. Er drehte sich um in der Erwartung, Rob zu sehen, aber er wurde vom Baumstamm gestoßen, als ihn etwas an der Seite traf.

Da Jenny größtenteils auf seinem Schoß gesessen hatte, flog auch sie vom Stamm. Jackson landete halb auf ihr im Dreck. Er stöhnte vor Schmerzen, bewegte sich aber sofort, um sie nicht zu erdrücken.

In der Sekunde, in der er sich bewegte, zog ihn jemand an der Rückseite seines Hemdes hoch.

Jacksons erster Gedanke galt Jenny. Er wollte sie beschützen.

Instinktiv beugte er sein Bein und trat gegen die Person zurück, die ihn festhielt. Wer auch immer es war, fiel mit einem Stöhnen zu Boden, aber sofort waren mehr Hände da, die nach ihm griffen.

Jackson wusste sofort, dass er damit nicht fertigwerden würde. Er versuchte, das zu tun, was Aspen und seine Freunde ihm beigebracht hatten, aber es waren einfach zu viele Fäuste, die ihn schlugen. Zu viele Füße, die ihn traten.

Aber am schlimmsten war der Baseballschläger, mit dem ihn jemand immer wieder in die Seite schlug.

Er fiel zu Boden und versuchte aufzustehen, aber es nützte nichts. Er rollte sich zu einem Ball zusammen, um seine Nieren und seinen Kopf zu schützen, aber die Schläge wurden dadurch nicht weniger. Die Typen, die ihn fertigmachten, waren in ihrem Angriff unerbittlich.

Jenny kreischte, aber das Geräusch erstarb sofort wieder.

Als Jackson aufblickte, sah er, wie Lars sie an seinen Oberkörper drückte. Er hielt ihr mit der Hand den Mund zu und grinste ihn an.

»Hört auf, Jungs«, befahl er, und sofort hörten die Typen auf, ihn zu schlagen. Sie wichen nicht zurück, als hätten sie Angst, dass er losspringen würde, um an Jenny und Lars zu gelangen. Jackson konnte keinen Atem schöpfen und er wusste, dass es wahnsinnig wehtun würde, wenn er sich bewegte. Aber er konnte nicht einfach auf dem Boden liegen und zulassen, dass Lars Jenny etwas antat.

»Jetzt sieh mal an, was ich da gefunden habe«, sagte Lars herausfordernd. »Eine süße kleine Studienanfängerin, mit der ich mich amüsieren kann.«

»Lass sie in Ruhe, du Arschloch«, knurrte Jackson und zwang sich auf die Knie.

»Was willst du schon dagegen tun?«, fragte Lars. »Du kannst ja nicht mal aufstehen. Du bist mir ein toller Beschützer.« Dann sah er zu einem seiner Freunde hinüber und nickte.

Und bevor Jackson auch nur daran denken konnte, sich zu schützen, schlug der Junge mit dem Baseballschläger – er glaubte, es war Chuck – erneut auf ihn ein.

Jackson knickte ein und fiel keuchend nach vorne, wobei er versuchte, wieder zu Atem zu kommen. Er hatte das Gefühl, weinen zu müssen, aber er hatte zu große Schmerzen, sodass die Tränen nicht flossen.

Lars beugte sich über Jackson und hielt noch immer Jenny fest. »Da ich und meine Jungs nicht zu dieser Party eingeladen waren, werden wir unsere eigene Party feiern. Und wir werden deiner Freundin zeigen, wie man sich *richtig* amüsiert.«

Jackson sah, wie sich Jennys wunderschöne grüne Augen erst vor Angst weiteten und sich dann mit Tränen füllten, während sie sich in Lars' Griff wand. Aber mit ihren ein Meter sechzig konnte sie nichts gegen den größeren und stärkeren Mann ausrichten.

Jackson fühlte sich hilflos. Er musste aufstehen, um Jenny zu helfen. Um dafür zu sorgen, dass Lars und seine Freunde ihr nichts antaten.

Lars richtete sich auf und hob Jenny hoch. Sie versuchte, ihn zu treten, aber er lachte einfach nur. »Kommt schon, Jungs. Dann zeigen wir Jenny mal, was ein richtiger Mann ist.« Und ohne einen weiteren Blick auf Jackson zu werfen, machte Lars auf dem Absatz kehrt und hielt immer noch die verzweifelt kämpfende Jenny fest. Er steuerte auf einen ramponierten alten Pritschenwagen am Rande des Parkplatzes zu, nicht weit von der Stelle, an der Jackson Jenny geküsst hatte.

Die vier Jungs traten und schlugen Jackson zur Sicherheit noch ein paarmal, dann liefen sie Lars lachend hinterher.

Jackson lag verzweifelt auf dem Boden und keuchte einen Moment lang. Seine Sicht verschwamm durch das Blut, das ihm aus einem darüberliegenden Schnitt ins Auge tropfte. Er konnte nicht richtig Luft holen, aber er zwang seine Schmerzen zurück. Er sah zu, wie einer der Jungs in Lars' Pritschenwagen stieg und die anderen auf ein anderes Fahrzeug zuliefen, das etwas weiter entfernt stand.

Er konnte Lars in der Fahrerkabine seines Wagens sehen, wie er versuchte, Jenny zu küssen, und lachte, als sie weiter gegen ihn kämpfte.

Eine Welle des Hasses ging über Jackson hinweg und er bewegte sich, noch ehe er überhaupt darüber nachgedacht hatte. Er schaffte es, auf die Beine zu kommen, obwohl er nur gebückt stehen konnte, und mit einer Hand über der Niere humpelte er, so schnell er konnte, auf Lars' Wagen zu. Jenny führte den Kampf ihres Lebens gegen die beiden Männer, und so sehr Jackson auch die Tür aufreißen und sie retten wollte, wusste er, dass er in der Unterzahl war und dass er sich und Jenny nur noch mehr Schmerzen zufügen würde.

Als er sah, dass der Wagen keine Heckklappe hatte und

hinten eine große Plane etwas verdeckte, traf er in Sekundenschnelle eine Entscheidung. Jackson versuchte, so leise wie möglich zu sein – nicht dass Lars ihn über Jennys Schreckensschreie und sein eigenes böses Lachen hinweg gehört hätte –, ließ seinen schmerzenden Körper auf die Ladefläche des Pritschenwagens gleiten und bedeckte sich mit der übel riechenden Plane.

Er hätte über die Ironie gelacht, wenn Lars, dieses miese Stück Scheiße, eine Ladung Mist auf der Ladefläche seines Wagens mit sich herumgeschleppt hätte, aber er war zu verängstigt, besorgt um Jenny, wütend und verletzt, um sich auch nur ein Lächeln abzuringen.

Er hatte sich keinen Augenblick zu früh eingenistet, weil der Motor des Wagens ansprang und Lars Sekunden später aus der Parklücke herausfuhr. Jackson bewegte sich leicht, um die Rückseite der Plane anzuheben und zu sehen, wohin sie fuhren, dann griff er in seine Hosentasche, um sein Telefon hervorzuholen. Zum ersten Mal in seinem Leben war er dankbar, dass Wendy sich das riesige, teure Smartphone, das er sich gewünscht hatte, nicht hatte leisten können. Es hätte nicht in seine Tasche gepasst und würde wahrscheinlich dort auf dem Boden liegen, wo er zusammengeschlagen worden war.

Jackson achtete darauf, dass das Telefon unter der Plane blieb, damit das Licht auf dem Bildschirm Lars oder seine Kumpel nicht alarmierte, wenn sie sich zufällig umschauten, und klickte auf den Namen seiner Schwester.

Er brauchte Hilfe. Sofort. Und es gab nur eine Person oder eine Gruppe von Menschen, die ihm und Jenny in diesem Moment helfen konnte.

Blade ignorierte seinen pochenden Ständer und konzentrierte sich darauf, dafür zu sorgen, dass Wendy sich wohlfühlte. Sie saß rittlings auf seinem Schoß und sie hatten die letzten zwanzig Minuten oder so rumgemacht. Zuerst hatten sie sich nur geküsst, aber im Laufe der Zeit war sie immer erregter geworden und sie hatten ihr die Bluse ausgezogen und Blade hatte seine Lippen auf ihre Brüste gelegt.

Sie rieb sich an seiner Erektion und stöhnte vor Befriedigung, und Blade hatte sich noch nie so erleichtert gefühlt wie in diesem Moment. Er hatte befürchtet, dass sie ihm nie wieder genügend vertrauen würde, um sich richtig gehen zu lassen. Aber im Moment dachte sie offensichtlich an nichts anderes als an ihre Lust.

Sie hatte ihre Hände in seinem Haar vergraben und packte ihn fest. Sie griff danach, wenn sie wollte, dass er stärker saugte, und zog an seinen Haaren, wenn er sie ein wenig zu heftig biss. Er grinste. Es gefiel ihr, seinen Mund auf sich zu spüren. Er hatte dies das letzte und einzige Mal übersprungen, als sie zusammen gewesen waren, und hatte sich mehr auf ihre saftige Muschi und ihren köstlichen Geschmack dort konzentriert. Geistig tadelte Blade sich selbst wegen seiner Kurzsichtigkeit, schloss die Augen und tat sein Bestes, um sie nur mit seinem Mund an ihrem Busen zum Orgasmus zu bringen, während sie sich an ihm rieb.

Gerade als er dachte, sie würde kommen, klingelte ihr Telefon, was die Stimmung sofort verdarb.

Wendy zuckte in seinen Armen und öffnete die Augen. Sie schien noch etwas benommen zu sein und Blade lächelte. »Immer mit der Ruhe, Süße. Es ist nur das Telefon.«

Ohne sie loszulassen, nahm Blade ihr Handy von dem

Tischchen neben der Couch, auf der sie saßen. Er sah es an, hielt es hoch und sagte: »Es ist Jackson.«

»Gehst du bitte ran?«, bat sie und hörte sich etwas verschlafen an, aber er wusste, dass es nur ihre abebbende Erregung war.

»Natürlich. Hey, Jackson, ist die Party vorbei?«

»Brauche ... Hilfe.«

Blade war sofort hellwach. Er setzte sich aufrecht hin und drängte Wendy, sich hinzustellen.

Sofort war die Erregung aus ihrem Blick verschwunden.

»Was ist los?«, fragte Blade Jackson.

»Lars. Hat mich. Zusammengeschlagen. Sie haben Jenny.«

Seine Worte waren abgehackt und er hörte sich an, als hätte er Murmeln im Mund. Blade hörte außerdem das Rauschen von Wind.

»Wo bist du?« Schon während er das fragte, stand er auf und griff nach seinem eigenen Handy, um seinem Team eine Nachricht zukommen zu lassen mit der Bitte, ihm zu helfen.

»Was ist denn los?«, fragte Wendy neben ihm.

»Auf der Ladefläche ... seines Wagens. Ich verstecke mich. Ich weiß nicht, wo wir sind«, entgegnete Jackson. »Frag Wendy. Sie soll mein Signal verfolgen.«

Blade sah Wendy sofort an und sagte: »Dein Bruder steckt in Schwierigkeiten. Ich muss ihn finden. Er hat gesagt, du könntest sein Signal verfolgen. Was heißt das?«

Er musste Wendy zugutehalten, dass sie nicht ausflippte. Sie forderte nicht schreiend, ihr sofort das Telefon zu geben. Ihr wich das Blut aus dem Gesicht, doch sie antwortete sofort: »Find-a-phone. Es handelt sich um eine App. Wir können beide sehen, wo der jeweils andere sich befindet, solange das Telefon eingeschaltet ist.«

Blade nickte und seufzte erleichtert. Dann hob er sich das Telefon wieder an den Mund und sagte zu Jackson: »Schalte auf keinen Fall das Handy aus. Ich trommele die anderen zusammen. Wir sind schon auf dem Weg.«

»Fünf Männer ... zwei Wagen. Beeil dich, Aspen. Sie haben Jenny. Sie wollen ihr wehtun.«

»Ich bin schon unterwegs, mein Freund«, erklärte Blade im Brustton der Überzeugung und hoffte, dass der Junge es auch hören würde. »Bleib in deinem Versteck. Sieh zu, dass du nicht noch mehr verletzt wirst, als du es schon bist.«

»Ich bin nicht wichtig. Es geht um Jenny ... Sie ist es, um die ich mir Sorgen mache«, erklärte Jackson.

Blade konnte das verstehen. Es gefiel ihm nicht, aber er konnte es verstehen. »Ich werde jetzt auflegen, aber ich bin immer erreichbar. Sollte sich etwas ändern, ruf mich an. Ich komme euch beide jetzt holen, verstanden?«

»Ja. Sag Wendy, dass ich sie liebe.«

Blade biss die Zähne zusammen. »Das werde ich. Halte durch, Jackson.« Und damit legte Blade auf und reichte das Handy der verängstigten Frau vor sich. »Ruf die App auf«, bat er sie.

Wendy hatte sich schnell ihre Bluse wieder übergezogen und begann sofort, auf ihrem Handy herumzutippen. Blade schickte die SMS ab, die er an Ghost geschrieben hatte, und tippte auf Trucks Nummer.

Wendy hielt ihm das Telefon hin und Blade nickte ihr dankend zu.

»Hey, Blade, was ist los? Es ist schon spät.«

»Ich brauche eure Hilfe. Wendys Bruder wurde zusammengeschlagen und seine Freundin entführt.«

»Ich bin schon auf dem Weg. Wohin fahren wir?«, entgegnete Truck, ohne zu zögern.

Blade sah auf Wendys Telefon und betrachtete die App.

»Anscheinend bringen diese Arschlöcher sie ans nordöstliche Ende des Stützpunktes.«

»In das Manövergebiet, das man nicht betreten darf?«, fragte Truck.

»Sieht ganz danach aus. Jack versteckt sich auf der Ladefläche des Fahrzeugs und ich kann seine Position auf Wendys Telefon verfolgen. Sie hat da so eine App.«

»Find-a-phone?«, fragte Truck.

»Genau.«

»Die habe ich auch«, bemerkte Truck. »Wo treffen wir uns? Hast du dich schon mit den anderen in Verbindung gesetzt?«

»Ich habe Ghost eine SMS geschrieben.«

»Jetzt rufe ich schnell noch unseren Kommandanten an, um ihn zu informieren, und die anderen rufe ich dann vom Wagen aus an. Wir gehen durchs hintere Tor rein in der Annahme, dass die anderen auch diesen Weg genommen haben. Sollen wir uns da treffen und versammeln, um gemeinsam loszuschlagen?«

»Ja. Jackson sagte, es seien fünf Typen und Jenny.«

Truck knurrte: »Arschlöcher.«

»Allerdings«, pflichtete Blade ihm bei.

»Ich bin auf dem Weg«, erklärte Truck erneut und legte dann auf.

Blade wandte seine Aufmerksamkeit Wendy zu. Ihm blieb nicht viel Zeit, aber er musste sie beruhigen, bevor er ging. »Wir haben alles unter Kontrolle«, erklärte er ihr und legte ihr die Hände auf die Schultern. Er spürte, wie sie zitterte. »Ich werde deinen Bruder finden und ihn gesund und munter nach Hause bringen.«

Wendy nickte und legte ihm die Hände an die Wangen. »Ist es Lars?«

Blade nickte grimmig.

»Verdammt. Ich wusste doch, es war kein gutes Zeichen, dass er einfach so verschwunden ist. Ich habe Jackson gesagt, dass er es nicht dabei belassen würde. Und jetzt hat er Jenny?«

Blade nickte erneut. »Ich muss los, aber tust du mir einen Gefallen?«

»Welchen denn?«

»Ich werde meine Schwester anrufen und sie bitten rüberzukommen. Ich möchte nicht, dass du alleine bist.«

»Das ist aber kein Problem.«

»Bitte, mein Schatz, lass mich das machen.«

»Aber es ist schon spät.«

»Sie ist wach. Truck ruft Beatle und die anderen in diesem Moment an. Ich muss dein Telefon mitnehmen, also kann ich dir nicht Bescheid sagen, dass alles in Ordnung ist, sobald wir Jackson haben. Aber wenn Casey da ist, kann ich *sie* anrufen.«

»Oh ... ja, das stimmt. Okay.«

Blade beugte sich vor und küsste sie hart und schnell. »Ich soll dir von Jackson ausrichten, dass er dich liebt – aber du sollst wissen, dass ich alles im Griff habe.«

Eine Träne rollte aus ihrem Augenwinkel und lief ihre Wange hinunter, doch sie wischte sie nicht weg. »Ich weiß.«

Blade hasste diese Träne. Hasste es, dass er sie im Moment nicht in die Arme nehmen konnte, um sie zu trösten. Er küsste ihre Wange und schmeckte das Salz von ihrer Träne, dann machte er einen Schritt zurück. Er nickte ihr zu, drehte sich dann um und ging zum Parkplatz und zu seinem Jeep. Er war froh, dass er diesen Wagen besaß; sie konnten ihn im Hinterland von Fort Hood gut gebrauchen. Es gab dort nicht viele Straßen und der Allradantrieb würde ihnen helfen.

Ihm kam außerdem der Gedanke, dass Lars Jenny sicher

nicht dorthin brachte, wenn er vorhätte, sie auch wieder zurückzubringen. Niemand betrat dieses Gebiet einfach so.

Der Armee gehörten Tausende und Abertausende Quadratmeter von Land. Es wäre einfach, das Mädchen dort zu vergewaltigen und zu töten und ihre Leiche so zu verstecken, dass niemand sie jemals finden würde.

Nur gut, dass Jackson geistesgegenwärtig genug gewesen war, sich auf der Ladefläche des Wagens zu verstecken. Mit ein wenig Glück würde die App die Deltas direkt zu ihnen führen und Lars und seiner Bande den Schreck ihres Lebens verpassen. Es war ihnen sicher nicht klar, doch sie begaben sich direkt in ein Gebiet, das das Team der Delta Force wie seine Westentasche kannte. Sie hatten schon etliche Manöver dort absolviert.

Heute Nacht hätte Lars' Schreckensherrschaft ein für alle Mal ein Ende.

»Halte durch, mein Freund«, murmelte Blade und dachte an Jackson, als er das Wohngebäude verließ und auf einen der vielen Eingänge des Stützpunktes zuraste, wobei er immer ein Auge auf die Straße gerichtet hatte und das andere auf die App von Jennys Telefon. Der blinkende rote Punkt war momentan sein einziger Trost.

## KAPITEL SECHZEHN

Wendy schritt nervös auf und ab. Die Zeit schien extrem langsam zu vergehen. Nicht zu wissen, was vor sich ging, brachte sie um. Wenn Jackson etwas zustoßen würde, wusste sie nicht, was sie tun würde. Er war vielleicht ihr Bruder, aber im Moment fühlte es sich wirklich so an, als wäre er ihr Kind.

Ein Klopfen an der Tür schreckte sie aus ihren Gedanken und sie ging hin, um zu antworten. Auf der Türschwelle von Aspens Wohnung stand seine Schwester. Aber sie war nicht allein. Es waren noch fünf andere Frauen bei ihr. Wendy erkannte ein paar von ihnen, aber nicht alle.

Wie betäubt öffnete sie die Tür.

Casey zog sie sofort in die Arme. Die Umarmung war genau das, was Wendy jetzt brauchte. Sie klammerte sich an Aspens Schwester und hielt sich fest, als wollte sie sie nie wieder loslassen. Sie fühlte, wie sie nach hinten geschoben wurden, ließ aber nicht los.

»Alles kommt wieder in Ordnung«, erklärte Casey beruhigend. »Unsere Männer haben alles unter Kontrolle.«

Wendy atmete tief durch, sammelte sich und trat schließlich einen Schritt zurück.

»Hier«, sagte jemand neben ihr.

Wendy drehte sich um und entdeckte eine Brünette, die ungefähr genauso groß war wie sie und ihr ein Taschentuch hinhielt.

»Danke«, sagte Wendy, wischte sich die Tränen weg und putzte sich die Nase.

»Komm«, erklärte Casey und hakte sich bei Wendy ein. »Setzen wir uns hin und ich stelle dir alle vor.«

Da sie keinen Zweifel daran hatte, dass es sich bei den anderen Frauen allesamt um die Frauen und Freundinnen von Aspens Teamkollegen handelte, folgte Wendy Casey gehorsam ins Wohnzimmer. Sie setzte sich in die Mitte der Couch und Casey ließ sich auf die eine Seite neben sie fallen, während Emily sich auf die andere Seite setzte. Casey hielt Wendys Hand und Emily legte ihr eine Hand auf den Oberschenkel.

Wendy fühlte sich plötzlich nicht mehr allein und sie fühlte sich ... geliebt. Sie war sich einsam vorgekommen, seit ihre Eltern gestorben waren. Als lastete das Gewicht der Welt auf ihren Schultern. Doch diese sechs Frauen, von denen sie die meisten nicht kannte, hatten mit ihrer bloßen Gegenwart dafür gesorgt, dass dieses schreckliche, düstere Gewicht, welches die Atmosphäre im Zimmer verdarb, sich ein wenig lichtete.

»Du kennst ja Emily«, begann Casey und nickte zu der Schwangeren, die neben ihr saß.

»Hi, wir kennen uns ja schon«, entgegnete Wendy.

»Hi«, erwiderte Emily. »Annie schläft heute bei einer Freundin, sonst wäre sie auch hier.«

Wendy nickte und Casey sprach weiter. »Also, gehen wir von links nach rechts. Das ist Rayne. Sie gehört zu Ghost.

Sie sind schon am längsten zusammen und sie ist ein bisschen unsere Matriarchin.«

Alle lachten leise, bevor Casey weitersprach. »Harley ist der lange Lulatsch da vor dir. Sie ist die Älteste und Schlaueste von uns allen. Sie programmiert Videospiele und wenn man ihr einen Computer gibt, hört man stundenlang nichts mehr von ihr.«

»Blade hat mir von dir erzählt«, sagte Wendy leise. »Jackson würde sich wahnsinnig gern mal mit dir unterhalten.«

Und schon brach sie wieder in Tränen aus. Denn die bloße Erwähnung des Namens ihres Bruders sorgte dafür, dass sie sich wieder daran erinnerte, was gerade vor sich ging und warum die Frauen überhaupt hier waren.

»Immer mit der Ruhe«, sagte Emily leise.

Wendy rang um Selbstbeherrschung und nickte.

»Kassie ist die andere Schwangere. Sie ist mit Hollywood zusammen, und wenn du ihn kennenlernst, verstehst du auch seinen Spitznamen. Er ist unglaublich attraktiv und könnte dem alten Wie-heißt-er-noch auf jeden Fall den Titel für den Sexiest Man Alive des *People Magazines* streitig machen.«

»Wie er auf mich gekommen ist, ist mir auch schleierhaft«, erklärte Kassie lächelnd. »Aber nun, da er mir gehört, werde ich jede Frau töten, die auch nur versucht, ihn mir wegzunehmen.«

Wendy hätte nie geglaubt, dass etwas sie zum Lächeln bringen könnte, doch diese Bemerkung tat es.

»Und last, but not least, ist da noch Mary. Sie ist die Kleine da.«

»Hey, so klein bin ich auch wieder nicht«, protestierte Mary.

Wendy musste widersprechen. Sie war ziemlich zierlich,

zumindest im Vergleich zu allen um sie herum. Sie hatte kurzes Haar mit einer rosafarbenen Strähne, und obwohl sie nicht so groß war wie ihre Freundinnen, hatte Mary etwas an sich, das sie von allen am einschüchterndsten machte.

»Hi«, begrüßte Wendy die anderen. »Danke, dass ihr gekommen seid, auch wenn ich nicht weiß, warum ihr eigentlich alle hier seid.«

»Wir sind hier, um dich zu unterstützen«, erklärte Rayne. »Um deine Hand zu halten, wenn du weinst, und um mit dir auf neue Informationen zu warten. Das ist es, was die Frauen und Freundinnen von Soldaten tun.«

Wendy war überwältigt. »Aber ihr kennt mich doch gar nicht.«

»Aber wir kennen Blade«, entgegnete Kassie.

»Und für den Fall, dass du noch Zweifel daran hegst, du gehörst jetzt definitiv zu unserem Freundeskreis«, bestätigte Casey. »Ich habe meinen Bruder noch nie so verliebt gesehen. Er hatte zwar Freundinnen in der Vergangenheit, aber so ernst ist es ihm noch nie gewesen.«

»Fletch hat gesagt, dass er in der Zeit, in der ihr nicht miteinander gesprochen habt, allen ziemlich auf die Nerven gegangen ist.«

»Oh ja, Coach hätte ihm am liebsten den Hals umgedreht«, fügte Harley hinzu.

»Truck hat ihm befohlen, seinen Hintern zu dir zu bewegen und sich zu entschuldigen, bevor sie ihm ein wenig Verstand einprügeln müssen«, fügte Mary hinzu.

Wendy lächelte alle schwach an – aber plötzlich sahen sie alle nicht mehr sie an. Stattdessen starrten alle auf Mary.

»Was?«, entgegnete die Frau defensiv.

»Du warst mit Truck zusammen?«, fragte Rayne überrascht und zog die Augenbrauen hoch.

Mary zuckte mit den Achseln. »Es ist nicht so, wie ihr denkt. Ich bin ihm nur zufällig über den Weg gelaufen.«

Wendy wurde klar, dass nicht nur Rayne überrascht war, dass Mary Zeit mit Truck verbracht hatte. Allerdings kannte sie die Dynamik der Gruppe nicht gut genug, um zu verstehen, warum alle so reagierten.

»Kannst du uns sagen, was passiert ist?«, bat Kassie Wendy und lenkte dadurch von der Spannung ab, die sich im Raum aufgebaut hatte.

Wendy nickte. Dann atmete sie tief durch und erzählte den anderen Frauen die ganze Geschichte von Lars und wie er ihrem Bruder zugesetzt hatte.

---

Die sieben Delta Force-Soldaten fuhren in zwei Fahrzeugen auf den kleinen roten Punkt auf der Karte zu. Blade wusste, dass sie Jackson und die anderen ohne die App niemals rechtzeitig gefunden hätten. Sie befanden sich auf dem gesperrten Trainingsgelände auf dem Stützpunkt. Lars und seine Freunde hatten gut gewählt. Es war stockdunkel und niemand würde versehentlich über sie stolpern, wenn sie der armen Jenny das antaten, was sie mit ihr vorhatten.

Blade drückte etwas stärker aufs Gas. Der Punkt hatte vor ein paar Minuten aufgehört, sich zu bewegen, und mit jeder Minute, die verging, wuchs die Wahrscheinlichkeit, dass Jenny verletzt wurde – und möglicherweise auch Jackson.

»Ihr kennt alle den Plan?«, fragte Ghost, seine Stimme leise und tödlich in der Stille des Jeeps.

Ghost, Truck und Beatle saßen im Jeep mit Blade, während Hollywood und Coach mit Fletch in dessen Highlander folgten. Sie trugen alle ihre Nachtsichtbrillen, damit sie sich effektiver an Lars und die anderen heranschleichen konnten. Sie fuhren mit halsbrecherischer Geschwindigkeit und ausgeschalteten Scheinwerfern auf der unbefestigten Straße.

Ghost hatte sein Telefon auf Lautsprecher gestellt und kommunizierte mit Hollywood. Sie hatten besprochen, wie sie sich am besten anschleichen und Lars und seine Bande ausschalten könnten.

»Ja«, antworteten die Soldaten im Wagen praktisch wie aus einem Mund.

»Leider wissen wir nicht, was mit Jackson ist. Er hat uns von fünf Männern in zwei Fahrzeugen berichtet. Blade, wir kümmern uns um die fünf Männer und ihr seid verantwortlich für Jackson, verstanden?«

Blade presste die Lippen aufeinander und nickte. Er wollte Lars, aber Ghost war klug genug, ihn nicht einmal in die Nähe des Dreckskerls kommen zu lassen. Er würde den Mistkerl umbringen und keine Reue darüber empfinden. Seine Aufgabe war es, zu Jackson zu gelangen und dafür zu sorgen, dass er sicher und weit weg war, damit das Team die Entführer zur Strecke bringen konnte.

Truck wurde mit der Rettung von Jenny betraut. Er war der Größte und Stärkste der Gruppe und wenn er jemanden körperlich angreifen musste, um das Mädchen in Sicherheit zu bringen, würde er es tun. Er würde alles tun, was nötig war, um sie aus der Schusslinie und in Sicherheit zu bringen.

»Wir sind fast am Zielort angekommen. Er liegt etwa einen Kilometer vor uns«, erklärte Blade und nahm den Fuß vom Gas. Sie mussten so nahe wie möglich herankommen, ohne dass sie bemerkt wurden.

Als sie sich bis auf etwa zweihundertfünfzig Meter genähert hatten, hielt er seinen Jeep mitten auf der Straße an. Er bemerkte, dass Fletch seinen Wagen hinter ihm so stoppte, dass er ebenfalls die Straße blockierte. Er nickte und wusste, wenn Lars oder einer seiner Freunde zu fliehen versuchte, musste derjenige abbremsen und um ihre Fahrzeuge herumfahren. Das gab ihnen eine Chance, ihn einzuholen. Dann stieg er aus.

Adrenalin floss durch seine Adern und Blade wollte einfach nur endlich zu Jackson gelangen, um sich davon zu überzeugen, dass er in Sicherheit war. Wendy würde es nicht verkraften, sollte ihrem Bruder etwas zustoßen. Er würde dafür sorgen, dass Jackson gesund und munter zu ihr zurückkehrte. Sie verließ sich auf ihn und er würde sie nicht enttäuschen.

Ohne ein Wort gingen die Mitglieder des Teams auf ihr Ziel zu. Sie bewegten sich schnell durch das Gestrüpp, für das dieser Teil von Texas berüchtigt war. Sie gaben keinen Laut von sich, als sie sich auf die fünf Arschlöcher zubewegten, die es gewagt hatten, zwei unschuldige Teenager zu entführen und zu attackieren.

Blade hatte wieder einmal den Gedanken, dass dies wahrscheinlich nicht das erste Mal war, dass diese Gruppe von Männern so etwas getan hatte. Man begann seine Laufbahn als Krimineller nicht mit der Entführung und Gruppenvergewaltigung eines Mädchens.

Nein, das hatten sie ganz sicher schon einmal getan. Vielleicht hatten sie ihr letztes hilfloses Opfer an genau diese Stelle gebracht.

Blade machte sich eine geistige Notiz, ihren Kommandanten darum zu bitten, sich wegen vermisster Teenager oder Frauen mit der örtlichen Polizei in Verbindung zu setzen. Dann stellte er sein Nachtsichtgerät ein und ging schneller auf den Punkt zu, an dem sich Jackson laut der App befand.

Es war Zeit loszulegen.

---

»Was dauert denn da so lange?«, murmelte Wendy. Sie war über die Tränenphase hinweg; jetzt war sie ängstlich und wütend, weil sie noch nichts gehört hatte. Es gefiel ihr ganz und gar nicht, nicht zu wissen, was vor sich ging. Sie hasste es, nicht zu wissen, ob es Jackson oder Jenny gut ging. Sie hasste es, nicht zu wissen, ob Blade verletzt war oder nicht.

Es war dumm, denn eigentlich sollte sie sich nur um ihren Bruder Gedanken machen, aber sie konnte nicht anders, als sich auch um Blade zu sorgen.

Ja, er war ein knallharter Delta Force-Soldat, aber das war den Kugeln egal. Er konnte immer noch erschossen, verprügelt oder mit einem Messer verletzt werden. Sie konnte nicht aufhören, über all das nachzudenken, was ihm zustoßen konnte, und sie konnte nicht verhindern, dass sich diese Szenarien in ihrem Kopf immer wieder wiederholten.

»Hör auf, dir Gedanken zu machen«, befahl Rayne. Harley hatte einen Laptop aus ihrer Tasche gezogen, saß am Tisch im Esszimmer und klickte auf die Tasten. Kassie und Emily saßen auf einer Seite der Couch und unterhielten sich über Babys und seltsame Schwangerschaftsgelüste. Casey backte in der Küche etwas.

So waren also Mary und Rayne bei ihr. Wendy ging auf und ab, Mary stand an der Wand und Rayne saß am anderen Ende der Couch.

»Ich kann nicht anders«, erklärte Wendy. »Ich stelle mir immer all die schrecklichen Dinge vor, die ihnen zustoßen könnten.«

»Ja, mir ging es bei den ersten Malen, als Ghost und die anderen zu Einsätzen gerufen wurden, ebenfalls so. Ich weiß besser als die meisten, was tatsächlich während ihrer Einsätze passieren kann.«

»Wie meinst du das?«, fragte Wendy.

Rayne erklärte ihr daraufhin, wie sie sich in einem Aufstand in Ägypten wiedergefunden hatte und wie Ghost und die anderen aus dem Nichts aufgetaucht waren, um sie zu retten. »Truck trug mich auf seinen Armen blutend aus dem Regierungsgebäude und wir wussten, dass gleich jemand auf uns schießen würde. Es war schrecklich.«

Wendy hatte aufgehört, auf und ab zu gehen, und starrte stattdessen Rayne mit großen Augen an. »Im Ernst?«

»Ja. Und dann wurde Ghost während seiner nächsten Mission verletzt und hat es mir nicht erzählt. Ich war wahnsinnig wütend auf ihn.«

Mary lachte leise. »Das ist eine Untertreibung, Raynie.«

Die beiden Frauen lächelten einander an. »Du hast mir gefehlt«, erklärte Rayne ihrer Freundin. »Warum hast du mich gemieden?«

»Habe ich doch gar nicht.«

»Blödsinn«, entgegnete Rayne. »Als du krank warst, haben wir jeden Tag gemeinsam verbracht. Ich habe dich gehalten, als du in die Toilette gekotzt hast, und habe sogar mit dir geduscht, damit du nicht umfällst. Und ich habe dich, glaube ich, in den letzten sechs Monaten nur zweimal gesehen.« Sie senkte die Stimme. »Es ist fast so, als würde ich dich überhaupt nicht mehr kennen. Ich weiß nicht, wie es dir bei der Arbeit ergeht oder wie du dich fühlst. Du *fehlst* mir, Mary. Wir leben in derselben verdammten Stadt und du fehlst mir.«

»Es tut mir leid«, erwiderte Mary, den Blick gesenkt. »Ich mache gerade eine merkwürdige Zeit durch.«

»Sag mir einfach, warum du mich auf Distanz hältst«,

hakte Rayne nach. »Ich will meine beste Freundin wiederhaben.«

»Ich halte dich doch gar nicht auf Distanz«, wiederholte Mary. »Ich will dich nur nicht von dem wunderschönen Leben abhalten, das du verdient hast.«

Marys Geständnis schien Rayne aus irgendeinem Grund zu verärgern. »Was soll das denn heißen?«, fragte Rayne.

»Es soll heißen, dass du jetzt quasi verheiratet bist«, erklärte Mary. »Du hast ein Leben neben mir. Nachdem ich krank geworden war, habe ich dir immer wieder gesagt, dass du mit dem Heiraten nicht auf mich warten sollst. Das war etwas, das wir einmal abgemacht hatten, als wir betrunken und schlecht drauf waren. Jetzt ist es lächerlich. Du hast Ghost und all die anderen Frauen hier. Es sind jetzt nicht mehr nur wir beide.«

Rayne seufzte. »Ich weiß, was du zu mir gesagt hast, aber ich war wirklich davon überzeugt, dass die Beziehung zwischen dir und Truck funktionieren würde. Er liebt dich, Mary. Eigentlich wollte ich natürlich nicht darauf bestehen, dass wir gemeinsam heiraten, aber ... nachdem ich dich mit Truck gesehen habe? Ich war mir wirklich sicher, dass ihr beide offiziell zusammenkommen würdet, wenn ich nur lange genug warte, und dass wir dann *doch* noch unsere Doppelhochzeit haben können.«

»Raynie«, entgegnete Mary leise und presste die Lippen zusammen, als müsste sie sich zusammenreißen, um nicht zu weinen.

»Ich liebe dich, Mary«, entgegnete Rayne. »Wir sind schon seit Ewigkeiten miteinander befreundet und mir wird jetzt erst klar, dass du dich weiter von mir entfernt hast, je mehr ich dich bedrängt habe. Das war mein Fehler. Es tut mir leid.«

Wendy fühlte sich wie ein Eindringling. Sie kannte die

Geschichte zwischen den beiden Frauen nicht, aber sie fühlte einen Anflug von Eifersucht, dass sie eine so enge Freundschaft verband. Sie hatte sich das immer gewünscht, war aber nie in der Lage gewesen, so etwas zu erreichen. Sie war zu oft umgezogen und hatte zu viele Geheimnisse. Ganz zu schweigen davon, dass sie damit beschäftigt war, ihren kleinen Bruder aufzuziehen. Nichts davon half dabei, dauerhafte, enge Freundschaften zu schließen.

»Ich liebe dich auch«, entgegnete Mary leise. »Ich verspreche dir, dass ich dich nicht mehr auf Distanz halten werde.«

Die beiden Frauen lächelten sich an, bis Kassie sagte: »Ich finde, wir sollten den Kommandanten anrufen.«

»Ich weiß nicht, ob das eine gute Idee ist«, erwiderte Rayne. »Ghost hat gesagt, wir sollen ihn nur im Notfall kontaktieren.«

»Meiner Meinung nach handelt es sich hier um einen Notfall«, entgegnete Kassie. »Unsere Männer sind schon lange genug verschwunden, um diese Arschlöcher gefunden und außer Gefecht gesetzt zu haben. Und selbst wenn das nicht der Fall ist, kann er uns vielleicht sagen, was los ist.«

»Weiß er überhaupt, worum es geht?«, fragte Harley vom Tisch aus.

»Ich kenne diesen Kommandanten nicht, aber Blade hat gesagt, dass Truck ihn anrufen wollte«, erklärte Wendy.

»Na also, damit ist es entschieden. Ich werde es machen«, sagte Kassie und zog ihr Handy raus. »Schließlich bin ich schwanger und sollte nicht dieser Art Stress ausgesetzt sein.« Sie grinste. »Außerdem glaube ich, dass der Kommandant Angst vor Emily und mir hat. Ich glaube, er befürchtet, dass wir vorzeitige Wehen bekommen oder so was.«

Alle lachten leise.

Mehrere Minuten später legte Kassie seufzend auf. »Er weiß auch noch nichts«, verkündete sie. »Er hat gesagt, er würde dafür sorgen, dass die Männer anrufen, sobald sie können.«

Wendy seufzte, ließ sich auf den Boden fallen und schlang die Arme um ihre hochgezogenen Knie. »Findet ihr, die Wohnung könnte ein wenig Farbe vertragen? Blade hat gesagt, es würde ihm nichts ausmachen, wenn ich mich hier ein bisschen austobe. Ich könnte eure Hilfe gebrauchen bei der Entscheidung, was ich kaufen soll. Das lenkt mich ab.«

»Halleluja!«, rief Casey, als sie ins Wohnzimmer kam und triumphierend die Arme in die Luft warf. »Schon seit er die Wohnung gekauft hat, sage ich ihm, er solle sich um die Inneneinrichtung kümmern. Er hat nicht zugelassen, dass ich ihm helfe. Er ist ganz offensichtlich in dich verliebt, Wendy. Wäre das nicht der Fall, würde er dich nicht bitten, seine kostbare Wohnung umzugestalten.«

Wendy errötete. Er hatte gesagt, dass er sie liebte, aber sie hatte ihm nicht ganz geglaubt. Dass seine Schwester es ihr nun ebenfalls bestätigte, half ihr sehr dabei, die Überzeugung zu ändern, sie wäre nicht gut genug für Blade.

»Also werdet ihr mir helfen?«

»Selbstverständlich. Harley, wir brauchen deinen Computer«, erklärte Casey der anderen Frau.

Harley verdrehte die Augen. »Von mir aus ... Ich muss nur noch schnell ein paar Änderungen programmieren, und zwar dort, wo die Soldaten die Arschlöcher fertigmachen, die einen hilflosen Teenager entführt haben, dann könnt ihr ihn haben.«

»Sie ist manchmal ein wenig blutrünstig«, erklärte Emily Wendy mit einem lauten Flüstern.

Wendy musste daraufhin einfach lächeln. Verdammt, sie

hätte nicht gewusst, wie sie die Warterei hätte überstehen sollen, wenn diese Frauen nicht rübergekommen wären. Sie mochte sie – sie alle. Sie mochte die Dynamik in der Gruppe und wie nahe sie sich zu stehen schienen. Sie hoffte nur, sie würde die Möglichkeit bekommen, sie alle näher kennenzulernen und irgendwann ein Teil dieser eng befreundeten Gruppe von Frauen zu werden.

---

Blade kauerte hinter einem der Pritschenwagen auf der Lichtung und blickte finster drein. Vier Männer waren um einen verletzten und blutenden Jackson versammelt. Der fünfte Mann hielt Jenny fest und hielt ihr mit einer Hand den Mund zu. Sie kämpfte und weinte, aber sie war dem viel stärkeren Mann nicht gewachsen.

Lars und seine Kumpane verspotteten und traten Jackson und sagten ihm, wie sie sich darauf freuten, es Jenny zu besorgen und dass er nichts dagegen tun könnte.

»Wir werden uns mit ihr abwechseln und du wirst dabei zusehen, hübscher Junge. Und du bist hilflos und kannst nichts dagegen tun. Also ... bist du jetzt froh darüber, dass du dich hinten auf meinem Wagen versteckt hast? Eigentlich ist es schade, denn ich hatte mich schon darauf gefreut, dir später in allen Einzelheiten zu erzählen, was wir mit ihr gemacht haben ... Und du hast mir den Spaß verdorben. Aber dafür darfst du jetzt live dabei zusehen.«

»Ihr werdet ... damit ... nicht davonkommen«, keuchte Jackson, seine Worte abgehackt und so voller Schmerzen, dass es schwer zu ertragen war. Er hielt sich die Rippen und Blut lief aus mehreren Wunden über sein Gesicht.

Lars lachte. »Wir sind doch schon damit davongekommen.«

Und damit begann er, den schwachen und hilflosen Jackson zu treten.

Blade sah, wie Jackson versuchte, einige der Selbstverteidigungstechniken anzuwenden, die er und die anderen ihm beigebracht hatten, aber nichts, was er tat, war sehr effektiv gegen die vier Männer, die sich gegen ihn verbündet hatten.

Blade setzte sich in Bewegung, bevor er daran dachte zu fragen, ob die anderen bereit waren. Er konnte nicht tatenlos zusehen, wie Jackson zu Tode geprügelt wurde. Nicht, wenn er etwas dagegen tun konnte. Seine Mission war Wendys Bruder, und das bedeutete, dafür zu sorgen, dass er vor den anderen sicher war. Er konnte sicherlich einige Schläge austeilen, bevor er ihn erreicht hatte.

Blade erreichte den Kreis der Männer um Jackson vor dem Rest seines Teams. Er schaltete einen Mann mit einem kräftigen Tritt in die Kniekehlen aus. Dieser fiel mit einem dumpfen Schlag zu Boden. Er hatte sich bereits auf einen anderen gestürzt, bevor sie überhaupt merkten, dass er da war. Er schlug den Mann in den Rücken, direkt in die Nieren, packte ihn dann an den Schultern und trat ihm im Fallen hart ins Gesicht.

Bevor er den nächsten erreichte, war sein Team da. Wie Racheengel schwärmten sie um den Rest der Männer herum.

»Blade – Jack«, befahl Ghost, als Blade gerade den nächsten der Typen fertigmachte, die Wendys Bruder umringten. Er wollte eigentlich allen Männern in den Arsch treten, aber er war zu gut ausgebildet, um Ghost ungehorsam zu sein. Er ging auf Jackson zu und warf sich vor dem angeschlagenen Teenager auf die Knie. Er legte eine Hand unter sein Kinn und zog sein Gesicht nach oben, sodass er keine andere Wahl hatte, als ihn anzusehen.

»Wir sind da, Jackson. Du hast es geschafft. Wir sind da.«

»Jenny«, keuchte Jackson und sein Blick irrte hin und her in dem Versuch, das Mädchen zu finden.

Blade sah hoch und wurde Zeuge einer Pattsituation – Lars hatte eine Pistole auf Jenny, den Mann, der sie festhielt, und Truck und Ghost gerichtet.

»Nimm die Waffe runter«, befahl Ghost. »Es ist vorbei, Lars.«

»Ich werde sie verdammt noch mal erschießen«, rief Lars. »Zieht euch zurück und lasst mich zu meinem Wagen.«

»Du kannst sie nicht erschießen, Mann. Ich stehe direkt hinter ihr«, erklärte der Typ, der Jenny festhielt.

»Halts Maul, du Weichei«, erklärte Lars seinem sogenannten Freund. »Du warst doch der, der sie als Erstes rannehmen wollte, Chuck. Du hast uns doch geradezu angefleht, sie festhalten zu dürfen, damit du ihre Titten anfassen kannst, während wir uns um ihren Freund kümmern.«

»Ja, aber ich wusste nicht, dass du eine Pistole hast und hier völlig ausflippst und so.«

»Hör auf deinen Freund«, erklärte Ghost. »Nimm die Waffe runter und lass uns darüber reden.«

»Ich bin doch nicht blöd«, erklärte Lars. »Sobald ich das mache, werft ihr euch auf mich und drückt mir das Gesicht auf den Boden.«

»Stimmt, aber dafür bist du noch am Leben«, entgegnete Ghost ruhig. »Du kommst aus dieser Nummer nicht raus.«

»Scheiß drauf«, erwiderte Chuck, ließ Jenny los, hob die Hände hoch und ging rückwärts.

Fletch war sofort bei ihm und nahm ihn in einen Polizeigriff, bis er vor Schmerzen schrie.

Blade sah hilflos dabei zu, wie sich die Ereignisse vor

ihm wie in Zeitlupe entfalteten. Truck ging auf Jenny zu, um sie zu beschützen, nun, da niemand sie mehr festhielt. Lars drückte auf den Abzug seiner Pistole. Und im gleichen Moment sprang Ghost Lars an, um ihn zu Boden zu reißen.

Der Schuss hallte laut durch die Stille der texanischen Nacht, aber Jennys Schrei war noch lauter.

Jackson rief: »Nein!«, und versuchte, auf die Beine zu kommen, um zu seiner Freundin zu gelangen, als diese zusammen mit Truck in einem Haufen zu Boden fiel. Es gelang Truck, nicht auf das zierliche Mädchen zu fallen, und Blade hörte, wie er stöhnte, als er auf dem Boden aufschlug.

Lars fluchte und schrie, als Ghost und Hollywood ihn in Gewahrsam nahmen. Und dieses »in Gewahrsam nehmen« beinhaltete unter anderem, ihn ordentlich zu verprügeln und sein Gesicht auf den Boden zu drücken, genau wie er es befürchtet hatte. Blade wünschte, er könnte ihm auch eine verpassen, als Rache für Jackson, aber seine Kollegen hatten den Tyrannen schon nach kurzer Zeit überwältigt und brauchten seine Hilfe nicht.

»Statusbericht«, rief Ghost, der immer noch Lars' Gesicht auf den Boden drückte.

»Alles okay«, sagte Coach. Er hielt zwei der Schläger, die Jackson verprügelt hatten, in Schach.

»Alles okay«, sagte Fletch, als er damit fertig war, Chuck die Hände auf dem Rücken zu fesseln.

»Alles okay«, erklärte Beatle, der neben einem ohnmächtigen dritten Mann saß, der ebenfalls Wendys Bruder verprügelt hatte.

»Alles okay«, entgegnete Blade, der Jackson dabei half, sich vorsichtig hinzusetzen.

»Alles okay«, grunzte Hollywood, der Lars noch einen Tritt verpasste und dann langsam zurückwich.

»Nicht alles okay«, erklärte Truck in einem Tonfall, den niemand wiedererkannte. Anstatt seiner üblichen rauen Sprechweise war seine Stimme schwach und schmerzerfüllt.

»Äh ... ich glaube, er ist verletzt«, stotterte Jenny. Sie kniete neben Truck, der auf dem Rücken lag.

»Verdammt«, rief Hollywood, als er zu seinem Kollegen lief, der noch immer auf dem Boden lag. »Ruft den Kommandanten an«, rief er, als er bei Truck angekommen war. »Wir brauchen einen Helikopter. Er wurde angeschossen.«

Blade starrte ungläubig auf die Blutlache, die sich unter Trucks Körper bildete. »Das ist nicht gut«, bemerkte Blade leise.

Das Team tat sein Bestes, um Truck stabil zu halten, bevor der Helikopter eintraf. Blade machte sich Sorgen um Jackson, aber der Teenager winkte ab, als er versuchte, ihn zu untersuchen, und sagte, er wäre okay und Blade sollte sich lieber um Truck kümmern.

Jenny übernahm die Aufgabe, Jackson zu stützen, sodass Blade, Fletch und Coach dabei helfen konnten, sich um Lars und seine Freunde zu kümmern. Nach fünfzehn Minuten hörten sie, wie sich ein Hubschrauber schnell und laut näherte. Ghost ging zur Seite, um die Landezone zu markieren.

Blade war überrascht, dass der Kommandant gemeinsam mit den Sanitätern auf ihn zulief.

»Situationsbericht!«, fuhr er sie an.

Ghost informierte den Kommandanten darüber, was passiert war und wie es um Truck stand. Innerhalb weniger Minuten hatten der Sanitäter und Hollywood Truck auf der Trage und waren bereit, ihn zum Hubschrauber zu bringen.

»Meine Frau«, erklärte Truck verzweifelt und griff nach dem Arm des Kommandanten.

Blade wandte bei den Worten seines Freundes ruckartig den Kopf.

Er sah, dass auch der Rest des Teams Truck anstarrte. Redete er im Fieberwahn?

»Ja?«, fragte der Kommandant und beugte sich zu Truck, um ihn besser hören zu können.

»Sagen Sie meiner Frau, dass es mir gut geht. Dass sie sich keine Sorgen machen soll. Sonst macht sie sich Sorgen«, sagte Truck.

Der Kommandant klopfte Truck auf die Schulter. »Ich werde mich um Mary kümmern. Dafür sorgen, dass sie zum Krankenhaus kommt. Mach dir keine Gedanken.«

Truck nickte und schloss dann die Augen.

Dann wandte sich der Kommandant dem Rest des Teams zu. »Und bringt mir bitte diese Arschlöcher zum Stützpunkt. Wir treffen uns dort und ich werde ebenfalls die Militärpolizei hinzuziehen. Wir werden so viele Anzeigen wie möglich erstatten, um dafür zu sorgen, dass so eine Scheiße nicht noch mal passiert. Und dann lasse ich das ganze Gebiet akribisch absuchen. Falls diese Arschlöcher das schon mal getan haben, werden wir Beweise dafür finden, sodass sie in eine Zelle gesteckt werden, aus der sie nicht mehr so schnell herauskommen.«

Der Sanitäter und der Kommandant nahmen die Trage mit Truck und eilten damit auf den Hubschrauber zu. Wortlos sah das Team dabei zu, wie er in den Hubschrauber geladen wurde und der große Vogel abhob und zurück zum Stützpunkt raste.

»Verdammt noch mal«, bemerkte Coach. »Hat er wirklich gesagt, was ich glaube, gehört zu haben?«

»Truck und Mary sind miteinander verheiratet«, bestätigte Hollywood.

»Dieser hinterhältige Esel«, murmelte Fletch.

»Dieses verfluchte Arschloch«, erklärte Ghost und es war offensichtlich, dass er verdammt wütend war.

Blade drehte sich um und sah ihn überrascht an. Sie wussten alle, dass Truck Mary liebte, deswegen verstand er nicht, warum Ghost so wütend war.

»Rayne wird am Boden zerstört sein«, stellte Ghost fest – und da wurde es Blade plötzlich klar.

Ja ... das stimmte. Rayne hatte ihre Hochzeit mit Ghost verschoben, bis Mary bereit war, ebenfalls zu heiraten.

Und plötzlich gefiel ihm die Tatsache, dass Truck und sie heimlich hinter ihrem Rücken geheiratet hatten, nicht mehr so sehr.

»Verdammt«, fluchte Ghost erneut. »Ich möchte Rayne *wirklich* nicht sagen, dass sie die ganze Zeit umsonst gewartet hat. Ich frage mich, wie lange sie schon verheiratet sind.«

Niemand erwiderte etwas darauf, weil niemand die Antwort kannte.

»Kommt schon«, sagte Beatle emotionslos, doch sie konnten alle hören, wie frustriert er tatsächlich war. »Wir müssen diese Arschlöcher zum Stützpunkt schaffen und dafür sorgen, dass die Militärpolizei sie übernimmt.«

»Und ich muss dafür sorgen, dass Jackson untersucht wird und Jenny nach Hause gebracht wird«, informierte Blade sie alle.

»Sie werden aber mit der Militärpolizei sprechen müssen«, entgegnete Ghost. Es war offensichtlich, dass er versuchte, seine Wut unter Kontrolle zu bringen.

»Es ist schon spät. Wendy wird sich große Sorgen

machen, mal ganz abgesehen von Jennys Eltern. Kann ich sie morgen zum Stützpunkt bringen?«, fragte Blade.

Ghost fuhr sich mit der Hand durchs Haar. »Ja. Das ist in Ordnung. Aber sorg dafür, dass sie nicht später als neun Uhr erscheinen. Sonst muss ich mich vor dem Kommandanten verantworten.«

»Ja, Sir«, entgegnete Blade und stützte Jackson. Er hatte ihm einen Arm um die Taille gelegt, damit der Junge nicht umfiel.

»Hollywood, du and Coach, ihr fahrt die Wagen der Arschlöcher. Ich fahre mit Fletch, und wir nehmen Lars und Chuck mit. Beatle, wirf die anderen auf die Ladefläche, die voller Scheiß ist, und bewache sie, bis wir am Revier der Militärpolizei ankommen, okay?«, sagte Ghost.

»Natürlich, Sir.«

Alle taten, was Ghost befohlen hatte. Niemand sagte ein weiteres Wort. Die Nacht war heftig gewesen, da Jenny und Jackson bedroht und Truck angeschossen worden war und sie dann herausgefunden hatten, dass er verheiratet war, es aber keinem von ihnen gesagt hatte.

Es war schwer zu verstehen. Sie teilten alles miteinander. Das Vertrauen zwischen ihnen war groß und unzerstörbar. Er wusste nicht, warum Truck das brechen wollte, aber sie würden es nicht erfahren, bis sie mit dem Mann selbst darüber gesprochen hatten.

Schweren Herzens half er Jackson auf den Rücksitz seines Jeeps und wartete, bis sowohl er als auch Jenny angeschnallt waren, bevor er etwas langsamer auf Temple zusteuerte, als er hergefahren war. Jenny protestierte, als er sie zu Hause absetzen wollte, und sagte, sie wollte unbedingt bei Jackson bleiben. Und da er den Jungen in die Notaufnahme bringen wollte, kam auch Jenny mit dorthin.

Blade nahm sein Handy, um Wendy anzurufen. Er wusste, dass die gesamte Mädchentruppe sich bei ihm in der Wohnung aufhielt und auf Informationen wartete. Jemand würde sie ins Krankenhaus fahren, um dafür zu sorgen, dass sie auf dem Weg dorthin keinen Nervenzusammenbruch hatte.

Er dachte an Truck und Mary. Er war sich nicht sicher, was er zu Mary sagen würde, wenn er sie das nächste Mal sah. Es stand außer Frage, dass er Wendy davon erzählen würde, dass das Paar verheiratet war; er schwor sich, ihr niemals etwas zu verheimlichen, wenn er es verhindern konnte.

Aber er war sich hundertprozentig sicher, dass Raynes Gefühle verletzt sein würden. Und das gefiel ihm ganz und gar nicht.

Verdammter Truck. Was hatte er sich dabei nur gedacht?

## KAPITEL SIEBZEHN

Wendy lag im Bett und kuschelte sich in Aspens Arme. Sie und Jackson hatten während der letzten Woche jede Nacht in seiner Wohnung verbracht und auch viele ihrer Sachen dorthin gebracht. Nachdem ihr Bruder überfallen und Jenny entführt worden war, fühlte Wendy sich bei Aspen sicherer.

Aber es war mehr als das.

Sie wusste, dass Aspen sie auch dort brauchte.

»Wie geht es Truck?«, fragte sie leise.

»Gut. Er durfte heute nach Hause.«

»Und Mary ist da, um sich um ihn zu kümmern?«

»Hm-hm«, murmelte Aspen und verspannte sich.

Wendy wusste, dass es ihrem Mann sauer aufstieß, wenn sie über Truck und Mary redete. Sie verstand nicht wirklich alle Nuancen, war sich aber klar darüber, dass ihre Freundschaft empfindlich gestört war.

Als Aspen aus dem Krankenhaus angerufen und gesagt hatte, dass Jackson und Jenny in Sicherheit wären, war Wendy überglücklich gewesen, aber er hatte sich sehr angespannt angehört. Er hätte froh sein sollen, dass er ihren

Bruder gefunden hatte und dass es Jenny gut ging, aber es war offensichtlich, dass ihn etwas anderes bedrückte.

Sie telefonierte immer noch mit Aspen, als Marys Telefon klingelte. Als sie hörte, dass Truck verletzt worden war, wurde Marys Gesicht ganz blass, und sie schwankte auf den Beinen und hätte fast das Bewusstsein verloren. Rayne nahm ihr das Telefon ab, bevor Mary protestieren konnte, und hörte das Ende von dem, was der Kommandant noch sagte.

»Du bist *verheiratet*?«, fragte sie ungläubig und wich vor ihrer besten Freundin zurück.

»Es ist nicht so, wie du denkst«, erklärte Mary schnell.

»Ja oder nein«, verlangte Rayne zu wissen.

Mary seufzte. »Ja.«

Rayne presste die Lippen zusammen und es war offensichtlich, dass sie sich verraten fühlte, und der Schmerz auf ihrem Gesicht ließ Wendy zusammenzucken. Aber Rayne atmete tief durch und wandte sich dann den anderen zu. »Truck wurde angeschossen. Der Kommandant sagt, es sehe schlimmer aus, als es ist. Er ist jetzt im Operationssaal, aber die Chirurgen sagen, es sei ein glatter Durchschuss und dass er es überstehen wird.«

Die anderen atmeten erleichtert auf.

»Oh – und Mary und Truck sind miteinander verheiratet. Anscheinend haben sie sich irgendwann vermählt, ohne uns Bescheid zu sagen. Du willst jetzt wahrscheinlich zu deinem Ehemann, Mary. Ich bin mir sicher, dass Casey dich zu ihm bringen wird.«

Und damit packte sie ihre Sachen und verließ die Wohnung, ohne einen Blick zurück auf ihre beste Freundin oder eine der anderen Frauen zu werfen, die sprachlos herumstanden.

Wendy war ein wenig eifersüchtig auf die Nähe der

Frauen und Männer von Aspens Delta-Team gewesen, aber diese Nähe wurde gerade auf eine harte Probe gestellt. Jetzt war alles angespannt und unangenehm zwischen einigen von ihnen. Aspen hatte zugegeben, dass Ghost Truck nicht ein einziges Mal besucht hatte, seit er verletzt worden war.

Das tat ihr für das Team extrem leid.

»Möchtest du darüber reden?«, fragte sie Aspen sanft.

»Nein.« Er rollte sich herum, bis Wendy auf dem Rücken lag und zu ihm hochsah. »Zieh bei mir ein«, verlangte er.

»Wie bitte?«

»Zieh bei mir ein. Ich möchte, dass du und Jackson hier bei mir lebt. Ihr habt die ganze letzte Woche hier verbracht und ich war noch nie so glücklich. Ich liebe es, zu dir nach Hause zu kommen und jeden Morgen mit dir aufzuwachen. Ich liebe es, wie du jeden Morgen Stunden brauchst, um aus dem Bett zu kommen, und ich liebe es, dass deine Sachen überall im Badezimmer herumliegen.«

»Aber ... was ist mit meiner Wohnung?«

»Was soll damit sein?«, fragte Aspen. »Das Gebäude ist eine Bruchbude und alles andere als sicher. Ich möchte, dass ihr beide irgendwo wohnt, wo ich mir sicher sein kann, dass euch auf dem Weg vom oder zum Wagen niemand überfällt. Ich liebe dich, Wendy. So sehr. Und auch deinen Bruder. Ihn so verletzt zu sehen, als diese Arschlöcher auf ihn eingeprügelt haben, hat mich fast umgebracht. Und ich liebe dich nicht nur, ich brauche dich. Mit dir ist mein Leben weniger einsam. Es gefällt mir, jemanden zum Reden zu haben, wenn ich nach Hause komme. Ich liebe es, mit *dir* zu reden. Erst mit dir ist mein Leben komplett. Wenn du dir Sorgen darüber machst, dass wir nicht verheiratet sind, brauchst du das nicht. Ich werde dich bald fragen, ob du mich heiraten möchtest. Wir können so lange verlobt bleiben, wie du möchtest, wir werden aber nicht heimlich heiraten. Alle unsere Freunde werden dabei sein, wenn wir heiraten, um mit uns zu feiern.«

»Aber ... was ich getan habe, könnte dich auch in Schwierigkeiten bringen«, entgegnete Wendy. »Ich könnte nicht damit leben, wenn du Schwierigkeiten bekommen würdest, weil ich meinen Bruder entführt habe.«

»Wir werden uns darum kümmern. Ich lasse jemanden, den ich kenne, Erkundigungen einziehen. Ich habe das schon mal gesagt, aber du warst minderjährig, als das passiert ist. Ich sage nicht, dass du dich nicht dafür verantworten musst, aber ich denke, wenn Jackson für dich bürgt und aussagt, was er in seiner letzten Pflegefamilie durchgemacht hat, wird das ein wichtiger Aspekt für mildernde Umstände sein. Das und die Tatsache, dass er ausgeglichen, klug und ein toller Kerl ist.«

»Ich werde ihn nicht aussagen lassen«, sagte Wendy mit Nachdruck. »Ich werde ihn zu nichts zwingen, bei dem er sich unwohl fühlt.«

»Ganz ruhig, meine Süße. Ich habe das Gefühl, dass er es gern tun wird, wenn es dir hilft.«

Wendy seufzte. »Es fällt mir schwer, nicht für alles selbst aufzukommen.«

»Ich werde auf jeden Fall nicht zulassen, dass du Miete zahlst, wenn du hier einziehst«, erklärte Aspen. »Auf gar keinen Fall. Behalte dein Geld für dich und Jackson. Obwohl du natürlich ganz genau weißt, was er braucht, habe ich genügend Geld, um euch zu helfen. Du kannst diesen blöden Job im Callcenter aufgeben und dich um die Beförderung im Seniorenheim kümmern. Du erhältst dein eigenes Konto ... Ich würde nie irgendetwas tun, damit du dich verunsichert fühlst.«

»Ich fühle mich nicht unsicher, wenn ich mit dir zusammen bin, Aspen, das ist es nicht.«

»Was ist es denn dann?«

»Es ist nur … Ich fände es schrecklich, wenn ich bei dir einziehe und unsere Beziehung nicht funktioniert.«

Aspen lachte. Er lachte so laut, dass er erneut zu grunzen begann.

Wendy sah böse zu ihm hoch. »Was ist daran so lustig? Das sind doch legitime Bedenken.«

»Nein, Süße, sind es nicht. Ich werde dich nicht aufgeben. Nie mehr.«

»Das kannst du nicht versprechen.«

»Kann ich doch. Und ich weiß sehr wohl, dass du einen viel besseren Kerl als mich bekommen kannst. Ich werde alles in meiner Macht Stehende tun, dass du es niemals bereust, mich damals angerufen und weiter mit mir gesprochen zu haben. Du wirst im Bett nie unbefriedigt bleiben. Du wirst nie Hunger haben. Du wirst dir nie Sorgen darüber machen müssen, dass ich dich betrüge. Und du wirst dir niemals Sorgen darüber machen müssen, dass ich auf deine Beziehung zu Jackson eifersüchtig bin. Du bist die Richtige für mich, Wen. Und ich glaube, das war mir schon klar, als wir das erste Mal miteinander gesprochen haben. Gib uns eine Chance.«

Wendys Augen füllten sich mit Tränen. Sie war so lange alleine gewesen, dass sie es kaum fassen konnte, es nicht mehr zu sein. Dass sie in Aspen einen Partner gefunden hatte.

Aber da sie nicht weinen und ihn nach seiner schrecklichen Woche aufmuntern wollte, neckte sie ihn: »Ich werde also nie unbefriedigt in deinem Bett sein? Es scheint mir aber schon eine ganze Weile her zu sein, seit du mich befriedigt hast, mein Freund.«

Er verzog die Lippen zu einem teuflischen Lächeln. »Ach tatsächlich?«

»Ja.«

»Sag, dass du bei mir einziehst und dass ich deinen Vermieter zum Teufel jagen darf, und erst dann werde ich dich befriedigen.«

»Und wenn ich es nicht tue?«

»Dann kuscheln wir und schlafen ein.«

»Erpresst du mich jetzt mit Sex?«, fragte Wendy ungläubig.

»Ja.«

Da sie wusste, wofür sie sich entschieden hatte, beschloss Wendy, sich nicht so leicht geschlagen zu geben. »Hmmmm, okay, dann kuscheln wir eben.« Und damit drehte sie sich um und rieb ihren Hintern an seiner Erektion.

»Du böses Ding«, beschwerte sich Aspen. »Du bringst mich noch ins Grab.«

Wendy wartete, bis er ihr den Arm um die Taille gelegt und sie an sich herangezogen hatte, bevor sie sagte: »Ja.«

Er erstarrte hinter ihr. »Ja was?«

»Ja zu allem.« Wendy setzte sich auf, drückte Aspen auf den Rücken und setzte sich auf seine Oberschenkel. »Ja, wir ziehen zu dir. Ja, ich werde den Job im Callcenter aufgeben, und ja, ich werde dich heiraten.«

Ohne ein Wort und nur mit einem Funkeln in den Augen als Warnung packte Aspen ihre Hüften, drehte sie um und schleuderte sie wieder auf den Rücken. Seine Hand führte er zu den Männershorts, die sie immer zum Schlafen trug, und schob sie vorne herunter. Mit begabten Fingern begann er sofort, mit ihrer Klitoris zu spielen, selbst als er sich herunterbeugte und sie küsste, als wäre dies der letzte Kuss, den sie je miteinander erleben würden.

Wendy schob ihre Hände in seine Boxershorts, packte

seinen steinharten Hintern, drückte ihn und versuchte, ihn auf sie herunterzuziehen.

Er kam jedoch nicht näher, sondern setzte seinen Angriff auf ihre Klitoris und ihren Mund einfach fort, bis sie sich verzweifelt unter ihm wand.

»Aspen«, keuchte Wendy. »Fick mich.«

Er stöhnte daraufhin und stemmte sich hoch genug, um ihr eilig die Shorts runterzuschieben. Als wäre sein Verlangen ansteckend, tat Wendy ihr Bestes, um ihm dabei zu helfen, sie auszuziehen. Er drang mit seinem langen Finger in sie ein und Wendy öffnete die Knie weiter, damit er besser an sie herankam. Er stieß seine Finger mehrmals in sie hinein, als wollte er prüfen, ob sie bereit war, dann führte er seinen Finger an den Mund und leckte ihn sauber.

Sein Blick traf auf ihren und verbrannte sie fast mit seiner Intensität. Ohne ein Wort zu sagen, griff er nach unten und schob seine Boxershorts gerade so weit nach unten, dass sein steinharter Schwanz heraussprang. Er hielt ihn mit der Faust an der Wurzel fest und rieb seine Eichel mehrmals über ihre Klitoris und dann zwischen ihren Schamlippen nach unten. Nachdem er sich mit dem Honig ihrer Erregung eingecremt hatte, drang er langsam in sie ein. Dann verharrte er.

»Was ist?«, fragte Wendy. »Warum hörst du auf?«

»Ich habe kein Kondom an«, krächzte Aspen.

»Das ist mir egal.«

Er stöhnte erneut. »Wendy ...«

»Fick mich, Aspen. Ich brauche dich!«

»Du *wirst* mich heiraten, Wendy«, sagte er, als er ganz langsam in sie eindrang. »Ich werde nicht zulassen, dass du deine Meinung änderst.«

»Ich will meine Meinung auch gar nicht ändern. Wenn du verrückt genug bist, mich zu wollen, wäre ich eine

Närrin, dich abzulehnen. Außerdem muss ich dich doch vor all den Prostituierten retten, die dich aus Kneipen abschleppen wollen.«

Daraufhin lachte er leise und Wendy konnte es tief in sich spüren.

»Gott, du fühlst dich so wunderbar an«, sagte Aspen und hielt ganz still in ihr.

»Du auch. Aber ... ich will, dass du dich bewegst«, flehte Wendy. »Bitte.«

Er zog langsam seinen Schwanz aus ihr heraus und drang erneut in sie ein. »Ungefähr so?«

»Nein. Härter.«

»Aber fühlt es sich nicht gut an?«, neckte er sie.

»Wenn du damit meinst, es fühlt sich in etwa so gut an, als würde man an einem faulen Sonntagnachmittag ein langweiliges Buch lesen, dann ja.«

»Oh, dafür wirst du bezahlen«, entgegnete Aspen, griff mit einer Hand ihren Hintern und zog sie fester an sich.

»Ich finde es toll, dass du es süß und langsam machen kannst. Aber ich will die Kontrolle verlieren. Besorge es mir hart und schnell.«

»Bist du sicher? Ich kann auch romantisch sein«, entgegnete er.

»Mir ist die Romantik gerade scheißegal. Fick mich, Aspen. Ich meine es ernst. So liebe ich es, wenn du dich daran erinnerst.«

Und bei diesen Worten gab Aspen Gas. Er fickte sie auf dem Rücken liegend, auf allen vieren und mit ihr auf ihm sitzend. Er ließ sie dreimal kommen, bevor er schließlich seinem Verlangen nachgab. Wendy konnte spüren, wie ihre Nässe ihre Schenkel benetzte, und die Geräusche, die sie dabei machten, waren so beeindruckend wie in einem Porno.

Jackson schlief unten im Arbeitszimmer, da die Treppe für ihn immer noch zu schmerzhaft war, sodass sie die Freiheit hatte, sich ganz gehen zu lassen, wenn sie mit Aspen zusammen war.

Er hatte sie wieder einmal auf den Rücken gelegt und fickte ihre feuchte Ritze. Ihr Hintern wurde von zwei Kissen gestützt, und jedes Mal, wenn er in sie hineinstieß, traf er ihren G-Punkt. Wendy stöhnte und packte seine Oberschenkel, als er seinen Höhepunkt erreichte.

»Ein Mal noch, Süße. Ich will noch einmal spüren, wie sich deine heiße Muschi um meinen Schwanz zusammenzieht, bevor ich dich mit meinem Sperma vollpumpe.« Und bei seinen Worten rieb er erbarmungslos ihre Klitoris mit dem Daumen.

»Oh Gott«, stöhnte Wendy, als sie spürte, wie ein erneuter Orgasmus sie überkam. Ihre Beine zitterten, als sie kam, und sie sah zu, wie Aspen die Augen schloss und seinen Kopf nach hinten warf. Die Sehnen in seinem Nacken wölbten sich und es war das Heißeste, was sie je in ihrem Leben gesehen hatte.

Sie fühlte, wie sein Sperma aus ihr herauszufließen begann, aber sie bewegte sich nicht. Es war verdammt heiß und sie konnte fast nicht glauben, dass dieser erstaunliche Mann ihr gehörte. Beinahe.

Er brach auf ihr zusammen und erdrückte sie fast, aber das war Wendy egal. Sie hatte Aspen nicht verdient, aber sie würde ihn nie wieder loslassen. Sie schlang die Arme um ihn und achtete nicht darauf, dass ihre Oberschenkel protestierten, die sie um seine Hüften gelegt hatte. Sie ignorierte die feuchte Stelle, die unter ihrem Hintern immer größer wurde. Sie ignorierte die Tatsache, dass sie kaum atmen konnte. Sie gab sich diesem Moment der Zufriedenheit einfach völlig hin.

# KAPITEL ACHTZEHN

Einen Monat später hätte Wendy alles in allem nicht glücklicher sein können. Lars war wegen Hausfriedensbruch, versuchten Mordes, Körperverletzung und Entführung angeklagt worden. Seine Freunde waren alle wegen Hausfriedensbruch, Körperverletzung und Entführung angeklagt worden. Chucks Eltern befanden sich ebenfalls in Schwierigkeiten, da er noch immer mit ihnen auf dem Armeestützpunkt lebte. Die Behörden bestätigten, Chuck hätte sich entschuldigt, geweint und verzweifelt darum gebettelt, dass seine Eltern nicht bestraft werden und auf dem Stützpunkt bleiben dürfen, aber es hatte nichts genützt.

Zwei Teenager von einer benachbarten Highschool hatten sich gemeldet, nachdem sie die öffentliche Berichterstattung darüber gesehen hatten, was Jenny und Jackson angetan worden war, und hatten zugegeben, dass sie ebenfalls schikaniert und dann von der Gruppe misshandelt worden waren. Es standen weitere Anklagen aus, aber Wendy war zuversichtlich, dass die Schlägertypen kein Problem mehr für sie darstellten und bekämen, was sie verdienten.

Jackson und Jenny standen sich so nahe wie eh und je. Er hatte sich von den Misshandlungen erholt und Jenny war die ganze Zeit an seiner Seite gewesen. Wendy machte sich überhaupt keine Sorgen um ihre Beziehung. Sie hatte das Gefühl, dass sie trotz des Altersunterschieds dafür sorgen würden, dass die Beziehung funktionierte. Sie hatten eine besondere Verbindung, die tiefer ging als nur die Bindung, die auf dem beruhte, was Lars getan hatte.

Erstaunlich war jedoch, dass Aspen um die Erlaubnis gebeten hatte, mit einem Freund namens Tex über ihre Situation sprechen zu dürfen. Er erklärte, dass Tex den Computer benutzen könnte, um diskret nach Informationen über sie zu suchen.

Da sie Aspen vertraute, hatte Wendy zugestimmt.

Das hatte dazu geführt, dass sie, Jackson und Aspen nach Kalifornien geflogen waren, um sich mit den Behörden in ihrer Heimatstadt zu treffen. Wendy hatte schreckliche Angst gehabt, sich zu stellen, aber Tex hatte ihnen den Namen eines hervorragenden Anwalts gegeben, der ihr versichert hatte, dass alles gut werden würde.

Und er hatte recht behalten.

Die Behörden hatten sich nicht über ihr Vorgehen gefreut, aber weil Jackson noch immer sicher und wohlbehalten bei ihr war und zur Schule ging und er den Beamten alles erzählt hatte, was ihm im Pflegeheim zugestoßen war – und was seine Schwester auf der Flucht für ihn getan hatte –, hatten sie sie schließlich vom Haken gelassen.

Sie hatten sie natürlich zurechtgewiesen und ihr gesagt, dass sie sich an die Behörden hätte wenden sollen, als sie herausgefunden hatte, was in dem Pflegeheim vor sich ging, in dem Jackson untergebracht war. Wenn sie es gewusst hätten, hätten sie ihm die Hilfe besorgen können, die er gebraucht hätte. Sie war mit der Situation nicht richtig umgegangen, was sie wusste, aber glücklicherweise hatten sie offensichtlich nicht vor, sie wegen der Entscheidungen einzusperren, die sie als verängstigter Teenager getroffen hatte.

Sie musste für die Zeit und das Geld, das in den letzten zehn Jahren für die Suche nach Jackson aufgewendet worden war, eine Entschädigung zahlen, aber am Ende schien es so, als wäre ihre ganze Heimlichtuerei umsonst gewesen.

Sie war davon ausgegangen, dass sie Glück gehabt hatte. Aber in Wirklichkeit war ihr Fall einfach nicht wichtig genug für den Staat Kalifornien, um noch mehr Geld auszugeben, um sie quer durchs Land zurückzuholen.

»Jetzt kannst du deinen Abschluss machen«, erklärte Jackson, nachdem die Beamten ihnen mitgeteilt hatten, dass keine Anzeige gegen sie erhoben werden würde. »Jetzt sind wir wirklich frei.«

Und das waren sie.

Zu Hause in Texas war Truck aus dem Krankenhaus entlassen worden und hatte außer einer weiteren Narbe keine bleibenden Schäden durch die Schüsse erlitten. Wendy hatte den Mann kennengelernt und war von seiner Größe mehr überrascht als von der entsetzlichen Narbe in seinem Gesicht.

Es hatte keine weiteren Treffen mit Aspens Freunden oder deren Frauen gegeben. Der Verrat von Truck, der heimlich Mary geheiratet hatte, hatte die einst so engen Freundschaften zerbrochen. Die Frauen waren wütend auf Mary und die Männer waren wütend auf Truck. Aspen sagte, dass sich die Anspannung bei der Arbeit bemerkbar machte und sich auch auf den vorher wahnsinnig guten Gruppenzusammenhalt auswirkte. Er gab sogar zu, dass der Kommandant es bemerkt und vorgeschlagen hatte, sie zu trennen, wenn sie nicht mehr zusammenarbeiten konnten.

Ihr Freund Fish war endlich in der Stadt angekommen und er hatte sich mit den Mitgliedern von Jacksons Roboterklub getroffen. Er war von ihrer Arbeit beeindruckt gewesen und hatte weitere außerordentlich wertvolle Vorschläge für ihren Entwurf gemacht. Allerdings hatte es keinen Grillabend gegeben. Wendy hatte sich darauf gefreut, aber da die Männer außerhalb der Arbeit kaum noch miteinander sprachen, war es eben so.

Nachdem sie eines Abends mit Casey gesprochen hatte, erfuhr Wendy, dass Fletch beschlossen hatte, sein Haus zu verkaufen. Der Bau war zwar abgeschlossen, aber er hatte entschieden, dass dort einfach zu viel Scheiße passiert war, und sowohl er als auch Emily wollten neu anfangen. Wendy wusste, dass Aspen darüber verärgert war, sich jedoch weigerte, Fletch etwas zu sagen.

Wendy fühlte sich hilflos und wusste nicht, wie sie Aspen helfen sollte. Sie wollte etwas tun, aber Aspen behauptete, es genügte, dass er sie bei sich hatte, dass sie bei ihm wohnte und da war, wenn er nach Hause kam. Ihr Sexualleben war so fantastisch wie eh und je, und sie liebte es, wie er sie jedes Mal hart und schnell nahm. Langsamer und romantischer Sex brachte ihr nichts. Er war zwar nicht unangenehm, brachte sie aber nicht dazu, immer und immer wieder zu kommen. Denn das war der Fall, wenn Aspen heftig in sie stieß und sie dazu zwang, zum Orgasmus zu gelangen.

Die Abende waren jetzt viel angenehmer, da sie nicht mehr einige Male pro Woche ins Callcenter gehen musste. Sie wurde nicht mehr beschimpft oder abgewimmelt, und das tat ihr richtig gut.

Eines Tages aßen sie gerade zu Abend, als Aspen plötzlich sagte: »An diesem Wochenende hat der Stützpunkt Tag der offenen Tür. Möchtet ihr hingehen?«

»Und worum geht es da?«, fragte Jackson. »Und kann Jenny auch kommen?«

Aspen lächelte. »Natürlich. Bring sie nur mit. Und es ist eigentlich wie ein Jahrmarkt. Es gibt Imbissbuden, Spiele, Musik und die kleineren Kinder können sich die Gesichter schminken lassen und bekommen Ballons.«

»Cool«, entgegnete Jackson.

»Das klingt nach einem Haufen Spaß«, entgegnete Wendy. »Gehen die anderen auch hin?«

Aspen seufzte. »Wahrscheinlich.«

»Aber du weißt es nicht?«

Er schüttelte den Kopf. »Wir haben nicht darüber gesprochen.«

Wendy legte eine Hand auf Aspens Arm. »Du musst mit ihnen darüber sprechen. Ihr müsst darüber hinwegkommen. Es wäre schrecklich, wenn du wegen dieser Geschichte so fantastische Freunde verlieren würdest.«

»Du verstehst das nicht«, erklärte Aspen und legte seine Gabel weg. »Alles, was wir während unserer Einsätze tun und sagen, hat einen Einfluss auf alle anderen. Wir müssen uns hundertprozentig aufeinander verlassen können, dass niemand etwas Dummes tut, das dazu führt, dass wir alle sterben. Und was Truck getan hat, hat dieses Vertrauen empfindlich gestört. Verdammt, Hollywood hat uns sogar erzählt, dass Kassie schwanger ist, obwohl er es eigentlich noch gar nicht durfte. Bis jetzt haben wir immer gewusst, was jeder tat, bevor er es getan hat. Und die Tatsache, dass Truck so ein enormes Geheimnis für sich behalten hat, stellt unsere blinde Loyalität füreinander infrage. Jetzt sind wir nämlich nicht mehr sicher, ob es noch andere Geheimnisse gibt.«

»Habt ihr ihn gefragt?«

Aspen seufzte und schüttelte den Kopf.

»Findest du nicht, dass ihr das solltet? Ich meine, ich kenne Truck ja gar nicht richtig, aber es gibt doch sicher einen Grund dafür, dass er seine Hochzeit vor euch geheim gehalten hat.«

»Du hast natürlich recht. Ich vermisse meine Freunde und fände es schade, wenn auch die Freundschaften der Frauen darunter leiden müssten.«

»Ja, ich habe nur mit Casey darüber gesprochen und sie hat mir gesagt, dass alle Frauen in irgendeiner Weise Partei ergreifen.«

»Genau das habe ich auch gehört«, pflichtete Aspen ihr bei.

»Rayne ist am Boden zerstört und hat nicht mehr mit Mary gesprochen, seitdem sie es herausgefunden hat. Emily ist auf ihrer Seite. Harley und Kassie finden, dass Rayne mit Mary sprechen sollte, um herauszufinden, warum sie Truck geheiratet hat und was los ist. Casey ist wie die Schweiz und verhält sich neutral. Sie sagt, es sei traurig, da Kassie und Emily sich vorher ständig über ihre Schwangerschaft unterhalten haben und sich so darauf freuten, ihre Kinder gemeinsam großzuziehen, und jetzt reden sie nicht mal mehr miteinander.«

»Ich weiß auch nicht, wie sich das wieder in Ordnung bringen lässt«, erwiderte Aspen. »Es ist wirklich ein völliges Chaos.«

»Sprich mit ihm«, befahl Wendy.

»Das werde ich.«

»Gut.«

Sie beendeten ihr Abendessen und in jener Nacht, als sie im Bett lagen und Aspen sie gerade zum zweiten Mal zum Orgasmus brachte, hatte Wendy das Gefühl, dass es von nun an wieder bergauf gehen würde.

---

Am nächsten Tag nach dem Fitnesstraining hatte Blade die Schnauze voll. Sie waren alle schlecht drauf und ihr Verhältnis empfindlich gestört.

»Jetzt reicht es aber«, sagte er und sah seine Freunde böse an. »Wir benehmen uns wie ein Haufen Fünfjähriger.« Er wandte sich an Truck. »Warum hast du uns nicht erzählt, dass du geheiratet hast? Wir sind ein Team. Wir sagen uns eigentlich alles. Wir wussten, dass Kassie schwanger war, bevor jemand anderes es wusste. Und genauso war es mit Emilys Schwangerschaft.«

»Coach und Harley haben uns auch nicht Bescheid gesagt, als sie geheiratet haben«, erklärte Truck abwehrend. »Warum wart ihr nicht sauer auf *ihn*?«

»Das war etwas völlig anderes«, entgegnete Fletch.

»Inwiefern?«, fragte Truck.

»War es eben einfach. Schließlich hatte er nicht *monatelang* ein Geheimnis vor uns«, erklärte Beatle.

Truck seufzte. »Ich kann euch nicht alle Details verraten, weil es nicht meine Geschichte ist, sondern Marys.«

»Das sind doch nur Ausflüchte«, sagte Ghost erbost. »Ich bin wirklich sauer auf dich, Mann. Du weißt doch ganz genau, wie gern ich Rayne heiraten möchte. Und sie hat gewartet, weil sie sich sicher war, dass du und Mary euch ineinander verliebt. Du hättest es wenigstens *mir* sagen können.«

»Dir hätte ich es auf keinen Fall sagen können«, erwiderte Truck. Dann presste er die Lippen aufeinander und schüttelte den Kopf. »Lassen wir es einfach, Mann. Jetzt ist es eh schon geschehen.«

Und damit drehte Truck sich um und ging.

Die anderen Männer sahen ihm ungläubig, enttäuscht und verwirrt nach.

Blade seufzte. Er hatte den allgemeinen Streit beenden wollen, indem er Truck die Gelegenheit bot zu erklären, warum er ihnen nicht von der Hochzeit erzählt hatte, doch stattdessen hatten sich die Dinge jetzt sogar noch verschlimmert.

Samstag war ein schöner Tag. Die Sonne schien und es war ausnahmsweise einmal nicht zu heiß. Überall waren Familien, die die Aktivitäten des Tages der offenen Tür genossen. Eine Countryband spielte auf einer Bühne am äußersten Ende des Feldes und es waren mehrere Imbisswagen aufgestellt, die kostenloses Essen für die Familien der Armeeangehörigen anboten.

Jackson war gleich nach ihrer Ankunft mit Jenny losgezogen und Blade genoss es, mit Wendy zusammen herumzugehen. Sie hielten Händchen und sprachen über nichts Bestimmtes. Alles war gut, bis er Truck und Mary gesehen hatte. Sie waren leicht zu erkennen, denn der Größenunterschied zwischen ihnen war schon fast komisch. Truck war etwa einen halben Meter größer, aber irgendwie funktionierte es. Mary hatte ihre Finger mit denen von Truck verflochten und sie lachten über irgendetwas.

Ein Anflug von Trauer traf Blade, als er sie beobachtete. Er sah zum ersten Mal, dass Mary es offen genoss, mit Truck zusammen zu sein. Alle wussten, dass sie zusammengehörten, und sie sollten alle begeistert sein, dass es schien, als hätten sie ihre Probleme gelöst. Aber Trucks Geheimniskrämerei hatte ihre Verbundenheit als Team zerstört, anstatt sie einander näherzubringen.

Blade sah auch, wie die anderen herumspazierten. Traurigerweise hielten sich alle voneinander fern. Es war deprimierend und er hätte nie gedacht, dass es einmal so enden könnte. Sie hatten so viel zusammen durchgemacht. Von Raynes Rettung über das gemeinsame Lachen mit der kleinen Annie über Coach, der bei seinem ersten Fallschirmsprung mit Harley fast gestorben wäre, bis hin zu Fletchs Haus, das von einem psychotischen Pädophilen in die Luft gesprengt worden war.

Und da war noch nicht einmal mitgezählt, was das Team im Einsatz durchgemacht hatte. Von Afrika bis nach Südamerika und in den Nahen Osten. Sie hatten sich jahrelang gegenseitig Rückendeckung gegeben. Sie hatten sich immer wieder gegenseitig das Leben gerettet. Es fühlte sich fast so an, als würden sie gerade eine schmerzhafte Scheidung durchmachen. An die guten Zeiten zwischen ihnen zu denken war so, als hätte man ihm ein Messer in die Brust gerammt.

Blade legte seinen Arm um Wendys Taille und zog sie beim Gehen an sich heran.

»Alles in Ordnung?«, fragte sie ihn.

»Nein«, erwiderte er ohne Umschweife. »Die Situation ist schrecklich. Mir fehlen meine Freunde.«

»Kann ich etwas tun, um dir zu helfen?«, fragte sie.

»Leider nicht, ich –«

Blades Worte wurden von einem lauten Knall unterbrochen.

Da Blade genau wusste, worum es sich handelte, warf er Wendy ein wenig zu grob zu Boden und schützte sie mit seinem eigenen Körper, während er sich nach der Quelle des Geräusches umsah.

Die Schüsse ertönten erneut und Blade wandte den Kopf, um herauszufinden, woher sie stammten.

Auf der Bühne stand Chuck, einer von Lars' Freunden. Hinter ihm verließen die Bandmitglieder fluchtartig die Bühne, während Chuck herumbrüllte und weiterhin wahllos in die panische Menschenmenge schoss.

Blade ließ den Blick über das Feld schweifen und traf auf Ghost. Sein Teamleiter hockte auf dem Boden und schützte mit seinem Körper Rayne, genau so, wie er es mit Wendy tat. Ghost zeigte mit einem Kopfnicken nach rechts. Als Blade in diese Richtung blickte, entdeckte er Truck und Hollywood. Schon kurz darauf hatte er mit allen sechs Männern seines Teams Blickkontakt hergestellt, und lediglich mithilfe von Handsignalen erstellten sie schnell und schweigend einen Plan.

»Siehst du die Tribüne dort drüben?«, fragte er Wendy mit einer Dringlichkeit in der Stimme und zeigte nach links.

»J-Ja.«

Er spürte ihre Angst, aber sie hörte auf ihn. »Ich will, dass du dich so schnell wie möglich dorthin begibst. Laufe geduckt und im Zickzack. Kannst du das machen?«

»Ja, aber was wirst *du* tun?«

Ohne auf ihre Frage einzugehen, sprach er weiter. »Rayne und die anderen werden auch dorthin laufen. Sobald ihr alle da seid, duckt ihr euch und bewegt euch *nicht* vom Fleck, egal was passiert, verstanden?«

»Okay, aber Aspen, was habt ihr vor?«, wiederholte sie ihre Frage.

»Mein Team und ich werden diesen Vollidioten aufhalten«, erklärte Blade. Dann gab er ihr einen harten Kuss. Als die Schüsse einen Moment lang aufhörten, zog er sie auf die

Füße und drängte sie in Richtung der Tribüne. »Lauf! Schnell!«

Blade sah dabei zu, wie Wendy auf die relative Sicherheit der Tribüne zulief. Natürlich gab es keine Garantie, doch dort wären die Frauen sicherer, als wenn sie einfach auf dem Gras auf einem offenen Feld herumlagen.

Und als wäre im letzten Monat nichts zwischen ihnen vorgefallen, taten Blade und sein Team das, was sie am besten konnten ... sie arbeiteten zusammen, um dem Schützen das Handwerk zu legen.

---

Zehn Minuten später stand Blade mit seinen Teamkameraden zusammen, während sie darauf warteten, dass die Militärpolizei das Gebiet räumte. Sie hatten Chuck umzingelt und innerhalb von fünf Minuten nach Beginn seines Amoklaufs entwaffnet. Sie waren unbewaffnet gewesen, aber sie hatten keine Waffen gebraucht. Im Grunde genommen hatten sie ihn plattgemacht, als er innehielt, um sein Gewehr nachzuladen.

Der Junge schluchzte nun und flehte sie an, ihn aufstehen zu lassen, damit die Militärpolizei ihn erschießen konnte. Er weinte, dass er das Leben seiner Eltern ruiniert hatte und dass sie ohne ihn besser dran wären.

Während Truck and Ghost ihn festhielten, hatte der Rest des Teams seine Waffen und Munition gesichert und dafür gesorgt, dass Chuck für niemanden mehr eine Gefahr darstellte. Als die Militärpolizei eintraf, war der jüngere Mann in sich zusammengesackt und nicht mehr aggressiv.

Truck erzählte der Militärpolizei, was Chuck gebrabbelt hatte. Im Grunde hatte er auf den Boden geschossen, um keine Menschen zu verletzen, aber in der Hoffnung, dass die Polizei ihn trotzdem töten und sein Elend beenden würde.

Er wurde schnell abgeführt und nachdem die Mitglieder des Delta-Teams Augenkontakt zu ihren Frauen hergestellt hatten, um sich davon zu überzeugen, dass es ihnen gut ging, standen sie alle am Fuße der Bühne zusammen und warteten darauf, gehen zu dürfen.

»Ich habe wirklich großen Mist gebaut, weil ich euch nicht von Mary und mir erzählt habe. Aber wenn ich es noch mal tun müsste, würde ich es noch mal genauso machen«, erklärte Truck und durchbrach das Schweigen.

»Wir haben doch schon darüber gesprochen. Rayne ist am Boden zerstört«, entgegnete Ghost wütend.

»Ich weiß. Und das tut mir wirklich sehr leid – aber Mary lag im Sterben. Als der Krebs erneut ausbrach, konnte sie sich die Behandlung nicht leisten, also habe ich sie geheiratet, damit sie meine Krankenversicherung mit nutzen kann.«

Als sie das hörten, waren alle sofort still. Truck hatte ihnen gesagt, dass eigentlich Mary ihnen diese Geschichte erzählen sollte, aber niemand hatte damit gerechnet, dass er eine solche Bombe platzen lassen würde.

»Ihr habt geheiratet, als wir in Idaho waren, um Fish zu helfen, nicht wahr?«, fragte Hollywood schließlich.

Truck nickte. »Ja. Sie war an einem Tiefpunkt angekommen und hat einer Heirat zugestimmt. Mir war aber klar, dass sie ablehnen würde, sobald sie wieder einigermaßen zu Kräften gekommen war, also durfte ich diese Chance nicht verstreichen lassen.«

»Sie wohnt bei dir?«, fragte Ghost.

»Die meiste Zeit über ja.«

»Das habe ich mir schon gedacht. Die wenigen Male, die

Rayne sie davon überzeugen konnte, sich mit ihr zu treffen, waren nie in ihrer Wohnung.«

»Sie ist dort nicht mehr viel. Anfangs war sie zu krank. Aber nun, da es ihr besser geht, hat sie sich einfach daran gewöhnt, bei mir zu wohnen, nehme ich an«, entgegnete Truck achselzuckend.

»Du hättest es uns sagen müssen«, erwiderte Coach.

Truck nickte. »Ich weiß. Und ich sage es euch jetzt, weil dieser dumme Streit sich auf unsere Arbeit auswirkt. Ich möchte nicht, dass dieses Team auseinandergerissen wird. Ich habe euch bis jetzt noch nichts erzählt, weil ich davon überzeugt bin, dass es nur eine Frage der Zeit ist, bevor Mary sich wieder scheiden lassen will. Schließlich hat sie mich nur wegen meiner Versicherung geheiratet ... oder besser gesagt, ich habe sie dazu *gezwungen*, mich wegen meiner Versicherung zu heiraten. Da sie sie nicht mehr braucht, habe ich das Gefühl, sie möchte, dass wir wieder getrennte Wege gehen.«

»Hat sie den Krebs besiegt?«, fragte Blade.

Truck seufzte und nickte. »Ja. Sie war letzte Woche beim Arzt und der hat es bestätigt. Sie muss noch mindestens sieben oder acht Jahre lang Medikamente nehmen und denkt über Brustimplantate nach, aber anscheinend ist der Krebs jetzt erst mal verschwunden.«

»Es ist jedenfalls so«, erklärte Beatle, »wir waren wirklich sauer auf dich, Truck. Und dein Verrat hat dem Team geschadet. Aber ... der heutige Tag hat doch bewiesen, dass wir einander immer noch ohne Worte vertrauen, richtig?«

Alle stimmten zu.

»Also müssen wir jetzt damit aufhören, uns über Belanglosigkeiten zu streiten, und die Kluft zwischen uns schließen.«

»Das finde ich auch«, erklärte Fletch. »Ihr fehlt mir. Und

Annie fehlt ihr auch. Sie hat sogar gefragt, wann sie Wendy wiedersieht. Und die anderen Frauen. Und außerdem müssen wir mein neues Haus noch mit einem Grillabend einweihen.«

Die Männer lächelten einander an und Blade spürte, wie die Anspannung aus seinem Körper wich. Es war alles wieder gut. Das Team war wieder vereint – und es fühlte sich großartig an, verdammt.

»Ich bin mir nicht ganz sicher, ob es unseren Frauen leichtfallen wird, ihre Freundschaften wieder zu kitten«, bemerkte Ghost. »Was du getan hast, hat Rayne wirklich zutiefst verletzt.«

Alle schauten zu den Frauen hinüber, die hinter der Tribüne standen. Mary und Rayne befanden sich an den gegenüberliegenden Enden der kleinen Gruppe und beide hatten die Arme vor der Brust verschränkt. Wendy und Casey unterhielten sich leise, und Emily stand neben Rayne und hatte den Arm um ihre Taille gelegt. Kassie und Harley standen näher bei Mary und unterhielten sich miteinander.

»Ich bringe das wieder in Ordnung«, versicherte Truck seinen Freunden. »Ich weiß zwar noch nicht wie, aber ich werde es tun. Mary ist einfach so unglaublich stur, aber sie ist auch voller Mitgefühl und Liebe. Ich weiß, dass ihr sie für eine knallharte Tussi haltet, aber ihr kennt sie nicht so, wie ich sie kenne. Es zerfrisst sie innerlich, dass Rayne wütend auf sie ist, und es tut mir wahnsinnig leid, dass unser Vorgehen Zwietracht in der Gruppe gesät hat. Werdet ihr mir helfen?«

»Aber natürlich, verdammt«, erklärte Ghost.

»Selbstverständlich«, stimmte auch Hollywood zu.

Die Männer schworen einer nach dem anderen, dass sie alles dafür tun würden, um ihre Gruppe wieder dorthin zu bringen, wo sie einst gewesen war.

»Wirst du es zulassen, dass sie sich von dir scheiden lässt?«, wollte Fletch wissen.

»Nein«, erwiderte Truck. »Ich liebe sie. Sie ist wirklich ausgesprochen kompliziert und lässt niemanden an sich heran, aber ich weiß jetzt, dass sie aufgrund ihrer Vergangenheit so ist. Ich habe ihre fürsorgliche und liebevolle Seite kennengelernt und weiß, dass ihr das irgendwann auch tun werdet.«

»Hat sonst noch jemand irgendwelche Geheimnisse, die er uns vorenthält?«, fragte Ghost trocken. »Wir können es genauso gut in einem Aufwasch hinter uns bringen.«

Alle lachten.

»Ich werde Wendy bald fragen, ob sie mich heiraten möchte«, meldete Blade sich zu Wort. »Sie und Jackson wohnen jetzt bei mir und ich möchte ihnen die Stabilität bieten, die sie während des letzten Jahrzehnts nicht hatten.«

Beatle legte Blade eine Hand auf die Schulter. »Herzlichen Glückwunsch.«

»Vielen Dank.«

»Und was ist mit dir?«, fragte Hollywood Beatle. »Wenn Blade und Wendy sich verlobt haben, sind Casey und du die Einzigen, die weder verlobt noch verheiratet sind.«

»Was, und ich zähle nicht?«, fragte Ghost eingeschnappt.

Hollywood verdrehte die Augen. »Wir wissen doch alle, dass du Rayne umgehend heiraten wirst, sobald sie zustimmt. Es ist nur eine Frage der Zeit. Also? Beatle?«

Er lächelte die Gruppe an. »Ich habe noch keinen Ring besorgt, aber sie hat letzte Woche zugestimmt, mich zu heiraten.«

Alle klopften Beatle gratulierend auf den Rücken.

»Hat sonst noch jemand was zu sagen?«, fragte Ghost in die Runde.

»Mary und ich haben nur standesamtlich geheiratet,

aber ich möchte sie in einem weißen Kleid in der Kirche sehen und anschließend eine riesige Feier veranstalten«, erklärte Truck Ghost und sah ihm dabei fest in die Augen. »Wahrscheinlich wird sie sich weigern und sagen, sie will all die Umstände nicht, aber es ist mir egal. Sie hat den Brustkrebs besiegt, gleich zweimal sogar, ich will ihr die größte Party schmeißen, die diese Stadt je gesehen hat.«

Ghost sah erst Truck an, bevor er seinen Blick Blade und Beatle zuwandte, und sagte: »Wie wäre es, wenn wir alle vier zusammen heiraten und dieser Stadt tatsächlich die größte Party bescheren, die sie jemals gesehen hat? Glaubst du, das würde unseren Frauen gefallen? Oder glaubst du, dass sie nicht alle zusammen Hochzeitstag feiern möchten?«

»Ich bin mir sicher, dass es Wendy gefallen würde«, entgegnete Blade sofort. »Sie hatte niemals Freunde und auch keine Familie, abgesehen von Jackson, und ich weiß, dass sie sich unwohl fühlen würde, wenn die Gäste alle zu mir gehören. Ich wäre also auf jeden Fall dabei.«

»Beatle?«, fragte Ghost und zog eine Augenbraue hoch.

»Ich kann nicht für Casey entscheiden, aber ich werde mit ihr darüber sprechen und bin mir ziemlich sicher, dass sie nichts dagegen hat. Als wir während der letzten Wochen nicht miteinander gesprochen haben, hat sie das ziemlich mitgenommen und deprimiert. Ich glaube, dass es fantastisch werden könnte, wenn sie Frieden schließen und zusammenarbeiten, um alles zu organisieren.«

Die Männer nickten einander zu.

»Darf ich einen Vorschlag machen?«, fragte Fletch.

»Nur zu«, erklärte Ghost.

»Vielleicht können wir warten, bis Em und Kassie ihre Babys bekommen haben. Ich weiß, dass sie gern mit ihren Freundinnen zusammen sein möchten, habe aber das

Gefühl, dass es Em ganz und gar nicht gefallen würde, wenn sie auf allen Fotos hochschwanger ist«, erklärte Fletch.

»Für uns ist das kein Problem«, stimmte Hollywood ihm zu. »Kassie sieht sowieso so aus, als würde sie jeden Moment platzen.«

Die anderen lachten leise.

»Macht euch keine Sorgen. Wir schaffen es eh nicht, alles in den nächsten drei Monaten zu planen«, bemerkte Ghost.

»Verdammt, vielleicht dauert es sogar so lange, bis die Mädchen sich alle wieder versöhnt haben«, murmelte Truck.

»Aber wir sind uns alle einig, richtig?«, fragte Ghost.

Alle nickten zustimmend.

»Okay. Nach einem abschließenden Gespräch mit der Militärpolizei fahren wir alle mit unseren Frauen nach Hause und sorgen dafür, dass es ihnen gut geht. Aber morgen beginnt Operation Wiedergutmachung, abgemacht?«, befahl Ghost.

Alle stimmten zu und gingen über das Feld auf die Frauen zu, die schon angespannt auf sie warteten.

Ghost legte Truck eine Hand auf die Schulter, bevor dieser gehen konnte. »Ich war wirklich wütend auf dich, Truck, aber jetzt kann ich es verstehen.«

»Wirklich?«

»Ja. Wenn ich vor die Wahl gestellt würde, würde ich mich auch jederzeit für Rayne anstatt für euch Idioten entscheiden.«

Truck schenkte seinem Freund und Teamleiter ein schiefes Lächeln. »Ich weiß es zu schätzen.«

Ghost schlug Truck mit der Faust gegen den Arm. »Ich kann nicht glauben, dass du Mary dazu überreden konntest, dich hässlichen Kerl zu heiraten.«

Truck lachte leise. »Du brauchst dich gar nicht so zu freuen. Es ist ja nicht so, als hätten wir eine normale Beziehung.«

»Ist das dein Ernst?«

»Ja. Wir schlafen zwar jede Nacht im selben Bett, haben aber noch nicht miteinander geschlafen, falls du weißt, was ich meine. Am Anfang lag es daran, dass sie krank und ihr die ganze Zeit schlecht war, aber jetzt, da es ihr besser geht, stellt sie sich immer noch stur.«

»Also, wenn jemand ihre Schranken durchbrechen kann, dann du«, erklärte Ghost im Brustton der Überzeugung. »Und ich kann es kaum erwarten, dir dabei zuzusehen.«

»Ein bisschen Mitgefühl wäre schön«, murmelte Truck. »Ich habe schon ganz geschwollene Eier, weil ich nie zum Zug komme.«

Ghost lachte schallend. »Das geschieht dir recht.« Doch dann wurde er wieder ernst. »Ich muss dafür sorgen, dass Rayne und Mary wieder Freundinnen werden, Truck.«

»Ich weiß. Wir werden alles dafür tun.«

»Versprochen?«

»Versprochen. So oder so werden diese beiden irgendwann wieder beste Freundinnen werden und dann bekommen sie ihre Doppel- oder besser gesagt Quadrupel-Hochzeit.«

Ghost lächelte. »Ich nehme dich beim Wort. Du bist ein guter Kerl, Truck.«

»Nicht immer. Ich habe herausgefunden, dass ich verdammt egoistisch sein kann.«

»Das sind wir alle auf die eine oder andere Art. Und jetzt komm, unsere Frauen sehen schon so aus, als würden sie gleich platzen. Wir treffen uns morgen und entwerfen einen Plan, wie wir diese beiden wieder zusammenbringen und dabei auch gleichzeitig die Freundschaft unter den anderen Frauen reparieren können. Ich bin froh, dass du heute hier warst, Truck. Wie immer hat deine enorme Größe es leichter gemacht, den Typen zu überwältigen.«

»Gern geschehen«, erwiderte Truck.

Blade beobachtete, wie Ghost und Truck sich die Hände schüttelten und dann zu ihren Frauen gingen.

»Was ist mit euch Jungs los?«, fragte Wendy Blade auf dem Weg zum Parkplatz. »Ihr wart alle stinksauer aufeinander und jetzt seid ihr es nicht mehr?«

»Ein bisschen Gefahr kann manchmal dabei helfen, die Dinge ins rechte Licht zu rücken«, erklärte Blade ihr. »Und jetzt komm, ich möchte dich und deinen Bruder nach Hause schaffen. Ich glaube, wir können ein wenig Zeit für uns selbst gut gebrauchen. Ich hatte verdammte Angst, dass du von einer Kugel getroffen werden könntest.«

»Ich liebe dich«, erklärte Wendy Blade, stellte sich auf die Zehenspitzen und küsste ihn.

Seine Augen begannen zu strahlen. »Das ist das erste Mal, dass du es mir gesagt hast.«

»Nein, ich habe es auch schon zuvor gesagt«, protestierte Wendy. »Zum Beispiel an jenem Abend, an dem du mich gebeten hast, dich zu heiraten.«

»Nein, mein Schatz, das hast du nicht. Glaub mir, ich weiß es ganz genau. Du hast dich gefreut und mich besinnungslos gevögelt, aber du hast die Worte tatsächlich noch nie laut ausgesprochen. Auf diesen Moment habe ich wochenlang gewartet. Und jetzt kannst du es nicht mehr zurücknehmen.«

»Ich will es auch gar nicht zurücknehmen«, versicherte sie ihm. »Und jetzt fähr mich und Jackson und Jenny heim. Ich mache euch etwas zu essen und sobald Jackson Jenny nach Hause bringt, zeige ich dir, wie sehr ich dich liebe.«

»Oooh, Baby, ich mag es, wenn du solche Sachen sagst.«

Blade legte seinen Arm um Wendy und führte sie zu seinem Jeep. Die Dinge im Team waren noch nicht vollständig geregelt, aber immerhin hatten sie einen Anfang gemacht. Die nächsten Wochen und Monate würden interessant werden, aber er würde wetten, dass Truck alles wieder geregelt bekäme.

Truck öffnete die Tür zu seiner Wohnung und wartete, bis Mary eintrat, bevor er ihr folgte, um dann die Tür hinter ihnen zu schließen und zu verriegeln. Auf dem Heimweg war sie ganz still gewesen und er wollte sie fragen, was sie dachte, aber erst, wenn sie in seiner Wohnung waren und sie nicht vor ihm weglaufen konnte.

Er machte ihr eine Tasse Tee mit einem großzügigen Schuss Bourbon und sorgte dafür, dass sie es auf der Couch bequem hatte. Er setzte sich neben sie und zog sie in seine Arme, und so saßen sie schweigend da.

Nach einer Weile fragte er: »Geht es dir gut?«

»Natürlich.«

Truck widerstand dem Drang, die Augen zu verdrehen. Natürlich würde sie das sagen.

»Hat Rayne heute mit dir gesprochen?«

»Nein.«

»Hast du mit ihr gesprochen?«

»Nein. Es gibt nichts zu besprechen. Ich habe sie verletzt.«

»Wenn du ihr erklären würdest warum, wird sie es verstehen.«

Mary schüttelte den Kopf. »Nein, das würde sie nicht. Während meiner ersten Chemotherapie war sie ständig an meiner Seite. Sie würde nicht verstehen, warum ich sie beim zweiten Mal nicht dabeihaben wollte.«

Da Truck es selbst nicht ganz verstand, ließ er das Thema fallen. Als sie sich vorbeugte, um die leere Tasse auf den Wohnzimmertisch zu stellen, fragte er: »Bist du bereit, schlafen zu gehen?«

»Ja. Truck?«

»Was ist, Baby?«

»Sind die Dinge zwischen euch im Team jetzt wieder in Ordnung?«

»Du hast uns beobachtet, nicht wahr?«

»Ja.«

»Sie sind noch nicht wieder perfekt, aber der Anfang ist gemacht.«

»Gut. Ich hatte nie vor, dir Schwierigkeiten mit deinen Freunden zu bereiten.«

Truck küsste sie auf die Schläfe und ließ seine Lippen dort, als er sagte: »Du hast mir keine Schwierigkeiten bereitet. Für die Konsequenzen meiner Taten bin ich selbst verantwortlich, nicht du, verstanden?«

Sie starrte ihn lange an, und erneut versuchte Truck herauszufinden, was sie dachte, allerdings erfolglos. »Ich weiß, dass du davon überzeugt bist. Ich weiß aber auch, dass das nicht stimmt.« Sie wandte den Blick ab. »Ich muss mich fürs Bett fertig machen.«

»Brauchst du Hilfe?«

Mary erstarrte und sah zu ihm hinüber. »Wie bitte?«

»Brauchst du Hilfe?«, wiederholte Truck. Während ihrer bisherigen Ehe hatte er die Grenze zwischen Freundschaft und Beziehung nie überschritten. Aber je mehr Zeit er mit ihr verbrachte, in der sie nicht krank war und keine Schmerzen hatte, umso mehr *wollte* er diese Linie überschreiten. Es war an der Zeit, ein wenig fordernder zu werden.

»Nein.«

»Bist du sicher? Es würde mir überhaupt nichts ausmachen, dir aus diesen Klamotten zu helfen.«

»Truck!«, rief Mary empört und schlug ihn auf den Arm. »Nein!« Ihre Wangen hatten sich gerötet und sie sah ihm nicht in die Augen. Er hätte wetten können, dass sie der Idee nicht abgeneigt war, sondern noch ein wenig mehr Überzeugungsarbeit brauchte.

»Ich wollte nur sichergehen. Ich komme gleich hoch und geselle mich zu dir in *unser* Bett«, entgegnete er, wobei er das »unser« ein bisschen mehr betonte als sonst. Dann legte er seine Handfläche an Marys Wange und drehte sie zu sich um. Er beugte sich nieder und legte seine Lippen auf ihre.

Mit seiner Zunge zog er sanft die Kontur ihrer Lippen nach, bis sie nach Luft schnappte, und er nutzte die Gelegenheit, sie zum ersten Mal zu kosten.

Jedes Mal wenn sie sich zuvor geküsst hatten, war es ein keuscher Kuss mit geschlossenem Mund gewesen, aber Truck hatte die Nase voll davon. Mary gehörte ihm. In jedem Sinne des Wortes. Sie war nervös, aber damit konnte er fertigwerden.

Als sie sich weder schockiert von ihm zurückzog noch ihn ohrfeigte, setzte Truck seine gemächliche Erkundung ihres Mundes fort. Sie wand ihre Zunge schüchtern um seine und er stöhnte fast. Sein Schwanz war hart wie Stahl und er spürte, wie ein Lusttropfen aus seiner Eichel trat.

Jesus, er war bereit zu kommen, nur weil er ihre kleine Zunge spürte, die mit seiner spielte. Widerwillig zog er sich zurück, vorerst zufrieden damit, wie die Dinge gelaufen waren, und küsste sie auf die Stirn.

»Geh schon vor, Baby, ich komme gleich nach.«

Ohne ein weiteres Wort und mit einem fassungslosen Gesichtsausdruck stand Mary auf und ging den Flur hinunter zum großen Schlafzimmer.

Truck wusste, dass ihre Gleichmut nicht von Dauer sein würde. Das war eines der Dinge, die er am meisten an ihr liebte. Dass sie so gut austeilte, wie sie einstecken konnte, und dass sie sich nie zurücklehnen und sich alles in ihrer Beziehung von ihm diktieren lassen würde. Sie war eine Herausforderung, und ein Mann wie er brauchte das. Er brauchte *sie*.

Es mochte ihr vielleicht nicht klar sein, aber der Tag, an dem sie ihr Jawort gegeben hatte, hatte ihr Leben für immer verändert.

Sie gehörte ihm, genau wie er ihr gehörte.

Sie würden sich streiten und sich versöhnen und wieder streiten. Und Truck freute sich auf jede einzelne Sekunde ihres gegenseitigen Gebens und Nehmens. Am Ende würde sie ihm alles geben, was er wollte, und er würde die Verantwortung dafür übernehmen, sie für den Rest ihres Lebens glücklich zu machen.

Er konnte es kaum erwarten.

# BÜCHER VON SUSAN STOKER

**Die Delta Force Heroes:**
*Die Rettung von Rayne (Buch Eins)*
*Die Rettung von Emily (Buch Zwei)*
*Die Rettung von Harley (Buch Drei)*
*Die Hochzeit von Emily (Buch Vier)*
*Die Rettung von Kassie (Buch Fünf)*
*Die Rettung von Bryn (Buch Sechs)*
*Die Rettung von Casey (Buch Sieben)*
*Die Rettung von Wendy (Buch Acht)*
*Die Rettung von Sadie* **(erhältlich Aug 2020)**

**SEALs of Protection:**
*Schutz für Caroline*
*Schutz für Alabama*
*Schutz für Fiona*
*Die Hochzeit von Caroline*
*Schutz für Summer*
*Schutz für Cheyenne*
Schutz für Jessyka (Buch Sieben) **(erhältlich ab Ende Juli 2020)**

**Ace Security Reihe:**
Anspruch auf Grace (Buch Eins)
Anspruch auf Alexis (Buch Zwei)

**Und auch die folgenden Bücher von Susan Stoker werden in Kürze auf Deutsch erhältlich sein:**
*Aus der Reihe »Die Delta Force Heroes«:*
Rescuing Sadie (Novelle)
Rescuing Mary (Buch 9)
Rescuing Macie (Buch 11)

*Aus der Reihe »SEALs of Protection«:*
Schutz für Julie (Buch 8)
Schutz für Melody (Buch 9)
Protecting the Future (Buch 10)
Schutz für Kiera (Buch 11)
Protecting Alabama's Kids (Buch 12)
Schutz für Dakota (Buch 13)
The Boardwalk (Buch 14)

**Ace Security Reihe:**
Anspruch auf Bailey (Buch 3)
Anspruch auf Felicity (Buch 4)
Anspruch auf Sarah (Buch 5)

# BIOGRAFIE

Susan Stoker ist die New York Times, USA Today und Wall Street Journal Bestsellerautorin der Buchreihen »Badge of Honor: Texas Heroes«, »SEAL of Protection«, »Die Delta Force Heroes« und einigen mehr. Stoker ist mit einem pensionierten Unteroffizier der US-Armee verheiratet und hat in ihrem Leben schon überall in den Vereinigten Staaten gelebt – von Missouri über Kalifornien bis hin zu Colorado. Zurzeit nennt sie die Region unter dem großen Himmel von Tennessee ihr Zuhause. Sie glaubt ganz und gar an Happy Ends und hat großen Spaß daran, Geschichten zu schreiben, in denen Romantik zu Liebe wird.

Besuchen Sie Susan im Netz!
www.stokeraces.com
facebook.com/authorsusanstoker
twitter.com/Susan_Stoker
bookbub.com/authors/susan-stoker

instagram.com/authorsusanstoker
Email: Susan@StokerAces.com

www.ingramcontent.com/pod-product-compliance
Lightning Source LLC
Chambersburg PA
CBHW060224100726
47907CB00003B/491